목사관 살인사건

AGATHA CHRISTIE MYSTERY AGATHA CHRISTIE MYSTERY AGATHA CHRISTIE MYSTERY

애거서 크리스티 추리 문학 31

목사관 살인사건

신용태 옮김

■ 옮긴이 신용태

전 동국대학교 일문학과 교수

목사관 살인사건

초판 발행일	1987년 03월 20일
중판 발행일	2009년 06월 30일
지은이	애거서 크리스티
옮긴이	신 용 태
펴낸이	이 경 선
펴낸곳	해문출판사
주 소	서울시 마포구 합정동 392-2 써니힐 202호
TEL/FAX	325-4721~2 / 325-4725
출판등록	1978년 1월 28일 (제3-82호)
가격	6,000원
ISBN	978-89-382-0231-4 04840
	978-89-382-0200-0(세트)

※ 잘못된 책은 바꾸어 드립니다.

외동딸 로잘린드에게

차 례

차 례

제1장

이 이야기를 어디서부터 시작해야 할지 조금 막연하지만, 일단 목사관에서 점심을 먹던 어느 수요일에서부터 시작해 보겠다. 그 사건에 연관시키는 것이 다소 적당하지 않을지라도, 그날의 이야기는 앞으로의 사건 진행에 한두 가지 암시를 내포하고 있기 때문이다.

나는 익힌 고기를(그런데 그 고기는 대단히 질겼다) 다 썰고 내 자리로 돌아와 내 옷차림과는 조금도 어울리지 않는 기분으로 말했다. 프로데로 대령을 살해하는 자는 이 세상에 많은 공을 세우게 될 것이라고

조카인 데니스가 곧 내 말을 받았다.

"그 노인네가 피에 흠뻑 젖은 채로 발견된다면, 그 말은 삼촌에게 불리하게 기억될 겁니다. 메리가 증언할 거예요, 그렇죠, 메리? 당신이 못마땅한 태도로 카빙나이프(고기 써는 큰 칼)를 휘두르는 것이 그걸 설명해 주고 있어요."

좀더 나은 대우와 많은 월급을 받기 위한 중간 디딤돌로서 목사관에서 일하는 메리는 무뚝뚝한 목소리로 크게 "채소예요."라고 말할 뿐이었다. 그리곤 불손한 태도로 데니스에게 '탕'하고 접시를 내밀었다.

아내는 동정적인 목소리로 말했다.

"대령 때문에 또 골치를 앓고 있나요?"

나는 탁자 위에다 소리를 내며 채소 접시를 내려놓는 메리 때문에 즉시 대답을 못했다. 그녀는 또 바로 내 코 아래에다 별로 향기롭지 못한 던플링(사과나 고기를 넣고 찐 것) 접시를 내밀었다. 내가 괜찮다며 사양했는데도 그녀는 식탁 위에다 덜거덕거리는 소리를 내며 접시를 내려놓고는 방을 나갔다.

"제가 집안일을 제대로 하지 못해서 정말 미안해요"

아내는 진실로 후회하는 듯한 목소리로 말했다.

나도 아내의 말에 동의하고 싶었다. 아내의 이름은 '그리셀다(보카치오, 초서 등의 작품 속에 등장하는 온순하고 정숙한 부인)'이다―목사의 아내에게는 매우 적절한 이름이겠지만, 사실 아내에게는 그 반대 의미로의 적절함만이 있었다. 아내는 조금도 온순하지가 않았으니까.

　나는 늘 목사는 독신으로 있어야 한다고 생각해 왔다. 그러다가 오직 함께 있고 싶다는 생각만으로 그리셀다에게 청혼한 것이, 지금의 내게는 그야말로 알다가도 모를 일이었다.

　내가 늘 생각해 보았던 결혼생활이란 진지한 일이며, 또한 신중히 생각한 뒤에 이뤄져야 하는 일이었고, 서로의 취미와 기호를 고려해야 하는 것이 무엇보다도 중요한 문제였다.

　그리셀다는 나보다 거의 스무 살이나 아래였다. 그녀는 몹시 예뻤으며, 무엇보다도 사람의 마음을 사로잡는 매력이 있었다. 그러나 그리셀다는 모든 면에서 무능했으며, 함께 살기에는 몹시 피곤한 여자였다. 그녀는 교구(教區)를 자신의 기쁨을 충족시켜 주기 위한 한낱 재밋거리로밖에 여기지 않았다. 나는 그녀의 마음을 바로잡아 주려고 온갖 노력을 다했으나 허사일 뿐이었다. 그리하여 목사에게는 독신이 바람직하다는 것을 더욱 확신케 되었다. 종종 그리셀다에게 수많은 암시를 주었지만, 그때마다 아내는 단지 웃을 뿐이었다.

　"여보, 당신이 조금만 더 주의를 하면……."

　내가 말할라 치면 그리셀다는 바로 이렇게 말했다.

　"저도 때론 주의해요. 그러나 피곤할 때면, 하기로 마음먹은 것들이 죄다 엉망진창으로 되어 버려요. 저는 주부로서의 자질은 선천적으로 타고나질 않았나 봐요. 그래서, 메리에게 죄다 맡기고 불쾌한 심정으로 음식을 먹어도 어쩔 수 없다고 판단한 거예요."

　"그럼, 당신의 남편에 대해선 어떻소?"

　나는 꾸짖듯이 말했다. 그리고 내 목적을 위해 성경 구절을 인용하면서 잘못된 사례를 계속 나열했다. 그러고는 거기에 덧붙여 말했다.

　"여자는 모름지기 가정을 돌보아야 하오."

　"당신이 사자에게 갈가리 찢기거나 고기처럼 불에 익혀지지 않는 것이 얼마나 다행인지 생각해봐요." 그리셀다가 재빨리 말을 받았다.

"맛없는 음식, 많은 먼지, 죽은 벌레 따위는 정말이지 법석을 피울 것이 못 된다고요. 프로데로 대령에 대해 말해 주세요. 초기 크리스천들은 교구 위원이라는 것이 없었으니 정말 좋았겠어요."

"잘난 체하는 꼴 보기 싫은 사람이에요." 데니스가 말했다.

"아무도 그의 본처가 도망간 것에 대해 이상하게 생각하지 않아요."

"그녀가 왜 그래야 했는지 정말로 모르겠어." 아내가 말했다.

"그리셀다!" 내가 날카롭게 쏘아붙였다.

"제발, 당신은 그런 식으로 말하지 않았으면 하오."

"여보." 아내는 다정스럽게 말을 걸었다.

"그 양반에 대해 제게도 말씀해 주세요. 다투게 된 원인이 무엇 때문이었어요? 하웨스 씨의 손짓과 고갯짓, 그리고 아무나 수시로 성호를 긋는 그 버릇 때문이었나요?"

하웨스는 우리의 신임 목사보였다. 그는 3주 조금 넘게 우리와 함께 지내오고 있다. 그는 고교회파(高校會派; 화교회의 권위·지배·의식을 중요시하는 영국 교회의 한 파) 신자로, 금요일엔 늘 금식을 했다. 한편 프로데로 대령은 어떤 형태든 종교적 의식에 대해선 강력히 반대했다.

"이번에는 그렇지 않소. 그는 그것에 대해선 지나가는 말로 건넸을 뿐이오. 아니, 모든 문제는 프라이스 리들리 부인의 그 고약한 돈에서 비롯되었소."

프라이스 리들리 부인은 우리 교구의 헌신적인 신자였다. 한 번은 아들의 죽음을 애도하는 예배에 참석하면서 그녀는 1파운드짜리 지폐를 헌금봉투에 넣은 적이 있었다. 나중에 우송된 헌금 납부 현황서를 통해, 그녀는 10실링짜리가 거기에 기재된 것 가운데 가장 큰 액수임을 알고는 펄펄 뛰었다.

그녀가 내게 그것에 대해 항의해 와서, 나는 그녀가 분명히 실수한 것일 게라고 말해 주었다.

"우리는 아무도 옛날만큼 젊지 않아요." 나는 요령있게 그것을 돌려 말했다.

"게다가 나이를 먹는 탓에 건망증도 늘어가죠."

이상하게도 내 말은 그녀를 더욱 화나게 만든 것 같았다. 그녀는 자기에게는 매우 이상해 보이는 일인데, 내가 그렇게 생각하지 않는 것이 놀랍다고 했다. 그리고 추측하건대, 그녀는 프로데로 대령에게 자기의 얘기를 털어놓으려고 달려갔을 것이다. 프로데로는 가능한 한 모든 일에 법석 피우기를 즐기는 그런 사람이었다. 그는 공연한 소동을 잘 만들었다. 특히, 그가 수요일에 그런 소동을 피운 것이 나로서는 유감이었다. 나는 수요일 아침에는 교회 주간 학교에서 선생 노릇을 하는데, 그 일 때문에 상당히 신경이 날카로워지기도 하며, 또 온종일 심란해지기도 했다.

"저런, 그는 꽤 재미있어했겠네요."

아내는 편견을 가지고 있지 않은 듯한 태도로 말했다.

"아무도 그의 주변에서 알짱거리지도 않고, 또 그를 존경하는 목사님이라고 부르지도 않으며, 그를 위해 멋있는 슬리퍼를 수놓지도 않고, 또 크리스마스 때에는 침대맡에다 양말 선물을 준비하지도 않잖아요. 아내와 딸조차도 그에게 대들어요. 중요한 존재로 느끼게 해주는 것, 그것이 그를 행복하게 해주는 것이겠죠."

"그러나 그는 그 일에 관한 한은 그렇게 들쑤시고 다닐 필요가 없었소."

나는 다소 핏대를 올리며 말했다.

"그는 자신이 하는 행동이 무슨 결과를 가져오게 될지 조금도 염두에 두고 있지 않았단 말이오. 그는 교회의 모든 회계장부를 검사해야겠다고 나섰던 거요—횡령 운운하면서."

"아니, 횡령이라니! 그가 나를 교회 헌금이나 횡령하는 자로 의심해도 된단 말이오?"

"아무도 당신을 어떤 것으로든 의심하지 않아요. 당신은 의심받을 만한 일에 있어선 너무도 결백하니까, 그런 것하고는 거리가 멀지요. 사실, 저는 당신이 복음전도협회의 기금을 좀 돌려썼으면 싶은 때도 있었어요. 저는 그 전도사들이 싫더군요—늘 그래 왔지만."

그녀의 그런 태도를 나무라려고 하는데, 바로 그때 메리가 들어왔다—덜 익은 라이스 푸딩을 가지고서. 내가 사양하자, 그리셀다는 일본인들의 머리가 비상한 것은 바로 이 반숙의 라이스 푸딩을 먹기 때문이라고 했다.

"만일 당신이 이번 일요일까지 매일 이 라이스 푸딩을 맛있게 먹는다면, 아주 멋진 설교를 할 수 있을 거예요."

"하느님 맙소사." 나는 몸서리쳤다.

"내일 저녁에 프로데로 대령이 건너오면, 우리 모두 다 함께 회계장부를 검토해봐야겠소. 오늘은 영국교회 평신도협회에서 할 설교를 준비해야 하오. 참고 문헌을 뒤적이면서 생각만큼 잘되지 않는 그 '캐논 셜리의 실재'의 작성에 몰두하게 될 거요. 그리셀다, 당신은 오늘 오후 계획이 어떻소?"

"제 임무를 다해야겠죠. 목사의 아내로서 제 일 말이에요. 4시 30분에는 손님이 올 거예요."

"누가 올 거지?"

그리셀다는 얼굴에 인자한 표정을 지으며 손가락으로 그들을 꼽았다.

"프라이스 리들리 부인, 웨더비 양, 하트넬 양, 그리고 그 끔찍스런 마플 양도요."

"나는 오히려 마플 양이 좋던데, 그녀는 최소한의 유머 감각은 지니고 있거든."

"그녀는 이 마을에서 가장 고약한 고양이라고요. 여기에서 일어나는 일마다 사사건건 다 알려고 해요. 그 사건에서 가장 나쁜 소문만 끄집어내려고 말이에요."

앞서 언급한 대로 그리셀다는 나하고 많은 나이 차이가 있다. 내 생활에서는 대개 가장 나쁜 경우만이 진실이라고 알면 된다.

"그런데 티타임에는 절 제외시켜 주세요." 데니스가 말했다.

"고집통이!" 그리셀다가 다시 말했다.

데니스는 조심스럽게 물러날 기색을 비췄고, 그리셀다와 나는 함께 서재로 들어섰다.

"우리가 꼭 차(茶)를 준비해야만 하나요?" 그리셀다가 책상에 앉으며 말했다.

"아마도 스톤 박사, 크램 양, 그리고 레스트레인지 부인의 몫도 준비해야 할 거예요. 그런데, 어제 레스트레인지 부인을 방문했었는데 외출 중이더군요. 그래도 레스트레인지 부인의 차도 준비해야만 하는 걸까요? 확실히 그건 합리적이질 못해요. 그녀가 와서 차를 마시게 될지 어떻게 알아요? 그녀가 여기에 온다는 것도 분명치 않은데. 그녀는 거의 바깥출입을 하지 않잖아요? 추리소설을 쓰고 있다고 생각하세요? 당신은 알고 계시죠?—그녀가 누구인지. 창백한 안색과 아름다운 얼굴의 그 신비스런 부인이 누구인지? 그녀의 과거사는 어땠어요? 아무도 모르고 있어요. 단지 어렴풋하게나마 그녀에게 불행한 일이 있었다는 것만 짐작할 뿐이에요. 헤이독 의사만이 그녀에 대해 뭔가를 알고 있다고 생각해요."

"추리소설을 너무 많이 읽었군, 그리셀다." 낮은 목소리로 내가 말했다.

"당신은 어떠세요?" 그녀가 대꾸했다.

"당신이 이곳에서 설교문을 작성하는 날이면 어디서나 '계단 위에 떨어진 휴지'를 볼 수 있어요. 그래서 마침 제가 들어와 당신에게 그 휴지들이 어떻게 된 거냐고 물었죠. 그리고 제가 본 것이 무엇인지에 대해서도요."

나는 얼굴이 불그레해졌다.

"저는 닥치는 대로 그것을 주웠어요. 그러다가 우연히 어떤 문장이 눈에 들어왔죠. 저는 그 우연히 읽게 된 문장의 내용을 기억하고 있어요."

그리셀다는 인상적으로 그 구절을 인용했다.

"'그때 매우 이상한 일이 벌어졌다. 그리셀다는 자리에서 일어나 그 방으로 들어와, 그녀의 나이 많은 남편에게 대단히 강렬하게 입을 맞추었다.'"

그녀는 말과 행동을 일치시켰다.

"매우 이상한 일이라고 했다고?" 내가 말했다.

"예, 그래요, 렌. 당신은 알고 있을 거예요. 제가 어떤 장관, 준남작, 그리고 돈 많은 어느 회사의 사장—이런 사람들과 결혼할 뻔했다는 사실을. 그리고 이들, 매력적인 매너를 지녔으나 별볼일없는 세 후보를 물리치고 당신을 선택했다는 것도 매우 놀랍지 않으세요?"

"그때는 그랬소. 나는 늘 당신이 왜 그런 선택을 했는지 몹시 궁금했소."

그리셀다는 한숨을 내쉬었다.

"당신이 제게 그렇듯 인상적이었기 때문이었어요."

그녀는 중얼거리듯이 말했다.

"다른 사람들은 그저 단순한 호기심 정도였어요. 물론 그들은 제게 매우 잘 어울리는 사람들이었지요. 그러나 전 당신이 온통 싫어하고 불만스러워하는 것투성이였잖아요. 또 당신은 절 견딜 수 없이 끔찍해했고요. 제 허영심은 그런 것들을 참을 수 없었어요. 어떤 사람의 뛰어난 자랑거리나 명예가 되는 것보다는 누군가의 비밀이나 즐거운 악(惡)이 되는 것이 제게는 더 멋져 보였거든요. 저는 끔찍이도 당신을 불편하게 했고, 줄곧 당신을 잘못된 길로만 부추겼지요. 그런데 어리석게도 당신은 절 사랑하게 되고 말았어요. 당신은 절 무척 좋아했어요. 그렇지 않나요?"

"그렇고말고! 몹시도 당신을 사랑했었지."

"오! 렌, 당신은 절 사랑했어요. 당신은 제가 이 마을에 머물렀던 바로 그날을 기억하세요? 당신에게 전보를 쳤는데, 그 여자, 우편취급소장의 여동생이 쌍둥이를 분만하는 바람에 그녀가 전보 돌리는 것을 깜박 잊어버렸던 그날을. 그리고 전보를 받고 나선 런던경시청에 전화를 걸고 온통 법석을 피우던 일을."

그러자 한 가지 생각이 되살아났다. 그 문제가 일어났던 당시엔 난 참으로 어리석었다. 내가 말했다.

"여보, 당신이 괜찮다면, 난 영국교회 평신도 협회에 들어가고 싶소."

그리셀다는 머리끝까지 화가 나서 몹시 짜증스러워하며 한숨을 지었다. 그리곤 이내 마음을 다시 가라앉히며 말했다.

"당신은 저를 만족시키지 못할 거예요. 정말 그러지 못하실 거예요. 저는 예술가와 바람을 피울 거예요. 정말 그러고 싶어요. 그렇게 되면 교구에 일으킬 물의를 생각해 보세요."

"벌써 상당한 물의를 빚었소." 나는 점잖게 말했다.

그리셀다는 웃으며 내게 입을 맞추곤 유리문으로 나가 버렸다.

제2장

그리셀다는 매우 피곤한 여자였다. 점심 식탁에서 일어날 때, 나는 평신도 협회에서 갖게 될 아주 멋진 설교를 곧장 준비할 수 있을 것만 같았다. 그런데 그리셀다와 한참 얘기를 나누고 나니 이제 피곤함과 혼란스러움만이 밀려오는 것이었다.

피곤한 가운데 마음을 가다듬으려는 그때, 레티스 프로데로가 '흘러들어왔다.'

나는 신중히 생각한 끝에 '흘러들어오다'라는 말을 사용했다. 그전에 활기에 넘친―젊음의 당당한 원동력으로서 기쁨에 충만해서 사는 젊은이들을 묘사해 놓은 소설책을 읽은 적이 있다. 그런데 개인적으로는 내가 부딪혀 본 젊은이들은 모두 한결같이 온순한 유령들 같았다.

오늘 오후에 레티스는 특히 더 유령 같았다. 그녀는 예쁜 처녀였다. 키가 늘씬하게 크며, 얌전하지만 다소 멍청했다. 프랑스식 커다란 유리문으로 그녀는 흘러들어왔다. 볼품없고 멍청한 얼굴로, 쓰고 있던 노란색 베레모를 벗으면서, 꿈꾸는 듯한 표정을 지으며 넋 나간 사람처럼 중얼거렸다.

"오, 목사님이 계셨군요."

'올드 홀(Old Hall)'에서 숲으로 이어지는 길로 가다 보면 우리 정원의 문에 다다르게 된다. 그래서 대부분의 사람들은 그렇게 해서 우리 집 대문을 통과해서 내 서재의 유리문으로 들어온다. 길을 따라 먼 길로 빙 돌아서 현관으로 들어오는 것 대신에 그것이 더 편리하기 때문이다. 나는 레티스가 그 길로 오는 것을 보고 그런 것이 아니라, 어딘지 화를 내는 듯한 그녀의 태도 때문에 적잖이 놀랐다.

목사관에 들어왔으면 목사를 만나는 것이 상례이다. 그런데 그녀는 들어와선 커다란 팔걸이의자에 털썩 주저앉았다. 그리고 무턱대고 머리를 쥐어뜯었다―천장을 뚫어져라 쳐다보면서.

"데니스는 어디 있어요?"

"점심 이후론 못 봤다. 너희 집에 테니스를 치러 갔을 텐데."

"오, 그러지 않기를 바랐는데. 거기엔 아무도 없어요."

"네가 테니스 치자고 했다던데."

"그건 금요일만이에요. 오늘은 화요일이잖아요."

"아니, 수요일이야."

"오, 맙소사. 수요일엔 점심 약속이 있는데 깜빡했군요."

다행히도 그녀는 그렇게 크게 걱정하는 것 같진 않았다.

"사모님은 어디 계세요?"

"정원의 작업실에서……, 로렌스 레딩의 모델이 된 그녀를 보았을 텐데?"

"그 사람 소식은 통 모르고 있었어요." 레티스가 말했다.

"아버지 때문이에요. 아시겠지만, 아버지는 아주 고약하세요."

"무엇 때문이지?"

"저를 모델로 한 그림 때문이에요. 아버지가 눈치를 챘어요. 왜 수영복 입은 모습을 그리면 안 된다는 걸까요? 수영복 차림으로 해변에도 가는데, 왜 수영복 차림의 모델이 되면 안 된다는 걸까요?"

레티스는 잠시 말을 끊었다가 다시 이었다.

"그건 정말 웃기는 일이에요. 아버지는 집에 젊은 남자는 들어오지도 못하게 해요. 로렌스와 저는 그것을 비웃었죠. 이곳의 작업실에서 저를 모델로 그림을 그리라고 해야겠어요."

"그래, 아버지가 그걸 허락하신다면." 내가 말했다.

"예, 그래요." 한숨을 쉬면서 레티스가 말했다.

"모든 사람들이 얼마나 피곤한지, 전 정말 죄책감을 느꼈어요. 돈만 조금 있다면 멀리 떠나고 싶은데, 그게 없으니 떠날 수도 없고 오직 아버지께서 친절하시게도 돌아가 주신다면 만사형통일 텐데."

"그렇게 말하면 못 쓴다, 레티스!"

"아버지가 돌아가시기를 바라지 않게 하려면, 아버지가 먼저 돈에 대해서 끔찍하지 않으셔야 해요. 저는 어머니가 아버지 곁을 떠난 것에 대해 조금도 이상하게 생각하지 않아요. 지난 몇 년 동안, 전 어머니가 돌아가신 걸로만 알고 있었어요. 그런데 그게 아니었더군요. 어머니와 함께 달아난 남자는 어떤 사람이었을까요? 멋진 사람이었나요?"

"그건 네 아버지가 이곳에 살기 전의 일이다."

"저는 어머니가 어떻게 지내고 있을까 궁금해요. 새엄마인 앤이 얼른 다른 사람하고 연애나 하게 되었으면 좋겠어요. 새엄마는 절 싫어해요. 제게 잘 대해 주긴 하지만 절 싫어해요. 나이가 들면서 새엄마는 나이 드는 걸 점점 더 싫어하더군요. 사람을 갑자기 망치는 게 나이라는 걸 아시죠?"

나는 레티스가 오후 내내 서재에서 시간을 보낼 것인지 궁금했다.

"제 축음기판 보지 못하셨어요?"

"아니."

"아유, 속상해. 그것을 어딘가에 두었는데. 그리고 걔를 잃어버렸어요. 또 손목시계는 어디에다 두었는지, 물론 잘 가지 않으니까 별문제는 없지만. 오 참, 전 너무 잠꾸러기예요. 오늘 아침엔 11시까지 잤거든요. 하루하루가 정말 따분해요. 그렇게 생각하지 않으세요? 그만 가봐야겠어요. 3시에 스톤 박사님이 발굴하는 분묘를 구경하러 가기로 했거든요."

나는 시계를 흘긋 쳐다보며, 레티스에게 벌써 3시 35분이라고 말해 주었다.

"그래요? 절 기다리고 있든지, 아니면 절 빼놓고 가버렸을 텐데. 그렇다면 정말 큰일이에요. 빨리 내려가서 무슨 수를 써야겠어요."

레티스는 일어나서 들어올 때와 똑같이 후닥닥 나가며 어깨너머로 중얼거렸다.

"데니스에게 전해 주시겠어요?"

데니스에게 무엇을 전해 주어야 하는지도 모르는 채 기계적으로 대답하고 나서, 아차 싶을 때는 그만 너무 늦어 버렸다. 그러나 아마 십중팔구는 별다른 얘기가 아닐 거라고 생각했다. 그러고는 최근 블루 보어 여관에 머무르는 유명한 고고학자인 스톤 박사에 대해 생각해 보았다. 그는 프로데로 대령의 소유지에 있는 고분을 탐사하고 있었다. 그와 프로데로 대령 사이에는 벌써 몇 차례의 언쟁이 있었다. 나는 그가 레티스에게 그 작업을 구경시켜 주겠다고 약속한 것이 재미있었다.

레티스 프로데로가 왈가닥 같은 짓을 하리라는 생각이 떠올랐다. 그녀가 그 고고학자의 비서인 크램 양과 어떻게 지내고 있는지 궁금했다. 크램 양은 언제나 입속 가득 무엇인가가 들어 있는 것 같은 큰 입을 가졌으며, 개성이 강하고 혈기왕성하여, 다소 태도가 소란스러워 보이는 스물다섯의 건강한 젊은 여성이었다.

마을의 평판은 크게 둘로 나뉘어 있었다. 하나는 실제의 그녀보다 훨씬 더 좋지 않은 것이며, 또 하나는 그녀가 애초부터 스톤 박사의 부인이 되려고 마음먹은 강심장의 소유자라는 것이었다. 하여튼 그녀는 여러 면에서 레티스와 좋은 대조가 되었다.

나는 올드 홀에서 진행되는 모든 일의 상태가 썩 좋지 않다는 것을 짐작할 수 있었다. 프로데로 대령은 약 5년 전에 재혼했다. 그의 후처는 평범 이상으로 아주 멋진 부인이었다. 나는 언제나 그 부인과 전처소생의 딸인 레티스와의 관계가 별로 좋지 않음을 추측하고 있었다.

또다시 방해꾼이 들어왔다. 이번에는 하웨스 목사보였다. 그는 프로데로 대령과 내가 주고받는 얘기의 내용을 자세히 알고 싶어 했다. 나는 그에게, 대령이 하웨스 목사보의 '로마 교회적인 경향'은 바람직한 일이 아니라고 불평하긴 했지만, 이번의 얘기는 전혀 다른 것이라고 말해 주었다. 그리고 또한, 그에 대한 나의 의견을 얘기해 주고, 내 지시에 따라야 한다고 분명히 말해 주었다. 그는 대체로 내 말에 잘 따랐다.

그가 가고 난 뒤, 나는 그에게 좀더 잘해 주지 못한 것을 후회했다. 사람들을 대함에 있어서 일관성이 없는 난, 확실히 완전한 크리스천이 되지는 못한 것 같았다.

책상 위에 시곗바늘이 4시 45분을 가리키는 것을 보자 한숨이 나왔다. 15분 빨리 가게 해두었으니 실제로는 4시 30분인 것이다. 그래서 나는 응접실로 가 보았다. 네 명의 교구민이 차를 마시며 모여 있었다. 그리셀다는 자연스럽게 보이려고 애쓰면서 탁자 뒤에 앉아 있었지만, 보통 때와는 달리 억지로 그 자리를 지키는 것 같았다.

나는 모두에게 손을 흔들어 보이고 마플 양과 웨더비 양 사이에 가 앉았다.

마플 양은 점잖고 설득력 있는 태도를 지닌 백발의 할머니 노처녀이다. 웨더비 양은 비꼬임과 과장됨이 혼합된 인물이다. 그러나 둘 중에선 마플 양이 훨씬 더 대하기 어려운 인물이다.

그리셀다가 꿀처럼 달콤한 목소리로 말했다.

"우린 지금 막 스톤 박사님과 크램 양에 대해서 얘기하고 있었어요."

데니스에게서 들은 야비한 얘기들이 내 머리를 치고 지나갔다. 그는 크램 양을 욕하진 않았다. 나는 갑자기 크램 양이 욕먹을 짓을 하진 않았다는 사실을 큰 소리로 말하고 싶었지만, 간신히 참아냈다.

웨더비 양이 마땅치 않다는 표정으로 얇은 입술을 들먹이며 퉁명스럽게 말했다.

"아무리 뛰어난 여자라 해도 그런 일은 못 할 거예요."

"무얼 말인가요?" 내가 물었다.

"독신 남자의 비서가 되는 것 말이에요."

웨더비 양이 소름끼치는 듯한 어조로 말했다.

"오, 여러분, 난 유부남이 더 나쁘다고 생각해요. 저 비열한 몰리 카터를 생각해 보세요." 마플 양이 말했다.

"유부남이 아내와 헤어져 산다면 물론 소문이 자자하겠죠."

웨더비 양이 말을 받았다.

"아내와 함께 사는 사람들조차도 몇몇은……, 내가 기억하기론……."

마플 양이 중얼거렸다.

"그런데 확실히……." 나는 이런 역겨운 회상을 중단시켰다.

"요즘 아가씨들은 남자들이 하는 것과 똑같은 방식으로 여행을 하더군요."

"이런 시골로 오는 것 말인가요? 같은 여관에 묵으면서?"

프라이스 리들리 부인이 정색을 했다.

웨더비 양이 낮은 목소리로 마플 양에게 속삭였다.

"침실도 같은 층에 있다나 봐요."

그들은 서로 눈짓을 주고받았다. 같은 풍상을 겪어왔고, 가난으로 몹시 찌들리는 하트넬 양이 다정스런 목소리로 크게 말했다.

　"그 불쌍한 스톤 박사님은 정신을 차리기도 전에 크램 양에게 붙잡히게 될 거예요. 그 사람은 아직 태어나지도 않은 아이만큼이나 순진하던데요."

　사람들은 정말 이상한 표현을 쓸 때도 있다. 함께 있는 여자 중 아무도 스톤 박사가 요람에 있는 아기에 비유되리라고는 꿈에도 생각지 못했으리라.

　"구역질 나는 일이에요. 난 그렇게 말하겠어요."

　하트넬 양은 평상시의 그 딱딱한 어조로 계속 말했다.

　"스톤 박사는 그 여자보다 최소한 스물다섯 살은 위라고요."

　세 여자들의 화제는 곧 지난번 어머니 모임에서 일어났던 유감스런 사건인 성가대원의 소풍에 대한 일관성 없는 얘기와 그 밖의 교회 제반 문제로 옮겨졌다. 마플 양이 그리셀다에게 눈을 찡긋했다.

　"크램 양은 다만 자기가 좋아서 그 일을 택한 게 아닐까요? 그리고 그녀가 스톤 박사님을 단순한 고용주로 밖에는 생각지 않는다고 보지는 않으세요?"

　아내가 말했다.

　잠시 침묵이 흘렀다. 결국 네 명의 여자들은 어느 누구도 의견 일치를 보지 못한 것이다. 마플 양이 그리셀다의 팔을 툭툭 침으로써 그 침묵이 깨졌다.

　"이봐요." 마플 양이 말했다.

　"당신은 대단히 젊어요. 그 젊음이 그렇듯 순진한 마음을 갖게 하는 거라고요."

　그리셀다는 화가 난 듯이 자신은 조금도 순진하지 않다고 반박했다.

　마플 양은 그 항의를 무시한 채 계속 말했다.

　"따라서 당신은 모든 사람에게서 늘 장점만 보게 되겠죠."

　"당신은 정말 크램 양이 대머리에다가 우둔한 스톤 박사와 결혼하고 싶어한다고 생각하세요?"

　"그는 아주 돈이 많은 사람이에요." 마플 양이 말했다.

　"성미가 조금 급한 것이 염려되긴 하지만. 일전에 그는 프로데로 대령과도 심한 언쟁을 했어요."

모두들 흥미있는 얘기라는 듯이 몸을 앞으로 숙였다.

"프로데로 대령은 그를 무능한 사람이라고 욕하더군요."

"정말로 프로데로 대령답군요. 정말로 어리석어요."

프라이스 리들리 부인이 말했다.

"프로데로 대령다운 것은 사실이지만, 어리석어 보인다는 것은 좀 이상하군요." 마플 양이 말했다.

"여러분도 이곳에 왔던 어떤 부인을 기억하실 거예요. 그녀는 복지사업을 한다고 했어요. 그러고는 몇 번 기부금을 거둔 뒤에 다시는 연락이 오지 않았잖아요. 즉, 무턱대고 남을 믿어서는 안 된다는 거예요. 사람들은 남의 말을 곧이곧대로 믿으려고 한다니까요."

나는 마플 양이 남을 쉽게 믿으리라고는 꿈에도 생각하지 않고 있었다.

"젊은 화가인 레딩 씨하고도 좀 시끄럽지 않았나요?" 웨더비 양이 물었다.

마플 양은 고개를 끄덕여 보였다.

"프로데로 대령이 그를 집 밖으로 내쫓았어요. 수영복 차림의 레티스를 모델로 그림을 그렸다고요."

이거야말로 일대 센세이션이었다!

"늘 그 두 사람 사이에 무슨 일이 일어날 거라고 생각했었죠."

프라이스 리들리 부인이 말했다.

"그 젊은이는 언제나 거기에 눌러앉아 무위도식했어요. 그 불쌍한 처녀는 어머니도 없잖아요. 계모는 아무리 잘해 주어도 역시 친어머니와 같지는 않아요."

"프로데로 부인으로선 최선을 다했다고 봐요." 하트넬 양이 말했다.

"그 아인 너무 교활해요." 프라이스 리들리 부인이 비난하고 나섰다.

"아니, 아주 로맨틱한 일 아니에요? 그 화가는 아주 미남 청년이던데."

다소 부드럽고 다정하게 웨더비 양이 말했다.

"그러나 너무 뻔뻔해요. 분수를 지켜야죠. 화가! 파리! 모델! 이 모두가 격에 안 어울려요!" 하트넬 양이 말했다.

"수영복 차림의 레티스를 그렸다니까요." 프라이스 리들리 부인이 말했다.

"그 사람은 저를 모델로 해서도 그리고 있어요." 그리셀다가 끼어들었다.

"그러나 수영복 차림은 아니잖아요?" 마플 양이 말했다.

"더 나쁜 것인지도 모르죠." 그리셀다가 정색을 하고 말했다.

"고약한 사람이로구먼."

하트넬 양이 너그럽게 농담으로 받았다. 그러나 다른 사람들은 다소 충격을 받은 듯했다.

"레티스가 고민을 털어놓던가요?" 마플 양이 내게 물었다.

"내게 털어놓았느냐고요?"

"예, 나는 그 애가 정원을 지나 목사관의 서재로 들어가는 것을 보았답니다."

마플 양은 언제나 모든 것을 알고 있었다. 정원을 가꾼다는 것은 아주 그럴 듯한 핑계였다. 게다가 성능 좋은 쌍안경으로 새들을 관찰하는 습관도 언제나 적당한 변명이 될 수 있었다.

"예, 그 애가 털어놓더군요." 내가 대답했다.

"하웨스 씨가 염려스러워요. 난 그가 너무 과로해 가면서 목회 활동을 하지 않았으면 해요."

"오!" 웨더비 양이 흥분한 듯이 외쳤다.

"아주 깜박 잊었어요. 여러분들에게 전해 줄 새로운 뉴스가 있어요. 헤이독 의사가 레스트레인지 부인의 집에서 나오는 것을 보았어요."

모두들 서로 쳐다보았다.

"아마 그녀가 아팠나 보죠?" 프라이스 리들리 부인이 먼저 말을 꺼냈다.

"그렇다면 그런 매우 갑작스런 병이어야 해요. 오늘 오후 3시에만 해도 그녀가 정원을 산책하는 것을 보았거든요. 그때는 매우 건강해 보였어요."

하트넬 양이 말했다.

"그녀와 헤이독 의사는 오랜 친구 사이일 거예요."

프라이스 리들리 부인이 다시 말을 받았다.

"그 사람은 그런 사실을 말하진 않았지만."

"그가 그것을 전혀 내색하지 않았다니 참 이상하군요." 웨더비 양이 말했다.

"사실은……."

낮은 소리로 묘한 분위기를 자아내며 그리셀다가 말을 꺼내다가 중간에 멈추었다.

모든 사람들은 순간 긴장하며 그녀를 바라보았다.

"우연히 알게 되었는데……." 그리셀다는 꽤나 인상적으로 말했다.

"그녀의 남편은 선교사였대요. 이건 좀 끔찍한 이야기예요. 그녀의 남편이 식인종에게 잡아먹혀 버렸지요. 그리고 그녀는 원주민 추장의 첫 번째 부인이 되었대요. 헤이독 의사가 어떤 탐험대를 따라갔다가 그녀를 구출했다더군요."

잠깐 동안 흥분이 감돌았으나, 이윽고 마플 양이 미소 지으며 나무라듯 말했다.

"이런 고약한 사람!"

그녀는 그리셀다의 팔을 툭툭 건드렸다.

"아주 현명치 못한 일을 했어요. 당신이 그렇게 얘기하면 사람들은 아주 곧이곧대로 믿어 버린답니다. 그런 얘기는 이상하게 발전하게 돼요."

분위기가 갑자기 어색해졌다. 두 여자가 먼저 일어섰다.

"나는 로렌스 레딩과 레티스 사이에 어떤 일이 있었는지 정말 궁금해요."

웨더비 양이 말했다.

"그렇고 그런 일이 있을 것 같거든요. 어떻게 생각하세요, 마플 양?"

마플 양은 깊이 생각하는 듯했다.

"내가 말을 꺼내지 말았어야 했어요. 문제의 인물은 레티스가 아니라 다른 사람이에요. 그렇게 말했어야 했는데."

"그런데 프로데로 대령도 분명히 그렇게 생각한 것 같던데요."

"그는 우둔한 사람이라기보다는 언제나 내게 충격을 주는 사람이에요."

마플 양이 말했다.

"머릿속에 엉뚱한 생각이 꽉 차 있고, 또 그것을 고집하는 그런 사람이에요. 블루 보어 여관에 있었던 조 버크넬을 기억하세요? 베일리 청년과 시시덕거렸던 그의 딸에 관한 소동 말이에요. 그 사람의 아내는 또 얼마나 왈가닥 같았다고요."

그녀는 그리셀다를 정면으로 쳐다보면서 말했다. 나는 갑자기 거센 분노가

밀려오는 것을 느꼈다.

"우리가 너무 지나치게 얘기하는 것 같다고는 생각하지 않으시오, 마플 양? 자비심에는 사악함이 없어야 한다는 것을 알아야 해요. 수없이 많은 잘못은 대개가 다 심술궂은 험담으로 어리석은 혀를 놀리기 때문에 빚어지는 것이오."

"존경하는 목사님." 마플 양이 말했다.

"당신은 속세와는 전혀 다른 세계에서 살고 있어요. 내가 경험한 한도 내에서 인간성을 관찰해 보았을 때, 사람들은 인간성에 많은 것을 기대해선 안 된다는 거예요. 실없는 객담이 바람직하지 않으며 때론 무정하기도 하겠지만, 또 때론 매우 진실하기도 하잖아요?"

마침내 교구민들은 모두 총알같이 빨리 집으로 가버렸다.

제3장

"못된 늙은 고양 같으니라!" 문을 닫자마자 그리셀다가 말했다.

그녀는 방문객들이 떠난 쪽을 바라보며 얼굴을 찡그리더니 곧 나를 보고 웃었다.

"렌, 당신도 정말 제가 로렌스 레딩과 모종의 일을 벌였다고 의심하세요?"

"여보, 난 절대로 의심하지 않소."

"그러나, 당신은 마플 양이 그것을 넌지시 비쳤다고 생각하시잖아요. 그리고 당신은 제가 단순히 아름다움만 가지고 있다는 것에 대해 얼굴을 붉히시는 거고요—마치 성난 호랑이처럼."

순간적으로 불쾌감이 덮쳐왔다. 영국 교회의 목사는 자신을 결코 성난 호랑이로 묘사될 수 있는 위치에 둘 수는 없는 일이었다. 그러나 나는 그리셀다가 조금 과장되게 표현한 것이라고 자위했다.

"그렇게 말하는 것에 대해, 아무런 대꾸 없이 그냥 지나쳐 버릴 순 없소, 그리셀다? 난 당신이 말하는 걸 좀더 주의해 주었으면 좋겠어."

"식인종 얘기를 말하는 건가요?" 그녀가 물었다.

"아니면, 로렌스가 절 누드로 그리고 있었다는 뜻인가요? 그가 매우 비싼 모피 깃이 달린 두꺼운 외투를 입고 있는, 당신이 아주 깨끗한 차림으로 교황을 알현할 때 그런 모습인 절(어디 한군데 사악한 구석도 뵈지 않는), 그런 절 그리는 것으로 알았다면요! 정말이지 그는 아주 놀랄 정도로 순수해요. 로렌스는 결코 절 사랑하려고조차 들지도 않았어요. 전 그 이유를 알 수 없었지만."

"당신이 결혼한 여자라는 걸 확실히 알고 있기 때문이겠지."

"계약의 궤(유대 계율을 적은 궤)를 드러내려고 하지 말아요, 렌. 나이 많은 남편과 사는 젊고 매력적인 여자는 젊은 남자들에게 부여된 신의 선물이라는 걸 당신도 잘 알고 있잖아요. 그러니까 아마 다른 이유가 있을 거예요. 그렇다고 제가 매력이 없다는 뜻은 아니에요, 절대로."

"당신은 그가 당신을 사랑하게 되었으면 좋겠다는 말이오?"

"그, 그래요." 그리셀다는 내가 기대했던 것 이상으로 주저하면서 말했다.

"만일 그가 레티스 프로데로와 사랑에 빠진다면……."

"마플 양은 그렇게 생각하는 것 같지 않았어요."

"아마 마플 양이 잘못 생각한 것일 게요."

"아니에요, 그렇지 않아요. 그 늙은 고양이는 언제나 정확해요."

아내는 잠시 말을 중단했다. 그리고 재빨리 곁눈으로 나를 흘끗 쳐다보면서 말을 이었다.

"당신은 절 믿으시죠? 로렌스와 저 사이에 아무 일도 없었다는 걸 말이에요."

"오, 그리셀다. 물론이지." 놀랍게도 나는 이렇게 말했다.

아내는 다시 다가와 키스했다.

"당신은 너무나 무섭기 때문에 쉽게 속일 수가 없어요, 렌. 그러니 당신은 제가 말한 것이면 무엇이든 믿어 주셔야 해요."

"나도 그러기를 바라오. 그러나 여보, 말을 함부로 하지 말고, 말하는 데 있어서도 좀더 신중해졌으면 하오. 이곳 여자들은 유머라는 걸 모르기 때문에 잘못 하면 소문에 휘말려요. 그러니, 모든 것을 진지하게 생각해야 한다는 걸 기억해야 하오."

"그 사람들에게 필요한 것은, 그들 삶에 있어서 사소한 부도덕을 인정하는 일이에요. 그렇게 되면 다른 사람들의 삶에서 그토록 혈안이 되어 그걸 찾으려 들지 않을 거예요."

그리고 그녀는 방을 나갔다. 시계를 보고 나는 좀더 일찍 서둘렀어야 했을 몇 군데의 신방을 위해 급해 집을 나섰다.

수요일 저녁 예배는 평상시와 같이 신도들이 드물었다. 사제복을 벗고 나서 교회 밖으로 나오니, 우리 교회 창문을 바라보며 한 여자가 서 있었다.

우리 교회는 오래된, 그러나 아주 멋진 스테인드글라스 창을 갖고 있었다. 실로 교회 그 자체가 매우 볼만한 건물이었다. 그녀가 내 쪽으로 돌아봤다. 레스트레인지 부인이었다.

우린 둘 다 잠시 머뭇거리다가 내 쪽에서 먼저 말했다.

"이 작은 교회가 마음에 드셨으면 합니다만."

"그렇지 않아도 감탄하고 있었어요." 그녀가 말했다.

그녀의 목소리는 맑았으며, 낮은 목소리이지만 또렷한 발음으로 아주 정확했다. 그녀는 또 덧붙였다.

"어제 사모님이 저희 집에 오셨다는데 뵙지 못해서 무척 미안했어요."

우리는 잠깐 동안 교회에 대해 꽤 많은 것을 얘기했다. 그녀는 교회 역사와 교회 건축물에 대해 많은 것을 아는 지적인 여성이었다. 우리는 교회를 뒤로하고 함께 내려왔다. 목사관에서 내려오는 길이 곧바로 그녀의 집으로 통하는 길이었기 때문에, 자기네 집 대문에 이르렀을 때 그녀가 서슴없이 말했다.

"좀 들어오시지 않겠어요? 그리고 제가 어떻게 해야 할지에 대해서 좀 일러주시겠어요?"

난 그녀의 말을 받아들였다. 그녀의 집인 리틀 게이츠는 그전에 어느 앵글로 인디언(영국과 인도인 혼혈아) 대령의 집이었다. 놋쇠로 만든 테이블과 미얀마인들이 섬기는 우상인형이 보이지 않는 것에 적이 마음이 놓였다. 이제 보니 가구들이 매우 단순한 것이긴 하지만 고상한 취향이 담겨 있었다. 가구들은 조화 있게 배치되어 있었으며, 저마다 꼭 있어야 할 자리에 놓여 있었다.

그런데 레스트레인지 부인이 어떻게 해서 이 세인트 메리 미드에 오게 되었는지 그것이 무척 궁금했다. 그녀는 이곳에서는 눈에 띌 정도로 지적인 여성이었기에, 이런 시골 마을에서 일부러 묻혀 지내려는 듯한 느낌이 들었기 때문이다.

거실의 밝은 불빛으로 비로소 나는 그녀를 가까이서 볼 수 있는 기회를 갖게 되었다. 그녀는 매우 키가 컸다. 머리는 붉은 빛깔을 띤 금발이었고, 윗눈썹과 속눈썹이 아주 짙었는데, 선천적인지 혹은 화장한 것인지는 분간할 수가 없었다. 화장을 했다면 정말로 대단히 교묘한 솜씨이리라. 차분히 앉아 있을 때면, 그녀의 얼굴에는 스핑크스와 같은 아름다움이 감돌았다. 또, 그녀는 내가 지금까지 본 것 중에서 가장 신비스러운 눈—그늘이 드리워진 금빛의 눈을 갖고 있었다. 그녀는 옷차림도 완벽했으며, 또한 좋은 가문에서 품위 있게 잘 자란 여성의 편안한 태도를 지니고 있었다. 그런데도 그녀에게는 무엇인가 어울리지 않는 낭패스런 구석이 있었다.

말 많은 그리셀다는 내게 레스트레인지 부인이 재수 없는 여자라고 말하곤 했다. 물론 맞지 않는 말이었지만—아니, 그 말이 정말로 맞지 않는 것일까? 불현듯 그런 생각이 마음속에 떠올랐다. 이 여자는 무슨 일이고 주저하질 않는다.

우리들의 이야기는 대부분 평범한 취미—그림, 책, 오래된 교회 건축물 등에 대한 것들이었다. 그런데 나는 좀 다른 것, 레스트레인지 부인이 내게 말하는 것과는 성질이 판연히 다른 것에 마음을 두고 있다는 인상을 받았다.

나는 그녀가 마치 마음을 결정할 수 없기라도 한 듯이 이상하게 망설이면서 날 바라보고 있다는 것을 한두 번 느낄 수 있었다. 그녀는 계속 이야기해 나갔는데, 그것이 아주 심할 정도로 비개인적이라는 데 나는 주목하고 있었다. 그녀는 남편이나 친구, 또는 친척들에 대해선 결코 한마디도 하지 않았다.

그러나 줄곧 그녀의 시선에는 무엇인가 알 수 없는 듯한 다급한 애원 같은 것이 담겨 있었다. 그것은 '목사님에게 말해도 괜찮을까요? 말하고 싶어요. 목사님이 절 좀 도와줄 수 없을는지요?'라고 말하는 것 같았다. 그러다가는 끝내 사라지고 마는 것이었다—아니, 어쩜 그것은 모두 나의 착각일는지도 모르겠다. 나는 그 생각을 지워버려야겠다고 생각했다. 그래서 얼굴을 붉히며 자리에서 일어섰다. 방을 나서려고 하다가 순간 돌아다보았다. 낭패스러워하며 당황하는 표정으로 내 뒷모습을 뚫어지게 쳐다보는 그녀를.

충동적으로 나는 나가려다 말고 다시 되돌아왔다.

"내가 도와드릴 수 있는 일이 있다면……."

그녀는 어색하게 "매우 친절하시군요."라고 말할 뿐이었다.

우린 둘 다 잠자코 있었다. 곧 그녀가 입을 열었다.

"전 도움을 받고 싶어요. 그런데 그게 몹시 어려운 일이에요. 하지만 아무도 절 도와줄 순 없어요. 목사님 호의는 정말 감사합니다."

더 이상 할 말이 없어서 난 그만 나오고 말았다. 그러나 난 정말이지 이상하게 생각지 않을 수 없었다. 우리 세인트 메리 미드는 '비밀'에 익숙하지 못했다.

내가 불쑥 그 대문에 나타나는 것이 그렇게 어색한 반면, 하트넬 양은 갑자기 불쑥 등장하는 데는 아주 익숙해 있었다.

"오, 목사님! 어머나, 세상에! 목사님이 그 집에 들어가는 걸 봤어요! 이제 모든 걸 우리에게 말씀해 주셔야겠어요."

그녀는 아주 의미 있는 농담을 하듯이 그렇게 말했다.

"무얼 말인가요?"

"그 수수께끼 같은 여자에 대해서요! 그녀는 과부인가요. 그러지 않으면 남편은 어디에 있대요?"

"아무것도 이야기할 게 없어요. 그녀가 내게 말하지 않았으니까요."

"정말 이상하군요. 사람들은 그런 얘기부터 하게 마련인데. 말하지 않은 이유라도 있는 걸까요?"

"글쎄요, 알 수가 없군요."

"아! 마플 양이 말한 대로 목사님은 정말 세속적인 분이 아니시군요. 존경하는 목사님, 내게 말씀해 주세요. 그녀는 오랫동안 헤이독 의사와 알고 지내온 사이죠?"

"그녀는 그 사람에 대해서도 말하지 않았소. 그러니 난 모르는 일이오."

"정말이에요? 그럼, 그 여자와 무슨 얘기를 하신 거예요?"

"그림, 음악, 책 등에 대해서." 난 솔직히 말했다.

얘기를 나눌 때 언제나 사적인 것만을 화제로 삼는 하트넬 양은 의심에 차서 믿기지 않는다는 듯이 쳐다보았다. 그런 뒤, 그녀가 어떤 얘기를 하면 좋을까 망설이는 사이에 나는 그녀에게 작별 인사를 하고는 급히 헤어졌다.

마을에서 멀리 떨어진 집 하나를 방문하고 정원 쪽으로 난 대문을 통해 목사관으로 다시 돌아왔다. 늘 그렇듯이 마플 양 정원의 위험스런 곳을 지나서. 그러나 내가 레스트레인지 부인의 집에 갔었다는 사실이 그녀의 귀에 곧장 들어가리라고는 생각하지 않았다. 그러므로 난 태평하게 안심하고 있었다.

대문의 빗장을 걸고 나서, 로렌스 레딩 청년이 작업실로 사용하는 곳을 막 지나오다가 문득 그리셀다의 초상화가 어떻게 그려졌는지 궁금했다.

나중에 일어난 사건의 참조를 위해 이곳의 약도를 대략 그려보겠다. 필요한 부분만을 정확하게.

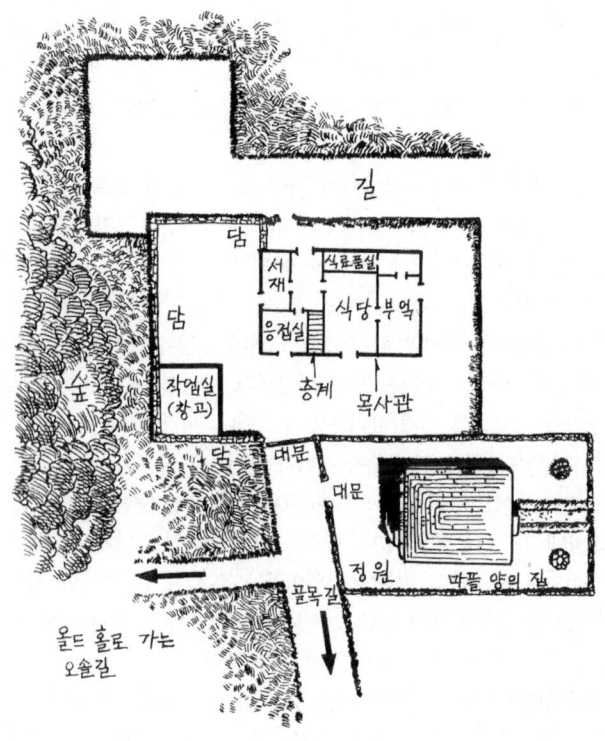

작업실에 누가 있으리라곤 예상치 못했다. 내가 들을 수 있는 범위 내에선 아무 소리도 들리지 않았다. 나는 풀잎 밟는 소리도 내지 않으려고 주의를 기울이면서 조심스럽게 문을 열고 문지방 안으로 발을 들여놓았다. 작업실 안에는 두 사람이 있었는데, 남자의 팔이 여자의 허리를 감싸 안은 채 열정적으로 입을 맞추고 있었다. 그 두 사람은 바로 화가인 로렌스 레딩과 프로데로 부인 이었다. 순간 나는 화들짝 놀라서 허둥지둥 나와 내 서재로 달려왔다.

의자에 앉아서 파이프 담배를 꺼내어 물고 찬찬히 생각해 보았다. 그것은 내겐 커다란 충격이었다. 특히 그날 오후 나는 레티스와 얘기를 나누었기 때문에, 그녀와 그 젊은이 사이에 어떤 종류의 관계가 아주 깊어지고 있다는 것을 분명하게 느끼고 있었던 터였다. 게다가, 그녀도 그렇게 생각하는 것이 확연했다. 또, 나는 그녀가 계모에 대한 젊은 화가의 감정에는 아랑곳하지 않는다는 것을 분명히 느낄 수 있었다.

골치깨나 아프게 됐다. 나는 마플 양에 대한 감탄이 절로 나왔다. 그녀는 꽤 정확히 사태를 짐작하고 있었던 것이다. 이제 나는 그리셀다를 바라보던 그녀의 시선을 완전히 다르게 받아들이게 되었다.

그 문제에 프로데로 부인이 관계될 줄이야 꿈에도 생각지 못했었다. 프로데로 부인에 관한 한, 좀처럼 깊은 속을 드러내지 않는 아주 침착하고 자제력 있는 시저 부인이라는 평판이 늘 따라다녔다. 생각이 여기까지 미치고 있을 때 누군가가 프랑스식 서재 유리문을 두드렸다. 나가 보니 프로데로 부인이 바깥에 서 있었다. 문을 열어 주자 그녀가 들어왔다.

내가 미처 들어오라고 하기도 전에, 그녀는 숨 막힐 듯한 방 안으로 들어오더니 소파에 가 털썩 걸터앉았다. 그것은 결코 이전의 그녀에게선 볼 수 없던 모습이었다. 조용하고 침착한 부인이라는 것은 내가 잘못 안 사실이었다. 그녀의 입에선 한숨이 새어 나왔고, 자포자기한 절망적인 모습이 확연했다. 처음으로 난 그런 앤 프로데로가 아름답다고 느꼈다.

그녀는 창백한 얼굴에 갈색 머리를 갖고 있었다. 그리고 꽤 짙은 그늘이 드리워진 회색빛 눈이 있었다. 지금 그녀는 상기된 듯 얼굴이 발그레했으며, 가슴은 잔뜩 부풀어 올라 있었다. 그것은 마치 동상(銅像)에 갑자기 생기를 불어넣어 산 사람이 된 것 같았다. 나는 그 변화된 모습에 눈을 깜박였다.

"역시 오기를 잘했다고 생각해요." 그녀가 말했다.

"목사님은……, 목사님은 지금 막 보셨죠?"

난 고개를 끄덕였다.

"우리는 서로 사랑해요." 그녀는 조용히 말했다.

근심과 마음의 동요로 인해 그녀는 입술 위에 엷은 미소도 띠지 않았다. 미소 짓는 여자는 매우 아름답고 멋진 모습을 보여 주게 되는데도

나는 여전히 아무것도 말하지 않고 있었다. 그러자 그녀가 다시 덧붙였다.

"목사님에겐 제가 매우 부정한 여자로 보이겠죠."

"어떤 말을 해주길 기대하오, 프로데로 부인?"

"아니, 아무것도 기대하지 않아요."

나는 가능한 한 부드러운 목소리로 말하려고 애쓰면서 계속 말을 이었다.

"당신은 결혼한 부인입니다……"

그녀가 내 말을 가로막았다.

"오! 저도 알고 있어요, 알고 있다고요. 목사님에겐 제가 신중히 생각지 않고 연애 행각이나 벌이고 다니는 그런 여자로 보이세요? 전 정말 그렇듯 부정한 여자는 아니에요. 절대 아니라고요. 그런데 일은 이렇게 이상하게 되어 버렸어요—그래요, 목사님이 생각하는 것처럼 그렇게."

난 억양 없는 어조로 담담하게 말했다.

"나도 그렇게는 생각지 않소."

그녀는 조금 전보다 기가 죽어서 말했다.

"제 남편에게 알리실 건가요?"

딱딱한 목소리로 내가 대답했다.

"목사는 신사처럼 행동할 수 없다는 게 통념이죠. 그러나 그것은 진실이 아니오."

그녀는 만족스러운 시선을 내게 보냈다.

"전 너무나 불행해요. 오! 끔찍할 정도로 불행하답니다. 전 이대로 계속 지낼 순 없어요. 이대로 살 수만은 없다고요. 무엇을 어떻게 해야 할지 도통 모르겠어요." 그녀는 다소 신경질적인 목소리로 말했다.

"목사님은 제 생활이 어떤지 잘 모르실 거예요. 남편 루시어스와 결혼한 것부터가 잘못이었어요. 어떤 여자도 그 사람과는 행복하게 살 수가 없을 거예요. 그 사람이 죽어 버렸으면 좋겠어요. 끔찍스런 일이지만 정말 그랬으면 해

요. 전 절망에 빠져 있어요. 너무나 절망적이라고요."

그녀는 나가려는 듯 창문을 쳐다보았다.

"저게 누구죠? 누군가가 분명히 엿들은 것 같은데. 아마 로렌스일 거예요."

창문 쪽으로 가보았다. 예상했던 대로 창문은 닫혀 있지 않았다. 나가서 정원 아래를 바라보았지만 아무도 눈에 들어오지 않았다. 그러나 난 역시 누군가가 엿들었음이 분명하다고 생각했다. 아니면, 그녀가 한 말 때문에 그런 생각이 든 걸까?

방으로 다시 들어와 보니 그녀는 몸을 비스듬히 숙인 채 고개를 떨어뜨리고 있었다. 절망적인 몸짓으로 날 쳐다보더니 다시 말했다.

"무엇을 어떻게 해야 할지 모르겠어요. 정말 무엇을 해야 할지 모르겠어요."

나는 돌아와서 그녀 곁에 앉았다. 그녀에게 무엇인가를 말해 줘야 하는 게 내 의무라고 생각하면서도, 필요한 것은 믿음을 가지는 것이라고 말해 주려고 했으면서도, 그것이 마치 프로데로 대령이 없는 곳에서는 뭐 어때도 괜찮지 않으냐는, 감정에 치우친 말이 될까 봐 내내 마음이 불편했다.

결국 나는 그녀에게 아무것도 성급하게 결론을 내리지 말라고 말해 주었다. 가정과 남편을 버리는 일은 대단히 중요한 일인 것이다. 나는 이곳에서 이웃집 사람과 사랑에 빠진 사람을 설득시킨다는 것이 부질없는 일임을 깨달을 만큼 충분히 오래 살았다. 그러나 내 말이 그녀에게 다소 위안이 되었다고 생각했다. 그녀는 가려고 일어나서는 내게 고맙다고 인사를 하고, 내가 말한 것에 대해 신중히 생각해 보겠다고 약속했다.

그런데도, 그녀가 가버린 뒤 나는 매우 속이 편치 않았다. 난 이제까지 앤 프로데로의 성격을 잘못 알고 있었던 것이다. 그녀는 이제 내게 매우 절망적인 여인으로, 한때 일어난 그녀의 감정 때문에 아무 곳에도 기댈 데 없는 그런 여인으로 느껴진 것이다. 그녀는 거의 자포자기한 상태로 격렬하게, 미칠 듯이 로렌스 레딩과 사랑에 빠진 것이다. 그녀보다 몇 살이나 연하인 로렌스 레딩과. 나는 그 점이 마음에 들지 않았다.

제4장

난 우리가 로렌스 레딩을 그날 저녁식사에 초대했다는 것을 까맣게 잊고 있었다. 그리셀다가 들어와 저녁식사 시간 2분 전이라고 하면서 종알거릴 때에야 비로소 그 생각이 났다.

"모든 게 다 잘 되었으면 해요." 그리셀다가 내 뒤 층계에서 말했다.

"당신이 점심때 한 말이 생각나서 어떤 음식이 좋을까 하고도 궁리해 보았죠."

내친 김에, 우리의 저녁식사는 그녀가 특별히 신경을 쓸 때가 오히려 더 형편없어진다는 그리셀다의 말이 맞는다는 것을 여기다 덧붙여야겠다.

메뉴를 짜는 데는 꽤나 신경을 썼던 모양이다. 그러나 메리는 짓궂게도 설익은 요리와 너무 익은 요리를 번갈아 만들려면 어떻게 해야 하는지를 이미 터득한 모양이다. 그리셀다가 사온 굴은 실패할 이유가 없을 텐데, 우리는 불행하게도 그것을 먹어 볼 수가 없었다. 굴 껍데기를 까는 도구가 우리 집에 없었기 때문이다—그것이 없다는 사실을 먹기 직전에야 겨우 알게 되었던 것이다.

나는 로렌스 레딩이 정말 나타날 것인지 의심스러웠다. 그는 아주 간단히 핑계를 둘러댈지도 모르는 일이었다. 그러나 그는 제시간에 도착했으며, 우리 넷은 식당으로 들어갔다.

로렌스 레딩은 부인할 수 없을 정도로 매력적인 성품을 가지고 있었다. 추측건대, 그는 약 서른 살쯤 되어 보인다. 검은 머리칼에 푸른 별처럼 빛나는 아름다운 눈을 갖고 있었다. 게다가 모든 면에서 능하고 친절한 사람이었다. 그는 모든 운동에도 일품이었고, 또 뛰어난 아마추어 배우이기도 했다. 그리고 일류 소설작품에 대해서도 일가견을 갖고 있었다. 하여튼 만능 탤런트로, 아마도 그의 기질 속에는 아일랜드인의 피가 흐르는 것이 분명해 보였다. 그는 결코 전형적인 예술가의 모습을 하고 있진 않았다. 그래도 나는 그가 현대 회화(繪畵) 그룹에서 뛰어난 화가라고 믿는다. 물론 나 스스로도 그림에 대해 문외한이라는 것을 인정하는 바이지만.

오늘같이 특이한 저녁에 그가 멍한 상태로 앉아 있는 것은 지극히 당연한 일이리라. 하지만 대체로 그는 제대로 처신하는 것 같았다. 그리셀다나 데니스가 눈치 챈 것 같진 않았다. 아마 나도 미리 알지 못했더라면 아무것도 눈치채지 못했을 것이다.

그리셀다와 데니스는 유별나게 더 유쾌해졌다—스톤 박사와 크램 양에 대한 농담으로 시골의 소문이란! 순간 데니스가 나보다 그리셀다와 더 나이가 비슷하다는 게 고통으로 엄습해 왔다. 그 점이 내게는 괜스레 섭섭하고 쓸쓸한 느낌이 들었다. 평상시에는 이런 얼토당토 않는 느낌이 들어본 적이 없다.

그리셀다와 데니스는 요즘 들어 꽤 가까워졌는데, 그들을 방해하고 싶은 생각은 없었다.

생각건대, 나 자신이 프로데로 부인 때문에 당혹해하고 있음이 분명했다.

로렌스는 그들의 이야기에 즐거움을 더해 주고 있었다. 그런데도 나는 그의 시선이 줄곧 나를 향하고 있다는 것을 눈치 챌 수 있었다. 식사가 끝난 뒤에 그는 서재로 날 찾아왔다.

우리 둘만이 남게 되자 그의 태도가 달라졌다. 얼굴에 수심이 가득한 채 불안해하고 있었다. 그의 얼굴은 아주 수척해 보였다.

"우리들의 비밀을 알고 놀라셨죠, 목사님? 어떻게 하실 생각인가요?"

나는 레딩에게는 프로데로 부인에게 한 것보다 훨씬 더 솔직할 수 있었다. 또 그는 그것을 잘 받아들였다.

"물론, 목사님께선 그렇게 말씀하시는 게 당연하겠죠."

내가 말을 마치자 그가 대꾸했다.

"목사님은 이 교구의 교역자이십니다. 전 어떤 방식으로든 무례하게 행동하고 싶진 않습니다. 솔직히 말하면 목사님이 옳다고 생각합니다. 그러나 앤과 저는 흔히 있는 그런 일과는 다르다고 봅니다."

나는 그에게 사람들은 개벽(開闢)이래 저마다 그런 말을 해왔다고 얘기해 주었다. 기묘하고 엷은 미소가 그의 입가에 번졌다.

"모든 사람들이 다 제각기 자기들의 경우만이 중요한 것이라고 생각한다. 이 말씀이시죠? 아마도 그럴 겁니다. 그러나 이것만은 목사님이 믿으셔야 해요."

그는 나를 설득할 요량이었다.

"앤은 아무 잘못이 없어요."

그는, 앤은 여태껏 가장 진실하게, 그리고 가장 정직하게 살아온 부인이라고 변호했다. 그러나 앞으로 어떻게 될지는 그도 알지 못했다.

"만일 이것이 소설이라면……." 그는 침울한 듯이 말했다.

"그 늙은이는 죽게 될 겁니다. 그것이 모든 사람들에게 유익하니까요."

나는 그를 나무랐다.

"외 제가 그를 칼로 찔러 죽이겠다는 뜻은 아닙니다. 누군가가 그렇게 해 준다면 백배 천배 감사드릴 일이지만, 이 세상에서 그렇게 해줄 사람이 어디 있겠습니까. 처음에 전 프로데로 부인이 왜 그를 해치우지 않았는지 너무나도 이상했습니다. 몇 년 전에 그녀를 만났을 때 그녀는 그럴 가능성이 있는 것처럼 보였거든요. 그녀는 침착해 보이면서도 매우 위험스런 여자였지요. 그 어느 곳에서나 사고뭉치였어요. 특히 그 지긋지긋한 몹쓸 성질을 가졌고요. 목사님은 앤이 그 양반에게 어떤 존재인지 모를 겁니다. 만일에 제가 조금이라도 돈이 있다면, 전 당장 그녀와 도망갈 겁니다."

나는 그에게 세인트 메리 미드를 떠나 줄 것을 매우 진지하게 말했다. 이곳에 남아 있음으로써 그는 이전에 그녀가 겪었던 것보다 훨씬 더 큰 불행을 그녀에게 안겨 주게 될 것이므로, 사람들은 더욱더 쑤군거릴 것이며, 결국에는 프로데로 대령의 귀에 들어가게 되고, 그러면 분명히 더 불행한 일이 일어나게 될지도 모르기 때문이다.

로렌스는 반대하고 나섰다.

"목사님말고는 아무도 이 일을 알지 못해요."

"이봐요, 젊은이. 당신은 이 마을의 기동력 있는 탐정들을 얕보고 있어요. 당신이 세인트 메리 미드에 있는 한, 모든 사람들이 당신과 그녀의 관계를 알게 되고 말 거요. 또 그녀에게는 많은 시간을 함께 지내는 성숙한 딸이 있소. 이곳에서 그녀만 한 탐정이 또 어디 있겠소?"

그는 모든 말이 옳다는 데 쉽게 동의했다. 그 딸은 물론 레티스를 두고 한 말이었다.

"그 딸이 레티스를 두고 한 말임을 알고 있소?" 내가 물었다.

그는 레티스라는 말에 깜짝 놀라는 것 같았다. 그는, 레티스는 자기에게 조금도 신경 쓰지 않을 거라고 말했다. 그는 그렇게 확신하고 있었다.

"그녀는 이상한 처녀더군요. 언제나 환상에 빠져 있는 듯합니다. 그러나 실제로는 대단히 현실적이죠. 그 모호한 태도는 모두 겉치레라고 생각되더군요. 레티스는 자신이 하는 행동에 대해 잘 알고 있더군요. 그것은 앤을 미워하는 데서 비롯된 것이죠. 그녀는 이유 없이 앤을 싫어하고 있어요. 그래도 앤은 언제나 그녀에게 천사처럼 대해 주죠."

물론 나는 이 젊은이의 나중 말을 믿지 않았다. 사랑에 빠진 젊은이들에게 있어서 그들의 애인은 언제나 천사처럼 보이게 마련이니까.

그렇지만, 나는 성의껏 답해 주었다. 앤은 언제나 전처소생의 딸에게 친절하고 자상하게 대해 주었다고. 그날 오후 레티스와 얘기를 나눌 때 그녀의 어조에 쓰라림이 담겨 있는 것에 깜짝 놀랐음에도 불구하고.

우리는 거기서 이야기를 끝마쳐야만 했다. 그리셀다와 데니스가 들어와서 나에게 로렌스에게 구식 늙은이처럼 처신하는 법을 가르치지 말라고 핀잔주었기 때문이다.

"오, 여보." 안락의자에 몸을 던지며 그리셀다가 말했다.

"뭐 스릴 있는 일은 없을까요? 살인사건이라든가, 아니면 강도사건 같은 거라도 좋을 텐데."

"이곳에는 강도질을 할 만한 물건을 가진 사람도 없는 것 같은데요."

분위기를 맞추려는 듯 로렌스가 그리셀다의 기색을 살피며 말했다.

"하트넬 양의 틀니를 훔치는 것을 제외하고는요."

"그건 몹시도 딸깍거리더군요." 그리셀다가 말했다.

"그러나 강도질을 할 만한 물건을 가진 사람이 없다는 것은 잘못 본 거예요. 프로데로 대령의 올드 홀에는 꽤 오래된 아주 멋진 은제품이 있어요. 소금 그릇이며 찰스 2세풍의 발이 달린 큰 접시며—그런 물건들은 분명히 몇천 파운드는 나갈 거예요."

"그 노인네가 먼저 총알이 든 권총으로 숙모님을 쏠지도 몰라요." 데니스가 말했다.

"그 노인네는 그런 일을 좋아하잖아요."

"오! 우리가 먼저 그에게 권총을 들이밀지." 그리셀다가 말했다.

"누가 권총을 갖고 있죠?"

"내가 모저 권총을 갖고 있어요."

"당신이? 어머나! 어떻게 그걸 갖게 되었죠?"

"전쟁이 남긴 유품이죠." 로렌스는 짤막하게 말했다.

"프로데로 대령은 스톤 박사에게 오늘 그 은제품을 보여 주었어요." 데니스가 묻지도 않은 말을 했다.

"스톤 박사는 꽤 흥미 있어 하는 것 같더군요."

"난 그들이 분묘에 관한 일로 싸웠다고 알고 있는데……."

"오! 그 사건은 끝났어요." 데니스가 대꾸했다.

"사람들이 그 고분에서 뭘 찾을 수 있다는 건지 이해할 수가 없더군요."

"그 사람, 스톤 박사는 절 당혹스럽게 만드는 인물이에요. 그는 분명히 제정신이 아닌 모양이에요. 여러분은 그가 자기 전문 분야에 관해서조차 모른다는 느낌을 받을 거예요." 로렌스가 말했다.

"그것은 바로 사랑 때문이에요." 데니스가 나섰다.

"오, 사랑스러운 글래디스 크램 양, 당신에겐 거짓이 없어요. 당신의 하얀 치아는 내게 기쁨을 가져다준답니다. 내게로 날아와 나의 신부가 되어 주세요. 블루 보어 여관의 침실 위로."

"그만하면 됐다, 데니스." 내가 그를 막았다.

"자, 이젠 그만 가봐야겠어요." 로렌스 레딩이 말했다.

"대단히 고마웠습니다, 클리멘트 부인. 매우 유쾌한 저녁이었어요."

그리셀다와 데니스가 그를 전송했다. 데니스는 다시 내 서재로 되돌아왔다.

무슨 일인가가 그의 마음을 산만하게 하고 있었다. 그는 이유 없이 방 안을 이리저리 돌아다녔다. 인상을 잔뜩 찌푸린 채, 발로 가구들을 툭툭 차면서.

우리 집 가구들은 이미 더 이상 파손될 게 없을 정도로 낡아 있었지만, 나는 그를 부드럽게 만류해야만 했다.

"죄송합니다." 데니스가 말했다.

그는 잠깐 동안 입을 다물고 있더니 곧이어 말문을 열었다.

"확실히 썩어빠진 소문들이에요."

나는 약간 놀랐다. 그건 평상시에는 데니스에게서 볼 수 없었던 말투였다.

"무슨 일이지."

"삼촌에게 말씀드려도 괜찮은 것인지 모르겠습니다."

나는 점점 더 놀랐다.

"이건 정말 썩어빠진 일들이라고요." 데니스가 다시 한 번 되풀이했다.

"그것을 말씀드리자니 현기증이 날 것만 같아요. 차라리 말씀드리지 않겠어요. 다만 힌트만 드리죠. 빌어먹을(아니, 죄송합니다), 삼촌에게까지 말씀드리게 되다니! 그건 정말 너무나 썩어빠진 한심한 일이라고요."

나는 놀라움과 호기심으로 그를 쳐다보았을 뿐, 더 이상 그에게 캐물을 순 없었다. 비록 몹시 놀라긴 했지만, 가슴 속에 뭔가를 담고 있다는 것은 전혀 데니스답지 않은 노릇이었다.

그때 그리셀다가 들어왔다.

"방금 웨더비 양에게서 전화가 왔어요. 레스트레인지 부인이 8시 15분경에 나가선 아직 돌아오지 않았대요. 아무도 그녀가 간 곳을 모르고요."

"그녀가 간 곳을 왜 알려고 하는 거요?"

"헤이독 의사에게는 들르지 않았다나 봐요. 웨더비 양이 그것은 알고 있대요. 자기 이웃에 사는 하트넬 양에게 전화를 걸어 물어보았다나 봐요."

"도대체 알 수 없군." 내가 말했다.

"식사들은 어떻게 하나? 그들은 하나라도 놓치지 않고 살피려면 창가에 서서 식사하겠군."

"그런데, 그게 전부가 아니에요." 그리셀다는 신나는 듯이 떠들어댔다.

"그들은 블루 보어 여관에 관한 수수께끼를 풀었대요. 스톤 박사와 크램 양은 이웃한 방을 얻긴 했지만⋯⋯." 그녀는 둘째손가락을 펴며 말했다.

"그 둘을 잇는 문은 없대요."

"많은 사람들을 실망시켰겠군."

그 말에 그리셀다가 웃었다.

목요일은 시작부터가 좋지 않았다. 내 교구 내에 있는 두 여자가 교회 장식 때문에 다투었다. 서로 발끈해서 그야말로 치를 떠는 두 중년 부인들로부터 옳고 그름을 판단해 달라는 요청을 받았다. 고통스러운 일만 아니라면 그야말로 아주 재미있는 육체적 현상이 빚어졌을 텐데.

또 예배시간 중에 사탕을 먹은 성가대원 소년 둘을 심하게 꾸짖어야만 했었다. 그리고 나 자신에게도 지금까지 해온 것만큼이나 전심전력으로 일하고 있지 않다는 느낌으로 매우 마음이 무거웠다.

게다가, 언제나 신경질적인 오르가니스트가 또 공연히 화를 내는 바람에 달래 주어야 했다.

네 명의 비교적 가난한 교구민들이 하트넬 부인을 공개 비난하기 위해 날 찾아왔다. 하트넬 양은 화가 머리끝까지 나서 나한테 쳐들어왔다.

집으로 돌아가는 길에 프로데로 대령을 만났다. 그는 치안판사(경범죄를 처벌하며, 보통은 명예직)의 신분으로 세 명의 밀렵꾼에게 형을 내렸다며 기분이 몹시 좋아 있었다.

"엄격함!" 큰 소리로 그가 말했다.

그는 약간 귀가 어두웠으며, 가는귀먹은 사람들의 대부분이 늘 그러하듯이 그도 목소리가 상당히 컸다.

"요즘에 필요한 것은, 엄격함이오! 예를 들어, 떠돌이 아처가 어제 구치소에서 나왔는데 내게 복수하겠다고 벼른다는군요. 아주 건방진 녀석이오. 옛말대로라면 공갈 협박을 많이 받은 사람은 오래 산다고들 합니다만. 그가 또 꿩을 잡는 것을 보게 되면, 그의 도전이 어떻게 되는지 보여 줄 거요. 우린 요새 너무 느슨해졌소. 난 그 녀석이 쓴 탈을 벗겨 보여 주겠소. 당신은 그 사람들의 아내와 자식들을 생각해 달라고 내게 늘 얘기했죠? 말도 안 되는 소리! 그 치들이 제 아내와 자식에 대해 하소연을 늘어놓는다고 해서 내가 맡은 책임을 회피할 것 같소? 나는 사람들이 어떤 직업에 종사하든지 간에(의사, 변호사, 성직자, 밀렵꾼, 술주정뱅이, 건달, 부랑아 등 무엇이든지 간에), 그에게서 어떤 법적 하자를 발견하게 된다면, 법적으로 처벌할 것이오. 내 말에 이의 없으시죠?"

"당신이 하나 잊은 게 있소. 내 직책상, 난 다른 사람에 비해 한 가지 면에서 존경을 받게끔 되어 있어요—자비라는 면에 있어선."

"아니, 나도 청렴결백한 사람으로 평판이 나 있는 사람이오. 아무도 그걸 부정하진 못할 거요."

내가 아무런 반응도 보이지 않자, 그는 쏘아붙이듯이 말했다.

"왜 대답하지 않는 거요? 무슨 생각을 하는 겁니까?"

잠시 망설이다가 난 다시 말하기로 마음먹었다.

"나는 지금 생각 중이오. 내가 최후의 자리에 섰을 때 내세울 수 있는 게 정의뿐이라면 얼마나 슬픈 일일까 하고 말이오. 그렇게 되면 나는 정의만 할당받게 되어 버릴지도 모르는 일이니까요."

"체! 우리에게 필요한 것은 호전적인 그리스도교요. 난 언제나 내 의무를 다해 왔다고 믿고 있소. 그 이상은 아니오. 이미 말한 대로 오늘 저녁이오. 6시가 아니라 6시 15분이오. 괜찮다면, 마을에 내려가 사람들을 좀 만나보고 와야겠소."

"좋으실 대로 하시죠"

그는 지팡이를 휘두르며 기운차게 걸어갔다. 나는 하웨스에게로 달려갔다. 오늘 아침에 그는 특히 더 몸이 좋지 않아 보였기 때문이다. 그는 직무상 관계된 여러 가지 문제점을 들어 그를 심하기 꾸짖을 생각이었으나(얼렁뚱땅, 아니면 미결인 채로 내버려두는 직무 태만 등을 이유로), 창백한 그의 얼굴을 보고 그가 아프다는 것을 짐작할 수 있었다.

그에게 어디 불편하냐고 물어보았다. 그는 아니라고 했다. 아주 완강하게 부정하지는 않았지만, 그러나 마침내는 건강이 별로 좋지 않다는 것을 털어놓았고, 그만 집으로 돌아가 쉬라는 나의 충고를 받아들이겠노라고 했다.

나는 서둘러 점심을 먹고, 몇 군데를 방문하기 위해 집을 나섰다. 그리셀다는 요금이 싼 목요열차로 런던에 갔다.

난 주일 예배 설교문을 작성하기 위해 3시 45분경에 목사관에 돌아왔는데, 레딩이 서재에서 날 기다리고 있노라고 메리가 일러 주었다.

나는 그의 곁으로 가서 그의 수심 어린 모습을 바라보았다. 그는 매우 창백하고 수척해 보였다.

내가 들어서자 그는 급히 돌아섰다.

"이리로 앉으시죠, 목사님. 어제 해주신 말씀을 깊이 생각해 보았습니다. 그 때문에 뜬눈으로 밤을 새웠죠. 목사님 말씀이 옳아요. 관계를 청산하고 떠나겠습니다."

"고맙소."

"앤에 대한 목사님의 말씀이 옳은 것 같아요. 제가 여기에 계속 머문다면, 그녀에게 단지 고통만을 안겨주게 될 겁니다. 그녀는, 일 말고 다른 면에 있어선 너무나 착해요. 제가 떠나야 한다는 걸 알았어요. 사실, 전 그녀에게 어려움만 많이 안겨 주고 말았습니다. 하느님의 보살핌이 있겠죠."

"선택할 수 있는 최선의 결정을 내렸다고 생각하오." 내가 말했다.

"물론 어려운 결정이었다는 것도 알고 있소. 그러나 날 믿으시오. 그러면 끝내는 모든 것이 다 좋아질 거요."

그는 무슨 일인지도 잘 모르는 사람들이 자기가 내린 힘든 결정에 대해 쉽게 생각할는지도 모른다고 생각하는 것 같았다.

"앤을 돌봐주시겠죠? 그녀에겐 친구가 필요합니다."

"내 힘닿는 한 모든 것을 다하겠다고 약속할 테니 안심하시오."

"고맙습니다, 목사님." 그는 내 손을 꽉 쥐었다.

"목사님은 좋은 분이십니다. 오늘 저녁, 그녀에게 가서 작별 인사를 하겠어요. 아마도 짐을 정리해서 내일은 떠나게 될 겁니다. 고통을 받으며 계속 머문다는 것은 바람직하지 않겠죠. 그림을 그릴 수 있게 창고를 빌려 주셔서 고맙습니다. 그런데 부인의 초상화를 다 마치지 못한 것이 유감이로군요."

"그것은 너무 걱정하지 마시오. 잘 가시오. 하느님의 가호가 있기를 빌겠소”

그가 가버리고 난 뒤, 설교문을 작성하려고 했지만 생각이 잘 떠오르지 않았다. 계속 로렌스와 앤 프로데로 부인의 일이 생각났기 때문이다.

나는 설탕을 넣지 않고, 별다른 맛이 없는 차가운 차를 오히려 즐기는 편이다.

5시 30분경에 전화벨이 울렸다. 로워폼 가(家)의 애로트 씨가 운명했으니 급히 와달라는 전갈이었다.

나는 즉시 프로데로 대령의 올드 홀에 전화를 걸었다. 로워폼 가는 2마일 정도나 되는 먼 거리에 있었기 때문에, 6시 15분까지는 아마도 돌아올 수 없을 것이다. 그리고 나는 자전거를 탈 줄 몰랐다.

프로데로 대령이 방금 차를 가지고 나갔다는 소식을 들었다. 그래서 메리에게 로워폼 가에 갔다 오는데, 6시 30분경이나 그 이후에나 도착하게 될 것이라는 말을 남기고 집을 나섰다.

제5장

목사관의 정문에 도착했을 때는 이미 6시 30분이 훨씬 지나 거의 7시에 가까웠다. 대문에 도착하기도 전에 벌써 문이 활짝 열려 있고, 로렌스 레딩이 들어와 있는 게 보였다.

그는 날 바라보며 죽은 듯이 멈춰 서 있었는데, 나는 그의 출현에 깜짝 놀랐다. 그는 실성한 사람 같아 보였기 때문이다. 눈동자가 특히 이상야릇하게 빛났으며, 안색은 창백했고, 온몸을 덜덜 떨고 있었다.

난 잠깐 동안 그가 술에 취한 게 아닌가 하고 의심해 보았지만, 그 생각은 곧 지워졌다.

"이봐요." 내가 말했다.

"다시 날 만나러 왔소? 미안하오, 나갔다 지금 막 들어오는 길이오. 그런데 사정이 있어서 프로데로 대령을 먼저 보아야 하겠소. 그렇게 오래 걸리지는 않을 것이오."

"프로데로……."

그가 말했다. 그러고는 웃기 시작했다.

"프로데로? 프로데로를 만나보겠다고요? 오, 분명히 프로데로를 보시겠지요. 오, 하느님 맙소사! 예, 맞아요."

나는 그를 빤히 쳐다보았다. 그리고 직감적으로 그에게 손을 뻗쳤다. 그는 재빨리 옆으로 빠져나갔다.

"아니에요." 그는 거의 울부짖다시피 했다.

"전 가봐야겠습니다. 생각 좀 해봐야겠어요, 생각을. 저는 생각을 해봐야 합니다."

그는 갑자기 뛰쳐나갔다. 멍청히 쳐다보는 날 버려둔 채, 마을로 향한 길을 따라 급히 내려가더니 이윽고 사라졌다. 술에 취했을 거라는 생각이 다시 떠올랐다.

이런저런 생각을 털어버리고 목사관으로 들어갔다. 현관문은 늘 열려 있는 채로였지만, 그래도 벨을 눌렀다.

메리가 앞치마에 손을 닦으며 나왔다.

"이제야 오시는군요."

"프로데로 대령, 여기 왔나?"

"서재에 계세요. 6시 15분부터 줄곧 기다리고 계셨어요."

"레딩 씨도 여기에 있었나?"

"조금 전에 왔어요. 목사님을 뵈려고요. 조금만 있으면 목사님이 오실 거라고 얘기해줬죠. 그리고 프로데로 대령님이 서재에서 기다리고 있다는 것도요. 그랬더니 그 사람도 역시 기다리겠다고 해서 서재로 안내했어요. 아마 서재에서 기다리고 있을 거예요."

"아니, 그는 서재에 있지 않아. 방금 길을 따라 내려가는 그를 보고 올라오는 길이야."

"그래요? 전 그가 나가는 소리를 듣지 못했어요. 2분 이상은 기다릴 수 없었나 보죠. 마님은 마을에서 아직 돌아오지 않으셨어요."

나는 정신이 멍한 채 고개를 끄덕였다. 메리는 주방 쪽으로 허둥지둥 급히 물러났고, 나는 복도로 내려가서 서재 문을 열었다.

어두컴컴한 복도를 지나온 터라, 방 안 가득 쏟아져 들어오는 저녁 햇살에 눈이 부셔서 눈을 감았다. 한두 걸음을 옮긴 뒤, 죽은 듯이 가만히 서 있었다.

잠깐 동안, 난 내 앞에 펼쳐진 장면을 보고 어안이 벙벙해졌다.

프로데로 대령은 끔찍스럽게도 내 책상 위에 큰대 자로 드러누워 있었다. 그것도 꽤나 어색한 자세로. 그리고 책상 위에 그의 머리에서 흘러나온 진한 액체가 흥건히 괴어 있었고, 그것이 계속 흘러내려 천천히 바닥을 적시고 있었다. 아주 끔찍스럽게, 한 방울 한 방울씩.

나는 혼비백산해서 그에게로 달려가 보았다. 몸을 만져 보니 몹시 차가웠다. 이미 목숨이 끊어진 것 같았다. 그는 죽어 있었다—머리에 총을 맞고서.

나는 문으로 달려가 메리를 불렀다. 그녀가 오자 나는 빨리 헤이독 의사를 불러오라고 했다. 길 끄트머리쯤에 사는 그를. 그리고 그녀에게 사고가 일어났음을 알려 주었다.

방으로 들어온 뒤 의사가 오기를 기다렸다. 다행히도 메리는 집에 있는 의사를 만날 수 있었다. 헤이독 의사는 풍채가 좋으며 투박한 얼굴에, 가난하지만 정직하고 유능한 의사였다.

조용히 문을 지켜보고 있는데 그가 나타났다. 어떤 감정도 나타내지 않는 것이 진짜 의사다워 보였다. 그는 프로데로 대령을 들여다보며 찬찬히 확인해 보는 것 같았다. 그러고는 몸을 바로 세우고서 날 건너다봤다.

"어떻습니까?" 내가 물었다.

"바로 조금 전에 숨이 끊어진 것 같소. 한 30분 정도 된 것 같은데."

"자살인가요?"

"아뇨. 상처의 위치를 보시오. 게다가 자살이라면 총이 어디 있죠?"

정말 그렇다. 총은 어디에서도 찾을 수가 없었다.

"아무것도 건드리지 않는 게 좋겠소." 헤이독 의사가 말했다.

"경찰을 불러야겠소."

그는 수화기를 들고 전화를 걸었다. 간략히 상황을 설명하고는 전화기를 내려놓았다. 그리고 내가 앉아 있는 곳으로 건너왔다.

"꽤 골치 아픈 일이오. 어떻게 그를 발견하게 되었소?"

내가 설명해 주고 나서 물었다.

"그러면……, 살인인가요?"

"그런 것 같소. 그 밖에 달리 어떻게 생각할 수 있겠소? 평범한 일은 아니오. 누가 이 불쌍한 늙은이를 살해했을까요? 물론 환영받는 존재는 아니었지만, 그 때문에 살해당했을 리는 없고……. 운이 나빴군."

"그런데 한 가지 이상한 일이 있었어요." 내가 말했다.

"오늘 오후에 임종을 앞둔 교구민이 있으니 방문해 달라는 전화가 왔었지요. 그런데 내가 거기 갔을 땐, 사람들이 모두 웬일이냐며 깜짝 놀라더군요. 병자는 며칠 동안 계속 앓고는 있지만, 상태는 호전되어 가고 있다는 거요. 그리고 그 아내는 절대로 전화한 적이 없다고 하더군요"

헤이독 의사는 눈썹을 찡그렸다.

"그것은……, 흠, 뭘 좀 암시하는 바가 있는 것 같소. 당신은 그럼 외출해 있었고, 부인은 어디 있었소?"

"며칠 동안 런던에 가 있기로 했소"

"그러면 하녀는……"

"주방에, 바로 저쪽 반대편에 있었소"

"거기서라면, 이곳에서 일어나는 일들은 까맣게 몰랐겠군. 오늘 저녁에 프로데로 대령이 이곳에 들른다는 것을 누가 알고 있었소?"

"그는 오늘 아침 목사관 앞 큰길가에서 그 사실을 보통 때와 같은 큰 소리로 내게 얘기했었소"

"온 마을이 그것을 알고 있었단 말이로군! 그 사람들, 늘 그렇긴 하지만, 그에 대해서 원한을 품고 있는 사람이 누구인지 알고 있소?"

빛나는 눈동자에 창백한 얼굴의 로렌스 레딩이 생각났다. 그러나 바깥의 복도에서 발걸음 소리가 났기 때문에 그 대답을 피할 수 있었다.

"경찰이 도착한 것 같소"

헤이독 의사가 말했다. 그는 발걸음을 옮겼다.

우리 마을의 경찰 허스트 순경이 나타났는데, 그는 무척 놀란 것처럼 보이긴 했으나, 크게 염려하는 것 같진 않았다.

"안녕하십니까?" 그는 우리에게 인사를 건넸다.

"좀 있으면 경감님이 이리로 오실 겁니다. 사건 현장을 안내해 주시겠습니까? 프로데로 대령이 목사관에서 총에 맞아 쓰러져 있다고 들었습니다만."

그는 잠시 말을 끊고 차가운 시선으로 나를 똑바로 바라보았는데, 나는 결백함을 드러내 보이려고 애를 썼다.

그는 서재 안으로 들어와, 경감이 올 때까지는 아무것도 손대지 말라고 했다. 독자들의 편의를 위해 방의 약도를 첨부시킨다.

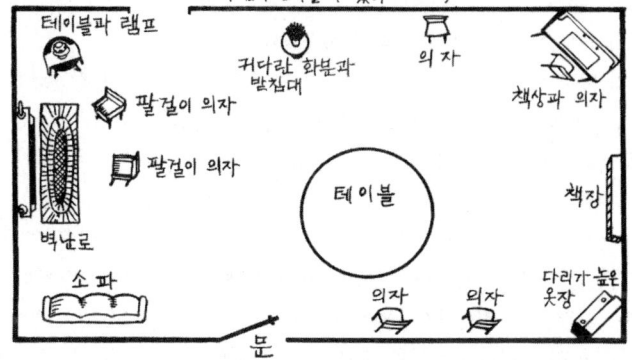

그는 노트와 연필을 꺼내고서 우리 둘을 바라보며, 사건의 경위에 대한 설명을 기다렸다. 나는 시체를 발견하게 된 경위를 다시 설명해 주었다. 모든 것을 다 기록하고 약간 뜸을 들인 뒤, 그는 의사에게로 향했다.

"헤이독 박사님, 당신 생각으론 사인(死因)이 무엇이라고 보십니까?"

"아주 가까운 위치에서 머리에 총을 맞았소."

"그럼 무기는?"

"총알을 꺼내기 전에는 무엇이라 정확히 말할 수 없소. 그러나 아마도 그 총알은 직경이 작은 총구에서 나온 것일 게요. 모저 25구경과 같은 종류……"

나는 전날 밤에 있었던 로렌스 레딩과의 대화가 떠올랐다.

그 순경은 싸늘한 눈초리로 나를 훑어보았다.

"더 말씀하실 게 있습니까, 목사님?"

나는 고개를 저었다. 내가 무엇을 의심하든 간에, 그것은 의심 이상은 아닐 것이기에 말이다. 그러므로 그건 나 혼자만의 생각으로 족한 것이다.

"박사님 생각으론, 사건 발생 시간이 언제라고 보십니까?"

의사는 잠시 머뭇거리더니 대답했다.

"그 사람은 사망한 지 한 30분은 되었소. 난 단지 그렇게만 말할 수 있소.

분명히 그 이상은 아니오."

허스트 순경은 날 돌아보았다.

"하녀가 무슨 소리를 못 들었다고 했습니까?"

"내가 알고 있기론, 그녀는 아무것도 듣지 못했다고 하는 것 같았는데…….
그러나, 당신이 그녀에게 직접 물어보시오." 내가 말했다.

바로 그때, 2마일이나 떨어진 머치 벤햄에서 차를 몰고 온 슬랙 경감이 들
어왔다.

내가 슬랙 경감에 대해 말할 수 있는 것은, 그는 자기 이름이 가진 '느슨하
고 조심성 없다'라는 뜻을 자기 인상에서 지우려 하지 않는다는 것이었다.

그는 침울하고도 침착하지 못했으며, 태도가 꽤 거칠었던 것이다. 끊임없이
초점이 흔들리는 검은 눈동자를 지닌 그는 무례하고도 지나칠 정도로 직선적
이었다. 그는 우리를 보고서도, 노트를 손에 펼친 채 그것을 읽으며 퉁명스레
고개를 숙이는 것으로 인사를 대신했고, 우리가 낮은 목소리로 몇 마디 말을
건네도 그냥 지나쳐 버리는 사람이었다.

"모든 것을 엉망진창으로 만들어 놓았겠구먼."

"우린 아무것도 건드리지 않았소." 헤이독 의사가 말했다.

"나도 만지지 않았소." 내가 말했다.

경감은 몇 번씩이나 바삐 움직이면서 테이블 위를 자세히 들여다보고, 그
위에 흥건히 괴어 있는 피를 조사했다.

"아!" 그는 의기양양한 어조로 말했다.

"여기, 우리가 원하는 게 있소. 이 시계는 아마 시체가 넘어질 때 충격으로
떨어진 걸 거요. 이걸로 사건 발생 시간을 알 수 있겠구먼. 6시 22분이오. 사
망시간이 언제라고 했죠, 의사 선생님?"

"한 30분쯤 되었다고 했소만." 경감이 자기 시계를 들여다보았다.

"지금이 7시 5분인데, 10분 전에 연락을 받았으니 그 시간은 6시 55분일 테
고, 시체 발견은 6시 45분의 일이라는 얘기가 되는데, 그럼 당신은 즉시 불려
왔다고 했으니까 그 시간은 6시 50분이라……, 그렇다면 초까지도 정확하게
들어맞는 것 같군."

"그 시간이 정확하다고는 말할 수 없소." 헤이독 의사가 말했다.

"그것은 대략 추정해본 시간이오."

"좋습니다, 그만하면 됐습니다."

나는 뭔가 더 말해야만 할 것 같았다.

"그 시계에 대해서 좀……."

"알고 싶은 게 있으면 나중에 목사님에게 다시 물어보겠습니다. 지금은 시간이 별로 없어요. 지금 요구하는 것은 가만히 있어 달라는 겁니다."

"좋습니다. 하지만 당신에게 꼭 얘기해야 할 게 있소."

"가만히 있어 달라고 했잖습니까!"

경감이 사납게 나를 노려보면서 말했다.

할 수 없이 나는 그가 말하는 대로 할 수밖에 없었다.

그는 여전히 책상을 들여다보고 있었다.

"도대체 여기 앉아서 무엇을 하고 있었을까? 무슨 편지라도 쓰려고 한 걸까? 아니, 이게 뭐지?"

경감은 중얼거리듯 말했다.

그는 의기양양한 듯이 메모 쪽지를 집어들었다. 그러고는 우쭐해서 그것을 들고 와서, 우리더러 살펴보라고 했다.

그것은 목사관에서 쓰는 메모지였다. 위쪽에 '6시 20분'이라고 적혀 있었다.

클리멘트 씨에게(이렇게 시작되어 있었다)
더 이상 기다릴 수 없어 죄송합니다. 그러나 나는……

여기까지 휘갈겨 쓰여 있었다.

"아주 분명해졌소." 슬랙 경감은 희색이 만면해서 말했다.

"이 사람은 여기 앉아서 이 편지를 쓰고 있었는데, 범인은 창을 통해 살며시 들어와 총을 쏜 것이오. 그 밖에 무엇이 더 필요합니까?"

"내가 말하고 싶은 건……."

내가 말을 하려 했다. 그러나 그는 내 말을 가로막았다.

"괜찮으시다면, 함께 바깥으로 나가시죠. 발자국이 있는지 보고 싶소"

그는 무릎을 굽히고 엉금엉금 기어 열려 있는 프랑스식 창문으로 갔다.

"당신이 꼭 알아야만 하는 게 있는데……"

내가 끈덕지게 붙잡고 늘어졌다.

"나중에 얘기할 기회가 있을 겁니다. 일단 두 분은 이곳에서 나가 주었으면 좋겠습니다. 지금 곧"

우리는 겁먹은 아이들처럼 소스라치게 놀라서 그곳을 물러 나와야만 했다.

시간이 꽤 흐른 것 같이 여겨졌다—7시 15분밖에 되지 않았는데도.

헤이독 의사가 말했다.

"그런 그렇다 치고, 그 우쭐한 당나귀 같은 경찰이 날 찾으면 병원으로 보내 주시오. 그럼, 난 이만 가겠소"

"마님이 돌아오셨습니다." 메리가 주방에서 나와 일러주었다.

그녀는 흥분에 들뜬 표정으로, 두 눈이 휘둥그레져 있었다.

"들어오신 지 5분쯤 되었어요."

거실에 있는 그리셀다를 보았다. 그녀는 흥분한 것 같진 않았지만, 다소 놀란 눈치였다.

내가 그녀에게 사건의 경황을 일러주자, 그녀는 가만히 듣고 있었다.

"그 메모지 상단에는 6시 20분이라고 적혀 있었으며, 탁상시계는 바닥에 떨어져 있었는데 바늘이 6시 22분에 멈춰져 있었소" 나는 말을 맺었다.

"그래요? 그러나 그 시계는 언제나 15분씩 빨리 간다는 것을 알려 주셨어요?"

"아니, 말하지 못했소. 말하려고 했지만 그가 끝내 기회를 주지 않았소"

그리셀다는 어이없는 표정을 지으며 못마땅해했다.

"아니, 렌. 그 사실 때문에 모든 문제가 뒤틀리게 돼요. 그 시계가 6시 20분이었다면, 실제로 6시 5분밖에 안 된 거예요. 6시 5분에 프로데로 대령이 이곳에 도착할 리 없잖아요?"

제6장

우리는 몇 번씩이나 골똘히 그 시계 문제를 생각해 보았지만, 별다른 뾰족한 수가 없었다. 그리셀다는 내게 다른 조치를 해서라도 슬랙 경감에게 그 사실을 알려야 한다고 했지만, 그 점에선 나도 고집 센 당나귀같이 느껴지는 것이었다.

슬랙 경감은 이상하게도 지나칠 정도로 무례하게 굴었다. 나는 언제든 그 귀중한 정보를 들이대어 그가 쩔쩔매는 꼴을 봐야겠다고 생각하며 그때가 오기만을 기다리고 있었다. 그러면 나는 경감을 점잖게 꾸짖는 것이다.

"슬랙 경감, 당신이 내 말만 들었어도……"

나는 경감이 집에서 나가기 전에 적어도 한마디 말 정도는 있을 것을 기대했는데, 놀랍게도 슬랙 경감은 서재 문을 잠근 채 아무도 그 방에 들어가게 해서는 안 된다는 지시만을 남겨 놓고 말없이 떠나 버렸음을 메리를 통해 알게 되었다.

그리셀다는 올드 홀에 가겠다고 했다.

"앤 프로데로에게는 너무나 끔찍스런 일일 거예요―경찰에 시달리는 것뿐만 아니라 모든 것. 그녀를 위해 할 수 있는 일이 아마 있을 거예요."

나는 그 말을 진심으로 환영했으며, 그리셀다는 내 도움이 필요하거나 또는 두 여자에게 위로가 필요하다고 생각되면 내게 전화하겠다는 말을 남기고 나가 버렸다.

나는 이제 주일 학교 일로 7시 45분에 오기로 되어 있는 주말학교 교사들에게 전화를 걸려고 했다.

이런 상황에서는 그 약속을 연기하는 것이 낫다고 생각했기 때문이다.

이런 순간에 데니스가 테니스 코트에서 막 돌아왔다. 목사관에서 살인이 일어났다는 사실이 그에게는 묘한 쾌감을 주는 것 같았다.

"살인사건 현장이 있다니, 정말 신나는 일인데요. 저는 늘 그런 사건 속에 뛰어들고 싶었죠. 한데, 왜 경찰이 서재 문을 잠갔죠. 다른 문 열쇠 중엔 거기에 맞는 게 없을까요?"

나는 그가 하려는 일이 어떤 것이든 간에 허락하지 않았다. 데니스는 마지못해 포기하고 말았다. 나에게서 짜낼 수 있는 모든 것을 알아낸 뒤에, 그는 발자국을 살펴보겠다며 정원으로 나갔다. 모든 사람들이 프로데로 대령을 싫어했으니까 잘 된 일이라고 혹독하게 얘기하면서.

그 지독한 혹평은 내 비위에 거슬리는 말이었지만, 그 아이를 야단치진 않았다. 데니스만한 나이 때에는 추리소설이 가장 흥미 있는 것 중 하나이며, 실제로 탐정거리를 발견한다는 것은(설사 자기네 집 현관 층계참에 시체가 있다 할지라도), 온전한 정신의 젊은이를 일곱 가지 기쁨의 나라로 데려가게끔 되어 있는 것이다. 죽음이란 열여섯 살 된 소년에게는 특별한 의미가 없다.

한 시간쯤 뒤 그리셀다가 돌아왔다. 그녀는 슬랙 경감이 앤 프로데로에게 사고 소식을 들려준 직후에 도착해서 앤 프로데로를 만나보았다고 했다.

"그 사람은 매우 철저한 모양이에요." 그리셀다가 말했다.

"프로데로 부인은 어땠소?"

"저, 아주 괜찮아 보이던데요. 보통 때랑 똑같았어요."

"그래. 프로데로 부인이 발작을 일으키리라고는 생각할 수도 없지."

"하지만, 그 일은 아주 충격적이었을 거예요. 당신도 알겠지만, 그녀는 내가 와준 것을 대단히 고마워했지만, 사실 내가 해줄 수 있는 건 아무것도 없었어요."

"레티스는 어땠소?"

"그녀는 어딘가로 테니스를 치러 나갔다더군요. 그러니 집에는 없었죠."

잠시 말을 끊은 뒤, 그리셀다가 다시 말을 이었다.

"렌, 당신도 알고 계시겠지만, 프로데로 부인은 아주 괴짜예요. 정말 이상했어요."

"충격 때문일 게요." 내가 넌지시 말했다.

"그래요, 나도 그렇게 생각했어요. 그런데……."

그리셀다는 양미간을 몹시 찡그렸다.

"어쩐지 그런 것만 같지는 않더군요. 이성을 잃었다기보다는…… 글쎄, 어쩐지 겁을 먹은 것 같았어요."

"겁을 먹었다고?"

"그래요. 하지만 겉으로 나타내진 않았어요. 적어도 그걸 나타내지 않으려 애쓰는 것 같았어요. 그러면서도 이상하게 눈에는 호기심이 가득했어요. 살인 자에 대해 그녀가 어떤 생각을 하는지 궁금해요. 그녀는 절더러 누가 의심되 느냐고 자꾸만 묻더군요."

"그녀가?" 골똘히 생각에 잠기면서 내가 물었다.

"예, 그래요. 그녀는 놀랄 정도로 대단한 침착성을 보여 주었어요. 그러나 몹시 당황하는 듯했어요. 제가 생각했던 것 이상으로요. 그러니까, 그건 결국 그녀가 남편을 그리 크게 생각하지 않았다는 얘기가 아닐까요. 그녀는 최근에 는 그를 몹시 싫어했다고 들었어요."

"죽음은 때론 사람의 감정을 초월하게 만들기도 하오."

"예, 저도 그렇게는 생각해요."

화단에서 발자국을 발견했다고 요란을 떨며 데니스가 들어왔다. 그는 경찰 이 그것을 못 보고 지나쳤지만, 그게 이번 사건의 중요 단서가 될 것이라고 확신했다.

나는 어수선한 밤을 보냈다.

다음 날, 데니스는 아침식사 전에 좀더 새로운 사실을 발견해 내려고 한참 이나 목사관 주변을 이리저리 돌아다니며 살폈다.

그렇지만, 그날 아침 우리에게 충격적인 뉴스를 제공한 사람은 데니스가 아니라 메리였다.

우리가 아침을 들려고 막 자리에 앉았을 때, 메리는 뺨이 상기된 채 눈동자 를 반짝반짝 빛내며 급히 들어왔다. 그녀는 상투적인 아침 인사도 생략한 채 우리에게 말했다.

"여러분도 그걸 알고 계셨나요? 빵집 사람이 방금 제게 말해 주었어요. 경찰이 레딩 씨를 체포했대요"

"로렌스가 체포되었다고?" 믿기지 않는다는 듯이 그리셀다가 외쳤다.

"있을 수 없는 일이야. 뭔가 분명히 잘못된 걸 거야."

"그 사실만은 진짜예요, 마님." 메리는 흡족한 듯이 말했다.

"레딩 그 사람이 자진출두한 거래요. 지난밤에 그랬다나 봐요. 곧장 경찰서로 가서 테이블 위에다 권총을 내려놓으며 '내가 그랬소' 하고 말했대요. 정말 그렇게 얘기했대요."

그녀는 우리 두 사람을 바라보며 힘주어 고개를 끄덕였다. 그러고는 자기가 갖고 온 소식의 파급 효과에 대해 만족해하면서 물러갔다. 그리셀다와 나는 서로를 바라보았다.

"오! 그럴 리가 없어요." 그리셀다가 말했다.

"사실이 아닐 거예요."

그녀는 나의 침묵을 주시하더니 말했다.

"렌, 당신도 그게 사실이 아니라고 생각하시겠죠?"

나는 그녀에게 뭐라고 대답하기가 난처해서 말없이 앉아 있었다. 머릿속에선 생각이 천 갈래 만 갈래로 퍼져 나가고 있었다.

"그가 정신이 나간 게 분명해요." 그리셀다가 말했다.

"분명히 정신이 나간 거라고요. 혹시 그 두 사람이 함께 권총을 쳐다보고 있는데 저절로 발사된 건 아닐까요?"

"그런 일은 있을 수 없소!"

"아니면 사고가 분명해요. 그럴 만한 동기가 없잖아요. 로렌스가 프로데로 대령을 살해할 만한 이유가 뭐겠어요?"

나는 그 질문에 대해 결정적인 대답을 할 수 있었지만, 가능한 한 앤 프로데로만은 들먹이고 싶지 않았다. 그 문제에는 그녀의 이름이 거론될 소지가 있었기 때문이다.

"두 사람이 다툰 적이 있다는 걸 기억해 보구려." 내가 말했다.

"레티스와 그녀의 수영복 차림에 대한 사건 말인가요? 그래요, 하지만 그건 사소한 일이에요. 그와 레티스가 설령 비밀스런 관계에 있다 할지라도, 그게 그 아이의 아버지를 죽일 만한 이유는 되지 않잖아요?"

"우리는 그 사건의 진상을 모르고 있소, 그리셀다."

"당신은 그걸 믿으세요, 렌! 오! 어떻게 당신이 그럴 수가 있어요? 당신에게 말해 두겠는데요, 로렌스는 결코 그 양반 머리에 손끝 하나 대지 않았을 거예요. 전 그렇게 확신해요."

"어제 대문 밖에서 그를 만났었는데, 그는 마치 실성한 사람 같아 보였소"

"그랬어요? 오! 그건 정말이지 있을 수 없는 일이에요."

"또, 그 시계 일만 해도 그러하오. 이것은 그 시계의 일을 설명해 주고 있소. 로렌스는 자신에 대한 알리바이를 만들 요량으로 시곗바늘을 6시 22분에다 돌려놓았을 거요. 슬랙 경감이 그 함정에 속아 넘어가고 말았지."

"그건 잘못된 생각이에요, 렌. 로렌스는 그 시계가 빨리 간다는 사실을 알고 있었어요. '목사관의 시계를 맞춰 놓으시죠.' 하고 그는 늘 말했거든요. 따라서 로렌스는 6시 22분으로 돌려놓는 실수는 절대 저지르지 않았을 거예요. 그가 했다면, 가능한 한 다른 시각에(예를 들어 6시 45분이라든가), 바늘을 돌려놓았을 거예요."

"그는 프로데로 대령이 여기에 몇 시에 도착했는지 몰랐을 수도 있소. 아니면, 시계가 빨리 간다는 사실을 깜박 잊었을 수도 있고."

그리셀다는 승복하지 않았다.

"아니에요. 만일 당신이 살인을 저지른다면, 그 같은 일엔 굉장히 주의했을 거예요."

"나는 결코 그런 일을 저지르지 못한다는 것은 당신이 잘 알고 있지 않소, 여보." 내가 부드럽게 말했다.

그리셀다가 미처 대답하기 전에, 우리들의 아침 식탁에 사람 그림자가 비치더니 매우 온화한 목소리가 들려왔다.

"난 굳이 방해하고 싶지는 않아요. 그러나 이런 슬픈 상황 속에선, 대단히 비참한 상황 속에선."

이웃집 마플 양이었다. 이 정중한 참견자를 맞으러 그리셀다는 유리문 쪽으로 걸어갔으며, 난 그녀에게 의자를 권했다. 그녀는 얼굴이 다소 상기되어 있었으며, 몹시 흥분해 있는 것 같았다.

"아주 끔찍한 일이에요, 그렇죠? 불쌍한 프로데로 대령, 유쾌한 사람이었죠. 그리 인기 있는 사람은 아니었어도 그의 죽음을 애도하지 않는 사람은 아무도 없어요. 정말 목사관 서재에서 총에 맞은 건가요? 난 그렇게 들었는데, 그게 사실인가요?"

나는 실제로 그런 일이 일어났다고 말했다.

"그러나 목사님은 그 시간에 여기 안 계셨다면서요?"

마플 양이 그리셸다에게 물었다.

나는 그때 어디에 있었는지를 일러주었다.

"오늘 아침엔 데니스가 보이질 않는군요."

주의를 둘러보며 마플 양이 말했다.

"데니스는 자신을 아마추어 탐정쯤으로 생각하나 봐요. 화단에 남겨진 발자국에 대해 몹시 흥분하고 있어요. 그것을 경찰에게 말해 주러 간 건 아닌지 모르겠네요."

"그것참 굉장한 일이군요. 데니스는 누가 범인인지 알고 있다고 생각하는가 보죠? 난 우리 모두도 다 짐작하고 있다고 생각하는데요." 마플 양이 말했다.

"그럼, 당신은 알고 있다는 말인가요?" 그리셸다가 물었다.

"아니, 결코 그런 뜻으로 말하진 않았어요. 다만 모두들 제각기 다른 누군가를 범인으로 꼽고 있다는 것이죠. 그건 대단히 중요한 일이라서 증거가 필요하죠. 예컨대 나는 누가 그랬을 거라고 확신은 하지만, 사실은 아무런 증거도 갖고 있질 않아요. 지금은 그런 것을 말하는 데 매우 조심해야 한다는 것도 알고 있고요—명예 훼손이라든가, 그렇게들 말하죠? 난 슬랙 경감을 아주 조심하기로 했어요. 그 사람이 오늘 아침에 날 만나러 오겠다는 전갈을 보내 왔거든요. 그런데 조금 전에 다시 그럴 필요가 없어졌다는 연락을 전화로 알려 왔더군요."

"범인을 체포했으니까 그럴 필요가 없어졌겠죠." 그리셸다가 말했다.

"체포라고요?"

마플 양은 흥분한 듯 얼굴이 붉어지며 상체를 앞으로 굽히면서 말했다.

"난 누가 체포되었단 소식을 듣지 못했어요."

마플 양이 우리보다 앞선 정보를 갖지 못한 일은 매우 드물었기 때문에 나는 으레 그녀가 새로운 일에 대해서도 알고 있으려니 생각했었다.

"이야기가 좀 달라진 것 같군요." 내가 말했다.

"범인이 체포되었어요. 로렌스 레딩이."

"로렌스 레딩이라고요?" 마플 양이 몹시 놀라는 눈치였다.

"내 생각엔 그렇지 않았는데."

그리셀다가 재빨리 끼어들었다.

"전 아직도 믿을 수가 없어요. 아니에요. 비록 그가 자백했다 할지라도, 그는 아니에요."

"자백?" 마플 양이 되물었다.

"그가 자백했다고 했나요? 오, 정말 이상하군요. 예, 정말 이상한 일이에요."

"전 거기에 분명히 모종의 흑막이 있다고 생각해요." 그리셀다가 말했다.

"렌, 당신은 그렇게 생각지 않으세요? 스스로를 포기한 채 자수했다는 것이 그걸 의미하고 있어요."

마플 양은 상체를 앞으로 굽혔다.

"그가 자수했다고 얘기했나요?"

"예."

"오." 마플 양은 깊은 한숨을 내쉬면서 말했다.

"아주 기뻐요, 대단히."

나는 약간 놀라서 그녀를 쳐다보았다.

"내 생각으론, 그것은 그가 양심의 가책을 느끼는 것으로 보이는데요."

"양심의 가책이라고요." 마플 양은 매우 놀라워하는 것 같았다.

"오, 목사님. 설마 그 사람이 범인이라고는 생각지 않으시겠지요."

나는 몸을 돌려 그녀를 쳐다보았다.

"하지만 자백을 했으니······."

"예, 하지만 바로 그게 증명하는 거라고 생각하는데요. 그렇지 않나요? 그가 일을 저질렀다는 증거는 아무것도 없다고 생각하는데요."

"아니오." 내가 말했다.

"내가 우둔해서인지는 모르겠소만, 난 그렇게 생각지 않아요. 그가 사람을 죽이지 않았다면, 뭣 때문에 굳이 자기가 그랬다고 하는지 그 이유를 알 수 없단 말입니다."

"오, 아니에요. 그럴 만한 이유야 있죠. 당연하잖아요. 이유는 언제든지 있는 법이랍니다. 안 그래요? 게다가, 젊은이들은 흥분하기 쉬운 성격이어서 최악의 경우를 믿어 버리는 경우가 많아요."

그렇게 말하고 그녀는 그리셀다 쪽을 바라보았다.

"어때요, 내 말이 틀렸나요?"

"전, 전 잘 모르겠어요. 무슨 생각을 해야 할지 알 수가 없군요. 로렌스가 그런 바보 멍청이 같은 짓을 왜 했는지 도대체 그 이유를 알 수가 없어요."

"만일 당신이 어제저녁 그의 얼굴을 보았다면……." 내가 거들었다.

"말해 보세요." 마플 양이 말했다.

어제저녁 내가 집으로 돌아왔을 때의 일을 얘기해 주자, 그녀는 주의깊게 귀를 기울였다.

내 얘기가 끝나자 그녀가 말했다.

"나는 약간 어리석어서 가끔 모든 일을 순순히 받아들이지 않기도 하지만, 아무튼 목사님의 말씀에는 수긍할 수가 없군요. 만일 어떤 젊은이가 살인과 같은 엄청난 일을 저지르려 결심했다면, 범행 뒤에 그처럼 이성을 잃은 태도는 보이지 않을 거예요. 그런 범죄는 미리 계획된 냉철한 것이기 때문에 약간 당황해서 작은 실수는 저지를지 모르지만, 목사님이 말씀하시는 것과 같은 혼란 상태에 빠지지는 않는답니다. 그런 입장에 자신을 놓아두는 것은 어렵겠지만, 나만 해도 그 같은 상황에선 그렇게 되지 않을 거예요."

"우리는 그 상황을 알지 못해요." 내가 반박했다.

"만일 그 두 사람이 다투었다면, 감정이 격앙된 상태에서 총을 쏘았을 거요. 로렌스는 제정신을 차린 뒤에 자신의 행동에 대해 겁이 덜컥 났겠죠. 난 그 일이 그렇게 해서 일어났다고 생각하고 싶소."

"나도 알아요, 클리멘트 씨. 그 일에 대해선 여러 가지로 생각해볼 수 있다는 것을. 그러나 우리는 진실을 알아야만 해요, 그렇죠? 목사님 말씀대로 일이 벌어진 것 같진 않군요. 목사님 말씀대로 그들이 싸웠다고 하더라도, 레딩 씨는 겨우 2분간만 집 안에 있었다고 이 집 하녀가 말해 주더군요. 최소한 그녀가 내게 말해 준 대로라면, 대령은 편지를 쓰고 있다가 뒤통수에 총을 맞았다면서요?"

"예, 그래요." 그리셀다가 말했다.

"그는 더 이상 기다릴 수 없다고 편지에 쓰려던 것 같았어요. 그 쪽지 위쪽에는 '6시 20분'이라고 적혀 있었으며, 테이블 위의 탁상시계는 엎어져서 바늘이 6시 22분에 멈춰 있었어요. 그게 바로 남편과 저를 난처하게 만드는 거랍니다."

그리셀다는 그 시계가 15분씩이나 빨라 갔다고 말해 주었다.

"아주 이상한 일이로군요." 마플 양이 말했다.

"정말 이상한 일이에요. 그 쪽지는 내게 더욱 호기심을 불러일으키는군요. 내 말은……"

그녀는 잠깐 말을 끊고 주위를 돌아보았다. 레티스 프로데로가 문밖에 서 있었다. 레티스는 들어와서 우리에게 가볍게 목례를 해보이며 중얼거리듯 낮은 목소리로 말했다. '안녕하세요.'라고

그녀는 의자에 털썩 주저앉으며 평상시보다 더욱 생기발랄한 목소리로 말했다.

"로렌스가 체포되었다고 들었어요."

"그래. 우리에겐 매우 충격적이었단다." 그리셀다가 조용히 말했다.

"누군가가 아버지를 살해했다고는 생각되지 않아요."

그녀는 비탄이나 절망에 찬 감정을 드러내지 않는 것에 대해 자랑스럽게 여기며 분명한 투로 말했다.

"대부분의 사람들은 아버지가 죽기를 바랐어요. 저 자신도 때론 그런 적이 있었고요."

"뭐 먹을 것이나 마실 것 좀 갖다 줄까, 레티스?"

그리셀다가 말을 건넸다.

"아뇨, 괜찮아요. 사실은 제 모자가 여기에 떨어져 있지는 않은지 알아보려고 들어왔어요. 아주 조그맣고 특이하게 생긴 노란색 베레모 말이에요. 어제 서재에다 두고 나온 것 같은데."

"그렇다면 아직 그대로 있을 거야. 메리는 결코 어떤 것도 치우지 않으니까." 그리셀다가 덧붙였다.

"그럼 가보고 오겠어요." 레티스가 자리에서 일어나며 말했다.

"성가시게 굴어서 죄송해요. 하지만 다른 모자는 죄다 잃어버려서요."

"그런데 지금은 그걸 찾아볼 수 없을 것 같은데." 내가 말을 건넸다.

"슬랙 경감이 서재를 잠가 놓았거든."

"오, 저런! 창으로 들어갈 순 없을까요?"

"그럴 수 없을 것 같다. 창은 안으로 잠겨 있거든. 그런데 레티스, 지금은 노란 베레모가 어울리지 않을 것 같은데?"

"애도의 뜻을 나타내야 한다는 말씀인가요? 전 조금도 슬프지 않은데요? 그건 구태의연한 사고방식이라고 생각해요. 로렌스에 대한 일도 귀찮기만 해요. 정말이에요."

그녀는 못마땅한 표정을 지으며 일어섰다.

"그 모든 게 저와 그 수영복 차림 때문이라고 생각하시는 모양인데, 그건 어리석은 일이라고요."

그리셀다가 무엇인가를 말하려고 입을 움직였지만, 웬일인지 다시 입을 다물고 말았다.

레티스의 입가에 이상한 미소가 번졌다.

그녀는 부드러운 목소리로 말했다.

"집에 가서 새엄마에게 로렌스가 체포되었다는 것을 말해 줄 참이에요."

그녀는 다시 유리문 쪽으로 걸어나갔다.

그리셀다가 마플 양을 돌아보았다.

"왜 제 발을 밟으셨죠?"

"당신이 불쑥 말을 할 것 같아서 그랬어요. 이런 일은 가능한 한 그냥 내버려 두는 편이 훨씬 나을 때가 있어요. 당신도 알고 있겠지만, 난 저 아이가 자신이 말하는 것처럼 하나도 모르고 있다곤 생각지 않아요. 저 아이는 머릿속에 아주 분명한 생각을 갖고 있어요. 그리고 그것을 행동으로 곧 옮길 것이고요."

그때 메리가 식당 문을 크게 두드리고 안으로 들어왔다.

"무슨 일이지?" 그리셀다가 말했다.

"메리, 문을 두드리지 말라는 것을 잊었어? 말해 주었잖아."

"바쁜 일이라서요." 메리가 대꾸했다.

"멜쳇 대령님이 오셨어요. 목사님을 뵙고 싶어 하는데요."

멜쳇 대령은 이 지방의 경찰서장이다. 난 즉시 일어났다.

"홀에 그냥 서 계시게 하면 안 될 것 같아서 거실로 안내했어요."

메리가 계속 말했다.

"식탁을 치울까요?"

"아니, 그냥 둬." 그리셀다가 말했다.

"나중에 벨을 누를게. 됐어."

그녀는 마플 양을 돌아보았다. 나는 그 방을 나왔다.

제7장

멜쳇 대령은 갑자기 예기치 않은 얘기를 불쑥불쑥 꺼내기를 좋아하는, 키가 작달막한데다가 붉은 머리카락과 빛나는 푸른 눈을 가진 사람이다.

"안녕하십니까, 목사님. 뭐 성가신 일이 생겼다고요? 프로데로 대령은 불쌍한 친구지요. 그를 좋아하진 않았지만, 그건 나뿐만이 아니고 모두들 그럴 거예요. 목사님에겐 꽤나 귀찮은 일이 되겠군요. 그 때문에 부인께서 불편한 일이 없어야 할 텐데요."

나는 그리셀다는 매우 잘 있다고 대답해 주었다.

"그것참 다행입니다. 집에서 사건이 터졌다는 것은 매우 골치 아픈 일이죠. 우선 레딩 씨가 그런 식으로 일을 저질렀다는 얘길 듣고 무척 놀랐다는 말부터 해야 할 것 같군요. 그 친구는 남에게 손해를 끼쳤다는 생각은 조금도 하지 않는 모양이에요."

웃고 싶은 충동이 강하게 일어났다. 멜쳇 대령은 살인자가 남들에 대해 생각해줄 만한 마음의 여유가 없다는 사실을 전혀 깨닫지 못하는 것 같았다. 그래서 나는 침묵을 지켰다.

"솔직히 그 친구가 간밤에 자진 출두하여 경찰에 자수했다는 말을 듣곤 깜짝 놀랐습니다."

멜쳇 대령은 의자에 걸터앉으며 계속 말했다.

"어떻게 된 일인지 말씀 좀 해주시죠?"

"지난밤 10시쯤 되었을까요. 그 친구가 권총을 내던지며, '바로 나요, 내가 그랬소.' 하고 말하더군요."

"무엇 때문에 그런 일을 저지른 걸까요?"

"글쎄, 그게 분명치 않아요. 물론 조서 작성에 필요한 진술을 하도록 했지만, 그는 단지 웃을 뿐이었소 그는 당신을 만나려고 이곳에 와서 여기서 당신을 기다리는 프로데로 대령을 보았다고 하더군요. 그리고선 몇 마디 말을 주고받다가 그를 쏘았다고 하는 겁니다. 다툰 이유에 대해서는 말하지 않았소 자, 목사님, 당신과 나 둘뿐이오. 이 사건에 대해 짚이는 거라도 있습니까? 나는 그 사람이 프로데로 대령 집에는 출입금지 당했다는 소문을 들었소 그게 정말입니까? 대령의 딸을 유혹이라도 한 겁니까? 그 딸까지 이 사건에 끌어들이고 싶진 않아요. 모든 사람을 위해……, 그게 동기였을까요?"

"아니, 그것과는 판이한 얘기를 하고 싶지만, 지금 이 시점에선 더 이상의 것은 말할 수 없소"

그는 고개를 끄덕이며 일어났다.

"아, 그렇습니까? 이런저런 소문이 너무도 많은 것 같아서―이 마을에는 여자들이 너무 많더군요. 자, 그럼 이만 실례하겠습니다. 헤이독 의사를 만나봐야겠습니다. 왕진 가고 집에 없었는데 지금쯤은 돌아왔겠죠. 그 젊은 친구 레딩에 대해서는 무척 유감스럽게 생각하고 있습니다. 나는 그 친구를 늘 예의 바른 젊은이로 생각해 왔는데……. 아마도 그를 위해 어떤 좋은 변호를 생각해 낼 수 있겠지요. 전쟁의 후유증이라든가, 전쟁 과민증 따위를 특별히 이렇다 할 살인 동기가 드러나지 않을 때 쓸 수 있긴 하겠지만. 어때요, 목사님, 함께 가시겠습니까?"

내가 승낙을 한 까닭에 우리는 함께 밖으로 나갔다.

헤이독 의사의 집은 바로 우리 집과 이웃해 있었다. 그 집의 하인은 헤이독 의사가 방금 돌아왔다고 말한 뒤, 우리를 식당으로 안내했다. 헤이독 의사는 김이 모락모락 나는 베이컨 에그 접시를 앞에 놓고 있었다.

그는 가볍게 목례하는 것으로 우리를 맞았다.

"죄송합니다만, 곧 나가 봐야 하는데요. 해산을 도와야 할 일이 있어서요. 간밤에 그 일로 거의 밤을 꼬박 새웠소 당신에게 줄 총알을 갖고 있어요"

그는 테이블 위의 작은 상자를 밀었다. 멜쳇 대령은 그것을 살펴보았다.

"25구경이로군."

헤이독 의사가 고개를 끄덕였다.

"전문적인 세부 사항에 대해서는 검시 심문 때 말씀드리겠습니다. 제가 지금 말할 수 있는 것은 총은 맞고 즉사했다는 점뿐입니다. 그 어리석은 젊은 친구는 대체 무슨 이유로 프로데로 대령을 살해했을까요? 그런데 이상한 것은 아무도 그 총소리를 듣지 못했다는 겁니다."

"그렇소. 바로 그 점이 내게도 놀라운 거요." 멜쳇 대령이 말했다.

"주방의 창은 우리 집 서재 반대쪽으로 열려 있습니다. 서재 문과 주방의 식기실 문을 모두 닫아 두면 아무 소리도 들리지 않을 겁니다. 그리고 집에는 하녀밖에 없었으니까요."

"흠, 그것 역시 이상하군. 나는 그 노처녀가 좀 이상해요. 이름이 뭐더라. 마플 양도 그 소리를 듣지 못했을까요? 서재의 창문이 열려 있었는데."

"아마 그녀는 들었을 거요." 헤이독 의사가 말했다.

"난 그녀가 들었을 거라고 생각지 않아요." 내가 말을 건넸다.

"그녀가 방금 우리 집을 다녀갔는데, 아무것도 말할 게 없다고 했어요. 할 말이 있었다면 그녀는 틀림없이 모두 다 이야기했을 거요."

"총소리를 듣고도 그것을 말하지 않을 수도 있죠. 자동차 엔진의 역화(逆火) 소리쯤으로 생각했었다면 말입니다."

오늘 아침엔 헤이독 의사가 보통 때와는 달리 더욱 활기에 차 있고 퍽 유쾌해 보였다. 마치 전에 없이 들뜬 마음을 가능한 한 가라앉히려고 무척 애쓰는 것 같았다.

"그렇지 않으면 권총에다 소음기를 달았다면 어떨까요?" 그가 덧붙였다.

"그것도 아주 그럴듯하군요. 사건 당시에 아무도 무슨 소리를 못 들었다고 하니."

멜쳇 대령은 머리를 흔들었다.

"슬랙 경감은 그런 것들은 하나도 파악하지 못했소. 그래서 그가 레딩에게 물어보았는데, 레딩은 처음엔 슬랙 경감의 말을 알아듣지 못하는 것 같았소. 그것으로 보면 그가 그런 걸 사용하지 않는 게 분명해요."

"그래요. 불쌍한 사람 같으니."

"구제 불능인 바보요." 멜쳇 대령이 말했다.

"죄송합니다, 클리멘트 씨. 정말 그는 바보 멍청이요. 어쨌든 그가 살인자라니, 좀 어이가 없군요."

"어떤 동기로?"

커피의 마지막 한 모금을 마시며 헤이독 의사가 말했다.

"싸운 끝에 화가 치밀어 쏘았다고 하더군요."

"고살죄(故殺罪; 발작적인 살인으로, 계획적인 살인보다 죄가 가벼움)이기 바란다는 거요?"

의사는 머리를 흔들었다.

"그 말은 이치에 맞지 않소. 그는 메모를 쓰는 프로데로 대령의 등 뒤로 살그머니 다가가서 그의 머리에다 총을 쏘았소. 싸웠다 해도 기껏해야 말다툼 정도였을 겁니다."

"아니, 싸움을 할 시간적 여유는 없었던 것 같소."

마플 양의 말을 기억하면서 내가 말했다.

"슬그머니 다가가 그를 쏘고 나서 시곗바늘을 6시 22분으로 돌려놓은 뒤, 밖으로 나가는 것만 가지고도 시간이 없었을 테니까요. 난 문밖에서 만났을 때의 그의 표정을 결코 잊을 수가 없소. 그는, '당신이 프로데로 대령을 보려 한다고요. 오! 예, 틀림없이 그를 보게 될 겁니다!' 하고 말했죠. 나는 그것만으로도 몇 분 전에 무슨 일이 일어났는지 의심해 보았어야 하는 건데."

헤이독 의사는 날 빤히 쳐다보았다.

"그게 무슨 말이죠? 몇 분 전에 일어난 일이라니? 레딩이 언제 그를 쏘았다고 생각하시죠?"

"내가 집으로 들어가기 바로 몇 분 전이오."

의사는 머리를 흔들었다.

"불가능하오, 절대 불가능한 일이오. 그는 이미 그보다 훨씬 전에 죽어 있었소."

"그러나, 이보시오." 멜쳇 대령이 외쳤다.

"죽은 지 30분이 되었다고 말한 것은 대략적인 시간일 뿐이라고 하지 않았소?"

"30분이나, 35분이나, 25분이나, 22분이라면 몰라도 아마도 그보다 더 늦게는 아닙니다. 그렇다면 내가 시체에 손을 대보았을 때, 아직 온기가 남아 있어야 하니까요."

우리는 서로 쳐다보았다. 헤이독 의사의 안색이 갑자기 잿빛으로 변했다. 난 그의 안색이 변하는 것이 놀라웠다.

"그러나 이것 보시오, 헤이독 씨." 대령은 냉정을 되찾았다.

"만일 레딩이 6시 45분에 그를 쏘았다고 인정한다면……."

헤이독 의사는 펄쩍 뛰며 정색을 했다.

"그건 이미 불가능하다고 말했잖소?" 그는 고함을 질렀다.

"레딩이 6시 45분쯤에 프로데로 대령을 쏘았다고 한다면 그것은 레딩이 거짓말을 하는 것이오. 맹세코 나는 의사로서 내가 아는 그대로를 당신에게 말하는 것이오. 그때라면 이미 피가 응고되기 시작했을 거요."

"레딩이 거짓말을 한다면……." 멜쳇 대령이 말을 꺼냈다.

잠시 말을 끊었다가 그는 고개를 흔들며 계속해서 말했다.

"경찰서로 가서 그를 만나보는 것이 좋겠군"

제8장

우리는 경찰서로 내려가면서 줄곧 아무 말도 하지 않았다. 헤이독 의사가 뒤따라오면서 내게 중얼거리듯 말했다.

"당신도 알겠지만, 난 이 같은 일에 관계되는 것을 좋아하지 않아요. 이런 일에 말려드는 것을 좋아하지 않는다고요. 그런데 여기에는 한 가지 이해할 수 없는 게 있소."

그는 몹시 걱정하고 곤혹스러워하는 것 같았다.

슬랙 경감은 경찰서에 있었으며, 우리는 곧 로렌스 레딩을 만날 수 있었다. 그는 얼굴이 창백했고, 긴장하는 것 같았으나 아주 침착했다.

대단히 놀랍게도 그런 상황 속에서 멜쳇 대령은 매우 신경적으로 코웃음을 치면서 중얼거렸다.

"이것 봐요, 레딩 씨." 그가 말했다.

"난 당신이 여기 슬랙 경감에게 진술한 내용을 다 알고 있소. 당신은 대략 6시 45분쯤에 목사관에 가서, 거기 와 있는 프로데로 대령을 보았으며, 그리고 그와 다투었고, 그 끝에 총을 쏘고 달아났다고 말했소. 당신에게 이 진술서의 내용을 다 읽어 줄 수는 없지만, 대강 이런 내용이었지요?"

"예."

"그럼 당신에게 몇 가지 질문을 하겠소. 원치 않는다면 질문에 대답하지 않아도 된다는 걸 미리 말해 두겠소. 당신의 변호사⋯⋯."

로렌스가 가로막았다.

"난 아무것도 숨기지 않았어요. 내가 프로데로 대령을 죽였단 말입니다."

"아, 글쎄." 멜쳇 대령이 씩씩거렸다.

"그럼, 당신은 총이 어디서 났소?"

로렌스는 머뭇거렸다.

"주머니에 있었습니다."

"목사관에 그것을 가지고 들어간 거요."

"그렇습니다."

"왜?"

"늘 가지고 다니는 겁니다."

그는 대답하기 전에 다시 머뭇거렸다. 그래서 난 그가 진실을 말하고 있지 않다는 걸 절대적으로 확신하게 되었다.

"왜 시계를 돌려놓았소?"

"시계요?"

그는 당황해 하는 것 같았다.

"그렇소, 시곗바늘이 6시 22분을 가리키고 있었소"

그의 얼굴에 두려워하는 기색이 얼핏 비쳤다.

"오, 그거요! 예, 내가 그걸 돌려놓았죠"

헤이독 의사가 갑자기 끼어들었다.

"프로데로 대령을 쏜 곳이 어디요?"

"목사관의 서재에서요."

"내 말은, 신체 어느 부분을 쏘았느냐는 말이오?"

"오! 머리에다 쏜 것으로 기억해요. 그래요, 맞아요. 머리에다 쏘았어요."

"확실치 않은 모양이군요?"

"이미 다 알고 있을 텐데, 다시 물어보는 이유가 뭡니까?"

그것은 일종의 나약한 허세였다. 바깥에선 조그만 소동이 벌어지고 있었다. 경찰모를 쓰지 않은 순경이 내게 쪽지를 건네주었다.

"목사님께 드리라고 하는 것인데, 몹시 급하다고 하는군요"

나는 급히 뜯어서 읽어 보았다.

제발, 제발 제게로 좀 와주세요. 뭐가 뭔지 모르겠어요. 모든 게 너무나 끔찍스러워요. 누군가와 얘기를 나누고 싶어요. 부디 급히 제게로

좀 와주세요. 믿을 만한 사람과 함께 와주세요.

앤 프로데로

나는 멜쳇 대령에게 의미 있는 시선을 던졌다. 그것을 알아챈 것 같았다. 우리는 모두 함께 그 방을 나왔다. 나는 어깨너머로 로렌스 레딩의 얼굴을 힐 끗 훔쳐보았다. 그의 시선은 내 손에 쥐어진 종이쪽지에 고정되어 있었다. 나 는 지금껏 사람의 얼굴에 나타난 저렇듯 끔찍스런 고통과 절망의 표정을 본 적이 없었다.

'난 절망 속에 빠져 버리고 말았어요.'라고 말하며 소파에 앉아 있을 앤 프 로데로 부인이 떠올랐다. 그러자 가슴이 무겁게 철렁 내려앉는 듯했다.

난 그제야 로렌스 레딩이 용감하게 자수한 이유를 알 것만 같았다.

멜쳇 대령이 슬랙 경감에게 말했다.

"그날 사건이 있기 전 레딩의 행적을 확인해 보았나? 그가 말한 것보다 좀 더 이른 시각에 프로데로를 쐈다고 생각되는 점이 몇 가지 있는데, 그를 조 사해 주게."

말을 마치고 그는 내 쪽으로 시선을 돌렸다. 나는 아무 말 없이 그에게 앤 프로데로 부인이 보내온 종이쪽지를 건네주었다. 그는 그것을 읽고 경악에 차 입술을 깨물었다. 그는 미심쩍은 듯이 날 쳐다보았다.

"오늘 아침 당신이 내게 암시를 준 게 바로 이거요?"

"그렇소. 그때는 말해야 하는 것인지 확실치 않았지만, 이제는 분명해졌소."

그리곤 나는 그날 밤 작업실에서 목격했던 것을 그에게 들려주었다.

대령이 경감과 몇 마디를 주고받은 뒤 우리는 함께 올드 홀로 떠났다. 헤이 독 의사도 함께 갔다.

매우 단정해 보이는 집사가 문을 열어 주었다. 그의 태도에는 의기소침한 기색이 역력했다.

"안녕하시오?" 멜쳇 대령이 말했다.

"우리가 부인을 만나보고 싶어 한다고 하녀를 보내 프로데로 부인에게 전해 주겠소? 그리고 당신에겐 내가 몇 가지 물어봅시다."

집사는 급히 들어갔다가 곧 전갈을 가지고 재빨리 돌아왔다.

"어제 일에 대해 물어봅시다. 주인은 점심때쯤 집에 있었소?"

멜쳇 대령이 말했다.

"그렇습니다."

"그럼 평상시와 다름없었겠군요."

"그랬던 것으로 알고 있습니다만."

"그 뒤로 무슨 일이 일어났소?"

"점심식사가 끝난 뒤 마님은 쉬러 가셨고, 주인님은 서재로 들어가셨습니다. 레티스 아가씨는 2인승 자동차를 타고 테니스 경기에 갔습니다. 주인님과 마님은 4시 30분에 거실에서 차를 드셨죠. 그리고 5시 30분경에는 두 분이서 타고 갈 차를 준비시킨 뒤 마을로 가셨습니다. 나가신 뒤 곧바로 클리멘트 목사님께서 전화하셨습니다." 집사는 내게 고개를 숙여 보였다.

"그래서 두 분이 마을로 내려가셨다고 말씀드렸죠."

"흠—." 멜쳇 대령이 말했다.

"레딩 씨가 마지막으로 여기에 온 게 언제였소?"

"화요일 오후였습니다."

"그들 사이에 불화가 있었던 걸로 알고 있는데?"

"저 또한 그렇게 알고 있습니다. 주인님은 제게 앞으론 레딩 씨를 집 안에 들이지 말라는 주의를 주셨거든요."

"그럼, 싸우는 소리를 들었소?" 멜쳇 대령이 무뚝뚝하게 물었다.

"주인님은 원래 목소리가 큰 분이지요. 특히 화가 났을 땐 더욱 컸습니다. 그러므로 두세 마디 정도는 듣지 않을 수가 없었습니다."

"그럼, 그 싸움의 발단을 얘기해줄 수 있겠군요."

"제가 아는 대로 말씀드리면, 레딩 씨가 그리던 초상화에 관계된 일이었어요. 레티스 양의 초상화 말입니다."

멜쳇 대령은 투덜거렸다.

"레딩 씨가 나가는 모습을 보았소?"

"예, 제가 그를 나가게 했죠."

"그는 화가 나 있었소?"

"아닙니다. 이렇게 말씀드려도 될는지 모르겠지만, 그는 오히려 재미있어 하는 것 같았습니다."

"뭐라고! 그럼 그가 어제는 이 집에 오지 않았소?"

"예, 오지 않았습니다."

"그 밖에 누가 왔다 간 사람은 없었소?"

"어제는 아무도 들르지 않았습니다."

"그럼, 그저께는?"

"데니스 클리멘트 군이 오후에 왔었고, 스톤 박사님이 오셔서 한참 계셨습니다. 그리고 밤에는 어떤 부인이 오셨습니다."

"여자? 그게 누구요?" 멜쳇 대령이 놀라워했다.

집사는 그녀가 자기 이름을 알려 주긴 했지만, 전에 한 번도 본 적이 없는 부인이었기 때문에 그녀의 이름을 기억하지 못하고 있었다. 가족들이 식사 중이라고 말하니까 그녀는 앉아서 기다리겠노라고 말하더라는 것이었다. 그래서 그는 그녀를 작은 거실로 안내했다고 말했다.

그녀는 프로데로 부인이 아닌 프로데로 대령을 만나려고 했으며, 집사는 대령에게 그것을 알려 주었고, 대령은 식사가 끝나자마자 곧장 작은 거실로 갔다고 한다.

"그녀는 얼마나 있다가 갔소?"

집사는 한 30분쯤이었다고 했다. 그리고 대령 자신이 그녀를 몸소 배웅해 주었다고 말했다.

"아, 그래요. 이제 그녀의 이름이 생각났습니다. 그녀는 바로 레스트레인지 부인이었어요."

이것은 놀라운 사실이었다.

"이상한 일이로군요." 멜쳇 대령이 말했다.

"정말 아주 이상한 일이야."

그러나 우리는 그 문제를 더 이상 캐묻지 못했다. 마침 그때 프로데로 부인이 우리를 만나보겠다는 전갈이 왔기 때문이었다. 프로데로 부인은 침대에 누위 있었다. 얼굴은 창백했지만, 눈이 몹시 빛나고 있었다.

그녀의 얼굴에는 나를 당황케 하는 일종의 비장한 결심 같은 것이 어려 있었다.

그녀는 내게 말을 건넸다.

"이렇게 금방 와주셔서 고맙습니다. 목사님에게 믿을 만한 분과 함께 와주십사고 말한 것이 무슨 뜻인지 이해하셨군요."

그녀는 잠깐 동안 침묵을 지켰다.

"그 사건을 빨리 매듭지으려고 최선을 다하고 있으시겠죠, 그렇죠?"

그녀는 아주 묘한, 반쯤은 광기 어린 미소를 지으며 다시 말을 이었다.

"전 당신에게 그것을 말해야만 한다고 생각하는데요, 멜쳇 대령님. 사실은, 남편을 죽인 사람은 바로 저예요."

멜쳇 대령은 부드럽게 말했다.

"여보세요, 프로데로 부인."

"오, 정말이에요. 제 말이 너무 뜻밖이시겠지만, 저는 어떤 일이 있어도 히스테릭하게 되지는 않아요. 저는 오랫동안 그를 증오해 왔어요. 그래서 어제 그를 총으로 쏘았어요."

그녀는 베개에 등을 기대고 눈을 감았다.

"그게 전부예요. 절 체포하세요. 일어나서 가능한 한 빨리 옷을 갈아입어야겠지만, 지금은 기분이 좀 좋지 않아서……."

"알고 있습니까, 프로데로 부인? 로렌스 레딩 씨가 이미 범행 일체를 자백했음을?"

프로데로 부인은 눈을 크게 뜨고 가볍게 고개를 끄덕였다.

"알고 있어요. 바보 같은 사람. 그는 절 몹시 사랑하고 있어요. 목사님도 아시겠지만, 그로서는 무척이나 숭고한 행동이나—어리석은 일이에요."

"그는 범행을 저지른 사람이 부인이란 걸 알고 있습니까?"

"예."

"그가 어떻게 알았죠?"

그녀는 머뭇거렸다.

"부인이 그에게 말했나요?"

그녀는 여전히 망설이고 있었다. 그런 뒤 마침내 마음을 정한 듯 입을 열었다.

"예, 그에게 말했어요." 그녀는 짜증스러운 듯 어깨를 비틀었다.

"이젠 돌아가 주셨으면 해요. 모든 걸 다 말씀드렸어요. 이제 더 이상 그것에 대해 얘기하고 싶지 않아요."

"권총은 어디서 구하셨죠, 프로데로 부인?"

"총 말인가요? 오, 그건 남편 것이었어요. 남편의 옷장 서랍에서 꺼냈죠."

"알겠소. 그럼 당신은 그걸 가지고 목사관에 들어갔단 말이군요?"

"예, 남편이 거기 있다는 걸 알았어요……."

"그게 몇 시였죠?"

"6시 이후였는데, 6시 15분이나 20분쯤 되었을 거예요. 아마 그쯤이었을 거예요."

"당신은 남편을 쏠 작정으로 총을 가지고 갔단 말이죠."

"아니……, 전, 저 자신을 위해서였어요."

"알겠습니다. 하지만 당신은 목사관으로 가셨죠?"

"예, 유리문 쪽으로 갔어요. 안에서 말소리가 들리지 않기에 들여다보았지요. 안에 남편이 있었어요. 그때 기분이 묘해져서, 그만 총을 쏘아 버렸어요."

"그다음엔?"

"그다음? 오, 그야 물론 그 자리에서 도망쳤죠."

"그리고, 당신이 저지른 일을 레딩 씨에게 말했고요?"

다시 '예'라고 대답하기 전에 그녀의 목소리엔 망설임이 담겨 있음을 알 수 있었다.

"당신이 목사관에 들어갔다가 나간 것을 본 사람은 없습니까?"

"아뇨. 적어도……, 한 사람, 그래요. 노처녀인 마플 양을 보았어요. 저는 그녀와 잠깐 동안 얘기를 나누었어요. 그녀는 자기네 집 정원에 있었어요."

그녀는 베개 위에서 계속 꼼지락거렸다.

"그만하면 충분하지 않은가요? 왜 저를 자꾸 성가시게 구는 거죠?"

헤이독 의사가 그녀 곁으로 다가가서 맥을 짚어 보았다.

"부인 곁에 남아 있어야겠소. 필요한 조서를 작성하는 동안, 그녀를 혼자 있게 해서는 안 될 것 같소. 어쩌면 자해를 할지도 모르겠소."

그는 속삭이듯 말했다.

멜첵 대령은 고개를 끄덕였다.

우리는 그 방을 나와서 계단을 내려왔다. 나는 옆방에서 나오는 마른 체구의 창백해 보이는 사람을 보았다. 순간, 나는 그 계단을 다시 올라갔다.

"당신이 프로데로 대령의 심부름꾼이죠?"

그 사람은 놀라는 눈치였다.

"그렇습니다만."

"당신은 주인이 권총을 어디에다 보관하는지 알고 있소?"

"그에 대해선 아는 바가 없습니다."

"옷장 서랍에다 두지 않았던가요? 잘 생각해 보시오."

심부름꾼은 단호하게 머리를 흔들었다.

"거기에다 두지 않는 것만은 확실합니다. 그렇다면 제가 보았을 테니까요. 보지 못할 리가 없습니다."

나는 급히 뒤따라 계단을 내려왔다.

프로데로 부인은 총에 대해서 거짓말을 하고 있다.

왜?

제9장

경찰서에 전갈을 보낸 뒤, 멜쳇 대령은 마플 양한테 가봐야겠다고 했다.

"당신도 나와 함께 갔으면 합니다, 목사님." 그가 말했다.

"당신의 신자를 히스테리 환자로 만들고 싶지 않으니까요. 당신이 함께 있으면 그녀의 마음이 안정되지 않겠습니까?"

나는 미소 지었다. 가냘파 보이는 외모와는 달리 마플 양은 경찰서장과 너끈히 맞상대할 수 있는 인물이다.

"그녀는 믿을 만한가요?" 초인종을 누르면서 대령이 물었다.

"그녀가 말하는 걸 다 믿을 수 있겠습니까, 아니면……?"

나는 조심스럽게 생각해 보았다.

"그녀는 아주 믿을 만하다고 생각해요." 정중하게 나는 답해 주었다.

"그녀가 실제로 보았다고 말하는 것에 한해서는. 그러나 물론, 그 이상의 문제로 들어가서 그녀가 생각하는 바를 얘기할 때는, 그때는 얘기가 좀 달라지겠죠. 그녀는 아주 뛰어난 상상력을 갖고 있고, 또 모든 사람들의 비리(非理)에 대해 아주 철저하게 알고 있죠."

"정말 전형적인 노처녀로군요." 멜쳇 대령이 웃으면서 말했다.

"나도 그런 여자라면 잘 알 것 같군요. 저런! 티 파티가 여기서 망쳐지다니!"

자그마한 하녀가 우리를 작은 응접실로 안내했다.

"조금 산만하군." 멜쳇 대령은 주변을 둘러보며 말했다.

"여자의 방치고는 술이 꽤 많군요. 그렇죠, 클리멘트 씨?"

나도 동의했다. 그때 문이 열리고 마플 양이 나타났다.

"귀찮게 해 드려서 죄송합니다, 마플 양."

내가 그를 소개하자, 대령은 군인들 특유의 무뚝뚝한 태도로 말했다. 그렇게 하는 것이 노부인에게 인기가 있다고 생각한 모양이다.

"아시다시피, 제 직업상의 일을 시작해야겠습니다."

"물론, 그러셔야죠." 마플 양이 말했다.

"예, 이해하고말고요. 자, 앉으시죠. 체리 브랜디 작은 걸로 한잔하시지 않겠어요? 내가 직접 만들었죠. 할머니한테서 물려받은 솜씨예요."

"대단히 고맙습니다, 마플 양. 매우 친절하시군요. 그러나 사양하겠습니다. 점심시간까지 아무것도 먹지 않는 습관이 있어서. 이번의 그 비극적인, 실로 불행한 사건에 대해 얘기를 좀 나눠야겠습니다. 그건 우리 모두를 당황하게 만든 일이라고 생각합니다. 당신의 집과 정원의 위치로 보아 어제저녁 일에 대해 아는 게 있을지도 모른다는 생각이 드는군요."

"예, 어제 오후 5시 이후론 줄곧 정원에 있었어요. 하지만 거기 있었다는 것, 그 한 가지 사실만으로 단순히 옆집에서 일어난 어떤 일을 보았다고 할 수는 없겠죠."

"프로데로 부인이 어제저녁 이 길을 지나갔다고 하던데요, 마플 양?"

"예, 그랬죠. 내가 불러 세웠더니 그녀는 정원의 장미가 아름답다고 칭찬을 했죠."

"그때가 언제였습니까?"

"아마도 6시 15분에서 1~2분가량 지났을 때였을 거예요. 예, 맞아요. 교회 시계가 막 15분을 알리는 종을 쳤거든요."

"좋습니다. 그러고 나서는요?"

"프로데로 부인은 목사관으로 가서 남편을 만나 함께 집으로 갈 거라고 말하더군요. 무슨 말인지 아시겠죠? 그녀는 오솔길을 지나 목사관 뒷문으로 들어가 정원을 통해 안으로 들어갔습니다."

"오솔길을 지나갔다고요?"

"예, 이리 와보세요."

마플 양은 열성적으로 우리를 정원으로 데리고 가서 정원 안쪽을 따라 나 있는 오솔길을 가리켰다. 그녀가 설명했다.

"저 울타리 맞은편에 나 있는 오솔길은 올드 홀로 통하게 되어 있어요. 저

길로 프로데로 대령 부부가 집으로 돌아가려고 했던 것 같아요. 프로데로 부인은 마을 쪽에서 왔어요.”

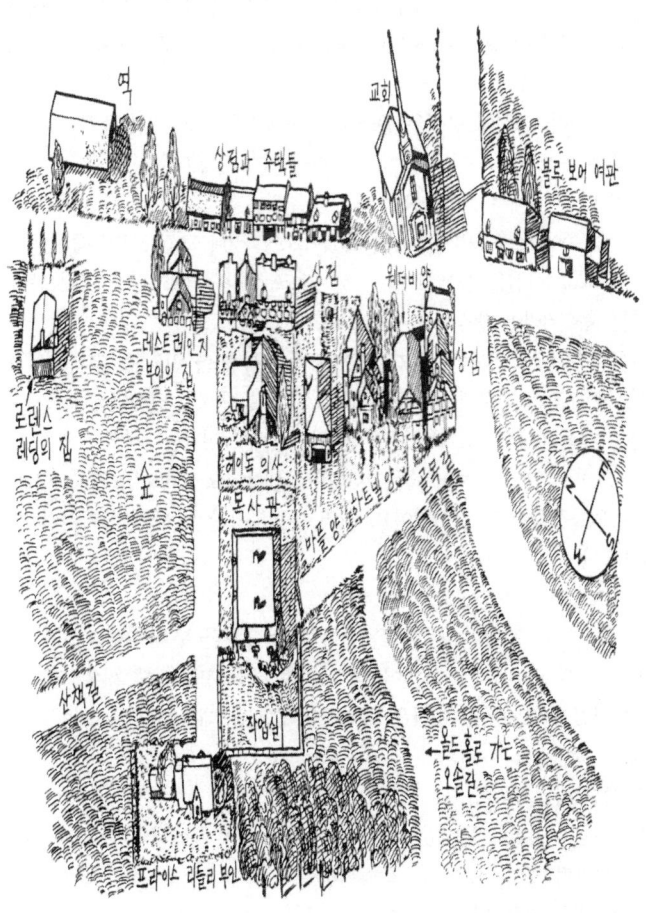

"정말로······." 멜쳇 대령이 말했다.

"그녀는 목사관을 가로질러 갔단 말인가요?"

"예, 그녀가 목사관 모퉁이를 돌아가는 것을 보았어요. 그때까지도 대령이 와 있지 않았는지, 곧바로 집에서 나와 작업실을 향해 잔디밭으로 내려갔어요—바로 저 건물이로군요. 목사님이 레딩 씨에게 작업실로 사용하도록 내준 건물이죠."

"알겠습니다. 그런데 당신은 총소리를 듣지 못했나요, 마플 양?"

"그때는 총소리를 듣지 못했어요." 마플 양이 말했다.

"그럼 다른 때에는 들었나요?"

"예, 숲 쪽에서 총소리가 난 것 같았어요. 그러나 그건 5~10분쯤 뒤의 일이에요—그래요, 사실은 숲에서 나는 것이라고 생각했어요. 정말 그게 목사관에서 나는 총소리라곤 생각지 못했거든요."

그녀는 흥분으로 얼굴에 핏기가 가신 채 잠시 말을 잇지 못했다.

"예, 곧 사건의 전모가 밝혀질 겁니다." 멜쳇 대령이 말했다.

"말씀 계속하시죠. 프로데로 부인은 작업실로 들어갔습니까?"

"예, 그녀는 안으로 들어가서 기다렸던 것 같아요. 얼마 뒤 레딩 씨가 마을 쪽에서 오솔길을 따라 걸어왔어요. 그러고는 목사관 문 앞까지 가더니 사방을 둘러보고선······."

"그리고 당신을 보았군요, 마플 양?"

"그는 날 보지 못했어요." 마플 양이 다소 흥분한 듯이 말했다.

"바로 그때 나는 저 볼품없이 다 쓰러져 가는 민들레를 세우느라 허리를 굽히고 있었거든요. 아주 귀찮은 일이에요. 그리곤 대문을 지나 작업실 쪽으로 갔어요."

"집 쪽으로는 가까이 가지 않았습니까?"

"예, 곧장 작업실로 들어갔어요. 프로데로 부인이 문에서 그를 만나 함께 안으로 들어가더군요."

여기서 마플 양은 얘기를 멈추었다.

"아마도 그 부인은 그의 모델이었을 겁니다." 내가 거들었다.

"그럴지도 모르죠." 마플 양이 말했다.

"그 뒤 그들은 언제 나왔나요?"

"한 10분쯤 뒤에요."

"대략적으로 그렇단 말이지요?"

"교회 시계가 6시 30분을 알리는 종을 쳤어요. 그들은 뒷문으로 걸어나와 오솔길을 따라가며 머뭇머뭇하더군요. 그때 스톤 박사님이 올드 홀 쪽에서 오솔길을 걸어와 울타리 문을 넘어가 그들과 만났죠. 그들은 모두 함께 마을 쪽으로 향해 걸어갔어요. 오솔길이 끝난 곳에서 그들이 크램 양과 만난 것도 같은데, 그것은 확실치 않아요. 그러나 틀림없이 크램 양이었을 거라고 생각해요. 치맛자락이 매우 짧았기 때문이죠."

"시력이 대단히 좋군요, 마플 양. 그렇게 먼 곳까지 보다니."

"새를 관찰하는 중이었어요. 황금빛인 굴뚝새였던 것 같아요. 아주 깜찍한 놈이었죠. 그때 나는 망원경을 들고 있었기 때문에 우연히 크램 양이(난 크램 양이 분명하다고 생각했지만) 그들과 만나서 함께 가는 것이 보였던 거예요."

"아, 그랬을지도 모르죠." 멜쳇 대령이 말했다.

"당신은 아주 뛰어난 관찰력을 갖고 있는 것 같군요, 마플 양. 그래, 프로데로 부인과 레딩 씨 둘이 오솔길을 지나갈 때 어떤 표정이던가요?"

"그들은 웃으며 이야기를 나누었어요." 마플 양이 말했다.

"함께 있는 것이 무척 행복해 보이더군요. 무슨 말인지 아실는지?"

"어딘가 제정신이 아닌 것처럼 보이거나 하는 기색은 없던가요?"

"아니에요, 오히려 그 반대였어요."

"아주 이상하군요." 대령이 말했다.

"이 사건엔 아무래도 이상한 점이 많은 것 같습니다."

이때 마플 양이 갑자기 우리를 잔뜩 긴장시키는 말을 아무렇지도 않게 했다.

"프로데로 부인이 범행을 저지른 것은 자기라고 말하지 않아요?"

"아니, 어떻게 그런 생각을 다, 마플 양?"

"글쎄! 아마 그렇게 되리라 생각했어요. 레티스 역시 그렇게 생각할 거예요. 그 아이는 아주 날카로워요. 언제나 그런 것은 아니지만 유감스럽게도 프로데로 부인은 자신이 남편을 살해했다고 하지만, 난 그게 사실이라고는 생각하지 않아요. 아닐 거예요. 분명히 사실이 아닐 거예요. 프로데로 부인 같은 여자라면, 아니에요, 사람 속은 알 수 없노라고 한다면 할 말이 없지만, 적어도 내가 알기로는 그래요. 그래, 언제 쐈다고 하던가요?"

"6시 20분이라고 하더군요. 당신과 얘기를 나눈 바로 직후죠."

마플 양은 측은해 보인다는 듯이 천천히 고개를 흔들었다. 꽤나 측은해하는 것 같았다. 이 건장한 두 남자가 그런 말을 믿다니 참 한심하다는 뜻 같았다.

"무엇으로 쐈대요?"

"권총으로."

"어디서 났대요?"

"집에서 가지고 왔다고 하더군요."

"아니에요, 그렇지 않아요." 마플 양은 예기치 않게 확고하게 말했다.

"난 맹세할 수 있어요. 그녀는 그런 걸 갖고 있지 않았어요."

"당신이 보지 못했을지도 모르죠."

"아니에요, 가지고 있었다면 당연히 보았을 거예요."

"그게 핸드백 안에 들어 있었는데도 말이오?"

"그녀는 핸드백을 갖고 있지 않았거든요."

"흠, 그럼 어디 몸속 깊숙이 숨기고 있었는지도 모르죠."

마플 양은 딱하다는 듯이 그를 쳐다보았다.

"멜쳇 대령님, 요즘 젊은 여자들이 어떤지 아시죠? 조물주가 자기를 어떻게 창조했는지, 그것을 노골적으로 드러내는 걸 조금도 부끄러워하지 않아요. 그녀는 스타킹 위쪽에다 손수건 하나 넣지 않았어요."

멜쳇 대령은 끈질기게 파고들었다.

"당신은 모든 게 맞아떨어진다는 사실을 인정해야만 하오." 그가 말했다.

"바닥에 떨어진 시계가 가리키는 시간도 6시 22분이었다는 것을……."

마플 양은 날 돌아다보았다.

"그 시계에 대해 아직 말하지 않으셨어요?"

"시계에 대해서라니, 대체 무슨 말입니까, 클리멘트 씨?"

나는 그에게 얘기해 주었다. 그는 대단히 난처해했다.

"어제저녁엔 경감에게 왜 그것을 얘기하지 않았소?"

"왜냐하면……." 내가 말했다.

"말하려고 했지만, 도대체 그는 내가 말하게끔 그냥 내버려 두질 않았소"

"당치 않은 소리! 어떻게든 얘기했어야죠!"

"아마도." 내가 말했다.

"슬랙 경감은 당신에게는 내게 보여 줬던 것과는 아주 달리 처신한 것 같소. 나로선 그럴 만한 기회가 전혀 없었소"

"모두 이상한 일들뿐이로군요." 멜쳇 대령이 말했다.

"만일 또 다른 제3의 인물이 나타나 자기가 범행을 저질렀다고 주장한다면, 난 아마 정신병원에 가야 할 것 같소"

"주제넘은 말 같지만……." 마플 양이 낮은 목소리로 말했다.

"뭡니까?"

"당신들이 레딩 씨에게 가서 프로데로 부인이 모든 걸 다 자백했다고 말한 뒤, 당신은 실제로 그걸 믿지 않는다고 설명하면 어떨까요? 그리고 프로데로 부인에게 가서 레딩 씨가 무죄라고 말한다면—그 사람들이 둘 다 진실을 얘기할지도 몰라요. 진실이란 도움이 되는 거랍니다. 하지만 가엾게도 그 두 사람 역시 그리 잘 알지 못할 거라고 생각해요."

"그게 좋겠군요. 하지만 프로데로 대령을 죽일 이유를 가진 사람은 그 둘밖에 없어요"

"아니에요. 난 그렇게 생각지 않아요, 멜쳇 대령님." 마플 양이 말했다.

"그래요? 그렇다면 달리 생각하는 바라도 있나요?"

"예, 그래요." 그녀는 손가락을 꼽았다.

"하나, 둘, 셋, 넷, 다섯, 여섯, 그래, 그러니까 일곱 사람이 가능하겠군요. 적어도 일곱 사람이 프로데로 대령의 죽음에 대해 만족해할 거라고 생각해요."

대령은 힘없이 그녀를 쳐다보았다.

"일곱 사람? 여기 세인트 메리 미드에 사는 사람 중에서?"

마플 양은 가볍게 고개를 끄덕였다.

"하지만 난 한 사람도 이름을 말하진 않겠어요? 좋은 일이 아니니까. 이 세상에 악(惡)이 그렇게 많이 있다니 두렵기만 해요. 당신처럼 멋있고 훌륭하고 고상한 인품의 군인은 이런 일에 대해선 잘 모르실 거예요, 멜쳇 대령님."

나는 경찰서장이 쓰러지지나 않을지 걱정스러웠다.

제10장

　그 집을 나왔을 때, 마플 양에 대한 그의 언급은 일단 칭찬과는 거리가 멀었다.

　"그 늙어빠진 노처녀는 자기가 모든 것을 다 안다고 생각하는 모양입니다. 이 마을에서 태어나 거의 한 걸음도 밖으로 나간 일이 없으면서도 터무니없는 얘기들이오. 그 여자가 인생에 대해서 도대체 무엇을 알겠소?"

　나는 부드럽게 말했다. 비록 의심할 여지 없이 마플 양은 '인생'에 대해서는 잘 알지 못하겠지만, 적어도 세인트 메리 미드에 관한 한 모든 것을 다 알고 있다고 말해 주었다.

　멜쳇 대령은 마지못해 그것을 인정했다. 그녀는 유력한 목격자였다—특히 프로데로 부인의 입장에선 더욱 그러했다.

　"난 그녀의 말에 의심할 게 없다고 생각하는데, 그렇지 않나요? 마플 양이 프로데로 부인은 총을 지니고 있지 않았다고 말한다면, 당신은 그걸 당연하게 받아들이면 되는 겁니다." 내가 말했다.

　"거기에는 그럴 만한 최소한의 가능성이라도 있으니까 마플 양이 그렇듯 칼처럼 단호하게 말했죠."

　"그럴지도 모르겠군요. 그럼, 작업실을 둘러보러 갑시다."

　그 작업실이라는 곳은 단지 천창(天窓)이 달린 자그마한 창고에 불과했다. 창문도 없었으며, 문이라곤 드나드는 곳 하나뿐이었다. 이런 것들을 확인하고서 멜쳇 대령은 경감과 함께 나중에 다시 목사관으로 찾아오겠다고 했다.

　나는 고개를 끄덕였다.

　"이젠 경찰서로 돌아가야겠소."

　내가 현관문에 들어섰을 때 두런두런 말소리가 들려왔다. 나는 거실문을 열어보았다.

그리셀다 곁의 소파에는 크램 양이 분홍빛 스타킹을 신은 다리를 꼬고는 활기에 찬 목소리로 얘기하며 앉아 있었다.

"어머, 렌." 그리셀다가 말했다.

"안녕하세요, 목사님?" 크램 양이 말했다.

"프로데로 대령에 대한 소식은 너무도 끔찍하잖아요? 불쌍한 노인네 같으니……."

"크램 양이 친절하게도 안내문 만드는 일을 도와주러 왔어요. 지난 일요일에 도와줄 사람이 필요하다고 했잖아요. 당신도 기억하시죠?" 아내가 말했다.

물론 나는 기억하고 있었다. 동시에 그리셀다의 목소리에서 이번 목사관에서의 그런 사건이 일어나지 않았다면 그녀가 그런 일을 하겠다고 나설 생각은 결코 하지 않았으리라는 점도 확신할 수 있었다.

"지금 사모님하고 이야기하는 중이었어요." 크램 양이 계속했다.

"그런데 그 얘기를 듣고 얼마나 놀랐는지 몰라요. 살인이라니! 이런 조용한 시골구석에서, 영화관도 하나 없는 마을에서 살인사건이 일어나다니! 그리고, 그 당사자가 프로데로 대령이라고 하니 정말 믿을 수가 없더군요. 그분은 살해당할 만한 사람 같진 않았으니까요."

나는 크램 양이 살인사건에 필요한 조건을 무엇 무엇으로 생각하는지 알 수 없었다. 나는 살해될 사람이 어떤 계층에만 속해 있다고는 지금껏 생각해본 적이 없었지만, 크램 양의 짧은 금빛 머릿속에는 틀림없이 그런 생각이 들어 있는 모양이었다.

"그래서……." 그리셀다가 말했다.

"크램 양은 그 사건에 대해 전모를 알아보려고 들렀대요."

이 말이 크램 양의 심기를 건드린 건 아닐까 염려스럽긴 했으나, 그녀는 다만 요란하게 머리를 흔들며 치아를 드러낸 채 웃을 뿐이었다.

"대단하군요. 굉장히 예리해요, 클리멘트 부인. 그러나 그 같은 사건의 안팎 속사정에 대해 알고 싶어 하는 것은 당연한 일 아닐까요? 그리고 목사님이 원하는 그 일은 기꺼이 도와드리겠어요. 어떤 일일지 궁금하군요. 그렇지 않아도 재미있는 일이 없어 심심하던 차였거든요. 그렇다고 제 직업이 아주 흥미 없다는 말은 아니에요. 보수도 괜찮고, 스톤 박사님은 모든 면에서 아주 신사거든요. 그러나 저 같은 처녀는 일이 끝나면 밖에서도 재미있는 것을 하고 싶은 거랍니다. 이 마을에서 사모님밖에는 이야기할 사람이 누가 있겠어요? 그 수다쟁이 늙은 고양이들 빼고요."

"레티스 프로데로가 있잖소?" 내가 말했다.

크램 양이 머리를 치켜들었다.

"그녀는 너무 도도해서 저하고는 맞지 않아요. 자기는 부자라는 거죠. 그래서 먹고 살기 위해 돈을 버는 여자들은 거들떠보지도 않겠다는 겁니다. 물론 그녀가 자기도 돈을 좀 벌어 봐야겠다고 말하는 것을 듣긴 했지만 말이에요. 그런데 누가 그녀를 고용할는지 궁금하군요? 왜냐하면, 그녀는 1주일 이상은 버티지 못할 테니까요. 마네킹처럼 옷을 잔뜩 차려입고 옆으로 엉덩이를 흔들며 걷는 그런 역할이 아닌 경우에는요. 그녀는 그것만은 잘해낼 수 있으리라 봐요."

"그녀는 아주 훌륭한 모델이 될 수 있을 거예요." 그리셀다가 말했다.

"아주 날씬한 몸매를 가졌잖아요?"

그리셀다에게는 고양이 같은 면은 전혀 없다.

"그런데 그녀가 언제 생활비 때문에 돈을 벌어야겠다고 말하던가요?"

크램 양은 잠시 당황하는 것 같더니 곧 자신의 실력을 발휘했다.

"그것까진 얘기할 수 없군요." 그녀가 말했다.

"그러나 그렇게 말한 건 사실이에요. 집에서 지내는 게 별로 재미없는 것 같더군요. 나는 계모와 함께 사는 건 딱 질색이에요. 그런 집에서는 잠시도 지낼 수 없어요."

"아! 당신은 매우 활달한 성격에다가 독립심이 강하군요."

그리셀다가 차분한 목소리로 말했으므로, 난 미심쩍은 듯 쳐다보았다.

크램 양은 꽤나 우쭐하는 듯했다.

"맞아요. 그게 내게 꼭 어울리는 말이죠. 남을 따를 순 있어도 강요당하는 건 싫어요. 어느 손금 보는 사람도 얼마 전에 그런 말을 하더군요. 난 멍청하게 남에게 이용당할 순 없어요. 그래서 스톤 박사님에게도 근무 시간 이외에는 내 자유라고 처음부터 밝혀 두었지요. 그런 과학자들은 처녀들을 마치 일종의 기계처럼 생각하거든요. 여자가 옆에 있어도 알아보지도 못해요. 있다는 것도 모르고 잊어버리기 일쑤고."

"스톤 박사님과 함께 일하는 게 즐거운가 보죠? 물론 고고학에 관심이 있다면 재미있을 테지만."

"아뇨, 고고학에 대해선 많이 알지 못해요." 크램 양이 털어놓았다.

"몇백 년 전에 죽어서 파묻은 사람을 다시 파내는 건, 좀 고약한 일이라고 생각해요. 안 그래요? 그런데 그분은 일에 열중해 있을 때는 내가 뭐라고 말하지 않으면 식사시간도 잊어버릴 경우가 허다해요."

"스톤 박사님은 오늘 아침에도 분묘에 가셨나요?" 그리셀다가 물었다.

크램 양은 고개를 흔들었다.

"오늘 아침 같은 날씨는 조금 곤란해요." 그녀가 설명했다.

"아무 일도 할 수 없어요. 글래디스의 휴일인 셈이죠."

"거 참, 안됐군요." 내가 말했다.

"오, 그다지 대단한 일은 아니에요. 두 번째 살인이야 일어나지 않겠지요. 제게 말씀해 주세요. 목사님, 오늘 아침 내내 경찰과 함께 계셨다죠? 그들은 무슨 생각을 하고 있죠?"

"글쎄요." 나는 천천히 말했다.

"아직 어딘가 좀 석연치 않은 구석이 있어서."

"아!" 크램 양이 외쳤다.

"그럼 그들은 결국 로렌스 레딩 씨를 범인으로 생각지 않는다는 말이군요. 그는 아주 멋진 사람이에요. 그렇죠? 마치 영화배우 같아요. '안녕하세요?' 하고 말할 때의 미소는 아주 일품이에요. 경찰이 그를 체포했단 말을 들었을 때전 정말 제 귀를 의심했다니까요. 그래서 그들은 매우 어리석다는 말을 듣는 거예요—시골 경찰이란."

"하지만 이번 경우엔 경찰을 비난할 수 없소." 내가 말했다.

"레딩 씨가 자진 출두한 거니까."

"뭐라고요?" 크램은 아연실색했다.

"저런 못난 사람 같으니! 만일 제가 살인을 했다면, 전 그렇듯 곧장 출두해서 모든 걸 포기하진 않았을 거예요. 로렌스 레딩 씨는 꽤 분별력이 있는 줄 알았는데, 그렇게 쉽게 무너지다니. 그런데 무엇 때문에 프로데로 대령을 살해했나요? 그가 자백했나요. 싸웠기 때문인가요?"

"살해 동기는 분명치 않아요." 내가 말했다.

"그러나 분명히(그가 자기의 짓이라고 말한다면), 정말 이유가 있을 거예요, 목사님."

"그는 틀림없이 알고 있을 거요." 나도 동의했다.

"그러나 경찰은 그의 진술에 만족하지 않고 있어요."

"하지만 그가 살해하지 않았다면, 왜 그런 행동을 했겠어요?"

그것에 대한 구체적인 설명을 크램 양에게 하고 싶지 않았다. 그래서 일부러 모호하게 말했다.

"큼지막한 살인사건이 발생하면, 경찰은 자기 자신이 범인이라고 하는 사람들로부터 많은 편지를 받는답니다."

이 대답에 대한 크램 양의 반응은 다음과 같았다.

"그들은 돌았음이 틀림없어요."

그녀는 경악과 비난이 담긴 어조로 말했다. 그리고 덧붙였다.

"저라면 결코 그 같은 짓은 하지 않을 거예요."

"나도 그렇게 믿어요." 내가 말했다.

"그럼." 한숨을 지으며 그녀가 말했다.

"이만 가봐야 할 것 같군요." 그러고는 자리에서 일어났다.

"레딩 씨가 자백했다는 사실은 스톤 박사님에게 큰 뉴스가 될 거예요."

"박사님께서도 그런 데 관심을 가지고 있나요?" 그리셀다가 물었다.

"그분은 아주 괴짜예요. 사모님은 결코 그분과는 얘기를 나눌 수 없을 거예요. 그분은 언제나 과거의 일에 몰두해 있답니다. 크리픈(영국 런던의 범죄자. 1910년 런던에서 아내를 독살해서 그 시체를 지하실에 묻었던 의사)이 자기 아내의 목을 찌른 칼을 보는 것보다, 분묘에서 발굴해낸 더럽고 오래된 청동 칼을 보는 데 훨씬 더 많은 시간을 보낼 거예요―물론 그것을 볼 기회가 있다고 한다면요."

"박사님의 기분을 잘 알 것 같군요."

크램 양의 눈은 이해할 수 없다는 표정이었으며 다소 경멸하는 듯했다. 그녀는 거듭 작별 인사를 하곤 곧 자리를 떴다.

"그런 나쁜 사람은 아니에요."

그녀를 배웅한 뒤 문을 닫으면서 그리셀다가 말했다.

"지극히 평범한 처녀에다, 덩치도 크고 혈색도 좋은, 명랑하고 그다지 밉살스럽게 생기지 않은 여자예요. 그런데 정말 그녀가 무엇 때문에 이곳에 왔는지 궁금하군요."

"호기심 때문이겠지."

"그래요, 저도 그렇게 생각해요. 렌, 이제는 제게도 사건의 전후 사정을 죄다 말해 주세요. 전 단지 그가 여기서 죽었다는 사실밖엔 몰라요."

나는 자리에 앉아서 오전 중에 있었던 모든 일에 대해 자세히 들려주었다. 그리셀다는 가끔씩 얘기를 거들면서 놀라움과 흥미에 찬 소리를 냈다.

"그럼 결국 처음부터 앤이어야 하는 거였군요, 레티스가 아니라. 우리는 모두 눈뜬장님이었어요. 그럼, 마플 양이 어제 그런 암시를 준 거였군요. 그렇게 생각하지 않으세요?"

"나도 그렇게 생각하오." 시선을 돌리며 내가 말했다.

그때 메리가 들어왔다.

"손님 두 분이 와 계세요. 그들 말로는 신문사에서 왔다고 하던데요. 만나보시겠어요?"

"아니." 내가 말했다.

"분명히 내 뜻을 전해, 만나지 않겠다고. 경찰서에 가서 슬랙 경감을 만나보라고 해."

메리는 고개를 끄덕이곤 나가려고 몸을 돌렸다.

"그리고 그들을 돌려보낸 뒤 다시 이리로 와, 메리. 물어보고 싶은 게 있으니까."

메리는 다시 고개를 끄덕였다.

그녀가 돌아오기 전까지는 몇 분이 걸렸다.

"그들을 돌려보냈어요. 이제 다시는 오지 않을 거예요. 와도 시원한 대답을 듣지 못할 테니까."

"앞으로도 그런 사람들 때문에 꽤 골치 아프게 될지도 몰라. 자, 메리 내가 물어보고 싶은 것은, 어제저녁에 총소리를 듣지 못했다는 게 아주 확실한 건가?"

"그 사람을 죽인 권총 소리 말인가요? 아니, 전 듣지 못했어요. 총소리가 났더라면, 무슨 일인가 알아보러 갔었겠지요."

"그래, 그러나……."

숲 쪽에서 총소리를 들었다는 마플 양의 말이 생각나서 질문의 형태를 바꾸었다.

"그럼 다른 데서 나는 총소리는 들었나, 예를 들면 숲 쪽에서 나는 총소리라든가?"

"오, 그거요." 그녀는 잠시 말을 끊었다.

"그래요, 이제는 생각나요. 총소리를 들었어요. 여러 번이 아니라 딱 한 번이었어요. '펑'하는 이상한 소리가 났었어요."

"그래, 그때가 언제였지?"

"시간이오?"

"그래, 시간……."

"정확히 말씀드릴 순 없어요. 분명한 건 티 타임이 지난 뒤라는 것밖에는요. 전 그렇게만 알고 있어요."

"그보다 좀더 이르게는 아니었나?"

"아니에요, 전 해야 할 일이 있었거든요. 그러니 시계만 보고 있을 순 없잖아요―그리고 그것은 좋은 일도 아니죠. 좋은 매일 3/4 정도는 제대로 치지 않아요. 그래서 시계를 빨리 가도록 돌려놓곤 하죠. 따라서 정확한 시간은 알 수가 없어요."

이로써 우리 집 식사시간이 잘 지켜지지 않는 이유를 알았다. 때로는 너무 늦어지기도 하고, 어떤 때는 당황할 정도로 빨라지는 것이다.

"그래, 레딩 씨가 온 것보다 훨씬 전이었나?"

"아뇨, 그렇게 오래되진 않았어요. 10분이나 15분 정도, 그 이상은 아니에요."

나는 고개를 끄덕이며 만족해했다.

"그게 전부인가요?" 메리가 말했다.

"저……, 오븐에 고기도 넣어야 하고, 또 푸딩이 끓어 넘치고 있을 것만 같아서요"

"됐으니 가보도록."

메리가 방을 나가자 난 그리셀다 쪽을 쳐다보았다.

"메리가 '주인님'과 '마님'이라고 말할 수 있도록 일러주는 것은 전혀 불가능한 일이오?"

"늘 타이르지만 저 아이는 그걸 기억하지 못해요. 원래 시골에서 자란 아이가 돼 놔서."

"그건 나도 잘 알고 있소. 하지만 늘 그렇게 해서야 원 어디. 음식에 조미하는 것도 가르쳐 줘야 해요."

"그런데, 전 당신 의견을 따를 수 없어요. 우리는 하인에게 월급도 제대로 못 주고 있다는 걸 알고 계시겠죠? 만일 우리가 그 아이의 촌티를 벗겨 놓으면, 그 아이는 우리 곁을 떠나 버릴 거예요. 그리고 다른 곳에서 더 비싼 월급을 받게 될 거예요. 그러나 메리가 요리도 못 하고 예의도 잘 모르는 촌뜨기로 있는 동안, 우리는 안심할 수 있어요. 우리 밖에 아무도 그 아이를 고용하지 않을 테니까요."

아내의 살림 방법이 내가 생각한 만큼 그렇게 무계획적이지만은 않다는 걸 알았다. 아내의 방식도 어느 정도 일리가 있는 것이었다. 요리 솜씨가 없고 접시를 테이블 위에 거칠게 놓거나 말버릇이 아주 좋지 못한 그 아이를, 그 정도의 임금으로 고용하고 있다는 것이 가치 있는 일인지 어떤지는 잘 모르겠지만.

"그리고……." 그리셀다는 계속했다.

"당신은 저 아이의 태도가 보통 때보다 훨씬 나쁘다고 해도 너그럽게 봐

쥐야만 해요. 당신은, 저 아이에게서 자기 남자친구를 감옥으로 보낸 적이 있는 프로데로 대령의 죽음에 대한 애도를 기대할 순 없어요."

"그가 메리의 남자친구를 감옥으로 보냈다고?"

"예, 밀렵 때문이에요. 아처라는 사람인데, 당신도 아시잖아요? 메리는 2년 전부터 그와 사귀어 왔어요."

"난 그 사실을 모르고 있었는데."

"렌, 당신이 아는 것은 도대체 뭐예요?"

"나는 모든 사람들이 총소리가 숲 쪽에서 났다고 말하는 게 이상해."

"전 전혀 이상하다고 생각지 않아요. 당신도 아시다시피, 우린 종종 숲에서 나는 총소리를 들었어요. 그러니 당신이라도 총소리를 들었다면, 당연히 숲에서 나는 걸로 생각했을 거예요. 어쩜 보통 때와는 달리 조금 더 크게 들린다고 생각했을지도 모르고요. 물론 바로 옆방에 있었다면, 집 안에서 나는 소리라는 걸 알 수 있었겠지만. 하지만, 메리가 있는 주방은 창문이 정반대 쪽에나 있기 때문에 그 총소리가 집 안에서 났으리라고는 생각 못한 거예요."

다시 문이 열렸다.

"멜쳇 대령님이 다시 오셨어요." 메리가 말했다.

"그 경감님도 함께 오셨는데, 만나뵙고 싶대요. 지금 서재에 계세요."

제11장

멜쳇 대령과 슬랙 경감이 그 사건에 대해 의견의 일치를 보지 못하고 있음을 나는 첫눈에 알 수 있었다. 멜쳇 대령은 화가 나서 얼굴이 상기된 듯했고, 경감은 잔뜩 부어 있었다.

"유감스럽게도……." 멜쳇 대령이 말했다.

"슬랙 경감은 레딩이 무죄라고 생각하는 나와는 의견을 달리하는군요."

"만일 그가 범행을 저지르지 않았다면, 직접 와서 자기가 범인이라고 주장하는 까닭이 무엇이겠습니까?"

슬랙 경감은 답답하다는 듯이 물었다.

"프로데로 부인도 그와 비슷한 식으로 자수해 온 사실을 기억하시오, 슬랙 경감?"

"그건 다르죠. 그 사람은 여자예요. 여자는 그처럼 어리석은 짓을 하기도 하죠. 나는 그녀가 저질렀다고는 생각지 않습니다. 그녀는 그 사람, 레딩이 자수했다는 소리를 듣고서는, 엉터리 소리를 한 겁니다. 난 그런 종류의 게임엔 익숙해져 있습니다. 당신들은 날 그 여자의 진술을 곧이듣는 바보로 믿진 않으시겠죠. 그러나 레딩은 달라요. 그의 머리는 정상입니다. 따라서 그가 범행을 인정한다면, 그가 한 짓임이 틀림없어요. 문제는 그의 권총입니다―그 사실을 간과할 수는 없는 일입니다. 프로데로 부인의 그런 행동 때문에 우리는 살인의 동기를 알게 됐어요. 전에는 동기의 불분명함이 난점이었는데, 이젠 그것이 해결된 셈이죠. 모든 것이 순조롭게 진행되고 있는 겁니다."

"당신은 그가 좀더 일찍 총을 쏘았을 가능성에 대해서는 생각해 보았소? 예컨대 6시 30분이라든가?"

"그때는 불가능합니다."

"그의 행적을 조사해 보았소?"

경감은 고개를 끄덕였다.

"그는 6시 10분경에 블루 보어 여관 근처의 마을에 있었소. 거기서 목사관 뒤쪽 샛길로 지나가는 것을 이웃집 노처녀 마플 양이 보았지요—그 노처녀가 잘못 보는 일은 거의 없는 모양입니다. 레딩은 프로데로 부인과의 약속을 지키기 위해 이 목사관의 작업실로 왔습니다. 그러고는 6시 30분 조금 지나서 둘이서 함께 그곳을 나와 샛길을 지나서 마을로 갔는데, 그때 스톤 박사를 만났던 겁니다. 스톤 박사도 분명히 그렇게 말했어요—내가 그 양반을 만나서 확인해 보았습니다. 그들은 잠깐 동안 우체국 앞에 서서 얘기를 나눈 뒤 프로데로 부인은 원예 잡지를 빌리러 하트넬 양의 집으로 갔다더군요. 그것 역시 확인한 바로는 틀림없는 사실이었습니다. 프로데로 부인은 그곳에서 얘기를 나누다가 7시가 되자 늦었다고 당황하면서 집으로 돌아갔습니다."

"그때 그녀 태도는?"

"매우 편안하고 유쾌해 보였다고 하트넬 양이 말하더군요. 하트넬 양은 그녀가 조금도 불안해하거나 초조해하지 않았다고 분명히 말했습니다."

"좋소, 계속해 보시오."

"레딩 그 친구는 스톤 박사와 함께 블루 보어 여관으로 가서 술을 마셨답니다. 그런 뒤 6시 40분에 거기를 떠나서 마을의 큰길을 따라 급한 걸음으로 목사관으로 통하는 길로 내려갔는데, 많은 사람들이 그를 보았다고 했습니다."

"이번에는 뒤쪽 샛길로 해서 가지 않았단 말이오?" 대령이 끼어들었다.

"그는 현관문 쪽으로 들어와서 목사님을 만나려고 했는데, 거기에 프로데로 대령이 있다는 말을 듣고는 안으로 들어가서 그를 쏜 겁니다. 그가 자백한 대로 이것이 진실입니다. 그러니 우리는 더 이상 주저할 필요가 없는 거죠."

멜쳇 대령은 고개를 저었다.

"의사의 증언이 있소. 그걸 무시할 순 없는 거요. 프로데로 대령은 6시 30분이 되기 전에 총에 맞았소."

"오! 의사라고요?" 슬랙 경감은 비웃는 듯이 말했다.

"의사의 말을 곧이곧대로 믿으면 안 됩니다! 이빨을 모두 뽑아 버린 뒤(요

즘은 그렇게 하는 모양이지만) 그들은, '매우 죄송하지만 맹장염이로군요.'라고
말할 것이오. 의사라, 내 참!"

"이것은 진단의 문제가 아니질 않소. 헤이독 의사는 그 점에 대해선 절대적
으로 확신했소. 당신은 의학적 증거를 무시해버릴 수는 없소, 슬랙 경감."

"나의 증언도 유효한 것이오."

갑작스레 잊어버렸던 일을 떠올리며 내가 말했다.

"내가 시체에 손을 대보았을 땐 이미 싸늘하게 식어 있었소. 분명히 맹세할
수 있는 일이오."

"이젠 알겠소, 슬랙 경감?" 멜쳇 대령이 말했다.

슬랙 경감이 쾌히 승복했다.

"좋습니다. 물론, 그렇다면야 할 수 없죠. 하지만 이건 좀, 정말 이해할 수가
없군요. 레딩은 교수형당하는 걸 끔찍이도 바라고 있단 말입니다."

"그것이 나로서도 이상하단 말이오." 멜쳇 대령이 말했다.

"세상이 죄다 거꾸로 돌아간다니까요." 경감이 말했다.

"전쟁이 끝난 뒤 머리가 조금씩 돈 양반들이 꽤 많죠. 그럼, 다시 원점으로
돌아가야 한다는 말이 되는데." 그는 나를 돌아보았다.

"왜 당신은 그 시계에 대해 내가 오해하도록 내버려 두었습니까, 목사님?
난 그 이유를 알 수가 없군요. 그것은 공무집행 방해나 다를 바 없습니다."

나는 화가 났다.

"난 세 번씩이나 당신에게 말하려고 했었소. 그런데 그때마다 당신이 내 말
을 들으려 하지 않았잖소."

"그건 말하기에 달린 게 아닙니까! 꼭 말하려고 했다면, 충분히 말할 수 있
었을 겁니다. 그 시간과 메모는 완전히 일치되는 것 같았습니다. 그런데 이제
목사님 말에 의하면, 그 시계는 완전히 잘못된 것이로군요. 나는 이런 경우를
본 적이 없습니다. 어쨌든 15분씩이나 빠른 시계를 그대로 내버려 둔 것은 도
대체 무슨 심사요?"

"그래도 제시간을 알아맞힐 수 있도록 정확하게 갔었소."

경감은 코웃음쳤다.

"더 이상 입씨름할 필요가 없다고 생각하는데, 경감."

멜쳇 대령이 얼른 말했다.

"지금 우리가 원하는 것은 프로데로 부인과 레딩, 그 두 사람에게서 진실을 밝혀내는 것이오. 헤이독 의사에게 전화를 걸어서 프로데로 부인과 함께 이곳으로 오도록 부탁했소. 그들은 15분쯤 뒤면 올 거요. 레딩을 이곳에 먼저 오게 하는 것도 괜찮을 거라고 생각하는데……."

"경찰서에다 연락해 두지요." 슬랙 경감이 수화기를 들면서 말했다.

"그런데……." 그는 다시 수화기를 내려놓고 나서 말했다.

"이 방을 좀 살펴봐야겠습니다."

그는 의미 있는 표정을 지으며 날 쳐다보았다.

"난 그만 나가 보는 게 좋겠군요." 내가 말했다.

경감은 즉시 나가라는 듯이 문을 열었다. 멜쳇 대령이 소리쳤다.

"레딩이 도착하면 들어오시지요, 목사님. 당신은 그 친구와 친하니까 그가 진실을 말하도록 설득하는 데 많은 도움을 줄 수 있을 겁니다."

거실로 가니 아내와 마플 양이 머리를 서로 맞대고 앉아 있는 것이 보였다.

"우리는 여러 가지 가능성에 대해 검토해 보고 있었어요."

그리셀다가 말했다.

"당신이 이번 사건을 해결할 수 있었으면 하오, 마플 양. 웨더비 양의 새우가 없어졌을 때처럼 말입니다. 그때는 석탄 자루의 상태가 어쩐지 이상하다는 생각이 머릿속에 떠올랐다죠."

"비웃고 있군요." 마플 양이 말했다.

"그러나 결국 그것은 진실에 이르는 가장 분명한 방식이죠. 실은 그것을 직관이니 뭐니 하고 떠들고 있지만, 직관이란 철자를 하나하나 보지 않고도 단번에 어떤 단어를 읽어내는 것과 같은 것이죠. 그런데 어린애들은 그렇게 할 수 없어요. 왜냐하면 그들은 별로 경험이 없으니까요. 그러나 어른들은 전부터 종종 그런 단어를 보아 왔기 때문에 그 단어를 압니다. 내 말뜻을 아시겠어요, 목사님?"

"예." 나는 천천히 대답했다.

"나도 그렇게 생각합니다. 당신은 어떤 사건을 보면 다른 일이 곧 연상된다고 말하고 싶은 거죠? 글쎄, 어쩌면 그것도 같은 종류의 일일지도 모르겠지만."

"분명히 그래요."

"그렇다면 프로데로 대령의 살인사건에서 떠오르는 것은 무엇인가요?"

마플 양이 한숨을 지었다.

"그것은 정말 어려운 일이에요. 유사한 것들이 너무 많이 떠올라요. 예를 들면, 교회의 교구위원이며 또 모든 면에서 높이 존경받던 하그레이브스 소령은 이중인격자에다 첩 살림까지 차려 두고 있었지요—그것도 자기 집에 데리고 있던 하녀라니, 참으로 어처구니없는 얘기예요. 게다가 아이들이 다섯이나, 정말 다섯씩이나 있었어요. 부인과 딸에게는 굉장한 충격이었지요."

나는 프로데로 대령을 아직 밝혀지지 않은 여러 가지 비리에 열심히 적용시켜 보았지만 헛일이었다.

"그런데, 그 세탁소 사건도……." 마플 양이 계속 말했다.

"하트넬 양의 오팔 판—그녀는 그것을 부주의하게도 프릴로 장식된 블라우스에 단 채 세탁소에 맡겼지요. 그 옷을 받은 여자는 적어도 그런 물건을 탐낼 것 같진 않은 사람이고, 아무리 보아도 도둑은 아니었어요. 그런데도 다른 여자의 집에 그것을 감추고, 그 여자가 가져가는 것을 보았다고 경찰에 신고했어요. 악의(惡意)—예, 단순한 악의였을 뿐이에요. 악의! 그건 정말 무서운 동기예요. 물론 거기에는 남자 문제가 얽혀 있었지요, 언제나 그렇듯이."

이번에는 유사성이 거의 떠오르지 않았다.

마플 양이 꿈꾸는 듯한 목소리로 계속했다.

"그런데, 이곳에는 불쌍한 엘웰 아가씨—예쁘고 천사 같은 그 처녀가 자기의 작은 오빠를 질식시켜 죽이려고 한 사건이 있었지요. 또 목사님이 이곳으로 오시기 전의 일이었는데, 오르간 연주자가 돈을 훔쳤답니다. 그 사람의 부인이 많은 빚으로 몹시 시달리고 있었던 거지요. 그래요, 이번 사건은 아주 많은 것을 생각나게 하는군요—너무 많아서 주체할 수 없을 정도로 진실을 밝힌다는 것은 몹시 어려운 일이에요."

"내게 얘기해줬으면 합니다." 내가 말했다.

"의심이 간다는 그 일곱 사람이 누구누구인지."

"의심이 가는 일곱 사람?"

"당신은 프로데로 대령의 죽음을 고소하게 여길 만한 일곱 사람이 있다고 애기했잖소."

"내가요? 아, 그래요. 이제 기억나요?"

"그게 사실입니까?"

"오, 분명히 그건 사실이에요. 그러나 이름을 댈 순 없어요. 당신도 아주 쉽게 그들을 생각해 낼 수 있다고 믿거든요."

"정말 난 생각할 수 없어요. 레티스 프로데로밖에는. 왜냐하면 아버지가 죽음으로써 그 아이는 많은 재산을 물려받게 되니까요. 그래도 그런 이유로 레티스를 꼽는다는 것은 어리석은 일이오. 그러나 그 아이밖엔 아무도 생각해 낼 수가 없소."

"그러면 당신은 어때요?" 그리셀다에게 마플 양이 물었다.

그리셀다는 내가 놀랄 정도로 당황하며 얼굴을 붉혔다. 눈물이 그녀의 눈동자에 맺혔다. 그녀는 작은 두 손을 꽉 쥐었다. 그러고는 분개한 듯이 외쳤다.

"오! 사람들이 모두 미워요, 증오스러워요. 그런 말을 하다니! 짐승처럼 그런 말을 하다니!"

나는 이상한 느낌을 받으며 그녀를 쳐다보았다. 그렇게 당혹해하는 것은 전혀 그리셀다답지 않은 일이었다.

아내는 나를 노려보고는 웃음을 터뜨리려고 했다.

"재미있는 표정을 보는 양 그런 눈으로 절 쳐다보지 마세요. 당신을 이해할 수 없어요, 렌 흥분해서 문제를 딴 데로 돌리지 마세요. 저는 로렌스나 앤이 범인이라고 믿지 않아요. 그리고 레티스는 문제 밖이에요. 틀림없이 그것을 뒷받침해 줄 어떤 단서가 있을 거예요."

"그건 그 메모지예요." 마플 양이 말했다.

"오늘 아침에 내가 한 말을 기억해봐요. 그것은 내게도 아주 기묘한 충격을 주었어요."

"그것은 대령의 사망 시각을 아주 정확하게 알려 주는 실마리가 될 수 있을 것 같은데요."

"하지만 그것이 가능한 일일까요? 그 시각은 프로데로 부인이 마침 서재를 떠났을 때이므로, 작업실을 들를 시간이 거의 없었을 겁니다. 그렇다면 생각할 수 있는 것은 딱 한 가지죠. 그가 자기 시계를 보고 그것을 썼다는 겁니다. 그런데 마침 그 시계가 늦게 가는 것이었다고 생각해 보세요. 그것이 가장 타당한 것이라고 생각되는데."

"전 그렇게 생각지 않아요." 그리셀다가 말했다.

"가령, 제 남편 서재의 시계가 이미 원래 상태대로 돌려져 있었다고 한번 생각해 보세요. 아니, 결국 같은 셈이 되는군요. 이런 바보 같으니라고."

"내가 나갈 때엔 시계는 돌려져 있지 않았소. 내 손목시계와 대조해 보았던 기억이 나오. 그런데 당신이 말한 대로 그것은 우리가 처해 있는 문제에 그다지 영향을 미치지 않소."

"당신은 어떻게 생각하세요, 마플 양?" 그리셀다가 물었다.

마플 양은 고개를 설레설레 흔들었다.

"그 점에 대해선 아무것도 생각나지 않는다는 것을 인정해야만 하겠군요. 이상하게 여겨지는 것은, 사실 처음부터 그랬지만, 문제의 열쇠는 그 메모지라고 생각해요."

"난 프로데로 대령이 단지 더 이상 기다릴 수 없겠노라고 쓴 것밖엔 모르겠던데······."

"6시 20분에요?" 마플 양이 말했다.

"댁의 하녀 메리는, 프로데로 대령에게 목사님이 아무리 빨라도 6시 30분까지는 돌아오지 못할 것이라고 얘기했다고 했어요. 그래서 그는 그때까진 기다릴 수 있다며 쾌히 들어왔던 거예요. 그런데 6시 20분에 더 이상 기다릴 수 없다고 썼단 말입니다."

나는 그 노처녀를 빤히 쳐다보았다. 그녀의 추리력에 존경과 감탄을 보내면서. 그녀의 날카로운 기지는 우리가 미처 생각해 내지 못했던 것을 간파해 낸 것이다. 과연 그것은 놀라운 일이었다—아주 정말로.

"만일 메모지에 그렇게 적혀 있지 않았더라면······." 내가 말했다.

마플 양이 고개를 끄덕였다.

"그래요, 정말 그렇게 적혀 있지 않았다면!" 그녀가 말했다.

난 마음속으로 메모지와 그 위에 잉크가 번진 채 갈겨 쓴 글씨를 떠올리면서 생각을 더듬어 보았다. 메모지의 상단에는 반듯하게 '6시 20분'이라고 적혀 있었다. 확실히 그 숫자는 메모지의 글씨체와 크기가 달랐다.

나는 숨이 가빠왔다.

"만일……." 내가 말했다.

"그것이 적혀 있지 않았다면! 만일 6시 30분쯤 프로데로 대령은 조급해져서 더 이상 기다릴 수 없겠노라고 메모지에 적어 놓으려 했다면! 그리고 거기 앉아서 편지를 쓰고 있는데 누군가가 창으로 들어와서……."

"아니면, 서재 문으로 들어왔을지도 모르죠." 그리셀다가 의견을 내놓았다.

"하지만 서재 문이라면 소리를 듣고 쳐다보았겠죠."

"프로데로 대령은 귀가 어둡다는 걸 알고 있죠?" 마플 양이 말했다.

"예, 그래요. 그는 그 소리를 듣지 못했겠군요."

"범인이 어떤 경로로 들어왔건 간에, 그는 몰래 대령의 등 뒤로 다가갔을 테고, 그리고 그를 쏘았겠죠. 그런 뒤에 메모지와 시계를 보았을 테고, 그다음 어떤 생각이 떠올랐겠죠. 그래서 메모지의 상단에 '6시 20분'이라고 적은 뒤 시계를 6시 22분으로 돌려놓았을 거예요. 그것은 참으로 기발한 생각이었죠. 그런 생각이 떠올랐건, 아니면 미리부터 계획했든 간에 그것은 완벽한 알리바이라고 생각했을 거예요."

"우리가 알고 싶은 것은……." 그리셀다가 말했다.

"6시 20분에는 아주 확고한 알리바이가 있고, 그 외의 시간에는 알리바이가 전혀 없는 사람을 찾아내면 되겠군요. 하지만 그것은 쉽지 않은 일이에요. 시간을 붙들어 매어 둘 순 없으니까요."

"아주 제한된 범위 내에선 가능하오." 내가 말했다.

"헤이독 의사는 사건 발생이 가능한 시간을 최대한으로 보아 6시 30분까지라고 했소. 나는 그것을 6시 35분까지는 가능하다고 보고 있어요. 왜냐하면 프로데로 대령은 6시 30분까지는 조급해하지 않았을 게 분명하니까. 이로써 모든 것이 좀더 확실해졌다고 생각지 않소?"

"그래요, 그때 난 총소리를 들었어요. 맞아요, 정말 그렇다고 생각되는군요. 그런데 그 무렵엔 아무것도 생각하지 못했어요. 정말 아무것도. 아휴, 속상해. 그런데 이젠 생각이 나요. 분명히, 보통 때 듣던 총소리와는 달랐던 것으로 기억돼요. 그래요, 다른 점이 있었어요."

"더 컸었나요?" 내가 거들었다.

하지만 마플 양은 소리가 더 컸는지는 기억해 내지 못했다. 사실 그녀는 어떤 식으로 달랐는지 그것을 꼭 꼬집어 말할 순 없지만, 그러나 분명 달랐던 것만은 확실하다고 했다.

실제로 그녀는 그 소리를 기억해 내기보다는 단지 달랐던 사실만을 기억해 내고 있었다. 그러나 그녀는 그 문제에 대해 보다 중요한 새로운 견해를 말해 주었으므로, 그녀에 대한 나의 존경심은 한층 더해졌다.

"이젠 정말 돌아가야겠어요. 부인과 이 사건에 대해서 얘기를 하고 싶어 견딜 수가 있어야죠. 그래서……."

그녀는 중얼거리면서 자리에서 일어났다. 내가 그녀를 담벼락 뒷문까지 바래다주고 돌아와 보니 그리셀다는 깊은 생각에 잠겨 있었다.

"그 메모지가 아직도 수수께끼요?" 내가 물었다.

"아뇨." 그녀는 갑자기 몸을 오싹 움츠리며 어깨를 흔들었다.

"렌, 방금 생각해 보았는데요, 누군가가 프로데로 부인을 몹시 미워하고 있음이 분명해요."

"미워한다고?"

"예, 그렇게 생각되지 않으세요? 로렌스에게는 이렇다 할 불리한 증거가 없잖아요. 그에 대한 증거는 모두 우연적인 것들뿐이에요. 그는 단지 여기에 들어왔던 것뿐이에요. 그가 여기에 오지 않았다면, 아무도 그와 이 사건을 연관시키지 못할 거예요. 그러나 앤은 달라요. 가령 그녀가 정확히 6시 20분에 여기에 온다는 것을 누군가가 알았다고 해 보세요. 시계와 메모지에 적힌 시간이 모두 그녀를 계산한 거라고요. 단순히 자기 알리바이를 만들기 위해서 그 시간으로 해두었으리라고는 생각되지 않아요. 그것보다는 다른 이유가 있을 거라고 생각해요. 그건 바로, 그녀와 이 사건을 묶어 두려고 하는 거라고요. 마플 양이 앤은 권총을 지니고 있지 않았다는 걸 말하지 않았다면, 그리고 그녀가 작업실로 내려가기 전에 잠깐 서재 안을 들여다보았다고 말하지 않았다면—그래요, 그렇게 말하지 않았다면……."

그녀는 다시 몸을 떨었다.

"렌, 앤 프로데로를 몹시 증오하는 사람들이 있는 것만 같아요. 전, 전 그게 마음에 걸려요."

제12장

서재에서 로렌스 레딩이 도착했다는 소식을 들었다. 그는 수척해 보였고 의심에 찬 표정이었다. 멜쳇 대령은 정중한 태도로 다가가 그를 맞았다.

"당신에게 몇 가지 물어보고 싶은 게 있어서……, 여기 이 현장에서 말이오."

로렌스는 다소 빈정거리듯이 말했다.

"프랑스식인가요? 범행을 재연하게 하는 것은?"

"이봐요, 젊은 친구, 우리에게 협조해 주시오. 당신이 범인이라고 자백한 그 사건에 대해서 또 다른 사람이 자백했다는 사실을 알고 있소?"

그 말에 로렌스의 반응은 창백하고 즉각적이었다.

"또 다른 사람?" 그는 말을 더듬었다.

"누, 누가요?"

"프로데로 부인이오." 그를 응시하면서 멜쳇 대령이 말했다.

"있을 수 없는 일이오. 그녀는 절대……. 아니오. 그녀는 할 수 없었소. 그건 불가능한 일이오."

멜쳇 대령이 그의 말을 가로막았다.

"이상하다는 것은 이해가 가오. 우리도 그녀의 말을 믿지 않소. 그뿐만 아니라 당신 말도 완전히 믿지 못하오. 헤이독 의사는 당신이 말한 그 시각엔 살인이 불가능하다고 못 박았소."

"헤이독 씨가 그렇게 말했나요?"

"그렇소. 그러니 당신이 바라건 바라지 않건 일단 혐의는 벗거나 다름없소. 따라서 우리는 당신이 우리를 도와주기를 바라오. 정말 어떻게 된 일인지 우리에게 바른 대로 말해 주시오."

로렌스는 여전히 주저하는 것 같았다.

"프로데로 부인에 대해서 날 속이는 것은 아니겠죠? 정말 그녀를 의심하지 않는 거죠?"

"내 명예를 걸겠소?" 멜쳇 대령이 말했다.

로렌스는 한숨을 내쉬었다.

"내가 어리석었어요. 정말 바보였어요. 한순간 나는 그녀가 저지른 일이라고 생각했어요."

"모든 걸 우리에게 말해 주겠소?" 멜쳇 대령이 거들었다.

"숨김없이 말씀드리겠습니다. 난……, 그날 저녁에 프로데로 부인을 만났어요." 그는 잠시 말을 멈췄다.

"그것은 이미 알고 있는 일이오." 멜쳇 대령이 말했다.

"프로데로 부인에 대한 당신의 감정이나, 당신에 대한 프로데로 부인의 감정이 완전히 비밀이라고 생각하고 있었을지 모르지만, 사실은 이미 다 알려진 일로 마을의 화젯거리가 되어 있소. 일이 이렇게 되면 모든 게 드러나게 마련이지."

"맞아요, 당신 말이 옳아요. 나는 여기 목사님께 약속했어요."

그는 나를 힐끗 쳐다보았다.

"곧바로 이 마을에서 떠나겠다고 했습니다. 나는 그날 6시 15분쯤 작업실에서 그녀를 만났어요. 그리고 결심한 바를 얘기했죠. 그녀도 그럴 수밖에 없다는 데 동의했어요. 우린 서로 작별 인사를 나눴습니다. 그리고 작업실을 나섰는데, 바로 그때 스톤 박사님을 만났지요. 앤은 놀랄 정도로 태연하게 행동했지만, 난 그럴 수가 없었어요. 나는 블루 보어 여관까지 스톤 박사님과 함께 내려가서 술을 마셨습니다. 그 뒤 바로 집으로 돌아가려고 했지만, 그 길모퉁이에 왔을 때쯤 마음이 달라져 목사님을 만나뵙기로 했거든요. 현관문에 이르자, 하녀가 목사님이 외출 중인데 곧 돌아오실 거라고 얘기해줬습니다. 물론 프로데로 대령이 서재에서 기다리고 있다는 얘기도 함께 말이죠. 그대로 가버릴 수가 없더군요. 마치 대령을 피하고 있다는 느낌을 줄 것 같았기 때문입니다. 그래서 나도 기다리겠노라고 말했죠. 그리고 서재로 들어갔습니다."

그는 말을 멈췄다.

"그래서요?" 멜쳇 대령이 말했다.

"프로데로 대령은 책상 앞에 앉아 있었어요—당신들이 발견한 모습 그대로. 나는 그에게 다가갔죠. 그가 죽어 있다는 걸 알았어요. 아래를 내려다보니 그의 곁 마룻바닥에 권총이 떨어져 있더군요. 난 그걸 주워들었습니다. 즉시 그것이 내 권총이라는 걸 알아볼 수 있었죠. 난 너무나 기가 막혔습니다. 그게 내 총이라니! 그래서 곧바로 한 가지 결론으로 치닫게 된 거죠. 앤이 내 권총을 가져간 게 틀림없다고—그녀는 더 이상 견딜 수 없게 되면 자살하리란 결심을 하고 있었으리라고 생각했습니다. 아마 그녀는 오늘 이것을 가지고 여기에 왔겠지. 나와 마을에서 헤어진 뒤 이리로 돌아와선, 그리고……, 그렇게 생각되자 난 미칠 것만 같았습니다. 나는 주머니에다 총을 집어넣고 얼른 나와 버렸죠. 그러고는 바로 목사관 뒷문을 나오다가 목사님을 만났습니다. 목사님은 보통 때나 다름없는 태도로 프로데로 대령과 만나기로 약속이 되어 있다고 하시더군요. 갑자기 난 거칠게 웃고 싶어졌습니다. 목사님의 태도는 여느 때와 마찬가지였는데, 난 완전히 흥분해 있었기 때문입니다. 그래서 난 어리석게도 엉뚱한 말을 했고, 그때 목사님의 안색이 바뀐 걸 기억하고 있습니다. 제정신이 아니었던 게 분명해요. 나는 계속 걸었습니다—걸었다고요. 그런데 마침내는 더 이상 참을 수가 없었어요. 만일 앤이 그런 끔직스러운 일을 저질렀다면, 적어도 그에 대한 도덕적인 책임은 내게 있다고 생각했죠. 그래서 경찰서로 달려가 자수한 겁니다."

그가 말을 마치자, 잠시 침묵이 흘렀다. 곧 대령은 사무적인 목소리로 말했다.

"한두 가지 물어보고 싶은 게 있는데, 첫째, 시체에 손을 대거나 흔들어 보았소?"

"아뇨, 전혀 손대지 않았습니다. 하지만, 만져 보지 않고도 그가 죽어 있다는 것은 금방 알아볼 수 있었죠."

"그의 몸으로 반쯤 가려진 채, 압지 끼우개에 들어 있던 메모지를 보았소?"

"아뇨."

"시계를 만져 보았소?"

"만지지 않았습니다. 시계는 책상 위에 엎어져 있었던 걸로 기억되는데요.

그러나 그걸 만지진 않았습니다."

"그럼, 당신의 권총에 대해서 묻겠소. 그걸 마지막으로 본 것이 언제죠?"

로렌스는 한참 생각하는 듯했다.

"정확히 말씀드리긴 곤란한데요."

"어디에 넣어 두고 있었소?"

"오, 우리 집 거실에 잡동사니와 함께 놓아두었죠. 아마 책상 위에 놓여 있었을 거예요."

"부주의하게 거기에다 아무렇게나 내버려 뒀었소?"

"예. 하지만 거기에 놓여 있다는 걸 별로 신경 쓰지 않았습니다."

"그럼, 당신 집에 들어가 본 사람이면 누구나 그걸 볼 수 있었겠군요?"

"그렇겠죠."

"그걸 가장 최근에 본 것이 언제인지 기억할 수 없겠소?"

로렌스는 생각해 내려는 듯 양미간을 찡그렸다.

"그저께였을 겁니다. 거의 틀림없어요. 낡은 담배 파이프를 집으려고 그걸 조금 옆으로 밀쳐놓았던 걸 기억하고 있어요. 그래요, 그저께였다고 생각돼요 —아니, 그 전날일지도 모르겠군요."

"최근에 찾아온 사람이 누구요?"

"오! 많은 사람이 다녀갔습니다. 거의 매일 드나들다시피 하는 사람도 있고요. 그저께는 티 파티 같은 걸 열었습니다. 레티스 프로데로, 데니스, 그리고 그 밖의 많은 사람들과 함께. 한두 명의 뜨내기손님들도 때때로 들어왔어요."

"외출할 때는 문을 잠가 두시오?"

"아뇨. 도대체 왜 잠가야 하나요, 도둑맞을 게 아무것도 없는데. 이 주변에선 아무도 자기 집을 잠그고 다니지 않아요."

"살림은 누가 돌봐줍니까?"

"아처 부인이 매일 아침 와서 봐주고 있습니다."

"총을 마지막으로 본 게 언제인지 그녀가 기억할 수 있을까요?"

"모르겠습니다. 혹 기억하고 있을지도 모르지요. 그러나 그 부인이 그리 신경 써서 청소한다고는 생각지 않는데요."

"결국, 누구나 그 총을 가져갈 수 있었다는 얘기가 되겠군."

"그런 것 같습니다, 예."

그때 문이 열리고, 헤이독 의사가 프로데로 부인과 함께 들어왔다.

그녀는 로렌스를 보고 몹시 놀라워하는 것 같았다. 그는 머뭇거리며 그녀를 향해 발걸음을 떼었다.

"날 용서하시오, 앤." 그가 말했다.

"내가 그런 끔찍한 생각을 다 하다니."

"저……."

그녀는 우물쭈물하며 말을 더듬으면서, 애원하듯 멜쳇 대령을 쳐다보았다.

"그게 사실인가요, 헤이독 박사님이 제게 말한 게?"

"레딩 씨는 이제 혐의가 완전히 벗겨지게 됐다는 것 말인가요? 예, 그렇습니다. 자, 그럼 이제 당신이 말하려 한 것을 얘기하시죠, 프로데로 부인? 그게 뭡니까?"

그녀는 다소 겸연쩍어하며 웃었다.

"당신들은 절 나쁜 여자라고 생각하시겠죠?"

"글쎄요, 어리석은 짓을 했다고나 할까요. 그러나 이젠 끝난 일이오. 프로데로 부인, 지금 우리가 원하는 것은 진실이오, 절대적인 진실."

그녀는 진지한 표정으로 고개를 끄덕였다.

"말씀드리겠어요. 모든 걸 다."

"좋습니다."

"로렌스 레딩 씨를 그날 저녁 작업실에서 만나기로 했었어요. 6시 15분쯤에. 남편과 저는 쇼핑할 일이 조금 있었기에 마을로 차를 몰고 갔었죠. 헤어질 때 남편은 목사님을 뵈러 가겠다고 하더군요. 전 로렌스에게 그 일을 알리지 못해 다소 걱정이 되었어요. 목사관에 남편이 와 있는데, 그곳 작업실에서 로렌스를 만난다는 것은 좋지 않다고 생각했기 때문이죠."

이렇게 말할 때 그녀의 두 볼은 빨갛게 상기되었다. 그녀에겐 결코 유쾌한 순간이 아니었을 것이다.

"아마, 남편은 그리 오래 머무르지 않을 거라고 생각했어요. 그걸 확인해 보기 위해 샛길을 지나 뜰 안으로 들어갔죠. 누구의 눈에도 뜨이지 않기를 바랐지만, 마플 양이 자기 집 정원에 나와 있었어요! 그녀가 절 부르기에 몇 마디 말을 주고받았지요. 전 남편을 부르러 간다고 말했어요. 무엇인가를 말해야만 했거든요. 그녀가 제 말을 믿을지 어떨지는 모르지만, 그녀는 좀 이상한 표정을 짓더군요. 그녀와 헤어진 뒤 곧장 목사관으로 들어가서 집 모퉁이를 돌아 서재 유리창으로 갔어요. 무슨 소리라도 들릴까 해서 아주 조심스럽게 살금살금 문 앞으로 다가갔죠. 그러나 놀랍게도 아무 소리도 들리지 않는 거였어요. 안을 들여다보니 방 안은 비어 있더군요. 그래서 급히 정원을 가로질러 작업실로 달려갔죠. 거기서 바로 로렌스와 만났어요."

"방이 비어 있었다고 말씀하셨나요, 프로데로 부인?"

"예, 남편은 거기 있지 않았어요."

"이해할 수 없는 일이군요."

"그럼, 대령을 보지 못했다는 말인가요, 부인?" 경감이 끼어들었다.

"예, 전 그이를 보지 못했어요."

슬랙 경감이 멜쳇 대령에게 뭐라고 귀엣말을 하자, 대령은 고개를 끄덕였다.

"괜찮으시다면, 프로데로 부인, 당신이 한 행동을 우리에게 그대로 한번 보여 주시겠습니다."

"물론이에요. 그렇게 해보죠."

그녀는 자리에서 일어났다. 슬랙 경감은 그녀를 위해 유리문을 열어 주었고, 그녀는 베란스로 걸음을 옮겨 집 모퉁이로 돌아 나갔다.

슬랙 경감은 거만한 태도로 나에게 책상 앞에 가서 앉으라고 눈짓했다.

나는 그렇게 하는 것이 별로 달갑지 않았다. 하지만 거기에 응해 주었다.

곧 바깥에서 발걸음 소리가 들려왔다. 그러고는 잠시 멎는 것 같더니 곧 끊겨 버렸다. 슬랙 경감은 내게 제자리로 돌아가도 좋다고 했다. 프로데로 부인이 유리문으로 다시 들어왔다.

"분명히 그대로 했나요?" 멜쳇 대령이 물었다.

"예, 틀림없다고 생각합니다."

"그럼 말씀해 주시겠습니까, 프로데로 부인? 당신이 들여다보았을 때, 목사님은 어디에 있었는지?"

슬랙 경감이 말했다.

"목사님이오? 저……, 아니에요. 전 볼 수 없었어요. 보지 못했어요."

슬랙 경감이 고개를 끄덕였다.

"그건 프로데로 대령도 보지 못했다는 말이 되겠군. 그는 방 한 모퉁이의 책상 앞에 앉아 있었소."

"오."

그녀는 말을 잇지 못했다. 갑자기 그녀는 두려움으로 두 눈이 휘둥그레졌다.

"그게 정말……."

"프로데로 부인, 대령은 분명히 책상에 앉아 있었소."

"오—." 그녀는 부르르 몸을 떨었다.

그는 질문을 계속했다.

"레딩 씨가 권총을 갖고 있었다는 것을 알고 있었습니까, 프로데로 부인?"

"예, 전에 그가 말한 적이 있어요."

"그 권총을 만져 본 적이 있소?"

그녀는 고개를 저었다.

"아뇨."

"그가 총을 어디에다 보관하는지 알고 있었나요?"

"확실히는 몰랐어요. 아, 그의 집 거실 책상 위에서 본 적이 있는 것 같아요. 거기에다 두지 않았나요, 로렌스?"

"가장 최근에 그의 집에 간 것은 언제죠, 프로데로 부인?"

"오, 약 3주 전이에요. 남편과 함께 티 파티에 초대받았었죠."

"그때 이후론 간 적이 없습니까?"

"예, 그때 이후론 가지 않았어요. 아시겠지만, 그것은 마을에 많은 소문 거리를 던져 주는 원인이 되거든요."

"틀림없이 그렇겠군." 멜쳇 대령이 무뚝뚝한 목소리로 말했다.

"두 분이 자주 만나던 곳이 어딘지 물어봐도 괜찮을까요?"

그녀는 얼굴을 붉혔다.

"로렌스 씨가 올드 홀로 오곤 했어요. 레티스를 모델로 그림을 그리고 있었거든요. 우리는, 우리는 이따금씩 숲 속에서 만나기도 했어요."

멜쳇 대령이 고개를 끄덕였다.

"이 정도면 충분하지 않은가요?"

그녀의 목소리는 갑자기 냉정을 잃은 듯했다.

"이 모든 걸 다 얘기해야 한다는 것은 너무 잔인해요. 그리고, 그것을 잘못이라고 할 수는 없잖아요? 사실 잘못된 것은 없어요. 우리는 단지 친구일 뿐이에요. 우린 사랑하지 않을 수 없었어요."

그녀는 간청하듯 헤이독 의사를 쳐다보았다. 그러자 그 인정 많은 의사가 앞으로 나서며 말했다.

"프로데로 부인은 이만하면 충분하다고 생각하오. 멜쳇 대령, 부인은 큰 충격을 받았소. 한 가지가 아닌 여러 면에서."

멜쳇 대령도 고개를 끄덕였다.

"그럼, 이제 가봐도 좋은가요?"

그는 허락의 뜻으로 가볍게 목례를 했다. 그러나 순간, 나는 그가 슬랙 경감에게 거의 눈치 챌 수 없을 정도로 은밀한 신호를 보내는 것을 목격했다. 슬랙 경감은 알았다는 듯이 고개를 끄덕였다. 프로데로 부인은 아직 완전히 혐의가 벗겨진 것이 아니었다. 메모지의 증거는 너무도 강한 것이었다.

"부인은 안에 있습니까?" 헤이독 의사가 내게 말했다.

"프로데로 부인이 만나보고 싶어 하던데요."

"예, 그리셀다는 안에 있습니다. 아마 거실에 있을 겁니다."

부인과 헤이독 의사, 그리고 로렌스는 함께 방을 나갔다.

멜쳇 대령은 입술을 오므리고 페이퍼 나이프를 만지작거리고 있었다. 슬랙 경감은 그 메모지를 쳐다보았다. 그때 나는 마플 양의 추리 내용을 말해 주었다. 슬랙 경감은 그 말에 대단히 주의를 기울이는 것 같았다.

"내 생각엔……." 그가 말했다.

"난 그 노파의 말이 옳다고 봅니다. 여기 이걸 보시오. 눈치 채지 못하겠소? 이 숫자는 다른 잉크로 적혀 있소. 이 숫자는 만년필로 썼군요. 아니라면 내 손에 장을 지지겠소. 절대로 틀림없소."

우리는 모두 흥분했다.

"물론 메모지의 지문은 조사해 보았겠죠?" 멜챗 대령이 말했다.

"어떻게 생각하십니까, 대령님? 메모지에 어느 누구의 지문도 없었다는 것에 대해서. 권총의 지문은 로렌스 레딩의 것이었습니다. 레딩이 그걸 만지작거리다가 주머니 속에 넣기 전에는 다른 사람의 지문이 있었을는지도 모르죠. 그러나 현재로선 거기에서 다른 사람의 지문을 채취할 수가 없습니다."

"처음에는 프로데로 부인에게 혐의가 있는 듯했소."

대령이 신중하게 말했다.

"레딩보다는 그 부인에게 혐의가 더 많았소. 그녀가 총을 지니고 있지 않았다는 마플 양의 목격이 있긴 했지만, 그런 노부인들은 종종 실수를 잘하거든요."

나는 부정하지 않았지만, 그렇다고 동의하지도 않았다. 마플 양에게서 그런 말을 들은 뒤, 나는 프로데로 부인이 권총을 지니고 있지 않았다는 것을 아주 확신하고 있었다. 마플 양은 착각을 잘하는 그런 노부인이 아니었다. 그녀는 언제나 옳은 통찰력을 지니고 있었다.

"이상한 점은, 아무도 총소리를 듣지 못했다는 것이오. 총소리가 났다면, 누군가 그것을 들은 사람이 있어야 하질 않소? 그것이 어느 쪽에서 났던지 간에. 슬랙 경감, 이 집 하녀에게 물어보는 것이 좋겠소."

슬랙 경감은 재빨리 문쪽으로 나아갔다.

"나라면 집 안에서 총소리를 들었냐고 물어보지 않겠소." 내가 말했다.

"그렇게 물으면 메리는 분명히 듣지 못했다고 대답할 테니까요. 총소리가 숲 속에서 들려오지 않았느냐고 한 번 물어보십시오. 그렇게 묻지 않는 한 그 아이는 아무 소리도 듣지 못했다고 할 거요."

"어떻게 물어봐야 하는지는 나도 알고 있소."

슬랙 경감은 말했다. 그리곤 곧 사라졌다.

"마플 양은 나중에 총소리를 들었다고 했소."

멜챗 대령이 신중하게 말했다.

"우리는, 그녀가 총소리가 났던 시간을 기억할 수 있는지 알아내야만 하오.

물론 그것은 이 사건과 관계없는 다른 소리일지도 모르죠"

"물론 그럴 수도 있겠죠." 나도 동감의 뜻을 밝혔다.

대령은 방 안을 왔다 갔다 하더니 불쑥 입을 열었다.

"클리멘트 씨, 이 사건은 우리가 생각하는 것보다 훨씬 더 복잡하고 까다로운 것이 아닌가 하는 느낌이 드는군요. 제기랄, 분명히 배후에 어떤 것이 깔린 사건이란 말이오." 그는 흥분했다.

"분명 우리가 알지 못하는 어떤 일이 있을 거요. 이제 단지 시작일 뿐이오. 클리멘트 씨, 내 말을 유념하시라고요, 시작입니다. 시계니, 메모지니, 그리고 권총, 이 모든 것은 겉으로 드러나 있는 것과는 다른 의미가 있는 것 같아요."

나는 고개를 끄덕였다. 사실 그렇지 않은가?

"그러나 나는 사건의 진상을 철저히 규명해볼 것이오. 런던경시청에다 의뢰하진 않겠소. 슬랙 경감은 유능한 사람이오. 그는 대단히 유능한 수사관이오. 어떤 면에서 명탐정이기도 하오. 그는 진실을 향해 전진해 갈 거요. 이미 몇 가지 사건을 훌륭하게 해결해 낸 경력도 있소. 이번 사건은 그의 걸작이 될 것이오. 런던경시청에 의뢰했으면 하는 사람들도 있지만, 난 그렇지 않소. 우리는 다운셔에서 이 사건을 해결해 보일 참이오."

"그렇게 되기를 바라고 또 그렇게 될 겁니다." 내가 말했다.

열띤 목소리로 말하려고 했으나, 나는 이미 슬랙 경감을 싫어하고 있었기 때문에 진심으로 그의 성공을 기뻐할 수는 없을 것 같았다. 성공한 슬랙 경감은 머리를 감싸쥔 지금의 그보다 한층 더 보기 역겨우리라.

"이웃집엔 누가 살고 있소?" 대령이 느닷없이 물어왔다.

"길 끝쪽을 말씀하시는 건가요? 프라이스 리들리 부인입니다."

"슬랙 경감이 댁의 하녀와 용무를 마치고 돌아오면 그 부인을 만나러 가봐야겠소. 그 부인은 혹 무슨 소리를 들었는지도 모르죠. 그녀는 귀가 어둡지 않겠죠?"

"그 부인의 귀는 대단히 예민한 것 같더군요. 그녀가 '우연히 들은 바에 의하면'하고 시작하는 말에서 많은 소문들이 생겨나게 되니까요."

"우리가 찾고 있던 사람이군요. 오! 슬랙 경감이 왔군."

경감은 심한 격투에서 벗어난 듯한 기색이었다. 그는 매우 흥분해 있는 것처럼 보였다.

"쳇! 당신 집 하녀는 아주 보통이 아니더군요." 그가 말했다.

"메리는 본래 강한 성격의 소유자입니다." 내가 대답했다.

"경찰을 싫어하더군요." 그가 말했다.

"나는 그녀에게 경고했소. 법의 따끔함을 맛보게 해주겠다고. 그런데도 소용없었어요. 그녀는 꼿꼿하게 서서 그냥 날 쳐다보기만 하는 겁니다."

"진정하시죠."

나는 메리에 대해 보통 때보다 더 좋은 감정을 느끼면서 말했다.

"하지만 몇 가지 정보는 입수했지요. 그녀는 분명히 총소리를 들었다고 했습니다. 단 한 번의 총소리를. 그것은 프로데로 대령이 들어오고 한참이 지난 뒤였고요. 그녀에게서 그 시간을 알아낼 수는 없었지만, 우연히도 생선으로 그것을 결정지을 수 있었지요. 생선이 늦게 배달되어 메리가 배달 소년에게 소리를 지르자, 그 아이는 아직 6시 30분도 안 됐는데 뭘 그러느냐고 말하더랍니다. 메리가 총소리를 들은 것은 바로 그 뒤였다는군요. 물론 정확한 것은 아니지만, 말하자면 참고가 될 수도 있다는 거죠."

"흠—." 멜쳇 대령이 신음 소리를 냈다.

"이 사건에 프로데로 부인이 관련되어 있다고는 생각지 않습니다."

격앙된 목소리로 슬랙 경감이 말했다.

"그녀가 함께 범행을 저지르기에는 그럴 만한 시간적 여유가 없었을 겁니다. 그리고 여자들은 대개 권총 같은 건 만지길 꺼리죠. 비소 쪽이 훨씬 더 어울릴 겁니다. 그녀가 그런 짓을 했으리라고는 난 생각지 않소."

그는 한숨은 지었다.

멜쳇 대령은 프라이스 리들리 부인댁을 방문하겠다는 뜻을 밝혔으며, 슬랙 경감도 좋다고 동의했다.

"함께 가도 될까요?" 내가 물었다.

"아주 흥미 있는데요."

함께 가도 좋다는 말에, 우리는 곧 출발했다. 목사관 문을 막 나서려고 할 때, "잠깐만요!" 하는 큰 소리가 들려왔다. 조카 데니스가 마을에서 돌아오는 길에 우리와 마주친 것이었다.

"경감님, 제가 지난번에 말씀드린 발자국에 대해서는 어떻게 됐습니까?"

"정원사의 것이었네." 슬랙 경감이 간단하게 말했다.

"그게 정원사의 신발을 신은 다른 사람의 것이라곤 생각지 않습니까?"

"아니, 그렇게는 생각지 않아."

데니스의 기를 꺾으려는 듯 슬랙 경감은 딱 잘라 말했다. 그것은 데니스를 낙담시키는 것 이상이었다. 그러나 그는 타다가 만 성냥개비 두 개를 내밀었다.

"목사관 근처에서 이것을 주웠습니다."

"고맙군." 슬랙 경감은 그것을 받아 호주머니에 집어넣었다.

이제 문제는 더욱 난관에 봉착한 것처럼 보였다.

"설마 우리 삼촌을 체포하시는 건 아니겠죠?" 데니스가 능청스럽게 물었다.

"왜 그렇게 생각하지?" 슬랙 경감이 되받았다.

"거기에는 많은 불리한 증거가 있어요." 데니스가 말했다.

"메리에게 물어보세요. 삼촌은 사건이 일어나기 전날 프로데로 대령이 이 세상에서 사라졌으면 좋겠다는 말을 하셨어요. 그렇죠, 렌 삼촌?"

"어—."

슬랙 경감은 찬찬히 돌아서서 의심스러운 듯이 날 쳐다보았다. 나는 온몸이 확 달아올랐다. 데니스는 몹시 골치 아픈 녀석이다. 경찰은 전혀 유머 감각을 지니고 있지 않다는 것쯤은 알만도 할 텐데.

"어리석게 굴지 마라, 데니스." 내가 성급하게 말했다.

그 순진한 청년은 놀란 표정으로 눈을 둥그렇게 떴다.

"농담을 했을 뿐인데요. 렌 삼촌이 프로데로 대령을 살해한 사람은 누구든 공을 세운 것이 된다고 말씀하셨잖아요."

"아!" 슬랙 경감이 말했다.

"그건 댁의 하녀가 말한 것을 뒷받침해 주는 것인데요."

경찰관들은 거의 유머 감각이 없었다. 그 문제를 끄집어낸 데니스가 진정 저주스러웠다. 그 문제와 시계 사건으로 슬랙 경감은 평생토록 날 의심하게 될 것이다.

"자, 갑시다, 클리멘트 씨." 멜쳇 대령이 말했다.

"어디로 가시는 건가요? 제가 동행해도 됩니까?" 데니스가 말했다.

"아니, 안 돼." 나는 호통을 쳤다.

우리는 몹시 골이 나서 노려보는 데니스를 남겨 둔 채 걷기 시작했다. 프라이스 리들리 부인의 말끔한 현관문 앞에 닿았다.

슬랙 경감이 대단히 사무적인 태도로 문을 두드리고 벨을 눌렀다.

귀여운 하녀가 벨소리에 모습을 드러냈다.

"프라이스 리들리 부인이 집에 있소?" 멜쳇 대령이 말했다.

"아뇨." 하녀는 잠시 말을 멈추더니 다시 덧붙였다.

"방금 경찰서로 내려가셨어요."

이것은 완전히 예기치 않은 상황이었다. 왔던 길을 되돌아가며 멜쳇 대령은 내 팔을 잡고 중얼거렸다.

"그녀 역시 자기가 저지른 일이라고 자백하러 간 것이라면 난 정말 머리가 돌아버리고 말 거요."

제13장

프라이스 리들리 부인이 그처럼 극적인 일을 꾀할 것이라곤 쉽사리 생각할 수 없는 일이었지만, 그녀가 경찰서로 갔다는 일은 도대체 이해가 가지 않는 일이었다. 그녀는 정말 중요한 증거를 갖고 있는 것일까, 아니면 자기가 내놓을 증거가 중요한 것이라고 생각하는 것일까. 어쨌든 곧 알게 되겠지.

우리는 다소 당황해 하는 순경에게 빠른 어조로 말하는 프라이스 리들리 부인을 보았다. 그녀의 모자 리본이 흔들리는 것으로 보아, 그녀가 몹시 흥분해 있음을 알 수 있었다. 프라이스 리들리 부인은 기혼 여성들이 즐겨 쓰는 그런 모자를 쓰고 있었다—그것은 인근의 머치 벤햄에서 특별히 주문 생산된 것이었다. 그 모자는 머리 위에 사뿐히 얹혀 있었는데, 커다란 나비 리본이 다소 무거워 보였다. 그리셀다는 언제나 그런 부인용 모자를 쓰고 싶어 했다.

우리가 들어가자 프라이스 리들리 부인은 말을 멈추었다.

"프라이스 리들리 부인이십니까?"

모자를 벗으며 멜쳇 대령이 말을 건넸다.

"멜쳇 대령을 소개하겠습니다, 프라이스 리들리 부인. 멜쳇 대령은 우리 관할서의 경찰서장입니다." 내가 말했다.

프라이스 리들리 부인은 차가운 시선으로 날 쳐다보았다. 그러나 대령에게는 짐짓 상냥스런 미소를 보내고 있었다.

"우리는 막 당신 집에 들렀었습니다, 프라이스 리들리 부인."

대령이 설명했다.

"당신이 여기로 오셨다는 말을 들었습니다."

프라이스 리들리 부인은 다소 감정이 누그러진 듯했다.

"아! 내가 겪은 몇 가지 사실들이 좋은 참고가 되었으면 해서요. 불명예스런 일이에요. 난 그렇게 부를 수밖에 없어요. 단지 불명예스런 일이라고만"

살인이 불명예스러운 사실이라는 데에는 이의가 없지만, 나 자신은 그렇게 표현하고 싶진 않았다. 그 말에 멜쳇 대령 역시 놀라워했음을 금방 알 수 있었다.

"그 사건 해결에 어떤 단서를 제공하실 건가요?" 그가 물었다.

"그건 당신의 소관이지요. 그건 어디까지나 경찰의 일 아니에요? 우리가 무엇 때문에 세금과 기타 공과금을 내는데요?"

이 말은 도대체 1년에도 몇 번씩이나 나오는 것인가!

"우리는 최선을 다하고 있습니다, 프라이스 리들리 부인"

멜쳇 대령이 말했다.

"그러나 여기 있는 저 사람은 내가 얘기를 하기 전까지는 이 사건에 대해서 아무것도 모르고 있었어요." 부인은 앙칼지게 말했다.

우리는 모두 그 순경을 쳐다보았다.

"부인이 전화를 받았다고 하시는군요." 그가 말했다.

"공갈 협박을 하는 전화를 받았다고 말입니다."

"오, 알겠소" 대령은 찡그렸던 이마를 폈다.

"아, 그래요! 다소 오해를 한 것 같군요. 그러니까 부인은 불만이 있어서 여기 오셨군요."

멜쳇 대령은 현명한 사람이다. 성난 중년 부인을 다루는 데에는 딱 한 가지 방법밖에 없다는 것을 잘 알고 있었다. 즉, 상대방의 얘기를 끝까지 진지하게 들어주는 것이다. 그런 여자는 하고 싶은 말을 다 털어놓은 뒤에야, 비로소 상대방의 말에 귀를 기울이려 한다는 것을.

프라이스 리들리 부인은 격한 어조로 말했다.

"이런 불명예스런 일은 사전에 예방되어야만 해요. 애당초 일어나지 않았어야 한다고요. 자기 집에서 그런 이상스런 전화를 받는다는 것은 창피한 일이에요—그래요, 창피한 일이라고요. 난 그런 일을 당해 본 적이 없어요. 전쟁 후로 사람들의 도덕심이 다소 해이해졌어요. 어느 누가 무슨 말을 하든 아무도 개의치 않고, 사람들이 입고 있는 옷을 보면······."

"옳은 말씀입니다." 멜쳇 대령이 급히 말을 가로막았다.

"그런데, 무슨 일이 일어난 겁니까?"

프라이스 리들리 부인은 숨을 들이마시곤 다시 말을 이었다.

"전화가 걸려왔어요."

"언제요."

"어제 오후였어요—정확히 말하자면 저녁이죠. 6시 30분쯤이었어요. 전화가 왔더군요. 난 별다른 생각 없이 전화를 받았죠. 그런데 곧 협박을 해대는 거예요."

"무슨 말을 들었는데요?"

프라이스 리들리 부인의 얼굴이 다소 붉어졌다.

"그것은 말할 수 없어요."

"입에 담지 못할 외설적인 말입니다."

그 순경은 골똘히 생각에 잠긴 듯, 낮은 목소리로 중얼거렸다.

"욕을 하던가요?" 멜쳇 대령이 물었다.

"말하자면, 그런 것과 비슷한 거예요."

"무슨 뜻인지 알아 들으셨나요?" 내가 물었다.

"물론이죠, 난 그게 무슨 뜻인지 알 수 있었어요."

"그럼, 그다지 심한 욕을 한 건 아닌 모양이군요." 내가 말했다.

프라이스 리들리 부인은 미심쩍다는 듯이 날 쳐다보았다.

"품위 있는 부인이라면 당연히 그런 말에 생소했을 테지요."

"그런 종류의 것이 아니었어요." 프라이스 리들리 부인이 말했다.

"처음엔 나도 깜박 속았어요. 난 그게 진짜 얘긴 줄로만 생각했어요. 그런데 그 사람의 말이 거칠어지기 시작하더군요."

"말이 거칠어지다뇨?"

"굉장히 심한 말이었어요. 아주 깜짝 놀랐어요."

"협박하는 말이던가요?"

"예, 난 그런 협박을 받아 본 적이 없어요."

"어떤 협박을 하던가요? 육체적인 상해를 입히겠다고 위협하던가요?"

"그런 건 아니었어요."

"저, 프라이스 리들리 부인, 좀더 구체적으로 말씀해 보시죠. 어떤 식으로 협박을 받으셨나요?"

이상하게도 프라이스 리들리 부인은 대답하기를 꺼렸다.

"정확히는 기억할 수 없어요. 그 당시 전 너무나 당황했거든요. 그러나 마지막으로, 몹시 화가 치밀어 올랐을 때 그놈이 껄껄 웃었어요."

"남자 목소리였나요, 아니면 여자 목소리였나요?"

"변조된 목소리였어요." 리들리 부인이 점잔을 빼며 말했다.

"다만 음색만을 바꾼 목소리라고 할 수 있겠죠. 이제 생각나는데, 퉁명스럽게 빽빽 대는 목소리였어요. 정말 대단히 독특한 목소리더군요."

"아마 짓궂은 장난 전화였겠죠." 대령은 위로하려는 듯 그렇게 말했다.

"만일 그렇다면 그건 너무나 비열한 짓이에요. 난 얼마나 놀랐는지 몰라요."

"조사해 보겠습니다." 대령이 말했다.

"그럼, 슬랙 경감, 전화 온 데를 추적해 보시오. 어떤 말을 들었는지, 좀더 구체적으로 정확하게 말씀해 주실 순 없겠습니까, 프라이스 리들리 부인?"

프라이스 리들리 부인의 가슴 속에선 격렬한 갈등이 일고 있음이 분명했다. 복수하고자 하는 욕망과, 보다 신중히 처신해야 한다는 갈등이 교차하는 듯이 보였으나, 복수심에 더 사로잡혀 있는 것 같았다.

"물론, 이것은 여기서만 말하는 거예요." 드디어 그녀가 말문을 열었다.

"물론입니다."

"그 녀석은 이렇게 말했어요. 난 이 말을 다시는 되풀이하지 않겠어요."

"예, 예." 멜쳇 대령은 격려하듯 말했다.

"'당신은 파렴치한이오. 소문을 퍼뜨리기 좋아하는 여자라고' 나를, 멜쳇 대령님. 소문 퍼뜨리기를 좋아하는 여자라고 했어요. '그런데 이번에는 도가 너무 지나쳤어, 런던경시청에 명예훼손죄로 당신을 고발할 거야.' 이렇게 말하더군요."

"정말 무척 놀라셨겠군요."

멜쳇 대령은 터져 나오는 웃음을 참으려는 듯 콧수염을 만졌다.

"'앞으로 말조심하지 않는다면 당신에게 더 나쁜 일이 벌어질 줄 알아. 그냥 넘어가지는 않을 테니까.' 나는 그런 협박 말투를 당신에게 그대로 옮길 수가 없군요. 나는 숨이 막혀 헐떡거리며 말했죠. '도대체 당신 누구요?' 그랬더니 희미하게, 가느다랗게 그 목소리가 말했어요. '원수를 갚는 사람이다.' 나는 까무러칠 듯 놀라 비명을 질렀지요. 그러자 상대방은 껄껄 웃었어요, 웃었다고요! 분명하게. 그게 전부예요. 그리고 나는 그가 수화기를 내려놓는 소리를 들었어요. 그래서 얼른 교환에게 내게 전화를 건 사람의 전화번호를 물어보았어요. 그러나 모른다고 하더군요. 교환들이 어떤 사람들인지 아시죠? 아주 무례하고, 동정심이라곤 눈곱만큼도 없는 사람들이에요."

"그건 정말 그렇소." 내가 거들었다.

"정신이 아찔해지더군요." 프라이스 리들리 부인은 계속해서 말을 이었다.

"모든 것이 너무나 두렵고 불안해서 견딜 수가 없었어요. 그때 숲 쪽에서 총소리가 들려왔어요. 그만 너무 놀라 펄쩍 뛰었지요. 그것을 말씀드리려고 하는 거예요."

"숲 쪽에서 총소리가 났다고요?" 슬랙 경감이 재빨리 끼어들었다.

"내가 너무 흥분해 있었던 탓인지, 그것은 마치 내게는 대포 터지는 소리로 들렸어요. '오!' 하고 외치며 난 정신을 잃고 그대로 주저앉고 말았죠. 그러자 하녀인 클래라가 진한 술을 한 잔 갖다 주더군요."

"충격을 받으셨겠군요." 멜쳇 대령이 말했다.

"충격을 받는다는 것은 사람을 몹시 지치게 하죠. 총소리가 매우 크게 들렸다고 했죠? 아주 가까이에서 나는 것 같았나요?"

"나는 너무나 흥분해서 정신을 잃고 있었다는 말밖엔 할 수가 없군요."

"물론, 그랬겠죠. 그런데 그때가 몇 시쯤이었나요? 전화번호를 추적해 보려면 그 시간을 알아야 하는데."

"대략 6시 30분 정도 되었을 거예요."

"그보다 더 정확히 말씀하실 수는 없는지요?"

"글쎄요, 우리 집 벽난로 위의 작은 장식용 시계가 마침 30분을 알렸으므로 난, '확실히 저 시계가 가고 있구나.' 하고 생각했죠. 내가 차고 있던 손목시계를 보니 6시 10분밖에 되지 않았어요. 그 시계를 귀에 갖다 대보니 자고 있더군요. 그래서 나는 생각했죠. '저 시계가 가는 것이라면 교회 종소리를 들을 수 있겠구나.' 그런데 바로 그때 전화벨이 울렸던 거예요. 그다음부터는 깡그리 다 잊어버리고 말았지요."

그녀는 숨도 쉬지 않은 채 계속 말을 하다가 거기서 멈추었다.

"예, 그 정도면 충분합니다." 멜쳇 대령이 말했다.

"당신을 위해 그 사건을 조사해 보겠습니다, 프라이스 리들리 부인."

"단지 짓궂은 장난 전화에 불과할 겁니다. 너무 걱정하지 마세요, 프라이스 리들리 부인." 내가 말했다.

그녀는 차가운 시선으로 나를 쏘아보았다. 그 파운드 지폐 사건이 아직도 마음에 사무쳐 있음이 분명했다.

"최근에 이 마을에서 아주 이상한 사건이 일어나고 있어요."

그녀는 멜쳇 대령에게 말을 걸었다.

"정말 아주 이상한 일만 일어나고 있어요. 프로데로 대령이 그 일을 조사해 보기로 되어 있었는데, 불쌍하게도 그런 일을 당하다니! 어쩜 다음엔 내 차례일는지도 몰라요."

그녀는 근심스러운 듯 우울한 표정으로 고개를 흔들면서 나갔다.

멜쳇 대령은 낮은 목소리로 중얼거렸다.

"설마 그런 일은 일어나지 않을 거요."

곧 그는 심각한 표정을 지으며 미심쩍은 듯이 슬랙 경감을 쳐다보았다. 그는 천천히 고개를 끄덕였다.

"이것으로 모든 일이 해결되는 겁니다, 목사님. 총소리를 들었다는 세 사람이 이 문제의 해결사가 되는 것이죠. 우리는 누가 총을 쏘았는지 그것을 밝혀내야 하오. 레딩의 자백은 오히려 우리 일을 지연시키는 결과를 가져왔소. 하지만 우리는 몇 가지 출발점을 갖고 있소. 레딩을 범인이라고 단정했기 때문에 달리 조사할 시간을 갖지 않았던 점들이지요. 그러나 이젠 모든 게 달라졌소. 지금 우리가 해야 할 첫 번째 일 중 하나는 그 전화를 조사해 보는 것이오."

"프라이스 리들리 부인의 전화?"

경감은 싱긋 웃었다.

"물론, 그건 그것대로 조사해봐야죠. 그렇지 않으면 그 노부인이 또 잔소리를 하러 올 겁니다. 내가 말하는 것은 목사님을 밖으로 유인해 내려고 한 그 가짜 전화입니다."

"그렇소." 멜쳇 대령이 말했다.

"그것은 중요한 일이오. 그리고 다음은 모든 사람들이 그날 저녁 6시에서 7시 사이에 무엇을 했는지 밝혀내는 것이오. 즉, 올드 홀에 있는 사람들과 세인트 메리 미드 사람들의 대부분을 말입니다."

나는 한숨을 지었다.

"당신은 대단히 엄청난 활력을 지녔소, 슬랙 경감."

"나는 전심전력을 다해서 일하는 주의입니다. 그럼, 먼저 그 일에 대한 것부터 시작하겠습니다, 목사님."

"기꺼이 다 말해 주겠소. 그 전화는 5시 30분쯤에 걸려왔어요."

"남자 목소리던가요, 아니면 여자의?"

"여자 목소리였소, 아니 적어도 여자 목소리처럼 들렸소. 물론 그 당시엔 당연히 애보트 부인이 건 전화라고 생각했소만."

"그게 애보트 부인의 목소리란 걸 의식하지 못했습니까?"

"예, 목소리에 그리 신경 쓴 것도 아니고, 그런 일은 전혀 생각지도 못했기 때문에……."

"그래서 곧장 나가셨군요? 걸어갔습니까? 아니면……, 자전거를 갖고 있진 않으신가요?"

"예."

"알겠소. 그래서 얼마나 시간이 걸렸나요?"

"거의 2마일 정도 되는 거리였소. 어느 길로 가든지 간에."

"올드 홀의 숲으로 난 길이 지름길이었을 텐데요, 그렇잖습니까?"

"그렇습니다. 그러나 거기는 걷기에 좋은 길은 못 되오. 나는 밭으로 이어진 오솔길로 나갔다 돌아왔소."

"목사관 뒷문 앞으로 나 있는 길이지요?"

"그렇소."

"그럼, 당신 부인은?"

"아내는 런던에 갔었소. 6시 50분 기차로 돌아왔지요."

"그래요? 하녀는 이미 만나보았고, 이것으로 목사관에서의 일은 모두 끝났군요. 다음에 올드 홀로 가봅시다. 레스트레인지 부인을 만나보았으면 합니다. 프로데로 대령이 죽기 전날 밤, 그녀가 프로데로 대령을 만났다는 사실이 잘 이해가 가지 않소. 이 사건에는 이상한 점이 너무 많아요."

나도 동감했다.

시계를 흘끗 쳐다보곤 점심때가 거의 다 되었음을 알았다. 나는 멜쳇 대령에게 목사관으로 가서 간단히 식사나 함께하자고 청했다. 그러나 그는 블루보어 여관에 가봐야 한다는 이유로 사양했다. 블루 보어 여관에선 고기와 두어 가지 채소가 곁들여진 일급 식사를 먹을 수 있을 것이다. 나는 그의 선택이 현명한 것이라고 생각했다. 메리는 경찰에게서 심문을 당한 뒤라, 평소보다 더 신경질적으로 되어 있을지도 모르니까.

제14장

집으로 돌아오는 길에 하트넬 양을 만났다. 그녀는 10분씩이나 나를 붙들고 하류 계층 사람들의 몰지각함과 배은망덕함에 대한 불쾌함을 털어놓았다. 가장 중요한 문제는 가난한 사람들 집에서 하트넬 양을 원하지 않는다는 점인 것 같았다. 그러나 나의 동정은 전적으로 그들 편으로 기울어졌다. 나는 사회적 지위를 보아 그들이 취한 무례한 태도에 대한 나의 편견을 표명할 수가 없었다. 다만 최선을 다하여 그녀를 위로함으로써 그 위기를 모면할 수 있었다.

헤이독 의사는 목사관으로 들어가는 길모퉁이에서 차를 타고 나를 앞질렀다.

"방금 프로데로 부인을 집에 바래다주고 오는 길이오." 그가 말했다.

그리곤 먼저 달려가서 자기 집 대문 앞에서 날 기다렸다.

"잠깐만 들어오시죠." 그가 말했다.

나는 그 말을 받아들였다.

"이것은 보통 일이 아닙니다."

그는 의자 위에 모자를 벗어 던지고 진찰실 문을 열며 말했다.

그는 낡은 가죽 덮개가 깔린 의자에 깊숙이 기대어 앉아서 방 맞은편을 응시했다. 괴로워서 어쩔 줄 몰라 하는 것 같았다.

나는 그에게 총소리가 난 대략적인 시간을 잡았다는 것을 얘기해 주었다. 그는 시들한 기분으로 내 말을 듣는 것 같았다.

"그것은 프로데로 부인을 무죄 방면하는 것이로군요." 그가 말했다.

"그 두 사람 다 범인이 아니라서 다행입니다. 나는 그 두 사람을 다 좋아하오."

나는 그를 믿었다. 그런데 그가 말한 대로 두 사람 모두를 좋아한다면 어째서 그들의 혐의가 벗겨진 것에 대해 그토록 음울해하는가 하는 의문이 생겼다. 오늘 아침까지만 해도 그는 마음속에 무거운 짐을 내려놓은 듯한 밝은 표정을 짓고 있었는데, 지금은 흥분과 당황에 휩싸여 있는 것 같았다.

하지만 난 그가 한 말이 진심일 것이라고 확신한다. 그는 프로데로 부인과 로렌스 레딩 두 사람을 모두 좋아하는 것이다. 그렇다면 이렇게 음울해하고 기가 꺾여 있는 것은 왜일까?

그가 가까스로 마음을 가라앉혔다.

"하웨스 목사보에 대해 당신에게 말하려던 참이었소. 그의 일을 이 소동으로 깜빡 잊어버리고 말았군요."

"정말로 그는 병이 든 겁니까?"

"아주 두드러지게 나쁜 데는 없습니다. 물론 전에 기면성(嗜眠性) 뇌염에 걸린 적이 있긴 하지만요. 대개 '잠자는 병'이라고들 하지요. 당신도 알고 있겠죠?"

"아뇨." 나는 매우 놀랐다.

"난 전혀 모르고 있었소. 그는 내게 그런 것에 대해선 이야기하지 않았어요. 언제부터죠?"

"약 1년 전부터요. 그러나 곧 회복되었소—회복될 수 있는 범위 내에선. 그것은 아주 이상한 병이라서 그 병을 앓고 나면 성격이 아주 다르게 변해 버리는 수도 있습니다."

잠깐 동안 침묵하더니 그는 곧 말을 이었다.

"오늘날 우리는 과거에 마녀들을 화형시키던 시대를 생각하면 소름끼치게 될 겁니다. 하지만, 머지않아 죄인을 교수형시키는 것을 생각하고 몸서리치는 시대가 분명히 도래할 겁니다."

"당신은 사형 제도를 찬성하지 않는 모양이군요."

"그렇게 말하지는 않았소." 그는 말을 멈추었다.

"아시겠지만." 천천히 그가 말했다.

"당신 직업보다는 의사라는 내 직업이 더욱 그럴 것이오."

"왜죠?"

"당신의 직업은 우리가 옳고 그르다고 하는 선악(善惡)이나 시비(是非)의 문제를 보다 폭넓게 보편적으로 다루기 때문이오. 그런데, 그런 것이 실제로 존재하는지 어떤지에 전혀 확신할 수 없죠. 선악이라는 것이 모두 호르몬 작용에 의한 것이라고 하면 어떨지. 어떤 호르몬이 지나치게 많이 분비되어서 다른 호르몬은 거의 억제되고, 그 결과 살인자나 도둑, 그리고 상습적 범죄자가 생긴다면.

목사님, 나는 언젠가는 우리가 오랫동안 도덕적으로 남을 비판해 왔고, 또한 병에 걸린 사람을 처벌해 온 것을 돌아보고는 자책감에 휩싸이게 될 때가 오리라고 생각합니다. 불쌍하게도 환자는 자기 스스로는 달리 어떻게 할 도리가 없지요. 당신은 결핵 환자에게 교수형을 내리진 못할 것이오."

"그 사람은 위험 인물은 아니니까요."

"아니, 어떤 면에선 그럴 수도 있지요. 다른 사람에게 병을 전염시키니까요. 아니면, 자신이 중국의 황제라는 환상에 빠진 사람을 예로 들어볼까요. 당신은 그를 보고, '어쩌면 저렇게도 악질일까?' 하고 말하진 않겠죠? 당신이 무슨 말을 하려는지 알고 있습니다. 사회는 보호되어야만 합니다. 그런 사람들은 격리 수용되어야만 하오. 그들이 더 이상 사회에 어떤 해도 끼칠 수 없는 곳으로(아무도 몰래 평화적으로 그들을 처리해 버리는 한이 있더라도). 그래요, 거기까지는 나도 이해할 수 있습니다. 그러나 그것을 '벌'이라곤 말하지 마시오. 그들과 그들의 무고한 가족들에게 수치심을 안겨 주어선 안 돼요."

나는 이상하다는 듯 그를 쳐다보았다.

"전에는 당신에게서 그 같은 말을 결코 듣지 못했소."

"난 보통 때는 내가 생각하는 바를 잘 얘기하지 않으니까요. 오늘은 입이 트인 셈이지요. 당신은 현명한 사람이오, 클리멘트 씨. 어떤 교구의 목사보다도 훨씬 더. 당신은 아마 전문 용어로 '죄'라고 정의된 것이 실제로는 전혀 존재하지 않는다는 것을 인정하려 하지 않겠지요. 그러나 그 가능성을 숙고할 만한 깊은 마음은 가지고 있을 것으로 보는데요."

"그것은 우리들의 기존 관념을 송두리째 뒤흔들어 놓는 것이오."

내가 말했다.

"그렇소, 우리는 편협하고 매우 독선적이오. 내막도 전혀 모르는 주제에 늘

사물을 판단하려 들죠. 솔직히 말해서 범죄는 의사들이 다뤄야 할 문제이지 경찰이나 목사들이 할 일은 아니라고 봅니다. 만일 그렇게만 한다면, 아마도 앞으로는 범죄량이 차츰차츰 줄어들게 될 겁니다."

"그럼, 당신들 의사가 그것을 완치시킬 수 있다는 말이오?"

"우리가 그것을 완치시킨다? 아주 놀라운 생각이지요. 혹시, 범죄통계학을 연구해본 적이 있소? 없겠죠—그런 일은 아주 소수의 사람들이 하니까요. 하지만 나는 연구해 보았습니다. 청소년 범죄가 대부분이라는 것을 알고는 무척 놀랐습니다. 이것도 호르몬에 관계된 문제라고 보겠지만 옥스퍼드셔 군(영국 남부의 군)의 살인자인 닐 청년은 혐의를 받기 전까지 다섯 명의 어린 소녀를 살해했소. 그는 아주 멋진 젊은이로 말썽을 일으킨 적도 없었지요. 또 콘월 군(영국 서남부의 군)에 사는 어린 소녀인 릴리 로즈는 과자를 적게 주었다고 자기 삼촌을 살해했지요. 그가 잠들어 있을 때 쇠망치로 머리를 내리친 겁니다. 집으로 돌아간 지 2주 뒤엔 어떤 사소한 문제로 자기를 나무랐다는 이유로 언니도 죽였어요. 물론 그 둘은 교수당하지는 않았소. 수용소를 보내졌지요. 나중에 올바른 사람이 될지 어떨지는 모르는 일입니다. 그 여자아이 쪽은 전혀 기대해 볼 수 없을지도 모르죠. 그 아이의 흥미는 오로지 돼지 죽이는 것을 보는 일이었어요. 자살의 빈도수가 가장 높은 때가 언제인지 알고 있소? 열다섯에서 열여섯까지요. 자살에서부터 타살로 옮겨지는 데는 그리 많은 단계가 있질 않소. 그러나, 그것은 도덕심의 결여에서 비롯되는 것이 아니라 육체적인 결함에서요."

"당신은 지금 몹시 끔찍한 얘기를 하고 있군요."

"아니오, 단지 당신에게는 새로운 것일 뿐이오. 새로운 사실을 받아들여야만 하오. 사람들은 기존 관념에서 탈피해야 하오. 그러나 때때로……, 그것은 우리들의 인생을 어렵게 만들죠."

그는 피곤해 보이는 기묘한 모습으로 여전히 불쾌한 표정을 지으며 자리에 앉아 있었다.

"헤이독 씨." 내가 말했다.

"당신이 누군가에게 혐의를 두고 있다면 또는, 어떤 사람이 살인했는지 알고 있다면, 당신은 그를 법정으로 끌고 가겠소, 아니면 그를 숨겨 주려고 하겠소?"

나는 이 질문의 반응을 전혀 예기치 못하고 있었다. 그는 몹시 화를 내며 혐오스러운 듯이 내게서 등을 돌렸다.

"왜 그런 말을 하는 것이죠, 클리멘트 씨? 무슨 뜻으로 그런 말을 하는 거요? 먼저 그것부터 말해 주시오."

"아니, 특별한 의미는 없소." 오히려 내가 놀라서 말했다.

"단지……, 글쎄, 지금 우리 마음속에는 살인사건으로 꽉 차 있으므로, 만일 당신이 그 진상을 알아낸다면 그것에 대해 어떻게 느낄까 생각해본 것뿐이오."

그의 노기는 조금 누그러졌다. 그는 다시 머리를 꼿꼿이 세우고 앞쪽을 쳐다보았다. 마치 당혹스런 수수께끼의 답을 찾으려고 애쓰는 사람 같았다. 그러나 그것은 아직 그의 머릿속에 있을 뿐이었다.

"만일 내가 누군가에게 혐의를 두고 있다면(만일 내가 알고 있다면), 난 내 의무를 다할 것이오, 클리멘트 씨. 적어도 그렇게 하려 하고 있어요."

"문제는, 어떤 식으로 하는 것이 자신의 의무로 생각되는가 하는 거요."

그는 이해할 수 없다는 시선으로 나를 바라보았다.

"그것은 누구나 살아가는 동안에 부딪히게 되는 문제이지요. 그리고 누구나 자신의 양심에 따라 해결해야만 합니다."

"당신 모르고 있습니까?"

"예, 모르겠습니다."

나는 화제를 바꾸는 것이 좋겠다는 생각이 들었다.

"내 조카는 이번 사건에 매우 흥미를 느끼고 있소. 범인의 발자국과 담배꽁초를 찾는 데 몰두하고 있어요."

헤이독 의사가 웃었다.

"몇 살이죠."

"꼭 열여섯 살이오. 그 나이 때에는 어떤 비극이든 간에 그다지 심각하게 받아들이질 않지요. 그들에게는 모든 것이 다 셜록 홈스와 아르센 뤼팽인가 봅니다."

헤이독 의사는 생각에 잠긴 듯한 투로 말했다.

"그 아이는 아주 똘똘하게 생겼던데, 장래 무엇을 하길 바라오?"

"유감스럽게도 내게는 그 아이를 대학에 보낼 만한 여유가 없어요. 그 아이 자신은 해상 무역에 종사했으면 하는데, 해기사 시험에 떨어졌죠."

"하긴, 세상일이란 모두 제 뜻대로 되는 것은 아니니까요. 더 나쁜 경우도 있죠, 더 나쁜 경우도."

"자, 난 이제 그만 가봐야겠소." 시계를 쳐다보며 내가 말했다.

"점심시간에 거의 30분이나 늦었군요."

집에 돌아와 보니 가족들이 식탁에 막 앉으려 하고 있었다. 그들은 오전에 있었던 경찰의 수사에 대해서 자세하게 얘기해 달라고 야단들이었다. 나는 모두 얘기해 주었으나, 왠지 그 이야기는 빛이 바랜 듯한 느낌이 들었다.

그러나 데니스는 프라이스 리들리 부인의 전화 사건에 대해 아주 흥미진진해했다. 그 부인이 매우 충격을 받았으며, 정신 차리기 위해 진을 마셔야 했던 일을 자세히 들려주자, 그는 곧 숨이 넘어갈 듯이 깔깔거리며 웃었다.

"그 늙은 고양이 정말 고소한데. 마을에서 일등 가는 수다쟁이니까, 저도 그녀에게 전화를 걸어 간담이 서늘해지게 했으면 더욱 좋았을 텐데요. 렌 삼촌, 다시 한 번 놀려 주면 어떨까요?"

나는 그런 짓은 절대로 하지 말라고 사정했다. 젊은이들이 선의로 남을 도와주려고 하거나, 거기에 대해 그들이 동정을 나타내는 것보다 더 위험스런 것은 없다.

갑자기 데니스의 태도가 변했다. 그는 인상을 찡그리더니, 곧 자기가 세상 물정에 밝은 사람처럼 처신했다.

"아침나절엔 거의 레티스와 함께 있었어요." 그가 말했다.

"아시다시피, 그리셀다 숙모님, 그녀는 정말 걱정이 많은가 봐요. 그녀는 그것을 털어놓으려고 하진 않았어요. 그러나 정말 몹시 괴로워하고 있었어요."

"당연히 그래야지." 고개를 들며 그리셀다가 말했다.

"그리셀다 숙모님은 언제나 레티스에게 편견을 가지고 대하는 것 같아요."

"그럴까?" 그리셀다가 말했다.

"상복을 입지 않는 사람도 얼마든지 있어요."

그리셀다는 말이 없었고, 나 또한 그랬다.

데니스가 계속 말했다.

"그녀는 다른 사람들과는 이야기를 잘 하지 않아요. 하지만 나에게는 모두 다 털어놓죠. 그녀는 이번 사건 때문에 무척 괴로워하고 있어요. 뭔가 빨리 대책을 세워야 한다고 생각해요."

"그 아이도 곧 알게 될 것이다." 내가 말했다.

"슬랙 경감의 의견이 자기와 같다는 것을. 그는 오늘 오후에 올드 홀로 간다고 했어. 진상을 밝혀내기 위해 아주 자세하게 조사할 테니, 아마 그 집 사람들은 견뎌내기가 어렵게 될 게다."

"진상이 어떻다고 생각하세요, 렌?" 갑자기 아내가 질문을 던졌다.

"한 마디로 뭐라고 말하기가 어려운데. 지금으로선 아무것도 말할 수 없소."

"당신은 슬랙 경감이 그 전화를 추적할 것이라고 말씀하셨죠? 당신을 애보트 집으로 유인해 낸 그 전화 말이에요."

"그렇소."

"그러나, 정말 그가 해낼 수 있을까요? 그렇게 하기에는 어려운 점이 매우 많을 텐데요."

"난 그렇게 생각하지 않소. 교환은 전화 기록을 모두 갖고 있거든."

"오!" 아내는 다시 생각에 잠겼다.

"렌 삼촌." 데니스가 말했다.

"오늘 아침엔 왜 그렇게 화를 내셨어요? 프로데로 대령이 죽어 버렸으면 했다는 삼촌의 희망 사항에 대해 농담한 것을 가지고."

"왜냐하면—." 내가 말했다.

"모든 것은 다 때가 있기 때문이지. 슬랙 경감은 유머 감각이 전혀 없는 사람이야. 그는 너의 말을 아주 심각하게 받아들였을 것이다. 아마 메리에게 꼬치꼬치 캐물었을 거야. 그리고 나를 체포할 수 있는 정당한 이유를 끌어내려고 애쓸 테고."

"그는 동료들이 농담하는 때도 모르나 보죠?"

"음, 알지 못할 거야." 내가 말했다.

"그는 전혀 한눈팔지 않고 자신의 책무에만 몰두했기 때문에 지금의 지위에 오르게 된 거야. 그러므로 그런 사람에게는 달리 기분 전환을 할 만한 이렇다 할 여유가 없었던 거지."

"그 사람을 좋아하세요, 렌 삼촌?"

"아니, 좋아하지 않아. 그를 본 첫 순간부터 왠지 그가 별로 마음에 들지 않더구나. 그러나 그가 자기의 열성으로 성공한 사람이라는 데는 의심이 없어."

"그 사람이 프로레로 대령의 살해범을 찾아낼 수 있다고 생각하세요?"

"그가 찾아내지 못한다 해도, 그것은 그의 노력이 부족한 탓이라고는 볼 수 없지."

메리가 나타나서 말했다.

"하웨스 씨가 만나뵙고 싶어 하시는데요. 거실로 안내했어요. 그리고 여기 편지가 와 있어요. 회답을 기다리고 있는데, 그냥 말로 하면 된대요."

나는 편지를 뜯어 읽어 보았다.

> *존경하는 클리멘트 씨, 오늘 오후 가능한 한 빨리 찾아 주시면 고맙겠습니다. 전 지금 난처한 곤경에 빠져 있는데, 목사님의 조언을 듣고 싶어요.*
>
> *에스텔 레스트레인지로부터.*

"30분쯤 뒤에 찾아가겠다고 전해다오." 내가 메리에게 말했다.

그런 뒤 나는 하웨스를 만나기 위해 거실로 갔다.

하웨스의 모습을 보고 나는 몹시 당황했다. 그는 손을 떨고 있었으며, 얼굴은 신경질적으로 경련을 일으키고 있었다. 내가 보기에 그는 자리에 누워 안정을 취해야 할 것 같아 그렇게 하도록 말하자, 그는 아주 건강하다고 고집을 부렸다.

"분명히 말씀드리겠는데요, 목사님, 전 더 나아질 게 없어요. 이렇듯 건강한 적은 지금까지 한 번도 없었거든요."

이 말은 실제와 전혀 달랐으므로 나는 어떻게 대답해야 좋을지 막연했다. 나는 병을 이겨내는 사람들을 존경하긴 하지만, 하웨스는 오히려 너무 지나칠 정도로 그렇게 처신했다.

"유감의 뜻을 전하려고 찾아왔습니다. 그 같은 일이 목사관에서 발생했다는 데 대해."

"그렇소. 그건 분명히 유쾌한 일은 아니오." 내가 말했다.

"끔찍스럽군요. 아주 끔찍한 일이에요. 경찰에선 레딩 씨를 체포한 것 같던데요?"

"아니, 그건 실수였소. 그는, 어······, 너무나 어리석은 진술을 했지."

"그럼, 경찰은 이제 그가 결백하다는 것을 확신하는 건가요?"

"완전히."

"왜 그렇죠? 그럼, 다른 사람에게 혐의를 두고 있나요?"

나는 하웨스가 이번 살인사건에 대해 시시콜콜 예민한 관심을 보이리라고는 전혀 상상도 못했다. 아마도 그것은 목사관에서 일어난 사건이기 때문이리라. 그는 기자들만큼이나 열심이었다.

"나는 슬랙 경감이 무슨 생각을 하고 있는지 확실히 모르겠소. 그러나 내가 알기론, 그는 특별히 한 사람에게 혐의를 두고 있지는 않다는 것이오. 그는 현재 열심히 탐문 수사를 펼치는 중이오."

"그래요. 예, 물론, 그래야죠. 그러나 누가 그런 끔찍스런 일을 저질렀다고 상상이나 할 수 있겠습니까?"

나는 고개를 저었다.

"프로데로 대령은 사람들에게 호감을 산 인물은 아니었어요. 그건 제가 알아요. 그러나 살인이라니! 살인에 한해선 매우 강한 동기가 있어야만 해요."

"나도 그렇게 생각하오." 내가 말했다.

"누가 그런 동기를 가졌을까요? 경찰에서는 뭔가 짐작하고 있습니까?"

"난 모르겠소."

"그는 적(敵)을 만들었을 겁니다. 목사님도 아시겠지만, 그런 생각을 하면 할수록, 그는 정말 적을 만들 소지가 충분히 있는 인물이었다는 걸 더욱 확신케 됩니다. 그 사람은 법정에서도 아주 냉혹하다는 평판이 나 있었으니까요."

"그가 그렇다는 것은 나도 알고 있소."

"왜, 기억나지 않으십니까, 목사님. 그는 어제 아침에도 아처가 자기를 협박하고 있다고 목사님께 말하지 않았습니까?"

"아, 이제 생각나는군. 그래요." 내가 말했다.

"그때 당신은 바로 우리 가까이에 있었지."

"예, 그가 말하는 것을 들었습니다. 프로데로 대령의 경우엔 듣지 않을 수가 없지요. 보통 큰 목소리로 말해야죠. 심판받을 날이 오면 자비로서가 아닌, 정의로서 심판받게 될 거라고 하신 목사님의 말씀이 매우 인상적이었던 것으로 기억합니다."

"내가 그런 말을 했소?" 나는 인상을 찡그리며 물었다.

내 기억에 따르면, 나는 그 말을 다소 다른 뜻으로 한 것 같았다.

"매우 인상적으로 말씀하셨습니다. 저는 그 말에 매우 충격을 받았어요. 정의란 무서운 것이죠. 그리고 얼마 안 있어 그 불쌍한 사람이 살해당한 일을 생각하니…… . 마치 목사님은 어떤 예감을 갖고 있다는 느낌이 들었답니다."

"나는 전혀 그런 것을 갖고 있지 않소." 짤막하게 내가 답했다.

나는 하웨스의 그런 신비주의적 경향을 싫어했다. 그에게는 일종의 몽상가적 기질이 있었다.

"아처에 대해서 경찰에게 말했습니까?"

"난 그에 대해선 아무것도 아는 바가 없소."

"제 말은, 프로데로 대령이 말한 것, 즉 아처가 대령을 협박했던 사실을 경찰에 알렸느냐 하는 겁니다."

"아니오, 말하지 않았소." 내가 천천히 말했다.

"그러나 이제 말할 생각이겠지요?"

나는 잠자코 있었다. 이미 법과 질서에 의해 처벌받은 사람을 다시 뒤쫓고 싶지는 않았기 때문이다. 물론 아처를 변호할 생각은 눈곱만큼도 없었다. 그는 상습적인 밀렵꾼으로, 어떤 교구에도 있게 마련인 밥벌레 같은 사람이었다. 그가 판결을 받았을 때 홧김에 무슨 말을 했는지는 몰라도, 출옥한 뒤에도 그와 같은 감정을 느끼고 있다는 증거는 전혀 없다.

"당신은 그 대화를 죄다 들었소?" 마침내 내가 말했다.

"그것을 경찰에게 알리는 것이 의무라고 느낀다면 그렇게 하시오."

"목사님께서 직접 알리시는 것이 더 나을 겁니다."

"그럴지도 모르지. 그러나 솔직히 말하자면, 글쎄, 나는 그렇게 해야 한다고는 생각지 않소. 그건 무고한 사람의 목에 밧줄 매는 걸 도와주는 격이 될지도 모르니까."

"그러나 그가 프로데로 대령을 쏘았다면……"

"글쎄, 그가 쏘았다는 어떤 증거도 없잖소."

"그의 협박이 있잖습니까?"

"엄격히 말하자면, 협박은 그가 한 것이 아니라 프로데로 대령이 한 것이었소. 프로데로 대령은 아처에게 이번에 붙잡히면 복수로 어떤 형벌이 따르는지 맛을 보여 주겠다고 협박한 거요."

"목사님의 태도를 이해할 수 없군요."

"그래?" 나는 피곤하다는 투로 대꾸했다.

"당신은 아직 젊소. 정의를 위해 열 올릴 만한 나이요. 당신도 내 나이쯤 되면, 사람을 선의로 해석하고 싶은 생각이 들게 될게요."

"그게 아니라, 제 말은······." 그는 말을 끊었다.

나는 어리둥절해져서 그를 쳐다보았다.

"그 사건에 대해, 목사님은 어떤 생각을······, 살인자의 정체에 대해서 어딘가 짚이는 데가 있지 않으냐 하는 겁니다. 무슨 말인지 아시겠어요?"

"아니, 전혀 없소."

하웨스는 계속했다.

"아니면, 살해 동기에 대해서라도?"

"없어요, 당신은?"

"저 말입니까? 저도 전혀 없습니다. 단지 혹시나 하는 생각이 들었을 뿐이에요. 만일 프로데로 대령이 조금이나마 목사님을 신뢰했다면, 뭔가 조그만 거라도 이야기하지 않았을까 하고."

"그의 얘기는 늘 그러하듯이, 어제 아침 온 마을에 널리 전해졌을게요."

나는 무관심한 투로 말했다.

"아, 예, 물론 그렇죠. 아처에 대해서도, 생각나는 게 없으세요?"

"경찰에서 곧 아처에 대한 모든 걸 알아내게 되겠지." 내가 말했다.

"만일 프로데로 대령이 아처에게 협박당하는 것을 내 눈으로 직접 보았다면 문제는 다르오. 그러나 만일 아처가 실제로 대령을 협박했다면, 마을 사람들 거의 모두가 그것을 들었을 테고, 그 소식은 곧 경찰에 알려지게 될 것이라고 믿어도 될게요. 물론 그 문제에 대해선, 당신은 마음 내키는 대로 해도 되오."

그러나 하웨스는 자신이 직접 행동으로 옮기는 일은 이상하게도 마음 내키지 않는 모양이었다.

이 사나이의 모든 태도는 신경질적이었으며 괴상스러웠다. 나는 이 사나이의 병에 대한 헤이독 의사의 말을 떠올려 보았다. 그리고 나는 바로 그 병에 원인이 있나 보다고 생각했다.

그는 해야 할 말이 더 있는데도 그것을 어떻게 말해야 하는지 몰라서 그러는 양, 쭈뼛거리다가 마지못해 자리를 떴다.

그가 떠나기 전, 나는 그에게 감찰관 모임이 있기 전에 개최하는 '연합 어머니회'의 설교를 맡아줄 것을 당부했다. 오후에는 몇 가지 할 일이 있었기 때문이다.

하웨스와 그의 골칫거리를 마음속에서 털어버리고 나는 레스트레인지 부인 집을 찾아갔다. 거실의 테이블 위에는 '수도회와 교회 소식'이란 잡지가 놓여 있었다.

걸어가면서 나는 레스트레인지 부인이 사건 전날, 프로데로 대령을 찾아가 이야기를 나누었다는 사실을 기억해냈다. 그리고 어쩌면 그때 오간 말들이 이번 사건을 해결하는 데 조금이나마 도움이 될 수 있을지 모른다는 생각이 들었다.

나는 곧바로 아늑한 응접실로 안내받았는데, 레스트레인지 부인이 일어나 나를 맞이했다. 나는 또 한 번 이 부인이 창출한 새로운, 어떤 신비로운 분위기에 압도당하고 말았다. 그녀는 검은 드레스를 입고 있었는데, 그녀의 피부색이 더욱 돋보였다. 그녀의 얼굴은 이상할 정도로 무표정해 보였다. 단지 두 눈만이 살아 있었다. 그 두 눈에는 경계하는 빛이 역력했다. 그 밖에는 살아 있음에 대한 어떤 표시도 드러나 있지 않았다.

"이렇게 와주셔서 고맙습니다, 목사님." 악수를 하면서 그녀가 말했다.

"저번 날 말씀드리려고 했는데 그만둬 버렸지요. 그것이 잘못이었어요."

"그때 말씀드린 대로 내가 도움이 된다면 무엇이든지 기꺼이 하겠소."

"예, 목사님은 그렇게 말씀하셨죠. 그것도 진심으로 말씀하셨어요. 지금까진 아무도 절 진실로 도와주려고 한 적이 없었어요, 목사님."

"믿을 수가 없는데요, 레스트레인지 부인."

"사실이에요. 대부분의 사람들은—특히 남자들, 자기 자신들의 일밖에 생각지 않으니까요."

그녀의 목소리에는 신랄함이 담겨 있었다. 나는 아무런 대꾸도 하지 않았다. 그녀가 계속했다.

"앉으시지 않겠어요?"

내가 고개를 끄덕이자, 그녀는 내 앞으로 의자를 내밀었다. 잠시 망설이더니, 그녀는 곧 아주 천천히 말문을 열었다. 그리고 마치 그 뜻을 헤아리기라도 하듯 말끝마다 힘을 주었다.

"저는 아주 난처한 처지에 놓여 있어요, 목사님. 목사님의 도움이 필요해요. 즉, 제가 어떻게 처신해야 할지에 대한 조언을 듣고 싶어요. 과거의 일이라고 해서 없었던 것으로 해버릴 수는 없지요. 무슨 뜻인지 아시겠어요?"

내가 대답하기 전에, 나를 맞이했던 하녀가 문을 열고 겁먹은 듯한 얼굴로 말했다.

"마님, 경감님이 찾아오셨어요. 마님을 만나시겠다는군요."

잠시 침묵이 흘렀는데, 레스트레인지 부인의 얼굴엔 아무런 변화도 없었다. 다만 부인은 두 눈을 천천히 감았다가 다시 떴다. 그녀는 한두 번 침을 삼키는 것 같더니, 곧 평정을 찾은 듯이 평온한 목소리로 말했다.

"안으로 모셔요, 힐다."

내가 일어나려고 하자 그녀가 말렸다.

"괜찮으시다면 함께 자리해 주셨으면 해요."

나는 다시 자리에 앉았다.

"그럽시다, 그렇게 하기를 바란다면." 나는 중얼거리듯 말했다.

그때 활달한 걸음으로 슬랙 경감이 들어왔다.

"안녕하십니까, 부인." 그가 먼저 말을 꺼냈다.

"안녕하세요, 경감님."

순간, 나와 시선이 부딪치자 그는 인상을 찡그렸다. 이제는 전혀 의심할 여지가 없다. 슬랙 경감은 나를 좋아하지 않는 것이다.

"목사님이 함께 자리해도 괜찮겠죠?"

슬랙 경감으로서는 싫다고 말할 수가 없었을 것이다.

"그, 그럼요." 그는 마지못해 말했다.

"그러나, 어쩌면 계시지 않는 편이 더 좋을지도 모르겠군요."

레스트레인지 부인은 그 말을 못 들은 체하는 것 같았다.

"무슨 일이죠, 경감님?" 그녀가 물었다.

"이런 일입니다, 부인. 프로데로 대령 사건에 관한 일이죠. 이번에 그 사건을 맡아서 현재 탐문수사 중입니다."

레스트레인지 부인은 고개를 끄덕였다.

"형식상의 문제이긴 하지만, 나는 모든 사람들에게 그날 저녁 6시에서 7시 사이에 어디에 있었는지 그걸 물어봐야 합니다. 형식상 요구되는 점이라는 걸 이해해 주셨으면 합니다."

레스트레인지 부인은 적어도 불안해하는 기색을 보이진 않았다.

"어제저녁 6시에서 7시 사이에 제가 어디 있었는지 그걸 아셨으면 한다고 요?"

"예, 부인."

"알았어요." 순간 그녀는 잠시 생각에 잠기더니 말했다.

"전 여기에 있었어요. 바로 이 집에요."

"오!" 나는 그 순간 경감의 두 눈이 섬광처럼 번득이는 걸 보았다.

"그럼, 댁의 하녀(당신은 하녀를 한 명 두고 있는 걸로 아는데)가, 그 진술을 확인해줄 수 있습니까?"

"아뇨, 힐다는 어제 오후에 외출했었거든요."

"그래요?"

"증인이 없어 유감스럽지만, 당신은 제 말을 믿으셔야 합니다."

레스트레인지 부인은 유쾌하게 말했다.

"분명히 당신은 오후 내내 줄곧 집에만 있었다는 말이군요?"

"6시부터 7시 사이라고 말씀하셨잖아요, 경감님께서. 저는 점심식사 뒤 산책하러 나갔다가, 5시가 채 못 되어서 돌아왔어요."

"그럼 어떤 부인이, 예를 들어 하트넬 양이라든가, 6시경에 여기에 와서 벨을 눌렀지만 아무도 나와 주지 않아서 그냥 돌아가야만 했다고 한다면, 당신은 그녀가 무엇인가 착각을 했다고 말씀하실 건가요?"

"오, 아니에요." 레스트레인지 부인은 고개를 저었다.

"그러면……."

"만일 하녀가 있었다면 나가서 제가 없다고 말할 수도 있죠. 하지만 만일 저 혼자 있을 때 아무하고도 만나고 싶지 않다면—그래요, 벨이 울리는 대로 그냥 내버려 둘 수밖에 없지요."

슬랙 경감은 조금 낭패스러워하는 것 같았다.

"노부인들은 저를 몹시 귀찮게 해요." 레스트레인지 부인이 말했다.

"하트넬 양은 특히 더 그렇죠. 그녀는 돌아가기 전에 적어도 여섯 번 정도는 벨을 눌렀을 거예요."

그녀는 슬랙 경감을 보고 상냥하게 웃었다.

경감은 질문의 방향을 바꾸었다.

"그럼, 그 무렵 당신이 외출하는 것을 본 사람이 있다고 한다면, 그때는……."

"오! 하지만 본 사람이 없잖아요."

그녀는 경감의 허점을 재빨리 알아차렸다.

"아무도 밖에서 절 보지 못했어요. 전 집 안에만 있었으니까, 아시겠어요?"

"좋습니다, 부인."

경감은 갑자기 의자를 좀더 가까이 끌어당겼다.

"자, 부인, 나는 당신이 사건 전날 밤 올드 홀로 프로데로 대령을 찾아갔다는 것을 알고 있습니다."

레스트레인지 부인이 조용히 말했다.

"그랬어요."

"그때 주고받은 내용을 말씀해 주시겠습니까?"

"그건 개인적인 문제에 속하는데요, 경감님."

"죄송합니다. 개인적인 문제에 대한 것일지라도 말씀해 주셔야겠습니다."

"거기에 대해선 어떤 것도 말씀드릴 수 없어요. 단지 분명히 말할 수 있는 것은, 그 내용은 이번 사건과는 아무런 관계가 없다는 것이에요."

"당신의 판단은 옳지 않다고 생각합니다."

"제 말을 모두 그대로 믿어 주셔야만 해요, 경감님."

"아니, 나는 모든 것에 대해서 부인의 말을 그대로 믿을 수밖에 없겠지요."

"그래야만 할 거예요."

그녀는 여전히 조용한 미소를 지으며 그 말에 동의했다.

슬랙 경감은 몹시 흥분했다.

"이것은 아주 심각한 문제입니다, 레스트레인지 부인. 나는 진실을 말해 주기를 원합니다." 그는 주먹으로 테이블 위를 힘껏 내리쳤다.

"그리고 난 그것을 밝혀내고야 말 겁니다."

레스트레인지 부인은 아무 말도 하지 않았다.

"부인, 당신은 지금 자신이 매우 묘한 처지에 있다는 것을 모르십니까?"

레스트레인지 부인은 여전히 아무 말도 하지 않았다.

"검시 심문 때 부인은 증언해야 할 겁니다."

"예."

단지 단음절로 '예'라고 말할 뿐이었다. 아무런 감정과 관심이 없다는 투로 경감은 전략을 바꾸었다.

"프로데로 대령과 아는 사이였습니까?"

"예. 아는 사이였어요."

"아주 친밀한 사이였나요?"

그녀는 잠시 사이를 두더니 말했다.

"몇 해 동안 그분을 만나보지 못했어요."

"프로데로 부인과도 가까운 사이였습니까?"

"아뇨."

"실례입니다만, 그런 시간에 남을 방문한다는 것은 매우 이상한 일 같아서요."

"전 그렇게 생각지 않아요."

"무슨 뜻이죠?"

그녀는 분명히, 그리고 뚜렷하게 말했다.

"저는 프로데로 대령만을 만나보고 싶었을 뿐이에요. 그 부인이나 딸은 만나고 싶지 않았어요. 따라서, 그 시간은 제가 만나고 싶은 대상을 제한할 수 있는 가장 좋은 때라고 생각했어요."

"왜 프로데로 부인이나 레티스 양은 만나고 싶지 않았죠?"

"그건 제 개인적인 문제예요, 경감님."

"그러면 더 이상은 말하지 않겠다는 말씀인가요?"

"절대로."

슬랙 경감은 자리에서 일어났다.

"당신은 난처한 처지가 될 겁니다, 부인. 조심하십시오. 모든 것이 나쁜 징조로 보이는군요. 매우 불길한 예감이 듭니다."

그녀는 웃었다. 나는 슬랙 경감에게 레스트레인지 부인은 그렇게 쉽사리 넘어갈 사람이 아니라는 것을 일러주고 싶었다.

"그럼……." 점잔을 빼면서 그가 말했다.

"당신에게 경고하지 않았다고는 말하지 마시오, 부인. 이만 실례하겠습니다. 안녕히 계십시오, 부인. 우리는 꼭 진실을 밝혀내고야 말 것이라는 걸 명심해 두십시오."

그는 자리를 떠났다. 레스트레인지 부인은 일어나서 내게 손을 내밀었다.

"바래다 드리죠. 그렇게 하는 편이 더 좋겠어요. 아시겠지만, 이젠 조언해 주시기는 너무 늦었어요. 저는 제가 해야 할 일을 결정했으니까요."

그녀는 거듭 되풀이해서 말했다—자포자기한 듯한, 보다 절망적인 목소리로

"전 제가 해야 할 일을 결정했어요."

제16장

바깥으로 나왔을 때 우연히 현관 앞 층계에서 헤이독 의사를 만났다. 그는 마침 대문으로 나가는 슬랙 경감의 뒤를 뚫어져라 바라보고 있었다. 그리고 내게 캐묻듯이 물었다.

"저 사람이 부인을 심문했습니까?"

"그래요."

"정중하게 대했겠죠?"

내가 생각하기엔, 정중함이란 결코 그가 몸에 익힌 적이 없는 기술인 것 같았다. 하지만 나름대로 정중하게 대하려고 무척 애를 썼다고 볼 수 있었고, 그래서 더 이상 헤이독 의사를 걱정시키고 싶지 않았다. 그는 걱정스러운 듯 바라보았으며, 또, 그만큼 염려했다. 그래서 나는 그가 매우 정중했다고 말해 주었다.

헤이독 의사는 고개를 끄덕인 뒤 안으로 들어갔다. 나는 마을로 이어지는 거리로 내려갔는데, 곧 경감을 따라잡을 만큼 거리가 좁혀졌다. 나는 그가 일부러 천천히 걸어가고 있다고 생각했다. 그는 나를 싫어하고 있지만, 필요한 정보를 얻는 일까지 쉽게 포기할 사람은 아니었다.

"목사님은 그 부인에 대해서 아는 게 있죠?" 그는 단도직입적으로 물었다.

나는 아무것도 모른다고 대답했다.

"왜 이곳으로 살러 오게 되었는지 그녀가 아무 말도 하지 않았단 말인가요?"

"그렇소."

"그런데, 목사님은 왜 그녀를 찾아갔었나요?"

"내 교구민을 찾아가는 것은 목사로서의 의무입니다."

내가 대답했다. 그녀가 먼저 나를 찾았다는 말은 하지 않았다.

"음, 그렇겠군요."

그는 잠깐 동안 말이 없더니, 이윽고 잠시 전에 있었던 자기의 실패를 토로하지 않을 수 없었는지 계속 말을 이어나갔다.

"아주 의심스러운 점이 많은 사건이오, 적어도 내가 보기에는."

"그렇게 생각합니까?"

"이것은 협박과 관련된 겁니다. 사람들이 프로데로 대령을 어떻게 여겨 왔는지 생각해 보면 이상한 느낌도 들지만, 사람들이란 알 수 없는 존재이니까요. 교구위원으로서 이중생활을 해온 사람이 어디 그 사람이 처음인가요?"

똑같은 문제에 대한 마플 양의 말이 희미하게 되살아났다.

"정말 그게 있을 수 있는 일이라고 생각하는 거요?"

"예, 사실에 부합되는 말입니다, 목사님. 왜 말쑥하게 잘 차려입은 부인이 이 작고 조용한 마을로 혼자 내려왔겠어요? 그리고 왜 그날, 그 시각에 하필이면 그를 만나러 갔을까요? 왜 프로데로 부인과 그 딸은 피했을까요? 그 모든 것이 한데 얽혀 있습니다. 그녀는 자신이 그런 사실을 인정하기엔 난처한 처지에 있다고 생각했겠죠. 협박은 분명히 처벌받을 행위니까요. 우리는 그녀에게서 진실을 밝혀내고야 말 겁니다. 아마도 그 사건과 매우 중대한 관계가 있을지도 모르는 일이오. 만일 프로데로 대령이 뭔가 끔찍한 비밀을 가지고 있었다면— 그래요, 앞으로 일이 어떻게 펼쳐지게 될지 목사님도 아시겠지요."

나는 그럴 수도 있겠다고 생각했다.

"나는 집사와 얘기를 나눠 보았지요. 혹시나 그가 대령과 레스트레인지 부인 사이에 오고 간 대화의 일부를 엿들었을지도 모른다고 생각해서. 집사들은 때론 그런 일을 곧잘 하기도 하죠. 그러나 그는 그 대화가 어떤 내용인지에 대해선 아무런 생각도 해보지 않았다고 하더군요. 그런데 집사는 그 일로 해 고당했어요. 대령은 그녀를 안으로 들여보냈다는 이유로 몹시 화를 내며 그를 야단쳤다더군요. 한데 그 집사는 그 집이 마음에 들지 않아 이미 얼마 전부터 그곳은 떠나려고 했었답니다."

"그게 사실이오?"

"그렇게 해서 대령이 원한을 살 만한 또 다른 사람이 생겨난 셈이지요."

"설마 그 사람을 의심하는 건 아니겠지요? 그런데 그의 이름이 뭡니까?"

"리브스라고 합니다. 난 그를 의심하진 않아요. 그러나 진실은 누구도 모르지요. 나는 그의 알랑거림과 끈적대듯 달라붙는 그런 태도를 좋아하지 않아요."

나는 리브스가 슬랙 경감의 태도에 대해선 뭐라고 말할지 궁금했다.

"나는 이제부터 그 집 운전사를 심문하러 가려고 하오."

"그렇다면 당신 차에 날 태워 줄 수 있겠구려. 난 잠시 프로데로 부인을 만나보았으면 하오."

"무슨 얘기를 하시려고?"

"장례식 때문이오."

"오!" 슬랙 경감은 조금 놀란 눈치였다.

"검시 심문은 내일 토요일에 열리게 됩니다."

"그럼 장례식은 아마도 다음 주 화요일에 있게 되겠군요."

슬랙 경감은 자신의 퉁명스러움에 조금 부끄러워하는 것 같았다. 경감은 운전사인 매닝을 심문할 때 내가 함께 자리해도 좋다는 것으로 화해를 청했다.

매닝은 아주 멋진 청년으로 나이는 많아야 스물대여섯 살 정도로 보였다. 그는 슬랙 경감을 두려워하는 것 같았다.

"이봐요, 젊은이." 슬랙 경감이 말했다.

"몇 가지 물어볼 것이 있어서 그러는데……."

만일 그가 정말 청부 살인을 했다 하더라도 그렇듯 떨지는 않았을 것이다.

"어제 대령을 마을까지 태워다 드렸소?"

"예."

"그때가 몇 시였소?"

"오후 5시 30분이었습니다."

"프로데로 부인도 갔었소?"

"예."

"곧바로 마을로 갔었소?"

"예."

"가는 도중에 어디 들른 적은 없었소?"

"예."

"거기 도착해서 당신은 무엇을 했소?"

"대령님은 차에서 내리시면서, 나중에 걸어서 돌아오시겠다며 자동차는 필요없다고 말씀하셨습니다. 그리고 부인께서는 물건을 사서 꾸러미를 차에 실었죠. 그런 뒤, 그게 전부라고 하기에 전 차를 몰고 집으로 돌아왔습니다."

"마을에 부인을 남겨둔 채?"

"6시 15분이었습니다. 정확히 15분이었습니다."

"부인과는 어디에서 헤어졌소?"

"교회 옆에서요."

"대령은 어디로 간다고 하던가요?"

"수의사를 만나봐야 할 일이 있다고만 했어요―말(馬)에 관한 일이었던 것 같았습니다."

"알겠소. 그리고 당신은 곧바로 차를 몰고 이리로 돌아왔소?"

"예."

"올드 홀에는 남쪽 문지기 집과 북쪽 문지기 집을 경유하는 두 개의 출입문이 있소. 나는 당신이 남쪽 문지기 집 쪽을 지나 마을에 내려갔을 거라고 생각하는데?"

"예, 언제나 그러죠."

"그럼, 같은 길로 돌아왔소?"

"예."

"흠, 그뿐이오? 아! 프로데로 양이 오고 있군."

레티스가 우리 쪽으로 오고 있었다.

"피아트를 탔으면 해요, 매닝. 엔진을 좀 걸어 주겠어요?" 그녀가 말했다.

"예, 알겠습니다, 아가씨."

그는 2인승 자동차 쪽으로 가서 보닛을 들어 올렸다.

"잠깐만, 프로데로 양." 슬랙 경감이 말했다.

"나는 어제 오후에 있었던 모든 사람들의 행동을 기록해야만 해요. 결코 나쁜 뜻으로 듣지는 말아요."

레티스는 그를 쳐다보았다.

"저는 시간 같은 건 전혀 기억하지 못해요." 그녀가 말했다.

"어제 점심식사 뒤에 곧 외출했다고요?"

그녀는 고개를 끄덕였다.

"어디로 갔었는지 말해 주겠소?"

"테니스 치러 갔었어요."

"누구하고?"

"하틀리 내피어네 가족하고요."

"머치 벤햄에서?"

"예."

"그리고 언제쯤 돌아왔소?"

"몰라요. 전 그런 것들에 대해선 정말 아무것도 모른다고 말씀드렸는데요."

"그래. 7시 30분쯤이었어, 레티스" 내가 말했다.

"맞아요." 레티스가 말했다.

"돌아와 보니 야단법석이더군요. 새엄마는 기절해 있고, 클리멘트 부인이 오셔서 간호해 주고 있었으니까요."

"고맙소. 그게 내가 알고자 했던 전부요." 경감이 말했다.

"참 이상하군요. 별로 중요한 것도 아닌 것 같은데."

그녀는 피아트 쪽으로 다가갔다.

경감은 이마 위에 살짝 손을 갖다 댔다.

"약간 모자라는 아가씨 아니오?"

"전혀 아니올시다." 내가 말했다.

"그러나, 저 아이는 모든 사람들이 그렇게 봐주기를 바라고 있지요"

"그럼, 나는 이제 그 하녀를 만나보러 가야겠소"

사람들은 정말 슬랙 경감을 좋아할 순 없었지만, 그의 열성만은 알아줘야 했다.

우리는 일단 헤어졌으며, 나는 리브스에게 프로데로 부인을 만날 수 있는지 물어보았다.

"부인께선 지금 자리에 누워 계신데요."

"그럼, 방해하지 않는 게 좋겠군."

"기다려 주신다면, 제가 들어가서 부인께 여쭤보고 오겠습니다. 부인께선 목사님을 만나뵙고 싶어 하시는 것 같았어요. 점심때 그렇게 말씀하셨죠."

그는 나를 거실로 안내했다. 블라인드가 내려져 있었기 때문에 전등을 켰다.

"모든 게 너무나 슬픈 일이로군." 내가 말했다.

"예."

그의 목소리는 냉정하면서도 정중했다.

나는 그를 쳐다보았다. 저렇듯 냉정한 태도로 일하는 데에는 도대체 어떤 감정이 들어 있는 걸까? 그가 우리에게 말해 줄 수 있는 게 있을까? 그 말쑥한 집사의 얼굴에는 비열한 구석이라곤 전혀 없는 것 같았다.

"뭐 다른 볼 일은 없습니까?"

저 정확한 표현 뒤에는 어떤 불안의 흔적이 감춰져 있는 걸까?

"아니오, 이젠 됐소." 내가 말했다.

잠시 뒤, 앤 프로데로가 들어왔다. 우리는 장례식 준비에 대해 몇 가지 의논하여 결정을 보았다.

"헤이독 씨는 아주 친절한 분이시더군요." 그녀가 감동한 듯이 말했다.

"헤이독 씨는 내가 아는 사람 중 가장 좋은 친구입니다."

"그분은 제게 감격할 정도로 많은 친절을 베푸셨어요. 그런데 그분은 아주 슬퍼 보이더군요, 맞죠?"

내게는 헤이독 의사가 슬픈 존재로 생각된 적이 한 번도 없었다. 나는 마음속으로 깊이 생각해 보았다.

"전혀 모르는 사실인데요." 마침내 내가 말했다.

"저도 오늘에야 비로소 느꼈어요."

"사람들의 고민은 때로는 그들의 눈동자 속에 예리하게 투영되곤 하죠."

"그건 사실이에요." 그녀는 잠시 말을 멈추더니 다시 말했다.

"목사님, 아주 이해할 수 없는 것이 하나 있어요. 남편과 헤어진 뒤 바로 남편이 총을 맞았다면, 어떻게 제가 그 총소리를 듣지 못했을까요?"

"총소리가 나중에 났다는 것에 대한 믿을 만한 이유를 경찰은 가진 것 같습니다."

"하지만 메모지에는 6시 20분이라고 적혀 있었는데요."

"다른 필체, 살인자의 필체로 가필됐을 수도 있죠."

그녀의 얼굴이 새파래졌다.

"저런 끔찍한 일이!"

"그것이 주인 양반의 친필이 아니라는 생각은 들지 않았습니까?"

"어느 것도 남편의 필체 같진 않았어요."

이 관찰은 일견 타당하기도 하다. 그것은 좀 알아보기 어려울 정도로 휘갈겨 썼으며, 분명히 프로데로 대령의 평소 필체와는 달랐다.

"그들이 로렌스를 의심하지 않는 것이 틀림없는 사실인지요?"

"그는 정녕 결백하다고 생각합니다."

"그렇다면, 목사님 누가 그랬을까요? 루시어스가 사람들에게 인심을 잃었다는 건 저도 알고 있지만, 그렇다고 그를 살해할 만한 적(敵)이 있었다곤 생각되지 않아요."

나는 머리를 흔들었다.

"그것이 미스터리입니다."

이상하게도 그때 마플 양이 말한 일곱 명의 혐의자가 생각났다. 그들은 누구누구일까?

프로데로 부인의 집에서 나온 뒤, 나는 어떤 계획들을 하나씩 행동으로 옮기기로 했다.

나는 올드 홀에서 샛길로 돌아 나왔다. 울타리가 있는 곳에 이르렀을 때 나는 걸음을 되돌려 최근에 짓밟힌 흔적이 있는 곳을 찾아, 오솔길을 비껴 나와 덤불 숲 속으로 추적해 들어갔다. 숲은 울창했으며, 아주 많은 덤불로 뒤얽혀 있어서 앞으로 제대로 헤쳐나갈 수가 없었는데, 별안간 그리 멀지 않은 덤불 속에서 누군가가 움직이고 있다는 것을 알았다. 나는 우물쭈물하며 주춤거리고 있는데, 로렌스 레딩의 모습이 시야에 들어왔다. 그는 큰 돌을 옮기고 있었다.

그가 갑자기 크게 웃음을 터뜨린 것으로 보아, 아마 내가 무척 놀란 얼굴을 하고 있었던 모양이다.

"아닙니다." 그가 말했다.

"증거품을 찾고 있는 것이 아니라 화해의 선물을 찾는 중입니다."

"화해의 선물?"

"예, 협상을 위한 기초라고나 할까요? 전 목사님 댁의 이웃인 마플 양을 찾아갈 구실이 필요해서요. 그녀는 자기가 만든 일본식 정원에 쓸 바위나 돌이라면 깜박 죽는단 소리를 들었거든요."

"그건 맞는 말이오." 내가 말했다.

"그런데 당신이 그 마플 양한테 볼일이 있소?"

"바로 이겁니다. 어제저녁 뭔가 눈에 띌 만한 일이 있었다면, 마플 양은 틀림없이 그것을 보았을 겁니다. 제 말은 그 사건과 어떤 필수적인 관계가 있는 일만을 뜻하는 게 아닙니다. 마플 양은 사건과 관계있는 것으로 생각할 수도 있겠지만, 저는 뭔가 색다른 것이나 기이한 것, 또는 단순하고 사소한 어떤 일이라도 좋습니다만, 진실을 밝혀내는 데 도움이 될 만한 것 말입니다. 마플 양이 경찰에 알릴만한 가치가 전혀 없다고 생각한 것들도 말입니다."

"그럴 수도 있겠군요."

"어쨌든 시도해볼 만한 일입니다. 목사님, 저는 이번 사건의 맨 밑바닥부터 철저히 조사해볼 생각입니다. 앤을 위해서 말이죠. 저는 슬랙 경감을 신뢰하지 않아요. 그는 열성적인 사람이지만, 결코 열성이 지적 능력을 대신할 수는 없거든요."

"나도 알고 있소." 내가 말했다.

"당신이 소설에 나오는 아마추어 탐정이라는 것을. 그러나 실제로 이런 일을 본업으로 하는 사람들과 비교될 수 있겠소?"

그는 날카롭게 나를 쏘아보더니 갑자기 크게 웃었다.

"목사님은 이 숲 속에서 무엇을 하고 계셨습니까?"

나는 얼굴을 붉혔다.

"분명히 내가 하는 일과 같은 것이었을 겁니다. 우리는 같은 생각을 하고 있었어요, 그렇죠? 살인자는 어떻게 해서 서재로 들어갈 수 있었는가? 첫째로 생각할 수 있는 것은, 샛길을 지나 뒷문을 통과한다. 둘째는 현관으로, 셋째는, 세 번째 방법도 생각해볼 수 있을까요? 저는 목사관 담 근처 어딘가에 풀이 짓밟혀 쓰러진 흔적이 없는지 조사해 보려고 했었습니다."

"나도 바로 그 생각을 하고 있었소." 내가 인정했다.

"사실, 저는 아직 그 일을 깊이 파고들어 가진 않았습니다."

로렌스가 계속 말했다.

"왜냐하면, 먼저 마플 양을 만나봐야 한다고 생각했기 때문입니다. 어제저녁 우리가 작업실에 있는 동안, 저 샛길을 지나간 사람이 아무도 없었다는 것을 확인하고 싶었기 때문입니다."

나는 고개를 저었다.

"그녀는 아무도 지나가지 않았다고 확고하게 말했었소."

"예, 그녀가 정확히 이름을 말할 수 있는 사람은 한 사람도 지나가지 않았 겠지요. 그러나 누군가가 그곳을 지나갔을지도 모릅니다. 제 말이 다소 이상하 게 들릴지도 모르겠지만, 제 말을 이해하겠지요? 이를테면 집배원이나 우유 배달부, 푸줏간의 심부름하는 아이 정도는 있을 수도 있죠. 그러나 그런 사람 들이 거기 있는 것은 너무나 당연하기 때문에, 오히려 언급해야 한다고는 생 각지 못했을 거예요."

"당신은 G. K. 체스터튼(1874~1936: 영국의 문예 비평가이자 추리소설가)을 읽고 있군요." 내가 말했다.

로렌스는 그것을 부정하지 않았다.

"하지만 그 생각이 그럴싸하다고 생각지 않으세요?"

"그래요, 그럴 수도 있겠지." 나는 인정했다.

우리는 마플 양의 집으로 가는 데에 더 이상 수고를 하지 않아도 되었다. 그녀는 정원에서 일하고 있었는데, 우리가 울타리를 넘는 것을 보고 우리를 향해 큰 소리로 외쳤다.

"저것 보세요. 저 부인은 모두 다 보고 있잖아요." 로렌스가 중얼거렸다.

마플 양은 매우 상냥하게 우리를 맞았고, 로렌스가 가져온 큰 돌멩이를 보고 몹시 기뻐했다.

"대단히 친절하신 분이군요, 레딩 씨. 정말 대단히 생각이 깊으시군요."

이것으로 용기를 얻은 로렌스는 마침내 말문을 터뜨렸고, 마플 양은 주의깊게 귀를 기울였다.

"예, 당신이 무슨 말을 하는지 잘 알겠어요. 그리고 나도 동감이에요. 그것은 아무도 입 밖에 내지 않은, 그리고 입 밖에 내기를 꺼리는 그런 일들이죠. 그러나 결코 그 같은 일은 없었음을 당신에게 확언할 수 있어요. 아무도 지나가지 않았어요."

"확신할 수 있나요, 마플 양?"

"그래요, 분명히."

"그날 오후 숲으로 이어지는 오솔길에 누가 지나가는 것을 못 보셨습니까? 아니면, 숲에서 나오는 것이라도?" 내가 물었다.

"오, 예, 여러 사람이 지나갔죠. 스톤 박사와 크램 양이 그 길을 지나갔어요. 그것은 그 길이 분묘로 가는 지름길이었기 때문이죠. 그때가 2시가 조금 지난 시각이었을 거예요. 스톤 박사는 그 길로 다시 돌아왔어요. 레딩 씨, 당신도 아시잖아요? 당신과 프로데로 부인이 같이 있을 때 스톤 박사를 만났잖아요?"

"그런데……" 내가 말했다.

"그 총소리는—당신, 마플 양이 들었다는 총소리는, 레딩 씨와 프로데로 부인에게도 들렸어야 했는데……."

나는 이상하다는 듯이 로렌스를 쳐다보았다.

"예." 그는 얼굴을 찡그리며 대답했다.

"저도 총소리를 들은 것 같아요. 총소리가 한 번, 아니 두 번이었던가요?"

"나는 딱 한 번밖에는 못 들었어요." 마플 양이 말했다.

"그때 전 아주 모호한 느낌을 받았어요." 로렌스가 말했다.

"제기랄, 이럴 줄 알았으면 기억해 두는 건데, 아시다시피 저는 그때 제정신이 아니었지요."

그는 당황하며 입을 다물었다. 나는 어색한 분위기를 모면하려고 기침을 했다. 마플 양은 조금 겸연쩍어하더니 화제를 바꾸었다.

"슬랙 경감은 내가 총소리를 들은 시각이 레딩 씨와 프로데로 부인이 작업실을 나온 뒤인지, 아니면 나오기 전인지 그것을 분명히 밝혀 주었으면 하더군요. 하지만, 나로서는 정말 전혀 기억나지 않는다고밖에 대답할 수 없어요. 그러나 내 생각으로는, 아무래도 총소리는 나중에 들렸던 것 같아요."

"그럼, 유명한 스톤 박사님은 혐의 밖이라고 볼 수 있겠군요."

로렌스가 웃으며 말했다.

"박사님에게 프로데로 대령을 살해한 혐의가 있다고는 생각지 않습니다만."

"아!" 마플 양이 말했다.

"그러나 나는 언제나 사소한 것일지라도 모든 사람들을 일단 의심해 보는 것이 옳다고 생각해요. 내가 무슨 말을 하는 건지 전혀 모르시겠어요, 예?"

이것은 마플 양다운 얘기였다. 나는 로렌스에게 총소리에 대한 의견이 그녀와 같은지 물어보았다.

"정말 뭐라고 단언할 수가 없군요. 그 총소리는 이렇듯 의견이 분분할 정도로 평범한 소리였으니까요. 저는 우리가 작업실 안에 있을 때 총소리가 났던 것으로 기억해요. 그 소리는 아주 약하게 났었거든요. 게다가, 작업실 안에선 더욱 그럴 것이고."

'소리가 약했다는 것보다는 다른 이유에서겠지!'

나는 혼자 속으로 생각해 보았다.

"앤에게 물어봐야겠습니다." 로렌스가 말했다.

"그녀는 기억하고 있을지도 몰라요. 그런데, 설명이 필요한 한 가지 이상한 사실이 있는 것 같아요. 이곳 세인트 메리 미드에서 신비의 베일에 싸여 있는 레스트레인지 부인은 수요일 저녁식사 뒤 프로데로 대령을 만났습니다. 그것에 대해선 어느 누구도 별다른 생각을 하지 않는 것 같더군요."

프로데로 대령은 아내와 딸, 그리고 그 누구에게도 그 사실에 대해 일언반구도 하지 않았던 것이다.

"어쩌면 목사님은 알고 있을지도 모르겠군요?" 마플 양이 말했다.

그런데, 저 여자는 어떻게 해서 내가 오늘 오후에 레스트레인지 부인 집에 갔었던 걸 알고 있을까? 그녀가 언제나 이처럼 모든 일을 속속들이 다 아는 데는 정말 기분이 나빠질 정도였다.

나는 고개를 저었으며, 그 문제에 대해선 어떤 설명도 할 수 없노라고 대답했다.

"슬랙 경감은 어떻게 생각하고 있죠?" 마플 양이 말했다.

"슬랙 경감은 집사를 심문해본 모양이지만, 아마도 그 집사는 문간에 서서 엿들을 정도로 그렇게 호기심이 많은 사람은 아니었나 봅니다. 그래서, 아무도 아는 사람이 없어요"

"하지만, 누군가 엿들은 사람이 있을지도 모른다는 생각이 드는데요. 그런데 당신은 어때요?" 마플 양이 말했다.

"내 생각에도, 누군가 엿들은 사람이 있을 것 같아요. 늘 그렇듯이 말이죠. 나는 레딩 씨가 거기서 뭔가 발견해 낼 수 있지 않을까 생각되는데요"

"그러나 프로데로 부인은 아무것도 몰라요"

"난 프로데로 부인을 두고 하는 말이 아니에요." 마플 양이 말했다.

"하녀들을 두고 하는 말이라고요. 그들은 경찰에게 어떤 이야기를 하는 것을 몹시 꺼리고 있어요. 그러나 한 미남 청년이(죄송합니다, 레딩 씨), 더욱이 아무런 죄없이 혐의를 받았던 사람에게라면, 오! 난 그들이 즉시 털어놓게 될 것이라고 확신해요"

"오늘 저녁에 제가 가서 한번 시도해 보죠." 로렌스가 힘주어 말했다.

"힌트를 주어서 고맙습니다, 마플 양. 나중에 가봐야겠어요. 목사님과 한 가지 간단한 일을 매듭짓고 나서요"

나도 그렇게 해보는 것이 좋겠다는 생각이 들었다. 그래서 마플 양에게 작별 인사를 하고, 우리는 다시 숲으로 들어갔다. 우선, 우리는 새로운 지점에 닿을 때까지 죽 그 오솔길을 올라갔는데, 마침내 누군가가 먼저 오른쪽 길로 꺾어 들어간 흔적이 보였다. 로렌스는 이미 자기가 그 흔적이 남아 있는 길로 계속 따라가 보았으나, 아무것도 찾아내지 못했다고 설명했다. 그러나 나는 다시 한 번 따라가 보는 게 좋겠다고 덧붙였다. 그가 잘못 보았을지도 모른다는 생각이 들었기 때문이다.

그러나, 결국은 그가 말한 대로였다. 약 10~12야드(9~11m)쯤 가다 보니 풀숲에 나 있는 짓밟힌 흔적이 사라져 버렸다. 로렌스는 정오가 조금 못 되어 이 지점에서 오솔길 쪽으로 되돌아오다가 나를 만났던 모양이다.

우리는 다시 그 오솔길에서 나와 좀더 멀리까지 길을 따라 걸었다. 그러자 또다시 수풀이 조금 짓밟힌 흔적이 나 있는 자리로 나왔다. 그 자리는 얼마 되지 않았지만, 이번 것은 틀림없다고 나는 생각했다. 그 흔적이 멀리 꾸불꾸불하게 이어져 있었으나, 분명히 목사관으로 이르는 지름길로 굽어들고 있었다. 우리는 풀숲이 담을 따라 무성하게 우거져 있는 곳으로 나왔다. 그 담은 높았고, 꼭대기에는 깨진 병 조각이 꽂혀 있었다. 누군가 이 담을 넘어가려고 사다리를 놓았다면, 어디엔가 분명히 흔적이 남아 있을 것이다.

천천히 벽을 따라 흔적을 찾고 있을 때 나뭇가지 부러지는 소리가 들려왔다. 우리는 뒤엉킨 수풀 덤불 사이로 나아갔다. 그러다가 슬랙 경감과 정면으로 마주쳤다.

"아, 목사님이군요!" 그가 말했다.

"그리고 레딩 씨, 두 분이서 지금 무엇을 하는 겁니까?"

다소 풀이 죽어서 우리는 설명했다.

"그랬었군요." 경감이 말했다.

"우리도 바보 멍청이는 아니니까 같은 생각을 한 겁니다. 난 한 시간이 넘도록 여기에 있었소. 당신들은 그 결과를 무척 알고 싶겠지요."

"그렇소." 부드럽게 내가 말했다.

"프로데로 대령을 살해한 자는 이 길로는 들어오지는 않았다는 거요! 담벼락의 이쪽, 또는 저쪽 모두에 아무런 흔적이 없었소. 프로데로 대령을 살해한 자는 현관문을 통해 안으로 들어간 것이 분명하오. 그 밖에 다른 길은 생각해 볼 수 없어요."

"그건 불가능한 일이오." 내가 외쳤다.

"왜 불가능하다는 겁까? 목사님네 현관문은 언제나 열려 있잖소. 어떤 사람이든 들어갈 수 있었을 거요. 그것은 주방에서도 보일 리 만무하오. 목사님이 외출 중이라는 것도 알고 있었던 거지요. 부인은 런던에 가 있었고, 데니스는 테니스 시합에 나가 있다는 것도 ABC처럼 단순한 공식이오. 숲 속으로 오고 갈 필요가 없었어요. 마침 목사관 정문 맞은편에 오솔길이 나 있으니, 그 길로 나와 이 숲 속으로 들어오게 되면 가고 싶은 길 어디든지 마음대로 갈 수 있어요. 프라이스 리들리 부인이 그 시각에 문 앞에 나오지만 않는다면, 그 것은 완전히 순풍에 돛단배일 거요. 담을 기어올라 넘어가는 일보다 훨씬 더 수월한 것이오. 프라이스 리들리 부인댁의 2층 창문으로는 그 담 전체를 내려 다볼 수 있어요. 범인은 그렇게 해서 들어온 것이 틀림없습니다."

정말 그의 추리가 옳은 것처럼 여겨졌다.

제17장

슬랙 경감은 다음 날 아침 내게 들렀다. 생각건대, 나에 대한 감정이 좀 누그러진 것 같았다. 조만간 그는 그 시계 이야기도 잊게 될 것이다.

"안녕하십니까, 목사님." 그가 쾌활하게 인사했다.

"목사님한테 걸려왔던 전화번호를 추적해 냈습니다."

"정말이오?" 나는 얼떨떨해져서 말했다.

"그런데 참으로 이상합니다. 그 전화는 올드 홀에 있는 북쪽 문지기 집에서 온 것이었어요. 지금 그 문지기 집은 비어 있습니다. 이전의 문지기는 연금을 받고 퇴직했으며, 새 문지기는 아직 들어오지 않았죠. 그곳은 지금 비어 있어서 이용하기 편리한 곳이죠. 마침 뒤 창문이 열려 있더군요. 전화기에는 어떤 지문도 남아 있지 않았습니다. 누군가가 깨끗이 닦아냈지요. 그게 의미심장한 겁니다."

"무슨 뜻이죠?"

"그 전화는 목사님을 밖으로 끌어내려고 건 것이 분명하다는 뜻입니다. 그러므로, 살인자는 사전에 치밀한 계획을 세웠다는 것이지요. 만일 그 전화가 단순히 장난이었다면, 지문이 그렇듯 깨끗이 지워져 있지는 않았을 겁니다."

"무슨 말인지 알았습니다."

"그것은 또한 살인자가 올드 홀과 그 주변 사정을 잘 아는 인물이라는 것을 보여 주고 있어요. 전화를 건 사람은 프로데로 부인이 아니었습니다. 나는 그날 오후 그녀의 행동을 모두 조사해 보았어요. 여섯 명의 하인들이 그녀가 5시 30분까지는 집에 있었다고 증언했지요. 그런 뒤 대령과 부인은 차를 타고 마을로 갔답니다. 대령은 말 문제로 수의사 퀸턴 씨를 만나려던 참이었지요. 프로데로 부인은 식료품점과 생선 가게에 들러 물건을 주문했고요. 그리곤, 거기서 곧장 오솔길로 지나 이리로 왔습니다. 그것을 마플 양이 보았지요. 가게 사람들이 하나같이 그녀가 핸드백을 들지 않았었다고 증언하고 있습니다. 마플 양의 말이 옳았던 겁니다."

"그녀는 언제나 그렇소." 나는 부드러운 어조로 말했다.

"그리고 프로데로 양은 5시 30분경엔 머치 벤햄 근처에 있었어요."

"그건 맞아요. 내 조카도 거기 함께 있었지요." 내가 말했다.

"그것은 그녀를 사건에서 제외시키는 것이오. 하녀도 그런 것 같습니다—다소 신경질적이고 불안해했지만, 그게 당연한 일 아닙니까? 물론 나는 그 집사를 계속 주목하고 있습니다. 가능한 한 아주 자세히 관찰하고 있지요. 그러나 그가 그 일에 대해 중요한 것을 알고 있다고는 생각지 않아요."

"당신의 탐문수사는 오히려 좋지 못한 결과를 가져올 것 같습니다, 경감."

"그런 점도 있고, 그렇지 않은 점도 있지요. 하지만, 한 가지 아주 이상한 사실을 발견해 냈지요—전혀 예기치 않게, 말해도 괜찮겠죠?"

"뭔데요?"

"목사님도 옆집에 사는 프라이스 리들리 부인이 어제 아침에 일으킨 소동을 기억하시겠죠? 그 전화 사건 말입니다."

"예?" 내가 말했다.

"글쎄, 그녀를 진정시키기 위해 전화번호를 추적해 보았더니—도대체 그게 어디서 걸려온 전화라고 생각합니까?"

"전화국에서?" 나는 아무렇게나 생각나는 대로 말했다.

"아닙니다, 목사님. 그 전화는 바로 로렌스 레딩 집에서 걸려온 것이었어요."

"뭐라고요?" 나는 깜짝 놀랐다.

"예, 좀 이상하지 않습니까? 레딩이 그 전화 건에 관계될 일은 아무것도 없습니다. 그때 6시 30분경에, 그가 스톤 박사와 함께 블루 보어 여관으로 가는 것을 마을 사람들이 똑똑히 보았으니까요. 그러나 전화는 분명 거기에서 걸려왔어요. 어, 뭔가 암시하는 게 있다고 생각되지 않습니까? 누군가가 그 빈집으로 들어가서 전화를 사용했다는 것이지요, 그게 누굴까요? 이상한 전화는 하루 동안에 두 번씩이나 걸려온 셈입니다. 두 전화가 동일 인물에게서 걸려온 것이 아니라면, 내 손에 장을 지지겠습니다."

"아니 어떤 목적으로?"

"바로 그걸 우리가 알아내야 하는 겁니다. 두 번째 전화 건에는 특별한 점이 없어 보이지만, 틀림없이 뭔가가 있을 겁니다. 그 의미를 목사님은 아시겠지요? 레딩 씨 집 전화가 사용되었다. 레딩 씨의 권총이 쓰였다—이것은 모든 혐의를 레딩에게 덮어씌우기 위함입니다."

"첫 번째 전화가 레딩 집에서 걸려왔다면 더 잘 들어맞았을 텐데요."

내가 반박했다.

"아! 그것에 대해서도 생각해 보았소. 레딩은 오후에 대체로 무엇을 합니까? 그는 올드 홀에 올라가서 레티스 양의 초상화를 그렸습니다. 그는 자기 집에서 나와 오토바이를 타고 북쪽 문을 지나 그곳으로 가곤 했었죠. 이제 목사님은 전화가 거기에서 걸려온 이유를 알 수 있겠지요? 살인자는 레딩과 대령이 싸운 일이며, 또 레딩이 더 이상 올드 홀에 올라가지 않는다는 사실을 알지 못했던 겁니다."

나는 경감이 한 이야기의 요점을 정리하기 위해 잠시 생각에 잠겼다. 그것은 내게 논리적이고도 필연적인 것으로 여겨졌다.

"레딩 집에 있는 수화기엔 어떤 지문이 남아 있었습니까?" 내가 물었다.

"아무것도 없습니다." 경감이 몹시 씁쓸하게 말했다.

"운 나쁘게도 한 노파, 그의 살림을 돌봐주기 위해 드나든다는 노파가 어제 아침 깨끗이 닦아 버렸더군요."

그는 화가 나서 잠시 그녀를 비난했다.

"아주 어리석은 늙은이입니다. 자기가 권총을 최근에 본 것이 언제인지도 전혀 기억해 내지 못하고 있으니 말이오. 사건 당일 아침에, 권총이 거실에 놓여 있었는지 없었는지 그걸 분명하게 말을 못하는 겁니다. 그런 사람들은 모두 한결같지요!" 그가 계속했다.

"형식적이긴 하지만, 바로 그 문제로 나는 스톤 박사를 찾아갔었습니다. 그는 정말 너무나 친절하게 말해 주더군요. 그는 어제 크램 양과 함께 언덕—아니, 분묘라든가 뭐라는 곳에 올라갔다고 했습니다. 어제 오후 2시 30분쯤 가서 오후 내내 거기 머물렀다고 했어요. 스톤 박사는 혼자서 먼저 내려왔고, 크램 양은 나중에 내려왔다고 하더군요. 하지만 박사는 아무런 총소리도 듣지 못했다고 하며, 자기 일에 너무나 몰두해 있었다고 하더군요. 하지만 그 모든 게 우리의 생각을 뒷받침해 주는 게 됩니다."

"그러나 아직 범인은 잡히지 않았습니다."

"흠―." 경감이 말했다.

"당신이 전화로 들은 것은 여자 목소리였습니다. 아마도 프라이스 리들리 부인이 들었던, 변조된 목소리도 여자 목소리였을 겁니다. 만일 총소리가 전화 벨 소리에 연이어 들린 게 아니라면, 옳지, 어디를 조사하면 될지 이제야 알았습니다."

"어디?"

"아! 그건 아직 말하지 않는 편이 좋겠군요."

나는 태연하게 오래된 포트와인(포르투갈산 붉은 포도주) 한 잔을 내놓았다. 나는 아주 오래 묵은 포트와인을 조금 가지고 있었다. 오전 11시는 와인을 마시기에 적당한 시간은 아니지만, 슬랙 경감과는 그런 일을 가지고 따지고 싶지 않았다. 물론 그것은 이 오래 묵은 와인을 남용하게 되는 것이지만, 이런 경우 그런 일에 까다롭게 굴어선 안 된다.

두 번째 잔을 비웠을 때, 슬랙 경감은 다소 태도를 누그러뜨리고 부드럽게 말하기 시작했다. 이런 것들은 아마도 그 특별한 와인에서 비롯되는 효과이리라.

"당신이라면 얘기해도 별문제가 없으리라고 여깁니다, 목사님." 그가 말했다.

"비밀을 지켜 줄 수 있겠지요? 교구민들 사이에 소문이 퍼지지 않도록."

나는 그에게 다짐했다.

"목사관에서 일어난 모든 일에 대해선 목사님도 알 권리가 있다고 생각합니다."

"나 역시 그렇게 생각하고 있습니다." 내가 말했다.

"그런데 목사님, 프로데로 대령이 살해되기 전날 밤, 그를 찾아왔던 부인 말이오?"

나는 너무 놀란 나머지 큰 소리로 비명을 질렀다.

경감은 내게 비난이 담긴 시선을 던졌다.

"너무 목소리가 크지 않습니까, 목사님? 레스트레인지 부인은 내가 주목하는 인물입니다. 목사님에게 말했던 것을 기억하고 있지요? 이 사건의 범인은 협박범이 분명합니다."

"그것을 살인 동기로 보기에는 좀 어려울 것 같습니다. 그것은 황금알을 낳는 거위를 죽이는 것과 마찬가지가 아닙니까? 이것은 당신의 가정이 맞다고 보고서 하는 말입니다. 하지만, 난 잠시도 그걸 인정할 수 없어요."

경감은 어울리지 않는 태도로 내게 눈을 찡긋해 보였다.

"아! 그녀는 언제나 남자들이 변호해줄 타입의 여자이니까요. 이제 내 말을 들어보시지요. 만일 그녀가 과거에 그 노신사를 협박하여 성공했다고 가정해 보십시오. 그리고 몇 년 뒤, 그가 사는 곳을 찾아내어 다시 협박을 시도하려고 합니다. 하지만 이제는 상황이 바뀌었지요. 법도 매우 다르게 변했습니다. 요즘은 그런 협박을 법에 호소할 수 있게끔 편리해졌습니다—협박받은 사람의 이름을 신문에 공표하지 못하게 되어 있거든요. 가령 프로데로 대령이 완전히 태도를 바꾸어 그녀를 고소하겠다고 으름장을 놓았다고 해봅시다. 그렇게 되면 그녀는 아주 불리한 입장에 놓이게 되지요. 협박범에 대해서는 매우 엄중한 판결이 내려지게 되니까요. 두 사람의 입장이 싹 뒤바뀌게 된 겁니다. 그렇다면 그녀가 자신을 지키기 위해서는 대령을 재빨리 처치해버리는 수밖에 없지 않을까요?"

나는 잠자코 있었다. 나는 경감의 가설을 그럴싸한 것으로 받아들여야만 했다. 그러나 내가 그대로 받아들일 수 없는 점이 한 가지 있었다—그것은 레스트레인지 부인의 인품이었다.

"당신의 의견에는 동의할 수 없군요, 경감." 내가 말했다.

"나는 레스트레인지 부인이 협박 같은 걸 할 사람은 아니라고 생각해요. 그녀는, 시대에 뒤떨어진 말일지는 모르지만 숙녀란 말이오."

그는 나를 딱하다는 듯이 쳐다보았다.

"아, 그럴 테지요." 그는 관대하게 말했다.

"당신은 목사이기 때문에 세상 일이 어떻게 되어 가는지 거의 모르고 있어요. 숙녀라고요! 내가 아는 것의 일부만이라도 목사님이 듣게 된다면 아마 깜짝 놀라게 될 겁니다."

"나는 단순히 사회적 지위만을 말하는 것이 아닙니다. 나는 레스트레인지 부인이 갑자기 몰락하게 된 상류층 사람이라고 생각하니까요. 내가 말하고 싶은 것은, 그녀는 고매한 인품을 가졌다는 겁니다."

"그녀를 나와 똑같은 눈으로 보지 않는군요, 목사님. 나도 남자지만 동시에 경찰이기도 합니다. 고매한 인품 따위로 나를 속일 수는 없어요. 그 여자는 눈썹 하나 까딱 않고 칼로 사람을 찌를 수 있는 여자입니다."

참으로 이상하게도 나는 그녀가 협박꾼이라고는 믿어지지 않았으나, 그녀가 살인범일 가능성은 인정할 수 있었다.

"그러나, 그녀가 프로데로 대령을 살해한 바로 그 시각에 옆집에 사는 마플 양에게 전화할 순 없었을 겁니다."

경감은 이야기를 계속하다가, 그 말이 채 끝나기도 전에 자기 무릎을 힘있게 탁탁 쳤다.

"그렇군요!" 그가 설명했다.

"그것이 바로 전화를 건 목적이었어요. 일종의 알리바이죠. 우리는 그것이 첫 번째 전화와 관련되어 있다는 것을 알고 있습니다. 이것을 조사해봐야겠군요. 그녀는 자기 대신 전화를 걸어 줄 마을의 어떤 젊은이를 매수했을지도 모를 일입니다. 그는 그 일이 살인과 연관되는 것이라곤 전혀 생각지 못했을 테니까요."

경감은 서둘러 떠났다.

"마플 양이 당신을 만나보고 싶어 하던데요."

그리셀다가 고개를 내밀며 말했다.

"그녀가 뜻을 잘 알 수 없는 편지를 보내 왔어요—문장마다 가느다란 밑줄이 그어져 있더군요. 정말이지 그 의미를 제대로 이해할 수 없어요. 아무래도 집을 비울 수가 없는 모양이에요. 급히 건너가셔서 도대체 무슨 일인지 알아보고 오세요. 저는 곧 이리로 올 노부인들을 만나봐야 해요. 그러지 않으면 제가 직접 가야 해요. 저는 그 노부인들이 정말 싫어요. 다리가 아프니 어쩌니

하며 걸핏하면 그 다리를 보여 주고 싶어 한단 말이에요. 검시 심문이 오후에 열린다니 정말 다행이에요. 당신은 오늘 보이스 클럽에서 있게 될 크리켓 경기(영국의 국기(國技)며, 열한 명씩 두 편으로 갈라서 하는 구기 경기)에 가지 않아도 되니까요."

나는 이 전갈의 이유를 신중히 생각하며 부지런히 마플 양의 집으로 갔다.

마플 양은 당황하고 있었다. 몹시 흥분해 있었고, 다소 산만해 보였다.

"내 조카가……" 그녀가 설명했다.

"내 조카 레이먼드 웨스트는 작가예요. 그 애가 오늘 내려온대요. 그래서 정신이 하나도 없어요. 모든 것을 다 내가 해야 하거든요. 침실의 통풍까지도 하녀를 시킬 순 없어요. 그리고 오늘 저녁식사로는 고기 요리를 해야 해요. 남자들은 고기를 아주 좋아하잖아요? 그리고 술도 마련해 놓아야 할 거예요—사이펀(탄산수의 일종)도."

"무엇을 도와드리면 좋은지……." 내가 말을 꺼냈다.

"아휴, 친절하시기도 해라! 그러나 난 그런 부탁을 하려고 와달라고 한 건 아니에요. 아직 시간은 충분히 있어요. 그 애는 자기의 파이프와 담배 정도는 준비해 가져온답니다. 그건 자신있게 말할 수 있어요. 어떤 담배를 사야 좋은지, 그런 것에 대해 고민은 하지 않아도 돼요. 그러나 곤란한 점도 있어요. 담배 냄새가 커튼에서 빠져나가려면 꽤 오래 시간이 걸리니까요. 물론 매일 아침 창을 열어 환기를 시키겠지만 레이먼드는 아침에 아주 늦게 일어나요. 작가들은 종종 그렇다고들 하더군요. 그 애의 작품은 아주 뛰어나다고 생각하지만, 실제로 그가 쓰는 것만큼 인간은 그렇게 불쾌한 존재는 아니에요. 요즘은 총명한 젊은이가 뜻밖에도 인생에 대해서 너무 모르고 있어요. 그렇게 생각지 않으세요?"

"우리 집 저녁식사에 조카를 데려오시면 어떻겠습니까?"

나를 부른 이유를 잘 헤아리지 못한 채 물어보았다.

"오, 고맙지만 아니에요." 마플 양이 말했다.

"아주 친절하시군요." 그녀가 덧붙였다.

"뭔가, 어, 볼일이 있다고 하시잖았습니까?"

나는 거의 체념한 채 말을 꺼냈다.

"참, 그랬었지! 너무 흥분한 나머지 그걸 깜박했군요."

그녀는 하던 말을 멈추고 하녀를 불렀다.

"에밀리, 에밀리, 그 시트가 아니라 가장자리에 글자 무늬가 있는 거야. 그걸 너무 불 가까이에 두지 않도록 해."

그녀는 문을 닫고 살그머니 돌아왔다.

"지난밤에 일어난 일이 너무 이상해서요. 지금도 별 뜻 없는 일로 여겨지지만, 목사님이 그걸 듣고 싶어 할 것 같아서요. 나는 간밤에 한숨도 잘 수가 없었어요—이번의 슬픈 사건에 대해 여러 가지로 생각해 보느라고요. 그래서 일어나 창 밖을 내다봤죠. 그때 무엇을 보았는지 아세요?"

나는 미심쩍어하며 쳐다보았다.

"글래디스 크램 양이었어요." 마플 양이 열을 올리며 말했다.

"분명히, 여행용 가방을 들고 숲으로 들어가는 것을 보았어요."

"여행용 가방이라고요?"

"아주 이상한 일이 아닌가요? 왜 그녀가 밤 12시에 여행용 가방을 들고 숲으로 들어갔을까요?"

우린 서로 얼굴을 쳐다보았다. 마플 양이 말했다.

"그렇잖아요? 하지만 아마 이번 사건과는 관계없는 일이겠지요. 그러나 '기이한 일'이에요. 그리고 지금은 우리가 모두 그런 일에 주의해야 한다고 생각하고 있어요."

"정말 놀랍군요." 내가 말했다.

"그녀는……, 그러니까 분묘 속에서 자려고 한 건 아닐까요?"

"하지만 그렇게 하지는 않았어요. 왜냐고요? 얼마 안 있어 다시 나왔으니까요. 그런데 여행용 가방은 들고 있지 않더군요."

우리 두 사람은 다시 얼굴을 마주 보았다.

제18장

검시 심문은 그날 토요일 오후 2시에 블루 보어 여관에서 열렸다. 이 마을은 온통 흥분으로 들떠 가라앉을 줄 몰랐다. 세인트 메리 미드에서는 지난 15년 동안 살인사건이 한 번도 일어나지 않았기 때문이다. 게다가, 프로데로 대령 같은 인물이 목사관의 서재에서 살해되었으니만큼 마을 사람들은 흥분의 도가니에 빠질 수밖에 없었다.

내가 애써 들으려고 하지 않았던 여러 가지 얘기들이 내 귓전에 붕붕거리며 들려왔다.

"저기 목사님이 계시는군. 얼굴이 창백해 뵈지 않아? 저분도 이번 일에 관계되지 않았는지 의심스러워. 어쨌든 목사관에서 일어난 사건이니까."

"어떻게 그런 말을 할 수 있지, 메리 애덤스? 목사님은 그 시간에 헨리 애보트 집에 가 계셨단 말이야."

"아! 하지만 대령과 말다툼했다던데. 저기 메리 힐이 있군. 목사관에서 일한다고 아주 젠체하는데…… 쉿! 검시관이 왔어!"

검시관은 이웃 마을인 머치 벤험의 로버츠 박사였다. 그는 헛기침하고 안경을 고쳐 쓰는 등 아주 점잖은 태도를 보였다.

여기서 모든 증언을 되풀이한다는 것은 정말 지루한 일일 것이다. 로렌스 레딩은 시체를 발견한 일을 증언하고, 권총이 자기 것임을 확인했다. 그가 기억하는 바에 따르면, 그 권총을 본 것은 사건이 발생하기 이틀 전인 화요일이었으며, 그것은 자기 집 거실 책장 위에 두었다고 말했다. 그리고, 자기 집 문은 언제나 잠가 두지 않는다고 증언했다.

프로데로 부인은 5시 45분쯤 마을 큰길에서 남편과 헤어진 게 그와의 마지막이었다고 증언을 했다. 그리고 나중에 목사관으로 남편을 만나러 가기로 되어 있었으므로 6시 15분이 지났을 때쯤 샛길로 뒷문을 지나 목사관으로 들어 갔노라고 했다. 그런데 서재에서 아무런 말소리도 들리지 않아 그 방이 비어 있는 것으로 짐작하고 다시 밖으로 나왔다고 했다. 그러나 그녀의 남편은 그 때 책상 앞에 앉아 있었는지도 모르며, 만일 그렇다면 그를 볼 수 없었을 것 이다. 그녀가 아는 바로는, 남편은 평소 때와 마찬가지로 건강했었다. 남편에 게 원한을 살 만한 적(敵)도 없는 것으로 안다고 말했다.

나는 그다음에 증언했는데, 프로데로 대령과 한 약속과 애보트의 집에 갔던 일을 이야기했다. 시체 발견의 경위와 헤이독 의사를 부르게 된 동기에 대해 서도 자세히 설명해 주었다.

"클리멘트 목사님, 그날 저녁 프로데로 대령과 당신의 약속을 몇 사람이나 알고 있었습니까?"

"아주 많은 사람들이 알고 있었을 거라고 생각합니다. 우선 아내와 조카가 알고 있었으며, 그리고 프로데로 대령 자신이 마을에서 나를 만났던 그날 아 침, 그 사실을 크게 떠벌렸기 때문에 많은 사람들이 그걸 들었을 겁니다. 그는 가는귀먹었기 때문에 늘 큰 소리로 말을 했죠"

"그러면, 그것은 모든 사람에게 알려진 셈이군요. 누구나 할 것 없이 모두 다 알 정도로?"

나는 동의했다.

다음은 헤이독 의사의 차례였다. 그는 중요한 증인이었다. 그는 조심스럽게, 또 전문의답게 시체의 모습과 상처 부위를 정확하게 설명했다. 뭔가를 쓰던 중에 총에 맞아 사망했다는 것이 그의 견해였다. 그는 사망 시간을 대략 6시 20분에서 30분 사이로 추정했는데, 분명히 6시 35분을 넘지는 않았을 거라고 했다. 그 시간이 한계점이라고 명확하고도 단호하게 말했다. 또, 자살의 여지 는 전혀 없다고 했다. 그 상처는 자해한 것으로 볼 수 없었기 때문이다.

슬랙 경감의 증언은 신중하고도 의미 있는 것이었다. 현장으로 불려갔던 일 과 시체 발견 시의 상황을 설명했다. 끝이 맺어지지 않은 메모지가 제출되고, 그 메모지에 쓰인 시간—6시 20분이 눈길을 끌었다. 시계도 제출되었다.

이로써 사망 시간은 6시 20분으로 추정되었으며, 경찰은 아무것도 누설하지 않았다고 말했다.

프로데로 부인은 나중에 경감에게 진술했다. 자신이 목사관에 간 것은 6시 20분이 조금 못 되었을 때라고.

우리 집 하녀 메리가 다음으로 증언대에 섰는데, 그녀는 정말 힘에 겨운 증언을 했다. 그녀는 아무것도 듣지 못했으며, 또 들으려고 하지도 않았다고 했다. 목사를 만나러 오는 신사들이 언제나 총에 맞아 죽는 것은 아니라고 했으며, 그녀는 해야 할 일이 있었기 때문에 신경 쓸 틈이 없었다고 했다. 프로데로 대령은 정확히 6시 15분에 나타났고 그녀는 시계를 보지 않았다고 했다. 단지 대령을 서재로 안내한 뒤, 곧 교회의 종소리를 들었을 뿐이라고 했다. 그녀는 어떤 총소리도 듣지 못했다고 말했다. 권총으로 쏘았다면 자신이 그 소리를 들었을 텐데, 그렇지 못했다고 했다. 물론 그녀는 총소리가 났으리라는 것은 알고 있었다. 대령이 사살된 채로 발견되었으니까, 그러나 그녀는 그것을 듣지 못했노라고 했다.

검시관은 더 이상 묻지 않았다. 나는 그와 멜쳇 대령이 서로 합의해서 심리를 진행하고 있다는 것을 알았다.

레스트레인지 부인도 증인으로 호출되었으나, 병으로 출석할 수 없다고 헤이독 의사의 서명이 들어 있는 진단서가 제출되었다. 또 한 사람의 다른 증인이 있었는데, 다소 횡설수설하는 노파로, 슬랙 경감의 말에 따르면 로렌스 레딩의 살림을 돌봐주는 아처 부인이라고 했다.

아처 부인은 권총을 보여 주자, 레딩의 거실에서 본 것과 똑같은 것이라고 인정했다.

"책상 맞은편에, 아무렇게나 놓여 있었어요."

그녀는 사건 당일에 그것을 마지막으로 보았다고 했다. 이어(뒤따른 질문에도 여전히), 그녀는 목요일 점심때까지는 그게 있었던 게 아주 확실하다고 했다. 적어도 그녀가 떠나기 전인 12시 45분까지는.

나는 경감이 내게 말했던 것을 기억하고 있었다. 그리고 조금 놀랐다. 경감이 물었을 때 그녀가 얼마나 모호하게 대답했는지는 모르지만, 지금의 증언은 너무나 자신만만하고 명확했기 때문이다.

검시관의 결론은 다소 소극적이긴 했지만, 어느 정도 확신이 있는 것이었다. 평결은 거의 즉각적으로 내려졌다.

이번 사건은 단독범, 또는 알 수 없는 공범자에 의해 저질러진 것이라는 게 평결의 내용이었다.

법정에서 나올 때 나는 밝은 표정의, 조금은 경계하는 기색이 엿보이며, 겉모습에도 어딘지 서로 공통점이 있어 보이는 그런 몇몇 젊은이들을 보았다. 그들 중 몇 명은 지난 며칠 동안 목사관에 드나들었기 때문에 이미 얼굴을 알고 있었다. 나는 그들을 피해 블루 보어 여관 쪽으로 갔는데, 운 좋게도 우연히 고고학자인 스톤 박사와 맞부딪쳤다. 나는 격식도 차리지 않은 채 그의 손을 꽉 잡았다.

"신문기자들이 따라오는군요." 나는 간단히, 그러나 의미심장하게 말했다. "그들의 마수로부터 날 구해 줄 수 있는지요?"

"왜 그러시죠, 클리멘트 목사님? 자, 나와 함께 2층으로 가십시다."

그는 좁은 층계를 올라가 자기 방으로 들어섰다.

그곳에서는 크램 양이 익숙한 솜씨로 타자를 치고 있었다. 그녀는 환히 웃으면서 반갑게 나를 맞더니, 마침 잘되었다는 듯 하던 일을 멈추었다.

"정말 두려워요." 그녀가 말했다.

"누가 그런 짓을 했는지 알지 못한다면 말이에요. 검시 심문에도 실망했어요. 너무나 우유부단한 평결이에요. 처음부터 끝까지 통쾌한 구석이라곤 한 군데도 없었으니 말이에요."

"당신도 거기 갔었소, 크램?"

"물론이죠. 저를 보지 못했다니 좀 실망했는데요. 정말 절 보지 못했나요? 다소 불쾌한데요. 신사의, 비록 그가 성직자라고 할지라도, 그의 시선을 끌지 못했다는 게."

"당신도 참석했었나요, 스톤 박사님?"

나는 짓궂은 농담을 피하려고 스톤 박사에게 말머리를 돌렸다. 크램 양 같은 젊은 여자들은 언제나 내겐 거북스러웠다.

"아니오. 난 그런 문제엔 별로 관심이 없소. 내 일만 해도 머리가 복잡하니까."

"당신의 일은 매우 흥미 있는 일임이 틀림없죠." 내가 말했다.

"목사님도 아마 조금은 알고 있을 걸요?"

나는 아무것도 알지 못한다고 고백해야만 했다.

그러나 스톤 박사에겐 아무것도 모른다고 고백하는 것이 아니었다. 그 결과는 마치 내가 분묘 발굴만이 나의 유일한 위안이라고 말하는 것과 똑같은 것이 되고 말았다. 그는 물결이 소용돌이치듯이 말 속으로 빨려 들어갔다. 방분(放墳), 원본(圓墳), 석기 시대, 청동기 시대, 구석기 시대, 신석기 시대, 고인돌, 환상열석(環狀列石) 등 말들이 속사포처럼 쏟아져 나왔다. 나는 고개를 끄덕이며 끝까지 그 말들을 듣고 아는 체할 수가 없었다—그 말을 끝까지 들을 수 있다는 것은 대단히 낙천적인 성격은 가져야만 할 것이다. 스톤 박사는 계속해서 말했다. 그는 키가 작은 사람으로, 대머리에다 얼굴은 둥글고 붉은색이며, 도수 높은 안경을 쓰고 있다. 단지 인사를 나눴을 뿐인데 이처럼 얘기에 열중하는 사람은 처음 보았다. 그는 자기가 선호하는 학설에 대해서는 모든 찬반 논의를 개의치 않았다—그런데 나는 그것을 조금도 이해할 수가 없었다.

그는 자기와 프로데로 대령의 견해 차이에 대해 장황하게 설명을 늘어놓았다.

"고집 센 촌뜨기죠." 그는 열을 내며 말했다.

"예, 예, 그 사람은 이미 죽었으니, 죽은 사람을 욕하는 것이 좋지 못하다는 것도 알고 있습니다. 하지만 죽었다고 해서 사실이 달라지지는 않습니다. 고집 센 촌뜨기라고 한 것은 그를 정확하게 평한 겁니다. 책을 좀 많이 읽었다고 해서 마치 그 분야의 권위자라도 된 듯 어깨에 힘을 주고 다니다니—그 문제에 전 생애를 바쳐 연구해 온 사람 앞에서 말입니다. 나는 일생 동안 이 일에 몰두해 왔어요, 목사님. 일생 동안."

그는 흥분해서 정신없이 말하고 있었는데, 글래디스 크램 양의 짤막한 한마디에 현실로 되돌아왔다.

"자칫 잘못하다간, 기차를 놓치게 될 겁니다." 그녀가 알려 주었다.

"오!"

그 작은 사나이는 하던 말을 멈추고, 자기 주머니에서 시계를 꺼냈다.

"아차, 벌써 15분 전인가? 이거 큰일 났군!"

"일단 이야기를 시작하면, 시간 따윈 아랑곳하지 않죠. 제가 없다면 어찌하실는지 모르겠어요."

"맞아요, 그 말이 옳아요." 그는 다정하게 그녀의 어깨를 두드렸다.

"크램 양은 아주 뛰어난 아가씨예요, 목사님. 결코 어떤 것도 잊어버리는 법이 없거든요. 이 아가씨를 알게 된 건 정말 대단한 행운이라고 생각합니다."

"오, 그만 가보세요, 스톤 박사님." 크램 양이 말했다.

"제 비위를 맞추려 애쓰시지 말고요."

나는 그들의 재혼 생각을 북돋워 줘야만 할 실질적인 위치에 놓여 있음을 느꼈다. 크램 양은 그녀 나름대로 상당히 영리한 아가씨인 것이다.

"그만 서두르는 게 좋겠어요." 크램 양이 말했다.

"그렇지, 빨리 가야지."

그는 옆방으로 나가더니 여행용 가방을 들고 다시 돌아왔다.

"떠나실 건가요?" 나는 조금 놀라서 물었다.

"2~3일 정도 이 마을을 비우게 될 겁니다." 그가 설명했다.

"내일은 늙으신 우리 어머니를 만나뵙고, 월요일에는 변호사와 의논할 일이 있어요. 아마 화요일쯤에는 돌아올 수 있을 겁니다. 그런데 프로데로 대령의 죽음으로 분묘에 대한 우리 계획에 차질이 생기면 곤란할 것 같습니다. 프로데로 부인도 우리가 일을 계속하는 데 반대하진 않겠죠."

"그럴 겁니다."

그 말을 듣는 순간, 나는 올드 홀의 실권을 누가 잡게 될 것인가 궁금했다. 프로데로 대령이 레티스에게 실권을 넘겨주었을 가능성이 컸다. 대령의 유서 내용을 알게 되면 상당히 재미있을 것 같은 생각이 들었다.

"죽음이란 가족들 간에 많은 불화를 일으키는 요인이 되죠."

크램 양이 우울한 표정을 지으며 말했다.

"때로는 얼마나 비열한 근성이 드러나는지 정말 믿을 수 없을 정도예요."

"자, 난 이제 정말 가봐야겠습니다."

여행용 가방과 커다란 모피로 된 무릎 덮개, 그리고 다루기 어려운 우산을 들며 스톤 박사가 일어나려고 했다.

나는 그를 도와주려고 했다. 그러나 그는 극구 만류했다.

"아, 괜찮아요, 그냥 두십시오. 어떻게 되겠죠. 아래로 가면 누군가가 있을 겁니다."

그러나 아래에는 구두닦이나 그 밖에 아무도 눈에 띄지 않았다. 그들은 지금쯤 신문 판 대금으로 어디선가 한잔하고들 있는 모양이었다. 시간이 없었으므로 우리는 함께 역으로 나갔다. 스톤 박사는 여행용 가방을 들고, 나는 무릎 덮개와 우산을 들었다.

스톤 박사는 빨리 걷는 탓에 숨을 헐떡거리며 띄엄띄엄 계속해서 말했다.

"정말 목사님은 대단히 친절하시군요……. 결코 비아냥거리는 말이 아닙니다. 폐를 끼쳐서 미안합니다……. 열차를 놓치지 말아야 할 텐데. 크램 양은 좋은 아가씨예요……. 아주 훌륭한 여성이지요, 매우 착한 심성을 가진……. 가정에선 결코 행복하지 못하지만, 정말 사랑스러운 아가씨 같아요. 당신에게 단언할 수 있는데……, 나이 차이에도, 우리는 서로 많은 공통점이 있다는 걸 발견할 수 있습니다……."

나는 속으로 만일 마플 양이 여기에 있다면 분명히 몇 가지 잘 알려진 유사점을 생각해 내리라고 여겼다. 역 쪽으로 꺾어드니 로렌스 레딩의 집이 보였다. 그 집은 다른 집과 멀리 떨어진 채 혼자 외따로 서 있었다. 나는 그 집의 대문 앞 층계에 서 있는 두 명의 젊은이를 보았다. 그들은 창문을 열심히 들여다보고 있었다. 신문사에서는 온통 야단들이었다.

"훌륭한 청년입니다, 레딩은."

나는 스톤 박사가 어떻게 대답할 것인지 두고 보려고 짐짓 그렇게 말해 보았다.

그는 이번에는 너무 숨이 차서 말하기가 곤란할 것 같았으나, 그래도 숨을 헐떡거리며 말했다. 무슨 말인지 처음에는 알아듣기 어려웠지만 모두 이해할 수 있었다.

"위험하오……." 그는 내가 되물었을 때에도 여전히 숨을 헐떡거렸다.

"위험하다고요?"

"아주 위험해요……. 순진한 처녀들이……, 잘 모르니까, 그 같은 남자에게 속아 넘어가지요……. 언제나 여자들 주변을 배회하는 좋지 못한 자입니다."

이 말로 추론해 보건대, 마을에 오직 하나밖에 없는 젊은이니만큼 아름다운 글래디스 크램 양의 눈에도 띄지 않을 수 없었던 모양이다.

"큰일 났군." 스톤 박사가 큰 소리로 외쳤다.

"바로 저 기찬데!"

우리는 이미 역 근처에 와 있었으므로 더욱더 속도를 내어 달렸다. 런던에서 도착한 열차가 역에 서 있었으며, 런던행 열차는 막 플랫폼으로 들어오고 있었다.

개찰구에서 우리는 아주 멋진 젊은이와 부딪쳤다. 한눈에 마플 양의 조카라는 것을 알 수 있었다. 내 생각에, 그는 사람들과 마주치기를 꺼리는 젊은이 같았다. 그런 사람은 침착한 태도와 고상한 몸가짐에 자부심을 느끼고 있는데, 갑자기 부딪치게 되면 분명히 그런 자세가 모두 흐트러지고 말 것이다. 그는 몸을 비틀거리며 뒤로 물러났다. 나는 급히 그에게 사과하고 안으로 들어갔다. 스톤 박사는 간신히 열차에 올라탔으며, 열차가 막 떠나려는 순간 그의 짐을 건네주었다.

나는 그에게 손을 흔들어 보인 뒤, 바로 돌아 나왔다. 레이먼드 웨스트는 이미 사라져 버렸으며, 케럽(아홉 천사 중에 둘째 천사로 지식의 천사)이라고 불리는 마을의 약제사가 마을을 향해 가고 있었다. 나는 그와 어깨를 나란히 하고 걸었다.

"정말 아슬아슬했습니다." 그가 말했다.

"그런데, 검시 심문은 어떻게 됐습니까, 목사님?"

나는 그에게 배심원의 평결을 얘기해 주었다.

"오, 그렇게 되다니, 나는 오히려 배심원들이 평결을 연기할 줄 알았는데, 그런데 스톤 박사는 어디 가시는 겁니까?"

나는 박사가 일러준 대로 대답했다.

"열차를 놓치지 않았다니 다행이군요. 이 역의 열차 배정 시간에 대해서 전혀 아는 바가 없습니까, 목사님? 주민들의 비난이 대단해요. 몹시 불쾌한 일입니다. 내가 타고 내려온 열차는 도착 시간이 10분씩이나 늦었어요. 토요일이어서 별로 붐비지도 않았는데 말입니다. 그리고 수요일—아니, 목요일이었나? 예, 목요일이었어요. 그날 살인사건이 발생해서 기억하고 있지요. 아주 심한 말로 불평을 하나 가득 써서 철도청에 투서하려고 했었답니다(그런데 그 살인사건 때문에 깡그리 다 잊어버렸지요). 예, 지난 목요일이 분명합니다. 나는 약제사 협회의 모임에 참석하기로 되어 있었지요. 열차는 6시 50분에 도착하기로 되어 있었는데, 30분—정확히 30분이나 늦었습니다. 그걸 어떻게 생각하십니까? 10분 정도라면 또 몰라도 만일 기차가 7시 20분이 되도록 닿지 않으면 7시 30분이 되어도 집으로 돌아갈 수 없잖습니까. 내 말은, 그렇다면 왜 6시 50분 도착이라도 해놓았느냐는 겁니다."

"맞는 말씀입니다."

내가 말했다. 그의 일장 연설이 계속되지 않기를 바라면서 나는 길 건너편에서 우리 쪽으로 오는 로렌스 레딩을 보고 할 말이 있다고 양해를 구한 뒤, 그 자리를 벗어났다.

제19장

"뵙게 되어서 반갑습니다. 우리 집으로 들어가시죠." 로렌스가 말했다.

우리는 작은 통나무 문으로 들어가 현관 길을 걸어갔다. 그는 주머니에서 열쇠를 꺼내어 문을 열었다.

"요즘은 계속 문을 잠그고 다니는군요." 내가 말했다.

"예!" 그는 좀 씁쓰레하게 웃었다.

"소 잃고 외양간 고치는 격이라고나 할까요. 그 같은 경우죠. 무슨 말인지 이해하시겠죠?"

그가 문을 열고 붙잡고 있는 동안 나는 안으로 들어갔다.

"이번 사건에는 마음에 들지 않는 점들이 있어요(뭐라고 할까요). 내부 사람들의 소행이라는 인상이 너무 짙습니다. 범인은 누구든 제 권총이 어디 있는지 알고 있었으며, 이 집에 찾아온 적이 있는 사람임이 틀림없습니다. 어쩌면 저와 술 한잔을 같이한 적이 있을지도 모르고요."

"다 부질없는 얘기요." 내가 반박했다.

"우리 세인트 메리 미드 사람들은 당신이 칫솔을 어디에 두며, 또 어떤 치약을 사용하는지까지도 다 알고 있을게요."

"그러나 그게 왜 그들의 관심거리가 되죠?"

"그건 나도 모르겠소." 내가 말했다.

"그러나 사실이 그렇소. 만일 당신이 면도용 크림을 바꾼다면, 그것도 화제의 초점이 될 거요."

"그렇게도 뉴스거리가 없나요?"

"그래요. 여기서 일어나는 일로 흥분할 만한 것이 뭐가 있겠소?"

"그런데 지금은 그게 정도 이상이죠."

그 말엔 나도 동의했다.

"어쨌든 누군가가 그런 것들을 퍼뜨리고 다닌다는 얘기가 되겠군요. 면도 크림 따위에 대해서 말이에요."

"아마도 아처 노부인을 통해서일 거요."

"그 노파가? 제가 보기엔, 어수룩한 노부인인 것 같은데요."

"그것은 단지 위장된 어수룩함일 게요." 내가 설명했다.

"그 노파는 어수룩함이라는 가면을 쓰고 있는 것이오. 당신은 그 노파가 매우 빈틈이 없다는 걸 알게 될게요. 그건 그렇고, 그녀는 오늘 검시 심문에서 목요일 점심때까지도 권총이 제자리에 놓여 있었다고 분명하게 말했소. 어째서 그녀가 갑자기 그토록 분명해졌다고 생각하시오?"

"전혀 모르겠습니다."

"그녀의 말이 옳다고 생각하시오?"

"다시 말하지만, 전 전혀 모르겠어요. 집안의 재산 목록들을 체크하려고 매일같이 둘러보지는 않으니까요."

나는 작은 거실을 둘러보았다. 선반과 테이블 위에는 온갖 잡동사니 물건들이 흐트러져 있었다. 나같이 평범한 사람들은 아주 미치광이가 되어 버리고 말, 예술가적 기질이 농후한 그런 무질서 속에서 로렌스는 살고 있었다.

"때때로 물건을 찾는 데 시간이 걸릴 때도 있습니다."

내 눈을 쳐다보며 그가 말했다.

"하지만 쉽게 손닿을 수 있는 곳에 모든 것이 놓여 있죠—어디에도 넣어 두지 않으니까요."

"정말 넣어 둔 거라고는 거의 없군요." 나도 동의했다.

"권총은 넣어 두었더라면 훨씬 더 좋았을 텐데."

"저는 검시관이 그와 비슷한 말을 할지도 모른다고 생각하고 있었어요. 검시관들은 좀 어리석은 사람이니까요. 그 일로 비난……, 이라고 하나요 뭐 그런 걸 받을 마음의 준비를 하고 있었지요."

"그런데……." 내가 물었다.

"그것은 총알이 장전된 것이었소?"

로렌스는 고개를 저었다.

"전 그처럼 부주의하진 않아요. 하지만 그 곁에는 총알이 통째로 놓여 있었습니다."

"총에는 여섯 발의 총알이 들어 있었는데, 단 한 발만 쏘여진 모양이오."

로렌스가 고개를 끄덕였다.

"누가 방아쇠를 당겼을까? 아니, 누가 쏘았든 아무런 상관없습니다. 그러나 만일 진범이 밝혀지지 않는다면, 전 죽는 날까지 살인 혐의를 받게 될 겁니다."

"아무렴, 그럴 리야 있겠소?"

"아닙니다, 분명히 그럴 겁니다."

그는 말을 멈추고 생각에 잠긴 듯 얼굴을 찡그렸다. 이윽고 그는 제정신을 차리며 다시 입을 열었다.

"그보다 간밤에 제가 무슨 일을 어떻게 했는지에 대해서 얘기하게 해 주십시오. 그 마플 양이라는 노부인은 정말 보통이 아니던데요."

"그래서 인기가 그리 없는 모양이지."

로렌스는 자신의 이야기를 계속하기 시작했다.

그는 마플 양의 충고에 따라 올드 홀에 갔다. 거기에서 프로데로 부인의 도움으로 하녀와 이야기를 나누었다.

프로데로 부인이 짤막하게 말했다.

"레딩 씨가 너에게 몇 가지 묻고 싶은 게 있으시다는구나, 로즈."

그런 뒤 그녀는 방을 나갔다.

로렌스는 조금 걱정이 되었다. 스물다섯의 예쁜 아가씨인 로즈는 오히려 그가 당황할 정도로 맑고 밝은 눈으로 그를 바라보고 있었던 것이다.

"저, 프로데로 대령의 죽음에 대해서인데……."

"예, 뭐죠?"

"난 진실을 알고 싶소."

"예, 그러세요."

"나는 누군가가 틀림없이 어떤 일이 일어나서……."

이때 로렌스는 자기의 태도가 당당하고 떳떳하지 못한 것 같아서 마플 양의 제안을 마음속으로 저주했다.

"나를 도와줄 수 있겠소?"

"예?"

로즈의 태도는 완전한 하녀의 그것으로 꽤나 정중했고, 애써 돕고 싶어 하는 것 같았으나 실로 무관심했다.

로렌스가 말했다.

"하인들의 숙소에서 이번 사건에 대해 얘기한 적이 있소?"

"하인들의 숙소라뇨?"

"가정부의 방에서든지 어디서든지, 하인들이 모이는 곳이 있을 게 아니오?"

로즈가 어렴풋하게 미소 짓는 듯한 기색을 보였으므로, 로렌스는 용기를 내어 말문을 열었다.

"이봐요, 로즈 당신은 아주 멋진 아가씨예요. 나는 아가씨가 분명히 이해하리라고 믿어요. 지금 내 기분이 어떨지 말이오. 나는 교수형 당하고 싶진 않아요. 나는 아가씨의 주인을 살해하지 않았어요. 그러나 많은 사람들이 내가 살해한 것으로 생각하고 있어요. 어떤 식으로든 아가씨가 나를 좀 도와줄 수 없을까요?"

이 점으로 미뤄 볼 때, 로렌스가 지극한 호소력을 발휘했음을 짐작할 수 있었다. 아일랜드인 특유의 푸른 두 눈이 강하게 호소하고 있었다. 로즈는 어느 덧 마음이 누그러져서 그에게 사로잡히게 되었다.

"오, 그렇게 하죠─어떤 식으로든 도울 수만 있다면, 우리도 선생님이 그런 짓을 했으리라고는 절대 생각지 않아요. 정말 우리는 그렇게 생각지 않아요."

"알고 있어요. 그러나 경찰에는 통하지 않는단 말입니다."

"경찰!" 로즈는 고개를 번쩍 쳐들었다.

"분명히 말하겠는데요, 우리는 경감 같은 사람은 신경 쓰지 않아요. 슬랙 경감 말이에요. 경찰은 정말 그래요."

"하지만 경찰은 큰 힘을 가지고 있소. 그래서 하는 말인데, 로즈, 당신은 나를 돕는 일이라면 최선을 다하겠다고 했죠? 나는 아직 우리가 이해하지 못한 많은 문제가 있다고 생각돼요. 예를 들어, 대령이 살해되기 전날 밤 그를 찾아온 부인이 있었죠?"

"레스트레인지 부인 말인가요?"

"그래요, 레스트레인지 부인이오. 그녀가 찾아온 데에는 어딘가 이상한 뜻이 있는 것 같은데……."

"예, 정말 그래요. 우리도 모두 그렇게 말했어요."

"그래요?"

"그런 식으로 찾아왔어요. 그리고 주인님을 만나보고 싶다고 했어요. 그래서 지금도 이러쿵저러쿵 소문 거리가 되어 있지요. 이 마을에선 아무도 그 부인이 왜 이곳에 내려와 살게 되었는지 알지 못해요. 그리고 시몬스 부인은 그녀를 몹시 나쁜 쪽으로 얘기하더군요. 그리고 글래디의 얘기를 들은 뒤로는 글쎄요, 전 어떻게 생각해야 할지 모르겠더군요."

"글래디가 뭐라고 말했는데?"

"오, 아무것도 아니에요. 그것은 그냥 우리끼리 한 이야기예요."

로렌스는 그녀를 쳐다보았다. 그리고 뭔가 숨기는 게 있다는 것을 금방 알아차렸다.

"그녀가 프로데로 대령과 무슨 일로 만난 걸까요?"

"글쎄요."

"당신은 알고 있으리라고 믿어요, 로즈."

"제가요? 오, 아니에요. 정말 전 몰라요. 제가 어떻게 알 수 있겠어요?"

"이봐요, 로즈 당신은 날 도와주겠다고 했잖소. 어떤 것을 엿들었다면, 아주 사소한 것이어서 중요하게 보이지 않는 것일지라도, 그러나 어떤 것은—내가 당신에게 아주 고마움을 느껴야 하는 것도 있을 거요. 분명히, 누군가, 기회가 있었을지도, 무엇인가를 우연히 들을 기회가 있었을지도 모릅니다."

"그러나 전 아니에요, 정말 전 아니에요."

"그럼 당신 말고 누군가가 엿들었단 말이군."

로렌스가 날카롭게 쏘아붙였다.

"예, 그렇지만……."

"말해 봐요, 로즈"

"그러나, 글래디가 뭐라고 말했는지는 잘 모르겠어요, 정말이에요."

"그녀도 당신이 내게 말해 주기를 바라고 있을 겁니다. 그런데, 글래디가 누구요?"

"주방의 하녀예요. 선생님도 잘 알 거예요. 그녀는 친구들과 이야기하느라고 잠시 밖에 나가 창문 앞을 지나갔대요(서재 창문이지요). 그런데 그 안에 주인님과 어떤 부인이 함께 계셨다는 거예요. 실은 약간 호기심이 생겨서 말이에요."

"그건 너무나 당연한 겁니다. 누구든 엿듣고 싶었을 거요." 로렌스가 말했다.

"그러나 그녀는 저를 빼놓고는 아무에게도 그 얘기를 하지 않았어요. 우리 둘은 그것을 매우 이상하게 생각했죠. 그러나 글래디는 아무것도 말할 수 없었어요. 왜냐하면, 그녀가 친구를 만나러 밖에 나간다는 것이 알려진다면, 프래트 부인과 아주 좋지 않은 일이 생기기 때문이죠. 프래트 부인은 요리사예요. 그러나 저는 그녀가 선생님에게는 기꺼이 얘기해 주리라고 믿어요."

"그럼, 내가 주방으로 가서 그녀와 얘기를 나눌 수 있을까요?"

로즈는 그 제안에 두려워하는 듯한 표정을 지었다.

"오! 안 돼요. 그것은 안 돼요. 글래디는 굉장히 소심한 아이니까요."

마침내 그 문제는 거듭 얘기한 끝에 해결됐다. 은밀한 만남이 관목 숲 속에서 이뤄졌다.

로렌스는 마침내 매우 소심한 글래디 양을 만났는데, 그녀는 물에 빠진 생쥐처럼 떨고 있었다. 그녀를 안심시키는데 10분은 족히 걸렸다. 그녀는 결코 말할 수 없으며, 또 말해서도 안 된다는 입장을 설명하면서 로즈가 자기 비밀을 누설할 줄은 꿈에도 몰랐다며 치를 떨고 있었다. 그리고, 프래트 부인이 무슨 얘기를 하는지 엿들으려고 쫓아올지도 모른다며 몹시 불안해했다.

로렌스는 그녀를 안심시키고 부추기며 설득했다. 마침내 글래디는 말하겠다고 했다.

"분명히 말해 둘 것은, 앞으로 더 이상 일을 확대시키지 않겠다고 약속하셔야 해요."

"물론이오."

"그리고, 저를 법정으로 출두시키는 일 같은 건 하지 않겠죠?"

"절대로 그런 일은 없을 거요."

"그리고, 프로데로 부인에게도 얘기하지 않으실 거죠?"

"그럼, 절대……."

"프래트 부인의 귀에 들어가게 되면……."

"그런 일도 없을 거요. 자, 이제 말해 봐요, 글래디."

"약속하신 대로 모든 일이 잘될까요?"

"물론이오. 언젠가 당신은 나를 교수형에서 구해 준 데 대해 기쁘게 생각할 거요."

글래디는 다소 움찔했다.

"오! 정말 전 그러고 싶지 않았어요. 제가 듣고자 해서 들은 것은 정말 아니에요. 정말 우연의 일치였어요. 선생님이 말씀하신 대로……."

"잘 알고 있어요."

"저, 주인님께서 몹시 화가 나 있었어요. '몇 년이 지난 뒤 여기로 이렇게 찾아오다니, 정말 뻔뻔스럽군. 괘씸한 일이야!'라고 하셨어요. 저는 그 부인이 말한 것은 잘 듣지 못했어요. 그러나 조금 뒤 주인님이 이렇게 말씀하시더군요. '절대로 거절이야, 절대로.' 모든 것을 다 기억할 순 없지만, 그분들은 몹시 격한 목소리로 싸우는 듯했어요. 그 부인은 주인님께 뭔가를 부탁하고, 주인님께서는 그것을 거절하는 것 같았어요. '당신이 이곳으로 내려온 것은 파렴치한 짓이오.' 주인님은 이렇게 말씀하셨어요. 그리고 '그녀와 만나게는 할 수 없소. 나는 허락할 수 없어.' 그 대목은 제 귀를 곤두세우는 것이었어요. 그 부인이 프로데로 부인에게 뭔가를 얘기하겠다고 하니, 주인님은 그걸 두려워하는 것 같았거든요. 그래서 전 속으로 생각했죠. '흠, 주인님이 설마, 그토록 엄격한 분이, 어쩜 자신의 언행은 일치하지 않으면서 어쩌면 그럴 수가!' 그리고, 나중에 제 남자친구에게 이렇게 말했어요. '남자란 다 똑같아!' 그는 모두가 다 그런 건 아니라고 하더군요. 전 그 사람도 마찬가지라고 해댔죠. 그러나 그 사람도 프로데로 대령에게 놀랐다는 사실만은 인정했어요. 그래서 저는 말했지요. '하여튼 사람들은 겉 다르고 속 다르니까.'라고 우리 어머니가 늘 말씀하셨다고요."

글래디스는 잠시 말을 끊고 한숨을 쉬었다. 로렌스는 다시 본론으로 돌아가려고 무던히 애를 썼다.

"그 밖에 들은 것은?"

"정확히 기억해 내기가 어렵군요. 그건 아무래도 좋아요. 주인님은 한두 차례 이렇게 말씀하셨어요. '난 그걸 믿을 수 없어.' 그 같은 말이었어요. '헤이독이 뭐라고 말하든 간에, 난 그것을 믿을 수 없어.'—이렇게요."

"대령이 정말 그렇게 말했소? '헤이독이 뭐라고 말하든 간에.' 이렇게?"

"예. 그리고 그것은 모두 함정이라고 하셨어요."

"그 부인의 말은 전혀 듣지 못했소?"

"단지 끝 부분에서만요. 그 부인은 돌아가려고 일어서서 창 곁으로 갔나 봐요. 전 그때 그녀의 말을 들었어요. 그 말을 들었을 때 전 심장이 딱 멎는 줄로만 알았어요. 예, 그랬어요. 전 결코 그걸 잊지 못할 거예요. '내일 밤 이맘때, 당신은 죽게 될지도 몰라요.' 그녀가 그렇게 말했어요. 악의에 찬 말투로요. 그래서 전 살인사건이 일어났다는 말을 듣자마자 곧, '그것 봐!' 하고 로즈에게 말했죠. '그것 봐!'라고요."

로렌스는 꽤나 의아해하는 표정을 지었다. 무엇보다도 그는 글래디스의 말을 어느 만큼이나 믿어야 할지 몰랐기 때문이다. 사실, 그는 그 말이 실제로 살인사건이 일어남으로써 더 그럴듯하게 들렸는지도 모른다고 생각했다. 특히, 그는 그 마지막 말의 정확성이 의심스러웠다. 그는 그 얘기가 살인사건과 진짜 관계가 있는 것인지 그 가능성을 생각해 보았다.

그는 글래디스에게 적절한 사례를 하고, 자기의 비행이 프래트 부인에게 알려질까 봐서 몹시 불안해하는 그녀는 안심시킨 뒤, 거듭 감사의 뜻을 표하고 올드 홀을 떠났다.

한 가지 분명한 것은, 프로데로 대령과 레스트레인지 부인의 만남이 결코 우호적인 분위기 속에서 이루어지지 않았다는 것, 그리고 대령은 자기 아내가 알게 되는 걸 극도로 꺼리는 어떤 비밀을 갖고 있었다는 것이다.

나는 마플 양이 말한 적이 있는 이중생활을 하는 교구위원에 대해 생각해 보았다. 이 사건이 그것과 어떤 유사점이 있는 것일까?

나는 어째서 그곳에 헤이독 의사가 개입되어 있는지 그게 더 궁금해졌다. 그는 검시 심문 때 레스트레인지 부인이 증언대에 서는 일을 막아 주었다. 부인을 경찰로부터 보호하려고 무척 애를 썼다.

그는 어디까지 그녀를 보호하려는 걸까? 그녀가 범인일지 모른다는 가정하에서도, 그는 여전히 그녀를 보호해줄까?

그녀는 이상한 여인이었다. 매우 강한 마적 매력을 지닌 여자였다. 나 자신도 그녀를 어떤 식으로든 이 사건과 연관시켜 생각하기를 꺼리고 있지 않은가?

무엇인가가 내게 속삭였다.

'그녀일 수가 없어.'

왜?

내 머릿속의 요정이 대답했다.

'왜냐하면, 그녀는 너무나 아름답고 매력적인 여인이기 때문이야. 그게 바로 이유야.'

마플 양이 말한 대로 우리 모두에게는 여러 가지 인간성이 공존하나 보다.

제20장

목사관으로 돌아왔을 때, 나는 우리 집 분위기가 몹시 좋지 않다는 것을 알게 되었다.

그리셀다는 현관에서 눈물을 글썽이며 나를 맞아서는 거실로 데려갔다.

"그 아이가 떠나겠대요."

"누가 떠난다고?"

"메리가요. 이젠 그만두겠대요."

나는 솔직히 이 말을 그다지 슬픈 마음으로 받아들일 수 없었다.

"그래, 다른 하녀를 구해야겠군." 내가 말했다.

그렇게 말하는 것이 나로선 가장 바람직한 것 같았다. 나는 비난에 가득 찬 그리셀다의 시선을 어떻게 받아들여야 할지 몰라서 몹시 당황했다.

"렌, 당신은 너무나 무정해요. 관심이 없으시군요."

사실, 나는 관심이 없었다. 더 이상 탄 푸딩과 덜 익은 채소를 먹지 않아도 된다는 생각에 오히려 속이 후련해짐을 느꼈다.

"새로운 아이를 구해서 또다시 가르치고 훈련시켜야만 할 거예요."

"메리는 당신이 가르쳤소?" 내가 말했다.

"물론이죠."

"가령—." 내가 말했다.

"그녀가 우리를 '주인님'이나 '마님'으로 칭하는 것을 듣고, 그 아이를 모범적인 하녀로 생각하여 누군가가 빼돌린 모양이군. 그러나 내가 말할 수 있는 것은, 오로지 그들은 실망하게 될 뿐이라는 것이오."

"그건 그렇지 않아요." 그리셀다가 말했다.

"아무도 그녀를 탐내지 않아요. 그럴 이유가 없잖아요. 그건 단지 아이의 감정상의 문제일 뿐이에요. 레티스가 그 아이에게 청소도 할 줄 모른다는 핀잔을 주어 몹시 화가 난 거예요."

그리셀다는 종종 놀랄 만한 말을 하지만, 이것은 너무나 뜻밖의 일이어서 난 오히려 그것을 의심했다. 레티스 프로데로 양이 우리 가정에까지 끼어들어, 또 아무렇게 집안일을 한다고 우리 집 하녀를 비난하는, 그런 도리에 벗어난 일을 했다는 것이 도대체 그녀답지 않은 일로 여겨졌기 때문이다. 그것은 너무나 레티스답지 않은 일이었으므로 난 이렇게 말했다.

"참으로 알 수 없는 일이군. 우리 집 먼지가 레티스와 무슨 상관이 있담."

"있긴 뭐가 있겠어요." 아내가 말했다.

"그러니까 너무나 어처구니없는 소리지요. 전 당신이 직접 메리에게 가서 얘기했으면 해요. 그 아이는 지금 주방에 있어요."

나는 그 문제로 메리에게 가서 얘기하는 것이 싫었지만, 활동적이고 성미가 급한 그리셀다는 거절할 틈도 주지 않은 채, 곧장 나를 주방으로 통하는 커튼 안으로 밀어 넣었다.

메리는 싱크대에서 감자를 깎고 있었다.

"어, 별일 없었니?" 나는 조심스럽게 말을 건넸다.

메리는 고개를 들어 흘끗 쳐다보더니 다시 하던 일을 계속했다. 그리고 그밖에 다른 반응을 보이지 않았다.

"집사람이 그러던데, 그만두겠다고 했다면서?"

메리는 이 말에 공손히 대답했다.

"그럴 일이 좀 있어서요." 침울하게 말했다.

"누구라도 더 이상 견딜 수는 없을 거예요."

"무슨 뜻인지 좀더 구체적으로······."

"예?"

"널 그토록 당혹하게 만든 것이 무엇인지 정확하게 말해 주지 않겠니?"

"두 마디로 말씀드리죠. 틈만 나면 모두들 제멋대로 들어와 집 안을 기웃거리며 돌아다녀요. 이곳저곳을 마구 들쑤시면서. 서재를 몇 번 청소하고 정리하는 것이 그녀와 무슨 상관이 있죠? 목사님이나 마님만 아무 불평을 하지 않는다면, 그건 다른 사람이 상관할 바가 아니잖아요. 목사님과 마님만 만족하시면 그만이잖아요?"

메리는 결코 나를 흡족하게 한 적이 없었다. 나는 매일 아침 방이 아주 말 끔하게 정돈되어 있기를 바랐다. 낮은 테이블 위에 있는 먼지나 탁탁 털어내는 메리의 방식은 대단히 깔끔치 못한 것으로 여겨졌다. 그러나 나는 지금 그런 지엽적인 문제에 빠져드는 것은 좋은 방법이 아니라는 것을 깨달았다.

"검시 심문에도 가야 했잖아요. 저처럼 품행이 단정한 처녀가 열두 명이나 되는 남자들 앞에 서다니! 어떤 질문을 받게 될지도 모르는 채로요. 이것만은 말해 두지만요, 전 여태까지 살인사건이 일어난 집에는 한 번도 있어 본 적이 없었다고요. 그리고 앞으로도 그럴 생각이에요."

"나도 그렇게 되기를 바란다. 균등한 법칙에 따른다면, 그것은 있을 만한 일이 아니지만 말이야."

"저는 법률 편에 설 수가 없어요. 그 사람은 치안판사였어요. 토끼를 잡으려고 했다는 이유 하나만으로 많은 가난한 사람들을 감옥으로 보냈어요—아니, 그 밖에도 꿩을 잡으려고 했다는 이유 따위로도. 그런데 그 사람이 제대로 채문히기도 전에, 이번에는 딸이 찾아와 제대로 일을 못하느니 어쩌느니 하며 생트집을 잡다니."

"그러니까, 레티스 프로데로가 여기 왔었단 말이지?"

"제가 블루 보어 여관에서 돌아와 보니 여기 서재에 있더군요. 그녀는 저를 보고, '어머나, 메리.' 하고 말했어요. '내 노란색 작은 베레모를 찾는 중이야. 요 며칠 전에 여기 두고 갔는데.' '그래요?' 내가 말했죠. '난 노란색 모자를 전혀 보지 못했어요. 목요일 아침 청소할 때도 여기 없었어요.' 그러자 그녀가 '오' 하며 말했어요. '아마 넌 그걸 볼 수가 없었을 거야. 넌 방을 아주 간단히 빨리 치워 버리니까, 그렇잖니?' 그러면서 그녀는 손가락으로 벽난로 위를 쓱 닦아서 저에게 보여 주더군요. 오늘 아침같이 바쁜 날에 그 위의 물건들을 모두 다 내려놓고 치울 시간이 있었던 것처럼 말이에요. '목사님과 마님께서 괜찮으시다면 그만 아니에요?' 하고 저는 말했지요. 그랬더니 그녀는 웃음을 터뜨리고 창 밖으로 나가며 이렇게 말하는 거예요. '오, 그분들이 정말로 만족하고 있을까?' 하고요."

"그래?" 내가 말했다.

"그렇다니까요! 처녀들은 나름대로 자기감정이 있어요. 전 목사님과 마님을 위해서라면 정말 몸을 아끼지 않고 일해 왔어요. 그리고 마님께서 새로운 요리를 원하시면 언제나 준비해 드렸고요."

"그건 나도 알고 있어." 난 그 아이를 달랬다.

"그녀는 틀림없이 무슨 말을 들었을 거예요. 그렇지 않고서야 왜 그런 말을 하겠어요. 만일 제가 두 분의 마음에 들지 않는다면 떠나는 게 좋잖겠어요? 단순히 프로데로 양에게 핀잔받았다고 그러는 게 아니에요. 그녀가 이곳 올드홀에서도 환영받지 못하고 있다는 것을 알고 있어요. '미안해요.', '고마워요.'라는 말 한마디 하는 일 없고, 모든 것을 아무 데나 내던져 둔 채 나가 버리곤 하니까요. 데니스 도련님은 그녀를 떠받들고 있지만, 저는 그녀가 조금도 맘에 들지 않아요. 하지만 그런 여자는 늘 젊은 남자를 자기 손안에 넣고 마음대로 주무를 수 있죠."

이러는 동안, 메리는 감자 눈을 너무 세게 벗겨 버렸기 때문에 주방 바닥에 감자 눈들이 싸락눈처럼 흩어졌다. 그리고 감자 눈 한 개가 내 눈에 튀어 들어와 순간적으로 대화가 끊어졌다.

"이렇게 생각지 않니, 메리? 상대 쪽에서는 별 뜻 없이 한 말인데 네가 지나치게 기분 상해한다고 말이야. 네가 여기를 떠나면 마님도 무척 아쉬워할 거야."

난 손수건을 눈에 갖다 대며 말했다.

"전 목사님이나 마님에게는 아무런 불만도 없어요."

"그렇다면 오히려 더 바보스럽다고 생각되지 않니?"

메리는 조금 훌쩍거렸다.

"신경이 다소 날카로워졌던 것 같아요. 검시 심문인가 뭔가 하는 것이 있은 뒤라서. 그리고 저에게도 감정이라는 게 있어요. 하지만 마님을 난처하게 해 드리고 싶지는 않아요."

"그러면 됐구나." 내가 말했다.

주방을 나오자 그리셀다와 데니스가 거실에서 나를 기다리고 있었다.

"잘 됐어요?" 그리셀다가 물었다.

"그 애는 있기로 했소." 한숨을 쉬며 내가 말했다.

"렌, 당신은 아주 잘해 주셨어요!"

나는 아내에게 반박하고 싶은 충동을 느꼈다. 난 내가 잘했다고 생각진 않는다. 어떤 하녀라도 메리보다 더 못하진 않을 것이라는 게 나의 지론이다. 어떤 변화라도 더 좋은 쪽으로 일어날 것이라고 나는 생각한다. 나는 메리가 가진 불평의 원인을 자세히 설명해 주었다.

"레티스답군요." 데니스가 말했다.

"그녀는 수요일엔 여기다 노란색 베레모를 둘 수가 없는데. 목요일에 테니스를 치면서 그걸 쓰고 있었거든요."

"나도 그런 생각이 드는구나." 내가 말했다.

"그녀는 어디에다 어떤 물건을 두었는지 전혀 기억해 내지 못해요."

애정이 담뿍 담긴 목소리로 데니스가 말했다. 내가 느끼기에는 좀 지나친 것 같았다.

"그녀는 매일 여러 가지를 잃어버려요."

"대단히 좋은 습관이로구나." 내가 말했다.

빈정대는 말도 데니스에겐 전혀 통하지 않았다.

"그녀는 아주 매력적이에요." 그가 깊은 한숨을 내쉬면서 말했다.

"사람들은 언제나 그녀에게 프러포즈하죠―그녀가 제게 그렇게 말했어요."

"그들이 그녀를 이리로 내려오게 했다면, 분명 부정한 프러포즈를 한 게 틀림없구나. 우리 마을엔 독신 남자가 없으니 말이다." 내가 말했다.

"스톤 박사님이 있잖아요." 그리셀다가 말했다.

"레티스는 매력적인 아가씨예요, 렌."

그리셀다가 반짝거리는 눈빛으로 말했다.

"박사님이 일전에 분묘를 구경시켜 준다고 하며 레티스를 불렀어요."

그 사실은 나도 알고 있었다.

"물론 분묘를 잘 구경시켜 줬을 거예요." 그리셀다가 말했다.

"레티스는 사랑스러운 아가씨예요, 렌. 대머리 고고학자조차도 그런 걸 느낄 거예요."

"그럼요, 그녀에겐 성적 매력이 있어요." 데니스가 으스대며 말했다.

그런데, 로렌스 레딩은 레티스의 매력에 전혀 감동되지 않았다. 그러나 그리셀다는 확신에 찬 목소리로 그 까닭을 설명했다.

"로렌스 자신도 성적 매력을 갖고 있기 때문이에요. 그런 부류의 사람들은 언제나(이렇게 표현해도 괜찮을지) 매우 검소하고 수줍음을 잘 타는 퀘이커 교도 타입을 좋아하죠. 모든 사람들이 냉정하다고 부르는 그런 부류의 여자들을 말이에요. 로렌스의 관심을 끌 수 있는 여자로는 앤밖에 없을 거라고 생각해요. 그 두 사람이라면 서로 언제까지나 권태로움을 느끼지 않을 거예요. 하지만 로렌스는 어떤 면에선 좀 고지식하다는 생각이 들어요. 당신도 알다시피 그는 레티스를 이용했어요. 레티스가 자기에게 관심이 있으리라고는 상상도 못 했을 거예요. 로렌스는 어떤 점에선 아주 조심스러운 데가 있어요. 저는 레티스가 더 관심이 있다는 걸 느낄 수 있었어요."

"아니에요, 그녀는 로렌스 같은 사람은 역겹다고 했어요."

데니스가 반대하며 말했다.

"그녀가 제게 그렇게 말했어요."

나는 그리셀다가 이런 말을 듣고 측은하다는 듯이 잠자코 있는 것을 본 적이 없었다.

나는 서재로 갔다. 나의 상상 속에서 그곳은 여전히 등골이 오싹해지는 느낌이 드는 곳이었다. 나는 이런 기분을 가능한 한 빨리 떨쳐 버려야 한다는 것을 잘 알고 있었다.

일단 그런 기분에 젖어들면, 난 아마 다시는 서재를 이용하지 못할 것이다. 나는 생각엔 잠긴 채 책상 주변을 서성거렸다. 여기에 프로데로 대령이 앉아 있었다. 불그스름한 얼굴을 하고 자신감에 가득 차 있던 그가, 순식간에 여기서 총을 맞고 쓰러졌다. 여기 바로 내가 서 있는 이곳에 범인이 서 있었겠지.

그리고 프로데로 대령은 이미 망자(亡者)가 되었겠지.

여기 그가 사용했던 펜이 놓여 있다.

마루 위에는 희미하나마 거무스름한 얼룩이 져 있었다. 양탄자를 세탁소에 보냈지만 아직 피가 마룻바닥에 배어 있었다.

나는 오한을 느꼈다.

"이젠 이 방을 사용할 수 없겠군." 나는 큰 소리로 말했다.

"방을 사용할 수 없겠어."

그때 내 눈에 어떤 것이 들어왔다. 밝은 빛깔이 도는 푸른색의 작은 반점 같은 게. 나는 등을 구부렸다. 바닥과 책상 사이에서 작은 물체를 보았던 것이다. 그것을 주워들었다.

그리셀다가 들어왔을 때, 나는 그것을 손바닥에 올려놓고 들여다보고 있었다.

"당신에게 말할 게 있다는 걸 잊었어요, 렌. 마플 양이 오늘 밤 저녁식사 뒤, 우리 내외가 와주었으면 하던데요. 자기 조카를 기쁘게 해주기 위해서죠. 그 조카가 지루해할까 봐 몹시 걱정하더군요. 전 우리가 가겠다고 말해 줬어요."

"잘했소, 여보."

"당신 무얼 보고 계세요?"

"아무것도 아니오."

나는 아내를 보면서 손바닥을 오므렸다. 그리고 말했다.

"만일 당신이 레이먼드 웨스트 씨를 즐겁게 해주지 못한다면, 여보, 아마도 그는 아주 까다로운 사람이라고밖에 볼 수 없을 거요."

"어리석은 소리 하지 마세요, 렌." 아내가 얼굴을 붉히면서 밀했다.

다시 그리셀다는 나갔고, 난 오므렸던 손을 폈다.

내 손바닥 위에는 푸른 유리 빛 귀고리가 놓여 있었는데, 거기엔 작은 진주 알이 박혀 있었다.

평범한 보석은 아니었다. 그리고 난 최근에 어디서 그것을 보았는지 아주 잘 기억하고 있었다.

제21장

어쨌든, 나는 레이먼드 웨스트에 대해서 그다지 흡족한 마음을 갖고 있지 않았다. 그는 유명한 소설가일 뿐만 아니라, 시인으로서도 꽤 이름이 나 있었다. 그의 시에는 대문자가 씌어 있지 않은 게 특징인데, 그것을 현대 예술의 정수라고 생각하는 모양이다. 그의 소설들은 대부분 일상적인 삶에서 이탈된 불행한 사람들에 대해 다루고 있었다. 그는 자기의 '제인 아주머니(마플 양)'에 대해 관대한 애정을 갖고 있었으며, 그는 '잔존자'로서 그녀의 존재를 암시한 바 있다. 그녀는 비위를 맞추기 위한 듯 관심을 나타내며 그의 이야기를 듣고 있었다. 그리고 때때로 그녀 눈에 비웃는 듯한 기색이 엿보였으나, 그는 결코 그것을 눈치 채지 못하는 것 같았다.

그는 아첨하려는 듯한 당돌함으로 금방 그리셀다에게 관심을 보였다. 그들은 현대극에 대해서 의견을 나누었으며, 더 나아가 현대 장식 체계에 대해서까지 얘기를 전개해 나갔다. 그리셀다는 레이먼드를 비웃는 체했지만, 내가 생각하기에는 그의 이야기에 빠져 들은 것 같았다.

마플 양과의 지루한 대화를 나누는 동안 나는 가끔씩 그가, '당신은 여기에 파묻혀서…….'라고 여러 번 되풀이하는 것을 들었다.

마침내 나는 그 말에 짜증스러워졌다. 그래서 갑자기 말했다.

"당신은 우리가 이곳에서 아주 시대에 뒤떨어진 생활을 하고 있다고 생각하시오?"

레이먼드 웨스트는 담배 든 손을 흔들었다.

"저는 세인트 메리 미드를 괴어 있는 물웅덩이라고 생각합니다."

그는 위엄 있게 말했다.

그는 자기가 한 말이 비난받게 될 것임을 각오하고 우리를 쳐다보았다. 그러나 그는 다소 무례했지만 아무도 그걸 공격하진 않았다.

"그건 그다지 좋은 비유가 못 되는구나, 레이먼드."

마플 양이 활달하게 말했다.

"현미경으로 자세히 들여다보면 웅덩이 속의 물 한 방울만큼 생명에 가득 차 있는 것도 없단다."

"생명, 예, 일종의 생명이지요." 그 소설가도 인정했다.

"자신을 스스로 괴어 있는 물웅덩이의 주민으로 비유하는 건가요, 제인 아주머니?"

"오! 레이먼드, 너도 최근에 쓴 작품 속에서 그 비슷한 얘기를 한 것 같던데?"

영리한 젊은이들은 자기의 작품이 자신에게 불리하게 인용되기를 바라지 않는다. 레이먼드도 예외는 아니었다.

"그것은 전적으로 달라요." 그는 쏘아붙이듯이 말했다.

"인생은 결국 어디서나 비슷비슷한 거란다."

마플 양이 차분한 목소리로 말했다.

"태어나서(너도 알겠지만), 성장하고, 다른 사람들과 부딪히며 엎치락뒤치락하다가, 그리고 결혼하고 또 아이를 낳게 되고……."

"그리곤 마침내 죽게 되겠죠." 레이먼드 웨스트가 말했다.

"그런데 인생에서 죽음이란 언제나 사망증명서가 있는 죽음만을 의미하는 것은 아니에요."

"죽음에 대해서라면……." 그리셀다가 끼어들었다.

"얼마 전 여기에서 살인사건이 일어난 것을 아시나요?"

레이먼드 웨스트는 담배 쥔 손을 흔들며 살인사건에 대한 이야기를 거절했다.

"살인은 너무나 조잡한 일입니다. 전 그런 것에 관심 없어요."

순간 나는 그 말을 전혀 이해할 수 없었다. 세상 사람들은 모두 자기의 연인을 사랑한다는 말이 있다. 이 말을 살인사건에 적용하면 더욱더 예외가 있을 수 없는 진실이 된다. 아무도 살인사건에 관심이 없을 순 없다. 그리셀다나 나 같은 단순한 사람들은 그 사실을 인정하지만, 레이먼드 웨스트 같은 사람들은 짐짓 관심 없는 체할 수밖에 없을 것이다―적어도 처음 5분 동안은.

그러나 마플 양이 조카의 비밀을 폭로해버렸다.

"레이먼드와 나는 저녁식사 동안 줄곧 그 얘기만 했어요."

"저는 지방의 모든 소식에 대해 대단히 많은 관심이 있어요."

레이먼드가 황급히 말했다. 그러고는 마플 양에게 상냥하고 다정스레 웃어 보였다.

"나름대로 추리를 해보셨나요, 웨스트 씨?" 그리셀다가 물었다.

"논리적으로 말하면……."

다시 한 번 담배를 깊이 들이마시고는 레이먼드 웨스트가 말했다.

"오직 한 사람만이 프로데로 대령을 살해할 수 있어요."

"예?" 그리셀다가 반문했다.

우리는 흥미진진해져서 그의 말에 귀를 기울였다.

"목사님."

레이먼드가 비난의 손짓으로 나를 가리켰다. 순간 나는 긴장했다.

"물론." 그는 나를 안심시켰다.

"목사님께서 그러지 않았다는 것은 알아요. 인생이란 결코 뜻대로 되지 않는 법이니까요. 그러나 극적인 효과를 생각해 보세요(그 적절함에 비춰 볼 때). 교구위원인 목사관의 서재에서 목사에 의해 살해된다, 그건 아주 흥미 있는 일이지요!"

"그러면, 그 동기는?" 내가 물었다.

"오, 그 점이 또 참 재미있어요."

그는 고쳐 앉았다. 담뱃불이 꺼지든 말든 전혀 신경 쓰지 않으며.

"이 사건을 배경으로 해서 소설을 한 번 써보고 싶군요. 열등감에서겠죠 틀림없이 열등감에서였다고 생각해요. 매주, 매해마다 목사와 부딪치고 있습니다(교구회 모임에서, 성가대 소풍에서, 교회에서). 헌금 주머니를 돌리고 그것을 제단으로 가져오는 그의 모습을 보고 있습니다. 목사는 언제나 그를 싫어했어요. 항상 솟구쳐 오는 혐오감을 꾹 누르고 있었습니다. 그것은 크리스천에게는 있을 수 없는 일이기에, 그런 감정을 표출할 수 없었겠죠. 다만 잠재의식 속에서 그를 괴롭히다가, 어느 날……."

그는 생생한 제스처를 써 보였다.

그리셀다는 나를 돌아보았다.

"당신도 그 같은 기분이 든 적이 있나요, 렌?"

"전혀 없었소." 나는 솔직하게 말했다.

"그런데 얼마 전에 당신은 그가 어디론가 사라져 버렸으면 한다고 말씀하셨다면서요?" 마플 양이 말했다.

'망할 놈의 녀석, 데니스!' 그것은 물론 내 잘못이었다. 그런 말을 입 밖으로 낸 적이 실제로 있었으니까.

"유감스럽게도 그런 말을 한 적이 있어요. 그러나 그건 별 뜻 없이 한 말이었어요. 그날 아침 대령 때문에 몹시 불쾌한 생각을 하게 되었거든요."

"그것참 실망인데요." 레이먼드가 말했다.

"만일 목사님의 잠재의식 속에서 그를 죽일 계획을 세우고 있었다면, 결코 그런 말을 했을 리가 없으니까요."

그는 한숨을 쉬었다.

"저의 추리는 완전히 실패로군요. 이것은 아마 평범한 살인사건—원한이 있는 밀렵꾼이나, 또는 그런 부류의 인물에 의해 저질러진 일일 겁니다."

"크램 양이 오늘 오후에 날 찾아왔어요." 마플 양이 말했다.

"마을에서 그녀를 만났죠. 그래서 그녀에게 우리 집 정원을 구경하러 오지 않겠느냐고 내가 말했죠."

"그녀가 정원을 좋아하던가요?" 그리셀다가 말했다.

"그렇게는 생각지 않아요." 마플 양이 중얼거리듯이 말했다.

"그러나 그건 말 붙이기에 아주 좋은 구실이 되죠. 그렇게 생각지 않으세요?"

"그녀를 어떻게 생각하세요?" 그리셀다가 물었다.

"전 그렇게 나쁘다고 보진 않는데……."

"그녀는 많은 정보를 제공해줬어요. 정말로 많은 정보를요."

마플 양이 말했다.

"자기 자신의 일이며 가족에 대한 것도요. 그녀의 가족들은 거의 다 세상을 떠났거나, 또는 인도에 있는 것 같아요. 매우 슬픈 일이죠. 그런데 그녀는 주말을 보내러 올드 홀에 갔다더군요."

"무엇 때문에요?"

"그건 프로데로 부인이 그녀를 불렀기 때문이겠죠. 아니면, 그녀가 프로데로 부인을 보자고 했던지. 그것이 어떻게 해서 이뤄졌는지는 잘 모르겠어요. 그녀를 위해 몇 가지 비서 일을 하려는 거예요―처리해야 할 많은 편지가 있었나 봐요. 그것참 잘 됐죠 뭐. 스톤 박사가 여행을 떠났으니까, 당분간은 그녀가 해야 할 일이 없는 거예요. 그 분묘는 박사에게 상당히 많은 자극을 준 것 같아요."

"스톤 씨요?" 레이먼드가 말했다.

"고고학을 연구하는 박사님 말인가요?"

"그래. 그는 프로데로 대령의 소유지에서 분묘를 발굴해 내고 있단다."

"그분은 참 좋은 사람이죠." 레이먼드가 말했다.

"자기 일에 대단히 열중해 있어요. 얼마 전에 어느 만찬회에서 만나 아주 흥미 있는 얘기를 나누었죠. 그분을 만나러 가봐야겠군요."

"유감스럽군요." 내가 말했다.

"박사는 주말 계획으로 런던에 갔소. 왜 당신은 오늘 오후, 역에서 실제로 그와 부딪쳤잖습니까?"

"전 목사님과 만났을 뿐입니다. 목사님은 키가 작고 안경을 쓴 뚱뚱한 사람과 함께 있었죠."

"그래요, 그가 바로 스톤 박사요."

"그러나 그는 제 친구, 스톤 박사가 아닙니다."

"스톤 씨가 아니라고?"

"그 고고학자가 아니에요. 저는 그를 아주 잘 알고 있습니다. 그는 스톤 씨가 아니었어요. 전혀 닮지 않았어요."

우리는 서로 쳐다보았다. 나는 마플 양을 바라보았다.

"아주 이상하군요." 내가 말했다.

"그 여행용 가방!" 마플 양이 말했다.

"그러고 보니, 그 사람이 가스 검찰원인 것처럼 하고 돌아다니던 일이 생각나는군요." 마플 양이 중얼거렸다.

"수확을 잔뜩 거둔 거예요."

"사기꾼이었군요. 하, 이거야말로 재미있는 일인데요." 레이먼드가 말했다.

"문제는 이번 살인사건과 그것이 무슨 관계가 있느냐 하는 거예요."

"꼭 그렇다고는 볼 수 없소" 내가 말했다.

"그러나……"

나는 마플 양을 쳐다보았다.

"그것은……" 그녀가 말했다.

"정말 이상한 일이죠. 또 다른 기묘한 일이 생긴 거로군요"

"그래요." 내가 일어서며 말했다.

"즉시 이것을 슬랙 경감에게 알려야만 하겠어요."

제22장

슬랙 경감에게 전화를 걸었을 때, 그의 지시는 간단하면서도 단호했다. 일체 '소문이 퍼져서는' 안 된다는 것이었다. 특히 크램 양이 알게 해서는 안 된다고 했다. 한편, 수사는 분묘 근처에서 여행용 가방을 찾아내는 데 집중되었다.

이 새로운 사태의 전개에 그리셀다와 나는 매우 흥분되어 집으로 돌아왔다. 우리는 현재 데니스가 있는 곳에서는 많은 얘기를 할 수가 없었다. 어느 누구에게도 한마디도 하지 않겠다고 슬랙 경감에게 굳게 약속했기 때문이다.

다행히도, 데니스는 자신의 문제에 몰두해 있었다. 그는 내 서재에 들어와서, 손가락으로 물건을 만지작거리다가 또 발을 톡톡 치더니, 아주 난처한 표정을 지으며 날 바라보았다.

"무슨 일이냐, 데니스?" 마침내 내가 말했다.

"렌 삼촌, 전 이제 바다에 나가고 싶은 생각이 없어졌어요."

나는 깜짝 놀랐다. 데니스는 지금까지 자기 직업에 대해서만은 확고부동했다.

"아니, 넌 그것에 아주 열중해 있었잖니?"

"예, 그러나 생각을 바꾸기로 했어요."

"그럼, 무엇을 하고 싶은데?"

"금융계에 들어가서 일해 보고 싶어요."

난 더욱 놀랐다.

"무슨 뜻이냐, 금융계라니?"

"바로 그거예요. 저는 시티(시장 및 시의회가 관할하는 영국의 금융, 상업의 중심지)에서 일하고 싶어요."

"그러나, 애야. 넌 분명히 그 생활을 좋아하지 않게 될 게다. 네가 은행에 자리를 얻게 된다 할지라도 말이다."

데니스는 그건 자기가 의도하는 게 아니라고 했다. 그는 은행에 들어가고 싶어 하지 않았다. 나는 그에게 의도하는 바가 정확히 무엇이냐고 물어보았다. 물론 내가 염려했던 그대로, 데니스는 자기 계획에 대해 정확한 세안이 없었다.

'금융계에 들어간다는 것'은 단순히 빨리 부자가 되는 길이라고밖에 생각지 않았다. 젊은이의 낙천적인 사고방식으로, 그는 '시티에서 일하기만 하면' 부자가 되는 줄로 알고 있었던 것이다. 나는 가능한 한 부드러운 말로 그를 깨우치려고 했다.

"어째서 그런 생각을 하게 되었지?" 내가 물었다.

"바다에 간다는 생각으로 아주 가슴이 부풀어 있더니."

"저도 알아요, 렌 삼촌. 그러나 생각해 보세요. 언젠가는 저도 결혼하게 되겠죠. 그러니까 여자와 결혼하려면 부유해야 되잖아요."

"하지만 실제로는 네 생각과 많이 다르단다."

"알아요. 그러나 여자들은, 사치 부리는 것을 좋아하는 여자는……."

그의 얘기는 모호했지만, 나는 그가 무엇을 말하려는지 알 것 같았다.

"너도 알아야 한다." 내가 부드럽게 말했다.

"모든 여자가 다 레티스 프로데로 같지는 않아."

그는 금방 발끈했다.

"그녀에 대해서 너무 편견을 갖고 있어요. 삼촌은 그녀를 좋아하지 않아요. 숙모님도 마찬가지예요. 숙모님은 레티스가 좀 답답하다고 하더군요."

여자들 입장에서 볼 때, 그리셀다의 말이 옳았다. 레티스는 좀 답답한 아이다. 그건 나도 잘 알고 있었다. 그러나 나조차 그것을 인정한다면 이 아이는 더욱 분개할 것이다.

"사람들이 그녀에게 조금만 더 관용을 베풀면 될 텐데. 왜 하틀리 내피어 집안사람들까지 이런 때 그녀 욕을 하고 다니는지! 그녀가 그 집의 테니스 코트에서 조금 일찍 떠났기 때문이에요. 피곤한데도 더 머물러 있어야 할 필요는 없잖아요. 제 생각에는 그곳에 얼굴을 보인 것만으로도 예의는 다 갖추었다고 봐요."

"아주 호의적이구나."

내가 말했다. 그러나 데니스는 내 말에 담긴 비난을 눈치 채지 못했다. 그는 레티스를 변호하느라 정신이 하나도 없었던 것이다.

"그녀는 결코 이기적이지 않아요. 그녀가 저에게 남아 있어 달라고 부탁한 것만 보아도 알 수 있어요. 물론 저도 그녀와 함께 돌아오려고 했고요. 그러나, 그녀는 내피어 집안사람들에게 미안하다면서 굳이 안 된다고 하지 뭐예요! 그래서 저는 그녀를 기쁘게 해주려고 15분씩이나 그곳에 머물러 있었어요."

데니스는 이기적이지 않다는 것에 대해 매우 특이한 견해를 갖고 있었다.

"그런데 수잔 하틀리 내피어는 여기저기 돌아다니며 레티스가 예의를 모르는 여자라고 소문을 퍼뜨리는 겁니다."

"내가 너라면……, 난 그런 문제로 걱정하진 않겠다." 내가 말했다.

"모든 일은 잘되어 가고 있어요. 그러나……." 그는 말을 멈추었다.

"전 레티스를 위해서라면 무슨 일이든 하겠어요."

"다른 사람을 위해 무슨 일이든 할 수 있는 사람은 그리 많지 않지. 아무리 그렇게 하고 싶다 해도 우리에게는 힘이 없단다." 내가 말했다.

"전 차라리 죽어 버리고 싶어요." 데니스가 말했다.

불쌍한 데니스 풋사랑이란 악성 질병과도 같은 것이다. 이런 때 말을 하면 공연히 데니스의 신경만 더 건드리게 될 것 같아 더 이상 말을 하지 않고, 단지 잘 자라고만 하고 침실로 갔다.

다음 날 아침 8시에 예배를 마치고 돌아와서 손에 메모지를 펼쳐들고 식탁에 앉아 있는 그리셀다를 보았다. 프로데로 부인에게서 온 것이었다.

친애하는 그리셀다 클리멘트 부인 목사님과 함께 오늘 이리로 오셔서 함께 점심을 할 수 있다면 매우 고맙겠습니다. 아주 이상한 일이 일어났는데 목사님의 조언을 듣고 싶어요.
이리로 오신다는 말은 누구에게도 하지 말아 주세요, 저도 아무에게도 말하지 않았으니까요

앤 프로데로

"당연히 우린 가야 하겠죠." 그리셀다는 말했다.

나도 동의했다.

"대체 무슨 일일까요?"

나 역시 궁금했다.

"당신은 알고 있소?" 그리셀다에게 물었다.

"난 아직도 이 사건이 결말 단계에 이르렀다는 느낌이 들지 않소"

"누군가가 실제로 체포되기 전까지는……, 이란 뜻인가요?"

"아니오. 그런 뜻으로 말한 것은 아니오. 이 사건의 저변에는 우리가 알지 못하는 어떤 것들이 깔렸다는 뜻이오. 우리는 진실을 알기 전에 많은 사실들을 밝혀내야만 되오."

"이번 사건과 별 상관이 없는 지엽적인 일들이지만, 진상을 밝혀내는 데 방해가 되는 것들이 있다는 뜻인가요?"

"그래요. 그런 뜻으로 말한 것이오."

"전 우리 모두가 일을 아주 엉망으로 만들고 있다고 생각해요."

마멀레이드를 자기 접시에 퍼 담으며 데니스가 말했다.

"프로데로 대령이 죽은 것은 아주 잘된 일이에요. 아무도 그를 좋아하지 않았어요. 오! 전 경찰이 고전하고 있다는 걸 알아요—그들이야 늘 그렇죠. 그러나 저는 오히려 그들이 그 사건을 규명해 낼 수 없었으면 해요. 전 슬랙 경감이 승급되는 것을 보고 싶지 않거든요. 특히 그의 예리함에 대한 얘기가 크게 부각되면서 말이에요."

슬랙 경감의 문제에 대해선 나도 전적으로 동의하고 싶은 심정이다. 남의 신경을 곤두세우게 하는 일을 습관적으로 하는 사람이 덕망 얻기를 기대할 수 없다.

"헤이독 박사님도 저와 같은 생각을 하고 있어요." 데니스가 계속했다.

"그분은 결코 살인자를 경찰에 넘기는 일은 하지 않겠다고 하셨어요."

나는 헤이독 의사의 의견은 위험스런 것이라고 생각됐다. 물론 그런 의견을 내놓을 수도 있겠지만(하긴, 그건 내가 말할 게 못 되지만), 그러나 그런 의견은 헤이독 의사가 생각하는 것과는 전혀 다른 인상을 젊고 부주의한 마음에

심어 주게 되는 것이다.

창 밖을 내다보던 그리셀다는 정원에 기자들이 와 있다고 말했다.

우리는 이런 식으로 불편을 많이 겪고 있었다. 처음에는 마을 사람들이 모두 몰려와 멍하니 입을 벌린 채 구경했다. 그리고 뒤따라 카메라를 멘 기자들이 찾아오고, 또 그들을 보러 마을 사람들이 우르르 몰려왔다. 결국엔, 머치 벤햄에서 파견된 경찰들이 유리문 밖에서 보초를 서게 되었다.

"글쎄······." 내가 말했다.

"장례식이 내일 아침이니, 그다음엔 틀림없이 흥분이 가라앉을 거요."

올드 홀에 도착했을 때 우리 부부는 근처를 서성이고 있던 몇 명의 기자를 보았다. 그들은 내내 몇 가지 질문을 건네면서 말을 붙였다. 나는 시종 아무것도 할 말이 없다고 대답했다—그것이 최선으로 여겨졌기 때문이다.

집사의 안내를 받으며 거실로 들어갔다. 크램 양 혼자 앉아 있었다. 꽤 즐거운 듯한 표정을 짓고 있었다.

"이거 너무 놀랍군요, 안 그러세요?" 그녀와 악수를 하면서 말했다.

"이 같은 일은 결코 생각지 못했는데, 프로데로 부인은 정말 친절한 분이세요. 그렇죠? 기자들이 자주 드나드는 블루 보어 여관 같은 곳에 젊은 여자가 혼자 있다는 것은 별로 좋아 보이지 않겠죠. 또한, 저는 그다지 무능한 편도 아니거든요. 이런 때는 정말 비서가 필요해요. 게다가, 프로데로 양은 조금도 거들지 않으니까요."

나는 레티스에 대한 그녀의 오랜 적의가 계속 남아 있다는 것과 그녀가 어느덧 앤의 따뜻한 동조자가 되어 있다는 것을 알고 매우 재미있어했다. 동시에, 그녀가 여기 온 사연이 정말 그녀가 말하는 대로일까 의심스럽게 생각되었다. 그녀의 설명에 따르면, 프로데로 부인이 불러서 왔다지만 그게 사실인지도 궁금했다. 블루 보어 여관에 혼자 있고 싶지 않다고 말한 것은 어쩌면 그녀 자신이었을지도 모른다는 생각이 들었다. 이 문제를 객관적으로 판단하자면 크램 양의 얘기를 그대로 다 받아들일 순 없었다.

그때, 앤 프로데로 부인이 방에 들어왔다.

그녀는 검은 옷을 입고 있었다. 손에는 일요신문을 들고 있었는데, 수심에 가득 찬 시선을 보내며 내게 그것을 내밀었다.

"난 이런 일을 당해본 적이 한 번도 없었어요. 아주 소름끼치는 일이에요. 검시 심문 때 신문기자를 만났어요. 하지만 전 너무도 당황했으며, 아무것도 말할 게 없다고 했어요. 그랬더니 제게 묻더군요. 남편 살해범을 알고 싶지 않으냐고 묻기에, 몹시 알고 싶다고 대답했어요. 그리고 뭔가 마음에 짚이는 게 없느냐고 묻기에, 전혀 없다고 했어요. 그리고 또, 이 사건은 마을의 사정을 훤히 아는 자의 짓이라고 생각되지 않느냐기에, 분명히 그런 것 같다고 대답했죠. 그게 전부예요. 그런데 이것 좀 보세요!"

신문의 한가운데는, 적어도 10년 전에 찍은 것으로 보이는 사진이 실려 있었다—그들이 그 사진을 어디서 찾아냈는지는 아무도 몰랐다. 거기에는 다음과 같이 커다란 머리기사가 쓰여 있었다.

미망인은 범인을 잡기 전까지는 밤에 잠도 잘 수 없다고 말했다. 살해된 사람의 미망인인 프로데로 부인은 이 마을에서 범인을 찾아낼 수 있다고 확신하고 있다. 그녀는 짚이는 데는 있지만 확신할 수는 없다고 말했다. 그녀는 비탄에 젖어 있지만, 그 살인범을 찾아내고야 말겠다는 결의를 거듭 밝혔다.

"제 이야기와는 다르죠?" 프로데로 부인이 말했다.

"때에 따라서는 더 심한 기사가 되었을지도 모릅니다."

신문을 돌려주며 내가 말했다.

"너무 무례해요, 그렇잖아요?" 크램 양이 말했다.

"제게서 어떤 것인가를 알아내려고 하는 그런 사람들을 한번 만나보고 싶어요."

그리셀다의 시선과 부딪쳤을 때, 나는 그녀가 이 말을 크램 양이 나타내려고 의도했던 것보다 훨씬 더 액면 그대로 받아들이고 있다는 걸 알아챘다.

점심식사가 준비되었다고 알려 왔으므로 우리는 식당으로 들어갔다. 식사가

반쯤 끝나가고 있을 때 레티스가 들어왔다. 그리셀다에게 웃어 보이더니, 내게
는 가볍게 목례를 하곤 빈자리에 가 앉았다. 나는 그녀를 자세히 살펴보았다.
평소 때와 마찬가지로 종잡을 수 없는 태도였다. 엄격히 따지자면, 그녀는 분
명히 예뻤다—그것만은 인정해야 했다. 그녀는 여전히 상복을 입지 않고, 연녹
색 옷을 입고 있어 그것이 그녀의 피부색을 한층 더 돋보이게 해주었다.

커피를 마신 뒤, 앤이 조용히 말했다.

"목사님에게 말씀드릴 게 있어서 그러는데, 잠시 거실로 모셔 갔으면 해요."

마침내 나는 그녀가 부른 이유를 알게 되었다. 나는 일어나 그녀를 따라 층
계를 올라갔다. 그녀는 방문 앞에서 멈추었다. 내가 무엇인가 말하려고 하자,
그녀는 팔을 뻗어 내 입을 가로막았다.

아래층 홀 끝을 내려다보면서 귀를 기울이더니 말했다.

"됐어요. 저 사람들은 이제 정원으로 나갈 거예요. 아니, 그 방으로 들어가
지 마세요. 곧장 올라가세요."

너무나 놀랍게도 그녀는 건물의 익면(翼面) 끝에 이르는 복도로 이어지는
길로 안내했다. 위층으로 오르는 사다리 같은 좁은 층층대가 놓여 있었는데,
그녀는 그 위로 올라갔고 나도 뒤따라갔다. 우리는 먼지투성이의 널빤지 통로
로 나왔다. 앤은 문을 열었고, 나는 분명히 광으로 쓰이는 듯한 크고 어둠침침
한 고미다락 안으로 들어갔다. 거기에는 트렁크와 낡고 부서진 가구며, 쌓아놓
은 몇 장의 그림, 그리고 헤아릴 수 없이 많은 잡동사니가 가득 차 있었다.

내가 놀라서 눈을 휘둥그렇게 뜨자, 그녀는 희미하게 웃어 보였다.

"우선 설명부터 해 드려야겠군요. 어렴풋하게나마 제가 막 잠이 들려고 하
던 무렵이었어요. 지난밤, 아니, 오늘 새벽 3시경이라고 해야 옳겠군요. 저는
누군가가 집을 살피고 돌아다니는 듯한 인기척을 들었어요. 몇 번씩이나. 그래
서 일어나서 밖으로 나가 보았죠. 층계참에서 나는 그 소리가, 아래에서가 아
니라 위에서 들려오는 것이라는 걸 알게 되었어요. 그래서 이 계단을 따라 올
라와 보았죠. 또 어떤 소리가 들려오더군요. 그래서 소리쳤어요. '거기 누구예
요?' 그러나 대답이 없었어요. 그리곤 더 이상 아무 소리도 듣지 못했어요. 그
래서 전 신경이 날카로워져 잘못 들은 것이라고 생각하며 다시 자리로 돌아왔

죠."

"그리고 오늘 아침 일찍 여기로 올라와 보았어요. 단순히 호기심이 생겨서. 그런데 이것을 보았어요."

그녀는 몸을 굽혀 벽을 향해 비스듬히 세워져 있는 캔버스를 돌려세웠다.

난 너무나 놀라 숨이 멎을 뻔했다. 그 그림은 분명히 유화로 그린 초상화였는데, 얼굴 부분이 갈기갈기 찢겨 있어 누구인지 알아볼 수 없을 정도였다. 게다가 찢어진 자국은 분명히 최근에 생긴 것이었다.

"예사로운 일이 아니군요." 내가 말했다.

"그렇죠? 제게 말해 주세요, 이걸 어떻게 하면 좋을지."

나는 고개를 저었다.

"일종의 광폭함이 엿보이는군요. 정말 너무나 끔찍하군요. 어떤 미치광이의 소행으로 보이는데."

"예, 저도 그렇게 생각해요."

"그 초상화는 누구의 것입니까?"

"전혀 알 수가 없어요. 전엔 결코 본 적이 없어요. 이 모든 것은 제가 루시어스와 결혼해서 이곳으로 옮겨와 살게 되면서부터 이 고미다락에 있게 된 것들이에요. 그러나 자세히 들여다보거나 조사해 본 일도 없고, 전혀 신경 쓰지도 않았어요."

"아주 이상한 일인데요." 내가 말했다.

나는 몸을 굽혀서 다른 그림들을 살펴보았다. 흔히 볼 수 있는 풍경화와 몇점의 유화풍 석판화, 그리고 아주 싸구려로 보이는 복사화들이었다.

도움이 될 만한 것은 아무것도 없었다. 궤짝같이 보이는 꽤 큰 구식 트렁크에 'E. P.'라는 머리글자가 새겨져 있었다. 나는 그 뚜껑을 열어보았다. 안은 비어 있었다.

그 고미다락에는 그 밖에 암시적인 물건은 아무것도 없었다.

"정말 아주 놀라운 일입니다. 전혀 감도 잡을 수가 없군요." 내가 말했다.

"그래요. 하지만 어쩐지 기분이 나빠서."

거기에는 더 이상 볼만한 것이 없었다. 나는 그녀를 따라 거실로 내려왔다.

그녀가 문을 닫았다.

"저 일을 어떻게 처리해야 할까요? 경찰에게 알릴까요?"

나는 주저했다.

"피상적인 일만 보고 판단하면 아무래도……."

"이것이 살인사건과 관계가 있느냐 없느냐가 문제란 말씀이죠? 알겠어요 바로 그게 어려운 점이라는 걸. 그것은 겉으로 보기에는 아무런 관련이 없는 것 같아요."

"아니오. 그것은 또 하나의 아주 이상한 일이오." 내가 말했다.

우린 둘 다 눈썹을 찡그리며 난색을 표하곤 말없이 앉아 있었다.

"실례지만, 부인 생각은 어떻습니까?" 내가 말했다.

그녀는 고개를 들고 힘주어 말했다.

"적어도 앞으로 6개월은 더 이곳에 머물 예정이에요!"

그녀는 도전적으로 말했다.

"사실 전 그렇게 하고 싶진 않아요. 이곳에 산다는 생각만 해도 끔찍스러워요. 그러나 달리 아무런 방도가 없다고 생각해요. 그렇지 않으면 사람들은 제가 도망쳤다고(죄의식으로) 말할 테니까요."

"설마 그럴 리가 있겠습니까."

"오, 아니에요. 분명히 그렇게들 말할 거예요. 특히……."

그녀는 말을 멈춘 뒤 다시 이었다.

"6개월이 지나면 전 로렌스와 결혼할 거예요."

그녀의 두 눈이 나와 마주쳤다.

"우리 둘은, 둘 다 그 이상은 기다릴 수 없어요."

"이미 그렇게 되리라는 걸 알고 있었습니다."

갑자기 그녀는 두 손으로 얼굴을 감싸며 울음을 터뜨렸다.

"목사님께선, 제가 목사님에게 얼마나 감사하고 있는지 아마 모르실 거예요. 예, 그래요, 우린 서로 작별 인사를 나눴어요. 그는 멀리 떠나려고 했어요. 전루시어스의 죽음을 그다지 슬퍼하지는 않아요. 만일 우리가 함께 멀리 달아날 계획을 세우고 있을 때 그가 죽었다면, 아마 지금쯤 몹시 괴로워할 거예요. 그러나 목사님은 우리 둘에게 그것이 얼마나 잘못된 것인가를 깨닫게 해주셨어요. 그래서 감사하게 생각하는 거예요."

"나 역시 고맙게 생각하고 있소." 나는 정중하게 말했다.

"진범이 잡히지 않은 한, 사람들은 언제나 범인으로 로렌스를 들먹거릴 거예요. 오, 그래요. 게다가 그와 제가 결혼이라도 하면 더욱……."

그녀는 몸을 일으켜 세웠다.

"헤이독 의사의 증언으로 그 혐의는 완전히 벗겨졌으니……."

"세상 사람들이 증언 같은 것에 어디 관심을 두던가요? '증언'이라는 말의 뜻도 제대로 알지 못해요. 그리고 의학적 증거는 문외한들에겐 아무런 의미도 없어요. 또, 제가 여기 머물러야만 하는 또 다른 이유가 있어요. 목사님, 저도 진실을 밝혀내고야 말겠어요!"

그녀가 두 눈을 반짝거리며 말했다. 그러고는 덧붙여 말했다.

"그 아가씨를 이리로 부른 것도 바로 그런 이유 때문이에요."

"크램 양 말인가요?"

"예."

"그럼, 당신이 그녀를 불렀군요. 그게 당신의 제안이었단 말입니까?"

"그래요. 사실, 그녀가 먼저 조금 불평을 늘어놓았어요. 검시 심문 때, 제가 도착해 보니 벌써 와 있더군요. 아니, 제 쪽에서 먼저 생각해서 그녀를 이곳으로 청했어요."

"그러나 분명히……." 내가 외쳤다.

"당신은 그 어리석은 아가씨가 이번 사건과 관련되어 있다고는 생각지 않겠죠?"

"어리석어 보이게 하는 건 아주 쉬운 일이에요, 목사님. 그건 세상에서 가장 쉬운 일 가운데 하나라고요."

"그럼, 당신은 정말 그렇게 생각한단 말이오."

"아뇨, 그렇진 않아요. 솔직히 말해서 그건 아니에요. 제가 생각한 것은 바로 그 아가씨가 무엇인가를 알고 있다는 거예요. 아니, 알고 있을지도 모른다는 것이죠. 그래서 전 잠시만이라도 가까이에서 그녀를 관찰해 보고 싶었던 거예요.”

“크램 양이 온 날 밤 그 그림이 그렇게 찢어졌군요.”

나는 씁쓸하게 말을 건넸다.

“그녀의 소행이라고 생각하세요? 그런데 왜죠? 그건 정말 너무나 이치에 닿지 않고 불가능해 보이는데요.”

“당신 주인 양반이 내 서재에서 살해된 일도 정말 이해할 수 없고 불가능해 보이는 사실이오.” 나는 다소 거칠게 말했다.

“그러나, 그건 기정 사실이오.”

“그건 저도 알아요.” 그녀는 내 팔에 손을 얹었다.

“그건 목사님에겐 아주 끔찍스러운 일이겠죠. 거기에 대해선 말하지 않았지만, 저도 이해해요.”

나는 주머니에서 투명한 푸른 빛깔의 귀고리 한 짝을 꺼내어 그녀에게 내밀었다.

“당신 것이오.”

“오! 예.”

그녀는 만족스러운 미소를 지으며, 그걸 받으려고 손을 내밀었다.

“어머나! 어디서 찾으셨어요?”

그러나 나는 귀고리를 내민 그녀의 손에 놓아 주지 않았다.

“내가 좀더 갖고 있었으면 합니다, 괜찮다면.”

“왜 그러시죠?” 약간 의심스러운 듯 그녀는 난색을 표했다.

난 그녀의 의구심을 풀어 주지 않았다. 대신, 그녀에게 경제적으로 어떤 상태에 있는지를 물어보았다.

“좀 무례한 질문인지도 모릅니다만, 그러나 결코 그런 뜻으로 묻는 건 아닙니다.”

“조금도 무례하다곤 생각지 않아요. 목사님과 그리셀다는 이 마을에서 가장 좋은 친구이니까요. 그리고 저는 그 익살스런 노처녀 마플 양도 좋아해요. 목사님도 알고 계시겠지만, 남편 루시어스는 매우 부자였어요. 그이는 저와 레티스에게 아주 균등하게 재산을 분배해 놓았더군요. 올드 홀은 제 소유로 되어 있어요. 그러나 레티스에게는 조그마한 집에 비치해 둘 수 있는 가구를 여기서 골라 갈 수 있게 되어 있어요. 그리고 그런 집을 살 수 있을 만큼의 돈도 따로 남겨 놓았으니, 모든 것이 공평하게 잘 된 셈이지요."

"레티스의 계획이 어떤지 알고 있습니까?"

앤은 익살스럽게 표정을 일그러뜨렸다.

"그 애는 제게 그런 것들을 말하지 않아요. 전 그녀가 얼마 안 있어 곧 이 곳을 떠날 거라고 생각해요. 그 애는 절 좋아하지 않아요. 물론, 그게 제 잘못이라는 점을 인정해요. 제 딴엔 잘해 주려고 무척 노력했죠. 하지만 저는 그 나이의 어떤 아이도 계모를 달가워하지 않는다는 점을 잘 알고 있어요."

"당신은 그녀를 좋아하오?" 나는 퉁명스럽게 물었다.

그녀는 곧바로 대답하지 않았다. 그것은 내게 앤 프로데로가 꽤 정직한 여자라는 확신을 주었다.

"처음엔 그랬어요." 그녀가 말했다.

"그 아이는 꽤 예쁘다고 생각했어요. 그러나 이젠 그렇게 생각지 않아요. 이유는 모르겠어요. 아마도 그건 그 애가 절 좋아하지 않기 때문일 거예요. 전 다른 사람들로부터 호감을 받고 싶거든요."

"우리가 모두 다 그렇죠." 내가 말했다. 프로데로 부인은 웃었다.

난 한 가지 해야 할 일이 있었다. 그것은 레티스를 만나 얘기를 나누는 것이었다. 나는 비어 있는 거실에서 그녀의 모습을 쉽게 찾을 수 있었다. 그리셀다와 크램 양은 정원에 나가 있었다.

나는 안으로 들어가서 문을 닫았다.

"레티스……, 얘기 좀 했으면 하는데." 내가 말했다.

그녀는 무관심한 듯 날 쳐다보았다.

"예?"

나는 얘기할 것을 미리 생각해 놓았었다. 나는 그 투명한 푸른색 귀고리를 꺼내어 보이며 조용히 말했다.

"왜 이것을 서재에다 떨어뜨려 놓았지?"

순간 난 그녀의 표정이 뻣뻣하게 굳어지는 것을 보았다. 그건 거의 찰나적이었다. 다시 원래의 모습으로 너무나 빨리 되돌아왔기 때문에 순간을 거의 포착할 수 없을 정도였다. 그런 뒤 그녀는 냉담하게 말했다.

"전 목사님의 서재에다 아무것도 떨어뜨리지 않았어요. 그건 제 것이 아니에요. 새엄마 것이에요."

"그건 나도 알고 있다." 내가 말했다.

"그런데 왜 제게 묻죠? 그건 틀림없이 새엄마가 떨어뜨린 걸 거예요."

"프로데로 부인은 사건이 일어난 뒤 딱 한 번 내 서재에 들른 적이 있는데, 그때 그녀는 상복을 입고 있었기 때문에 푸른 빛깔의 귀고리를 할 수가 없었어."

"만일 그렇다면, 새엄마가 그전에 떨어뜨린 것이겠죠." 레티스가 말했다.

"그래야만 논리가 서잖아요."

"매우 논리적이군." 내가 말했다.

"새어머니가 이 귀고리를 마지막으로 달았던 게 언제인지 기억하지 못하겠니?"

"오!" 그녀는 난처해하며 예리한 시선으로 날 쳐다보았다.

"그게 그렇게도 중요한가요?"

"그럴 수도 있지." 내가 말했다.

"생각해 보겠어요."

그녀는 눈썹을 찡그리며 생각에 잠겼다. 나는 그 순간 레티스 프로데로가 그토록 매력적이었던 때를 결코 본 적이 없었다.

"오, 예." 그녀가 갑자기 말문을 터뜨렸다.

"목요일에 그 귀고리를 했어요. 이제 기억이 나는군요."

"목요일은……." 내가 천천히 말했다.

"살인사건이 일어난 날이군. 프로데로 부인은 그날 정원에 있는 작업실에 왔었지. 하지만 너도 알고 있겠지만 네 새어머니의 증언으론 서재 창문 옆까지 왔을 뿐 안으로 들어가지는 않았다고 했어."

"어디서 이걸 찾으셨어요?"

"책상 아래에 굴러 떨어져 있더구나."

"그렇지 않을 수도 있겠죠." 레티스가 냉정하게 말했다.

"새엄마가 사실대로 말하지 않았다면"

"그럼, 네 새어머니가 서재로 곧장 들어가 책상 옆으로 갔었다는 말이냐?"

"글쎄요, 그렇게 생각할 수밖에 없잖아요?"

그녀는 태연하게 날 쳐다보았다.

"목사님께서 아무리 알고 싶어 하시더라도……." 그녀가 침착하게 말했다.

"저는 새엄마가 결코 진실을 말하지 않으리라고 생각해요."

"너도 그렇다는 것을 난 알고 있다, 레티스"

"무슨 뜻이죠?"

그녀는 펄쩍 뛰었다.

"내 말은……." 내가 말했다.

"지난번에 내가 이 귀고리를 본 시간은 금요일 아침. 멜쳇 대령과 함께 여기 왔을 때였다. 너의 새어머니 화장대 위에 두 짝이 나란히 놓여 있었어. 실제로 나는 두 짝 모두 손으로 직접 잡아 보았으니까."

"오!"

그녀는 비틀거리더니 갑자기 의자 팔걸이에 비스듬히 푹 쓰러지면서 울음을 터뜨렸다. 짧은 금발의 머리칼이 늘어져 거의 바닥에 닿을 것 같았다. 그것은 기묘한—아름답고도 다소 건방진 태도였다.

난 잠깐 동안 말없이 있으면서 그녀가 흐느끼도록 내버려 두었다. 그런 뒤 매우 부드럽게 말을 건넸다.

"레티스, 왜 그랬지?"

"무엇을요?"

그녀는 거칠게 머리칼을 홱 뒤로 넘기면서 벌떡 일어났다. 마치 두려움에 떠는 듯한 얼굴이었다.

"무얼 말씀이신가요?"

"무엇 때문에 그렇게 했지? 시기심 때문에? 새어머니를 싫어했기 때문에?"

"오! 오, 그래요."

그녀는 얼굴에 흘러내린 머리카락을 뒤로 쓸어 넘겼다. 그리고, 갑자기 냉정을 되찾은 듯 말했다.

"예, 그래요. 질투심에서라고 해도 좋아요. 전 처음부터 새엄마를 싫어했어요. 새엄마가 이곳에서 마치 여왕인 양 군림하게 된 이래로 줄곧. 그래서 그걸 일부러 책상 아래에다 떨어뜨려 놓았어요. 새엄마가 모든 것을 뒤집어쓰기 바라면서 말이에요. 목사님께서 화장대 위에 놓인 귀고리를 만지지만 않았다면, 목사님이 이렇게 요란하게 설치지만 않았다면, 그건 성공했을 거예요. 경찰의 심복이 되어 돌아다니는 것은 목사님이 할 일이 아니잖아요."

레티스는 짓궂은 어린애가 투정부리듯 말했다. 그러나 나는 신경 쓰지 않았다. 정말 그 순간에 그녀는 매우 애처로운 아이로밖에 보이지 않았다.

프로데로 부인에 대한 복수심은 그리 심각하게 받아들일 만한 게 못 되는 것 같았다. 나는 그녀에게 이렇게 말했다. 앤에게 이 귀고리를 돌려주겠으며, 그것을 발견하게 된 경위에 대해선 전혀 언급하지 않겠노라고 말이다. 그 말에 그녀는 감동한 것 같았다.

"목사님은 참으로 좋은 분이세요."

그녀는 이렇게 말하고서 잠시 말을 끊더니 다시 이었다. 얼굴을 들고 아주 조심스럽게 말을 가려가면서 하기 시작했다.

"목사님께선 아실 거예요. 목사님, 만일 제가 목사님이라면 전, 곧 이 마을에서 데니스를 내보내겠어요. 목사님 전, 전 그렇게 하는 편이 더 좋다고 생각해요."

"데니스?"

나는 약간 놀라 눈썹을 추켜세웠으나 다소 흥미도 느끼고 있었다.

"그렇게 하는 게 더 좋을 것 같아요. 데니스에게는 정말 미안하다고 생각해요." 여전히 거북스런 태도로 그녀가 덧붙였다.

"데니스가 설마……, 어쨌든 미안해요."

우리는 그것으로 이야기를 끝맺었다.

제23장

　돌아갈 때 나는 그리셀다에게 분묘 있는 데로 돌아서 가자고 말했다. 경찰이 그곳에서 수사를 벌이고 있는지, 그렇다면 무엇을 발견했는지 몹시 궁금했다. 그러나 그리셀다는 집으로 돌아가 해야 할 일이 있다고 해서 나 혼자 들르기로 했다.

　나는 수사를 맡아 보는 허스트 순경을 보았다.

　"지금까지 조사해본 결과 단서가 전혀 없습니다."　그가 말했다.

　"그러나 여기서밖에 찾을 수 없을 것 같아 계속 조사해 보고 있습니다."

　그가 단어 하나를 잘못 발음하는 바람에 나는 한순간 당황했다. 하지만 나는 곧 본래의 의미를 알게 되었다.

　"내 말은, 그 젊은 여자가 오솔길로 숲을 따라 들어가서 어느 곳으로 갔겠느냐 하는 겁니다. 오솔길은 올드 홀로도 이어져 있고, 또한 이쪽으로도 연결되어 있지요. 그뿐입니다."

　"슬랙 경감은 직설적으로 그녀에게 질문하는 단순한 방법을 싫어할 것 같은데?"

　"그녀가 눈치 챌까 봐 주의를 기울이고 있습니다."　허스트 순경이 말했다.

　"그녀가 스톤 박사에게 보낸 편지와, 박사가 그녀에게 보낸 편지가 어쩌면 해결의 실마리가 될지도 모르니까요. 경찰이 눈치 챈 걸 알게 되면 그녀는 '그 것'처럼 입을 다물어 버릴 겁니다."

　'무엇'처럼인지가 뭔지 정확히 밝혀지지 않고 얘기가 끝났지만, 나로서는 글래디스 크램 양이 과연 허스트 순경이 말하는 대로 입을 다물지 자못 의심스러웠다. 크램 양은 아무 거리낌 없이 술술 얘기를 잘하는 여자라고밖에 생각되지 않았기 때문이다.

"그가 사기꾼이라면 왜 그랬는지 목사님은 그 이유를 알고 싶을 겁니다."

허스튼 순경이 훈계조로 말했다.

"당연하지요" 내가 말했다.

"그 답은 여기 이 분묘 안에서 나오게 될 겁니다. 그렇지 않다면 어째서 그가 끊임없이 이곳을 맴돌고 있었겠습니다."

"찾아 헤매기 위한 '레조 데트르(존재 이유)'가 있을 거요."

나는 프랑스어로 말했는데, 그에겐 이 정도의 프랑스어도 어려운 모양이다. 그는 냉담하게 말함으로써 그 말에 대한 자신의 무지를 앙갚음했다.

"그건 아마추어의 생각이죠"

"당신은 아직 그 여행용 가방을 발견하지 못한 것 같은데?" 내가 말했다.

"곧 찾아내게 될 겁니다, 목사님. 그렇게 확신하고 있어요."

"난 장담할 수 없다고 봅니다." 내가 말했다.

"나는 줄곧 그 일을 생각하고 있었지요. 마플 양은 크램 양이 빈손으로 다시 나타났을 때까지의 시간이 아주 짧았다고 했소. 그렇다면, 그녀는 여기에 왔다가 갈 만한 시간이 거의 없었을 거요."

"그 노처녀의 말은 신경 쓰지 마십시오. 뭔가 기이한 것을 보고 심취해 있을 때에는 시간이 화살처럼 빨리 지나가 버리니까요."

난 세상 사람들이 어째서 모든 일을 개괄적으로 보려고 하는지 종종 이상하게 생각했다. 개괄적으로 보는 일에는 진실성과 정확성이 빠지는 게 보통이다. 나는 시간관념이 아주 부족하지만(그래서 시곗바늘을 앞당겨 놓는 것이다), 마플 양은 아주 정확한 사람이라고 생각한다. 그녀의 시계는 단 1분도 틀리지 않으며, 그녀 자신도 매사에 철두철미하다.

그러나 그런 일로 허스트 순경과 토론을 벌이고 싶진 않았다. 나는 그에게 성공을 빌며 작별을 고하고 집으로 갔다.

집 가까이 이르렀을 때 갑자기 머릿속에 어떤 생각이 떠올랐다. 무엇 때문에 그 생각이 떠올랐는지는 모르겠다. 단지 뇌리를 한번 슬쩍 스쳐 지나간 것에 불과했다.

여러분도 기억하겠지만, 살인이 일어난 그 다음 날 처음으로 숲 속 길을 탐색했을 때, 나는 어느 한 지점에서 짓밟혀져 있는 덤불을 발견했었다. 그때는 그것이 나와 똑같은 생각을 하며 돌아다니고 있던 로렌스가 짓밟은 것인 줄 알았다. 적어도 그 당시에는 그렇게 생각했었다.

그러나 나는 그 뒤 그와 함께 경감이 낸 것으로 보이는 또 하나의 희미한 발자국을 발견하게 된 일이 문득 생각난 것이다. 나는 곰곰이 생각하여 정확한 것을 알아냈는데, 그것은 처음 발견한 발자국보다 훨씬 더 눈에 잘 띄어서 적어도 한 사람 이상이 그 길을 지나간 것 같았다. 그래서 나는 그것을 본 순간 로렌스의 관심을 끌었을 거라고 생각했다. 그것이 만일 스톤 박사나 크램 양에 의해 생긴 발자국이라면?

나는 기억해 냈다. 아니, 기억해 낸 것 같은 기분이 들었다. 부러진 나뭇가지에 몇 개의 시든 잎사귀가 달려 있었다. 그렇다면 그 발자국은 우리가 탐색에 나선 그날 오후에 났을 리가 없다.

나는 바로 그때 그 문제의 장소로 다가가고 있었다. 쉽사리 그곳을 찾아내었고, 한 번 더 풀숲을 헤쳐 보았다. 이번에는 부러진 지 얼마 되지 않은 물오른 나뭇가지들을 볼 수 있었다. 로렌스 외에도 내가 다녀간 뒤에 또 다른 누군가가 이 길을 지나갔음이 분명했다.

나는 곧 로렌스와 만났던 곳으로 가보았다. 희미한 발자국이 이어져 있었으므로 계속해서 그것을 따라가 보았다. 갑자기 확 트인 길이 펼쳐지더니 숲 속의 작은 빈터에 닿았다. 그곳에는 최근에 짓밟힌 듯한 자국이 남아 있었다. '빈터'라고 해도 풀이 드문드문 나 있었는데, 나뭇가지가 머리 위에서 서로 엇갈려 있어 전체의 넓이는 폭이 2~3피트(60~90㎝) 남짓밖에 되지 않을 것 같았다.

반대쪽에 있는 덤불숲은 다시 빽빽이 들어차 있었으며, 아무도 최근에는 그곳을 지나가지 않은 것이 확실해 보였다. 그러나 그곳에도 짓밟혀진 것처럼 보이는 곳이 한군데 있었다.

나는 그곳을 가로질러 가서 무릎을 구부리고 두 손으로 덤불 가장자리를 쓸어 보았다. 반짝이는 갈색 표면이 내 기대감을 부추겼다. 흥분으로 가득 찬 나는 팔을 깊숙이 집어넣어 아주 힘들게 작은 갈색 여행용 가방을 끄집어냈다.

나는 승리의 탄성을 질렀다. 성공한 것이다! 허스트 순경에게 냉대를 받았으나, 이젠 내 추리가 옳았다는 것을 증명할 수 있게 된 것이다. 이것은 의심할 여지없이 크램 양이 갖다놓은 여행용 가방이다. 나는 뚜껑을 열어보려고 했으나 잠겨 있었다.

내가 일어서려는데 땅바닥에 떨어져 있는 작은 갈색 물건이 눈에 띄었다. 거의 무의식적으로 그것을 주워 주머니 속에 집어넣었다.

나는 그 여행용 가방의 손잡이를 꽉 쥐고 오솔길로 되돌아갔다. 잔디밭으로 통하는 울타리를 넘어 샛길로 접어들려고 할 때, 가까이에서 흥분된 목소리가 날 불러 세웠다.

"오! 클리멘트 목사님, 당신이 그걸 찾아냈군요. 어쩜 영특하시기도 하지!"

상대의 눈에 띄지 않고 자기만 볼 수 있는 기술로는 마플 양을 따를 사람이 없다는 것을 생각하며, 나는 울짱 위에다 그 가방을 올려놓았다.

"그거예요! 난 어디서든 이걸 알아볼 수 있어요." 마플 양이 말했다.

내 생각으론, 그녀는 지금 허풍을 떠는 것이 분명했다. 이것과 똑같은, 광택이 나는 싸구려 가방은 얼마든지 많이 있다. 어느 누구도 그중에서 하나를 골라낼 순 없을 것이다. 더욱이, 달빛 아래에서 멀리에서 보았다니까. 그러나 나는 여행용 가방에 관한 한은 모든 일이 마플 양의 특별한 공로임을 인정했다. 그러므로 그녀의 이런 작은 허풍 정도는 눈감아 주어도 좋다고 생각했다.

"잠긴 것 같군요, 목사님?"

"예, 경찰에 갖다 주러 가는 길입니다."

"전화로 알리는 게 더 좋지 않을까요?"

물론 두말할 필요도 없이 전화를 거는 게 더 편했다. 가방을 들고 마을을 활보하게 되면 좋지 못한 소문이 나돌게 될 테니까.

그래서 마플 양의 집 뒷문 빗장을 열고 프랑스식 유리문을 통해 그 집으로 들어갔다. 문을 닫고 조용한 거실에서 전화로 그 소식을 알렸다.

슬랙 경감이 곧 이리로 오겠다고 했다.

그가 도착했을 때, 그는 그 특유의 시비조로 입을 열었다.

"그것을 찾아냈단 말이죠?" 그가 말했다.

"알고 있는 일을 마음속에 그냥 묻어 두어서는 안 됩니다. 그 문제의 가방이 숨겨져 있었던 곳에 대해 조금이라도 알고 있었다면 즉시 수사 당국에 보고했어야지요!"

"그건 아주 우연이었소." 내가 말했다.

"아주 우연히 그 생각이 떠올랐단 말이오."

"꾸며 낸 얘기처럼 들리는군요. 숲 속을 거의 반 마일 이상이나 들어가서, 곧장 그 문제의 지점에 가 손을 쑤셔넣어 보았다는 것이 우연이라고 하기에는 좀 이상하잖습니까?"

나는 그 기묘한 장소에 이끌리게 된 이유를 슬랙 경감에게 말해 줄 생각이었지만, 그렇게 말하면 오히려 그의 화를 더 돋우어 평소와 같은 감정 대립을 가져올 것만 같았다. 그래서, 나는 아무 말도 하지 않았다.

"도대체!"

슬랙 경감이 말했다—불쾌한 표정으로 무관심한 채 그 가방을 보면서.

"가방 안에 무엇이 들어 있는지 조사해 보는 게 좋겠군요."

그는 철사에 꿴 열쇠꾸러미를 가져왔다. 그 가방의 자물쇠는 싸구려였다. 그 가방은 순식간에 열렸다.

모두들 어떤 게 나올 것인지에 대해서는 알 수 없지만—분명히 일대 센세이션을 일으킬 만한 거라고 추측하고 있었을 것이다. 그러나 가장 먼저 눈에 들어온 것은 기름때 묻은 줄무늬 싸구려 스카프였다. 경감은 그것을 꺼냈다. 그다음에는 입기에는 너무나 낡은 빛바랜 감색 외투가 나왔다. 그리고 체크무늬 모자가 뒤따라 나왔다.

"순 싸구려 물건들뿐이군."

경감이 말했다. 굽이 닳아빠진 낡은 구두가 한 켤레 또 나왔다. 가방 맨 밑바닥에는 신문지로 싼 꾸러미가 하나 있었다.

"비싼 셔츠인가 보군."

경감이 씁쓰름한 표정으로 꾸러미를 풀면서 말했다.

조금 뒤 그는 너무나 놀란 나머지 숨을 죽였다.

왜냐하면, 꾸러미 속에는 품위 있는 작은 은제품 몇 점과 둥근 은접시가 들어 있었기 때문이다.

마플 양은 그것을 보고 탄성을 질렀다.

"저 소금통!" 그녀가 외쳤다.

"프로데로 대령의 것이에요. 그리고 찰스 2세풍의 발이 달린 큰 접시도 이런 일이!"

경감은 매우 흥분하고 있었다.

"그렇다면 게임은 끝났습니다." 그가 투덜댔다.

"절도요. 하지만 난 도무지 이해할 수가 없군요. 이런 물건을 잃어버렸다는 신고는 전혀 받지 못했거든요."

"아직 잃어버린 줄 모르는 모양이오." 내가 말을 꺼냈다.

"이런 비싼 물건들은 평소엔 사용하지 않았을 것으로 짐작됩니다. 프로데로 대령은 아마도 금고 안에 이것을 넣어 두고 잠가 놓았을 겁니다."

"그것을 조사해봐야겠습니다." 경감이 말했다.

"지금 곧 올드 홀로 올라가 보겠습니다. 이제야 스톤 박사가 슬그머니 빠져 나간 이유를 알겠군. 살인사건이 일어났으므로 경찰이 자기의 소행을 눈치 챌까 봐서 전전긍긍했던 겁니다. 그의 소지품을 한 번 조사해 봤더라면 좋았을 걸. 그는 그 아가씨에게 옷가방인 것처럼 꾸며서 숲 속에다 숨겨 두게 한 거요. 그녀가 이곳에 남아 혐의를 받지 않는 동안에 그는 먼 길로 돌아와서 밤중에 물건들을 가지고 떠나려 했을 겁니다. 그렇다면 한 가지 얻은 게 있습니다. 이것으로써 그는 살인혐의를 완전히 벗은 셈이니까요. 그는 살인과는 전혀 관계가 없어요. 이건 아주 다른 게임입니다."

경감은 마플 양이 권한 세리주도 거절한 채, 가방에 다시 물건들을 주섬주섬 넣어서 떠나 버렸다.

"그럼 한 가지 미스터리는 풀린 셈입니다." 한숨을 쉬면서 내가 말했다.

"슬랙 경감이 말한 것은 모두 맞는 말이오. 그를 살인자로 의심할 아무런 근거가 없어요. 모든 것이 아주 만족스럽게 설명되었습니다."

"정말 그런 것 같아요." 마플 양이 말했다.

"하지만 절대로 확신할 수는 없어요. 그렇잖아요, 목사님?"

"동기가 없어요." 내가 지적했다.

"그 사람은 자신이 눈독 들이던 물건을 손에 넣고 물러갔으니까요."

"그럴까요?"

그녀가 이해할 수 없다는 듯한 표정을 지었으므로, 나는 다소 호기심 어린 시선으로 그녀를 바라보았다. 일종의 변명을 하려는 듯 그녀는 내 질문에 급히 대답했다.

"내가 잘못 생각하고 있었어요. 난 이런 물건에 대해서는 아무것도 모르니까요. 그러나 약간 이상스럽게 여겨지는 것은, 이 은그릇은 아주 값어치 있는 것이겠죠?"

"발이 달린 큰 접시는 요전에 1천 파운드도 넘는 가격으로 매매되었지요."

"내 말은, 금속의 가치가 아니에요."

"예, 그것은 감정하는 사람의 가치 기준에 따라 값이 매겨지는 것이죠."

"내 말뜻은 바로 그거예요. 그런 물건을 팔려면 흥정하는 데 시간이 좀 걸리겠죠. 아니, 흥정이 다 되었다고 해도 그것을 비밀에 부치지 않곤 이루어질 수가 없죠. 다시 말하면, 도난이 보도되면 그 물건은 결코 매매될 수가 없는 거예요."

"무슨 말씀인지 모르겠군요." 내가 말했다.

"내 설명이 부족하다는 걸 알아요."

그녀는 몹시 당황해서 변명하기 시작했다.

"말하자면, 그 물건을 빼내고 나서 그 자리를 그냥 비워둘 수는 없다는 거지요. 무사히 넘어갈 수 있는 유일한 방법은, 모조품으로 대치하는 것이죠. 그렇게 되면 얼마간은 도난당한 사실을 알아채지 못할 테니까요."

"참으로 기발한 생각이군요." 내가 말했다.

"그 길밖엔 없지 않겠어요? 일단 바꿔치기하고 나면 목사님 말씀대로 프로데로 대령을 살해할 이유까지는 없겠죠. 오히려 그 반대가 되겠죠."

"물론입니다." 내가 말했다.

"내가 말하려는 것도 바로 그겁니다."

"예, 그러나 좀 이상한 것은, 물론 나는 잘 모릅니다만, 프로데로 대령은 언제나 무슨 일인가를 하게 되면 시작하기도 전에 그것에 대해서 마구 떠들어대는 편이에요. 게다가 전혀 실천하지 않을 때도 있지만, 얼마 전에 대령이 얘기한 것으로 봐서는……."

"예?"

"그는 런던에서 사람을 불러서 자기 수집품들을 모두 감정해볼 생각이라고 했거든요. 유언 검인을 위해서(아니, 그건 죽었을 경우)라고, 보험을 위해서죠. 그렇게 하는 것이 좋다는 얘기를 들었대요. 대령은 그것을 감정하는 일이 꽤나 중요하다고 떠들어댔죠. 물론, 대령이 실제로 그렇게 했는지 어떤지는 잘 모르지만, 만일 정말 그렇게 했다면……."

"알, 겠, 어요." 내가 천천히 말했다.

"전문가들은 그 은제품을 보는 순간, 그것이 모조품인지 아닌지를 금방 알아볼 수 있겠죠. 그렇게 되면 프로데로 대령은 스톤 박사에서 보여 주었던 일을 기억해 내게 될 거예요. 혹시 그때 그렇게 된 게 아닐까, 바꿔치기가? 아주 기막힌 일이에요. 일이 그렇게 되면 옛말로 불에 기름 붓는 격이지요."

"당신의 생각을 잘 알겠습니다." 내가 말했다.

"만일을 위해 반드시 조사해 봐야 할 것 같군요."

나는 다시 전화기 쪽으로 다가갔다. 잠시 뒤 올드 홀에 전화를 걸어서 프로데로 부인과 통화를 했다.

"아니, 중요한 일은 아닙니다. 경감이 그곳에 도착했습니까? 오! 그래요. 그럼, 지금쯤 그리로 가고 있을 겁니다. 프로데로 부인, 올드 홀의 골동품을 감정한 적이 있습니까? 뭐라고요?"

그녀의 대답은 분명하고도 신속했다. 나는 그녀에게 고맙다는 말을 하고 수화기를 내려놓았다. 그러고는 마플 양을 돌아보았다.

"아주 분명해요. 프로데로 대령은 월요일(내일이군요), 자기 골동품을 자세히 감정받기 위해 런던에서 누군가를 데려오기로 했었답니다. 대령이 죽는 바람에 미루어졌지만."

"그러니까, 거기에 동기가 있었던 것이군요."

마플 양이 담담하게 말했다.

"동기, 예. 그러나 그뿐입니다. 당신은 잊고 계시는군요. 총소리가 났을 때 스톤 박사는 다른 사람과 함께 있었거나, 아니면 그렇게 하기 위해서 울타리를 넘고 있었는지도 모릅니다."

"예." 마플 양이 신중하게 말했다.

"그러니까 그 사람은 이번 사건에서 제외되는 셈이군요."

제24장

　목사관에 돌아와 보니, 하웨스 목사보가 서재에서 날 기다리고 있었다. 그는 신경질적으로 방 안을 서성이고 있었다. 내가 들어서자 그는 마치 총에 맞은 사람처럼 움찔했다.

　"용서하십시오. 요즘 따라 신경이 더 날카로워져서."

　그는 이마를 닦으면서 말했다.

　"딱한 사람 같으니라고……." 내가 말했다.

　"자리를 한번 옮겨보는 게 어떻겠소? 이런 식으로 나가다간 몸을 아주 버리겠소. 그렇게 되면 영영 회복하기 어려울 테니 말이오."

　"전 제 자리를 포기할 수 없어요. 결코 그럴 수 없어요."

　"그건 포기가 아니오. 당신은 환자요. 헤이독 의사도 나와 같은 생각을 하고 있을 거요."

　"헤이독, 헤이독, 그 사람도 의사인가요? 그는 돌팔이 시골뜨기 의사예요."

　"그건 좋지 못한 편견이오. 그는 적어도 자기 직업에 있어서만은 유능한 인물로 인정받아 왔소."

　"오, 그럴 수도 있겠죠. 그러나 전 그를 좋아하지 않아요. 그건 그렇고, 전 그런 말을 하기 위해 온 건 아닙니다. 절 대신해서 오늘 밤 설교를 해주실 수 있는지 물어보러 왔습니다. 전, 전 정말 오늘은 설교할 기분이 안 납니다."

　"이유는……, 알겠소. 당신 대신 내가 일하겠소."

　"아뇨, 아니에요. 제가 하겠습니다. 그건 잘해 낼 수 있을 겁니다. 다만 설교단 위에 올라가 그 많은 사람들의 시선을 받을 생각을 하니……."

　그는 눈을 감고 거의 발작적으로 침을 삼켰다. 분명히 어딘지 상태가 좋지 않은가 보다. 그는 내 생각을 눈치 챈 듯 재빨리 눈을 뜨며 말했다.

"정말 나쁜 데는 한 군데도 없어요. 단지 두통으로 머리가 좀 아플 뿐입니다. 물 한 잔만 주시겠어요?"

"그러지." 내가 말했다.

나는 직접 수돗물을 받아 가지고 왔다. 우리 집에서 벨을 울린다는 것은 소용없는 일이었다. 내가 물을 가져오자 그는 고맙다고 말하고는 주머니에서 약봉지를 꺼내더니 얇은 종이에 싸인 캡슐을 꺼내어 입에 넣고 물을 한 모금 삼켰다.

"두통약이에요." 그가 설명했다.

나는 갑자기 그가 마약에 중독된 것은 아닌가 하는 생각이 들었다. 그렇게 되면 그의 기이한 언동도 설명된다.

"너무 많이 먹지 않는 게 좋을 거요." 내가 말했다.

"아니에요. 오, 아니에요. 헤이독 박사도 거기에 대해선 제게 아무런 주의도 주지 않았어요. 이것은 정말 좋은 약입니다. 금방 효과를 나타내거든요."

정말 그는 훨씬 더 침착하고 냉정해진 것 같았다. 그는 자리에서 일어났다.

"그럼 오늘 밤 설교를 해주는 거죠? 수고를 끼쳐 죄송합니다."

"천만에. 근무도 내가 대신해줄 테니. 집에 가서 푹 쉬시오. 아니, 당신과 언쟁하고 싶지는 않소. 아무 말도 하지 마시오."

그는 다시 내게 고맙다고 말했다. 그리고 내 눈길을 피해 창문 쪽으로 시선을 옮기며 물었다.

"목사님, 오늘 올드 홀에 가셨었죠? 그렇죠, 목사님?"

"그렇소."

"실례지만, 오시라고 하던가요?"

내가 놀라워하며 그를 쳐다보자, 그는 금세 얼굴을 붉혔다.

"죄송합니다. 전, 전 어떤 새로운 진전이 있었나 보다고 생각했어요. 그게 프로데로 부인이 목사님을 부른 이유라고 생각했죠."

나는 하웨스 목사보의 호기심을 만족시켜 줄 생각은 없었다.

"그녀는 장례식 준비며 그 밖의 몇 가지 자질구레한 일로 나와 의논하고 싶었던 거요."

"오, 그랬었군요. 알겠습니다."

나는 더 이상은 말하지 않았다.

그는 안절부절못하면서 발걸음을 옮기더니 마침내 입을 열었다.

"레딩 씨가 간밤에 절 찾아왔었어요. 전, 전 그 이유를 모르겠어요."

"그가 말하지 않았소?"

"그는, 그는 단지 제 얼굴을 한 번 보고 싶었을 뿐이라고 하더군요. 저녁에는 조금 쓸쓸해진다나요. 전에는 한 번도 그런 일이 없었는데."

"그래, 그 사람이라면 좋은 말동무가 될 거요." 내가 웃으며 말했다.

"그가 무엇 때문에 절 만나러 온 걸까요? 전 그런 일을 별로 좋아하지 않거든요." 그의 목소리가 날카로워졌다.

"그리고 다시 들르겠다고 했는데, 그건 무슨 뜻에서일까요? 그가 무슨 생각을 품고 있는 걸까요?"

"어째서 특별한 동기가 있다고 추측하는 거요?" 내가 물었다.

"전 그런 일을 좋아하지 않아요." 하웨스는 단호하게 거듭해서 말했다.

"저는 어떤 식으로든 그에게 해를 끼칠 만한 일은 하지 않았습니다. 저는 그에게 죄가 있다고는 한마디도 하지 않았습니다(그가 자수했을 때조차도). 저는 그걸 도저히 믿을 수 없다고 했죠. 만일 제가 누군가를 의심하고 있었다면, 그건 아처였지 결코 그는 아니었습니다. 아처는 우리와는 다른 사람, 하느님을 믿지 않는, 전혀 신앙심이 없는 깡패인데다가 주정꾼이고 무뢰한입니다."

"조금 매정하다고 생각지 않소?" 내가 말했다.

"나는 그 사람에 대해서 잘 몰라요."

"밀렵꾼입니다. 자기 집 드나들 듯이 구치소를 드나들고, 어떤 일이든 할 수 있는 사람이죠."

"정말 그가 프로데로 대령을 쏘았다고 생각하시오?"

호기심에 가득 차 내가 물었다. 하웨스는 '예'나 '아니오'로 대답하기를 몹시 꺼리는 버릇이 있었다. 나는 최근 들어 몇 번이나 그것을 알아챌 수 있었다.

"목사님 자신도 그것이 단 하나의 가능한 해석이라고 보고 있잖습니까?"

"우리가 아는 한, 그에 대해서는 불리한 증거가 전혀 없소." 내가 말했다.

"협박한 일이 있습니다." 하웨스가 흥분된 목소리로 말했다.

"그의 협박을 잊으셨나요?"

"아처의 협박에 대해서 듣는 일에는 이제 넌덜머리가 나 있소. 내가 알기로는, 아처가 그와 같은 일을 했다는 직접적인 증거는 아무것도 없소."

"그는 프로데로 대령에게 복수하기로 마음먹고 있었어요. 술을 진탕 마시곤 그를 쏜 겁니다."

"그건 순수한 가정일 뿐이오."

"그러나 아처가 그랬다 해도 이상할 것은 없다고 인정하시잖습니까?"

"아니오, 인정하지 않소."

"그럼 가능성도?"

"물론 가능성은 있지."

하웨스는 곁눈으로 흘끗 날 쳐다보았다.

"왜 이상할 것 없다고 생각지 않으시는 거죠?"

"왜라니? 아처와 같은 사람은 권총으로 사람을 쏘려고는 생각지 못할 거요. 그것은 좋은 무기가 못 되니까." 내가 말했다.

하웨스는 내 논박에 주춤 물러서는 듯했다. 분명히 이 반론은 뜻밖의 것이었으리라.

"정말 그런 얘기가 성립될 수 있다고 생각하십니까?"

그가 미심쩍은 듯이 물었다.

"나로서는 그것이 아처가 범인이라는 얘기를 완전히 무너뜨려 버린다고 생각하오."

나의 확고한 주장에 그는 더 이상 아무 말도 하지 않았다. 그는 다시금 내게 고맙다는 말을 남기고 방에서 나갔다.

나를 그를 배웅하러 현관문까지 나갔다. 거실의 테이블 위에는 네 통의 편지가 놓여 있었다. 거기에는 한 가지 공통점이 있었다. 필체는 거의 틀림없는 여자의 것으로 어느 것에나 '직접 펼쳐 보시고 서둘러 주십시오.'라고 적혀 있었다. 한눈에 들어온 단 한 가지 차이는 한 통이 나머지 셋과 비교하면 유독 지저분해 보인다는 것이었다. 그 공통점을 보고 있노라니 이상한 생각이 들었다. 2중이 아니라 4중으로 베낀 것이다. 내가 편지를 주의깊게 들여다보고 있는

데 주방에서 메리가 나왔다.

메리가 자진해서 설명하기 시작했다.

"점심식사가 끝난 뒤 심부름꾼이 가져왔어요. 한 통을 제외하고는 모두 다예요. 한 통은 우편함 속에서 꺼내온 거예요."

나는 고개를 끄덕여 보이곤 그것들을 모아서 서재로 가지고 갔다.

첫 번째 것에는 다음과 같은 것이 쓰여 있었다.

목사님, 우연히 알게 된 일인데, 목사님이 알아야 할 것 같아서 말씀드립니다. 그건 불쌍한 프로데로 대령의 죽음에 관한 일입니다. 그 문제에 대해 경찰에 가야 할 것인지 아닌지를, 목사님의 조언을 들을 수 있었으면 고맙겠습니다. 사랑하는 남편이 세상을 떠난 뒤 지금까지 어떤 일이든 남의 눈에 띄는 것을 피하고 있어요. 목사님은 오늘 오후 저희 집에 들러 주시리라고 믿어요.

프라이스 리들리

나는 두 번째 편지를 펼쳐 보았다.

목사님, 전 매우 곤경에 처해 있습니다(몹시 괴롭습니다). 제 귀에 어떤 말이 들려왔는데, 중대한 일이라고 생각돼요. 경찰과 관계되는 일은 무슨 일이든 전 소름이 끼칠 정도로 싫습니다. 너무 걱정스럽고 괴롭군요. 목사님께 여러 가지로 의논드리고 싶은 일이 많습니다. 잠시만 들르셔서, 저의 걱정거리를 늘 그러하듯이 목사님이 멋지게 해결해 주지 않으시겠어요? 걱정을 끼쳐서 죄송합니다.

캐롤라인 웨더비 올림

세 번째 편지를 펼쳐 보면서, 나는 앞에 것과 거의 같은 내용임을 직감했다.

목사님, 아주 중요한 소식을 들었습니다. 그것에 대해서 목사님이 우

선 아셔야 한다고 생각되었어요. 오늘 오후, 잠시 저의 집에 다녀가시 겠어요? 그럼 기다리겠습니다.

이 일방적인 편지는 애먼다 하트넬이라고 서명되어 있었다.

나는 네 번째 편지도 펼쳐 보았다. 그것은 익명의 편지여서, 골치를 썩이지 않아도 되는 것이 다행이었다. 그러나 대부분 익명의 편지는 가장 야비하고 잔인한 무기라고 생각된다. 이것도 예외는 아니었다. 이번 것은 글을 잘 모르는 사람에 의해 쓰인 것처럼 꾸몄지만, 몇 가지 점으로 미루어 보아 그런 가장은 믿을 수 없었다.

목사님, 나는 당신이 현재 일이 어떻게 되어가고 있는지 알아야 한다 고 생각해요. 목사님 부인이 레딩 씨의 집에서 몰래 빠져나오는 것을 본 사람이 있습니다. 목사님은 그게 무얼 뜻하는지 아실 거예요. 그 두 사람은 예사로운 사이가 아니에요. 나는 목사님이 그 사실을 아셔 야 한다고 생각해요.

당신의 벗으로부터

나는 불쾌해서 그 편지를 구겨 열려 있는 난로에 집어던졌다. 그때 그리셀 다가 방으로 들어왔다.

"그렇듯 경멸적으로 집어던진 게 대체 뭐예요?" 그녀가 놀라서 물었다.

"불결한 것이오." 내가 말했다.

나는 주머니에서 성냥을 꺼내어 불을 붙이려고 몸을 굽혔다. 그러나 그리셀 다가 나보다 한 발 빨랐다. 그녀가 먼저 그 구겨진 편지를 집어들고서는, 내가 말릴 틈도 없이 이미 그것을 펼쳐서 읽기 시작했다. 그녀는 다 읽고 나더니 잔뜩 화가 나서 소리 지르며 얼굴을 돌린 채, 그 편지를 내게 건네주었다. 나는 그것에 불을 붙이고 타오르는 것을 지켜보았다.

그녀는 창가로 가더니 뜰을 내다보았다.

"렌……" 고개도 돌리지 않은 채 그리셀다가 말했다.

"왜 그러오?"

"당신에게 말하고 싶은 게 있어요. 모두 털어놓고 싶으니 말리지 마세요. 그때, 로렌스 레딩이 여기 왔을 때, 전 다만 전에 조금 그를 알고 있었다고 당신에게 얘기했어요. 그건 사실이 아니에요. 전, 전 그와 꽤 잘 알고 지내온 사이에요. 사실 당신과 만나기 전엔 그를 사랑했어요. 대부분의 사람들은 제가 로렌스와 결혼하게 될 것이라고 믿고 있었죠. 저는 글쎄요—한때, 그에 대해서 맹목적이었던 때가 있었어요. 그렇다고 소설 속의 주인공들처럼 자신의 순결을 의심받을 편지나 쓸데없는 것들을 썼다는 말은 아니에요. 그러나 저는 한때 그에게 몹시 열중했어요."

"왜 내게 그런 걸 말하지 않았었소." 내가 물었다.

"오! 왜냐고요! 자세히는 모르지만, 그래요, 당신이 어떤 면에선 몹시 어리석기 때문이에요. 저보다 훨씬 나이가 많다는 이유만으로—그래요, 제가 다른 사람을 좋아하게 될지도 모른다고 생각하고 있으니까요. 저는 당신이 저와 로렌스가 친구 사이였다는 사실을 알게 되면, 당신은 아마 일을 귀찮게 만들 거라고 생각했어요."

"당신은 속이는 데에는 아주 통달해 있군."

나는 얼마 전에 그녀가 이 방에서 내게 이야기한 것이며, 그때의 교묘하고 자연스러웠던 태도를 떠올려 보았다.

"예, 그래요. 전 숨기는 일을 잘해요. 전 그렇게 하는 것을 좋아하니까요."

그녀의 목소리에는 어린아이 같은 즐거움이 깃들어 있었다.

"그러나, 제가 지금 한 말은 모두 사실이에요. 앤과의 일에 대해선 잘 몰랐으므로, 로렌스가 왜 저렇게 변했을까 하고 생각했어요. 그래요, 저에게 전혀 관심을 보이지 않는 일이 이상했어요. 저는 그런 덴 익숙하지 못하니까요."

잠시 침묵이 흘렀다.

"이해하시겠죠, 렌?"

"음, 이해하오."

그러나, 내가 무엇을 이해했단 말인가?

제25장

나는 익명의 편지가 남긴 인상을 쉽사리 떨쳐 버릴 수가 없었다. 그것은 오점으로 남아 있었다. 나는 다른 세 통의 편지를 추슬러서 손목시계를 흘끗 쳐다본 뒤 밖으로 나왔다.

나는 몹시 궁금했다. 세 여자가 동시에 '오셔서 알아야 한다.'는 것이 과연 무엇일까? 나는 아마 똑같은 정보를 얻게 될 것이다. 하지만, 곧 내 추측이 틀렸다는 것을 깨달아야 했다.

나는 경찰서를 그냥 지나칠 수가 없었다. 발걸음이 닿는 대로 내버려 두었다. 나는 슬랙 경감이 올드 홀에서 돌아왔는지 알고 싶었던 것이다. 그는 돌아와 있으며, 게다가 크램 양과 함께 있었다.

미모의 글래디스 양은 그 문제에 대해 도도하게 굴면서 앉아 있었다. 그녀는 여행용 가방을 숲으로 가지고 갔다는 사실을 강력하게 부인하고 있었다.

"수다스런 늙은 고양이 한 마리가 밤새도록 자기네 창을 내다본 것에 지나지 않는 일 때문에, 경감님이 절 부르게 된 거예요. 그녀는 전에도 한 번 실수를 저질렀어요. 그렇잖아요? 살인이 있었던 날 오후에 오솔길 막다른 곳에서 절 보았다고 했는데, 그때는 한낮인데도 그녀가 실수를 했다면 달빛 아래서 절 보았다는 것이 가능할 수 있을까요? 악의에 찬 짓이에요. 그런 늙은 여자들이 여기에서 행하는 짓거리들은, 어떤 것을 말하든, 그들은 심술을 부리는 거예요. 저는 아주 결백해요. 결백한 만큼 빨리 제 침대로 돌아가 자고 싶어요. 당신들은 많은 점에서 이런 행동을 부끄럽게 여겨야만 해요."

"가령 블루 보어 여관의 안주인이 그 여행용 가방이 당신의 것이 틀림없다고 확인해 준다면 어쩌겠소, 크램 양?"

"그런 식으로 말한다면, 그건 그녀가 잘못 본 거예요. 거기에는 아무런 이름도 적혀 있지 않아요. 거의 모든 사람들이 그 같은 여행용 가방을 갖고 있어요. 가엾은 스톤 박사님을 흔한 도둑으로 취급해서 비난하다니! 그리고 그분은 직함도 많이 가지고 있어요."

"그럼, 밝히기를 거부하겠다는 거요, 크램 양?"

"그것에 관한 한 거부가 아니에요. 당신네가 잘못하는 것이죠. 그뿐이에요. 경감님은 그 참견하기 좋아하는 마플 양과 함께—전 더 이상 말하지 않겠어요. 제 변호사가 있으니까 함께 자리하지 않는 한, 당신네가 절 체포하려 들지 않는다면, 전 그만 가봐야겠어요."

대답 대신 경감은 일어나서 그녀에게 문을 열어주었다. 머리를 꼿꼿이 쳐든 채 크램 양은 걸어나갔다.

"저렇습니다. 아주 완강하게 부인하고 있지요."

슬랙 경감이 제자리로 돌아오면서 말했다.

"물론, 그 노처녀가 실수했을 수도 있죠. 어떤 배심원도 달밤에 먼 거리에서 사람을 알아볼 수 있다는 걸 믿지 않으려고 할 거요. 그리고 그때 내가 말한 적이 있듯이, 그 노처녀가 잘못 본 것인지도 모르는 일이오."

"그럴지도 모르죠." 내가 말했다.

"그러나 난 그녀가 잘못 보았으리라고는 생각지 않아요. 마플 양이 하는 말은 늘 옳거든요. 그게 사람들이 그녀를 싫어하는 이유이기도 하죠."

경감은 이를 드러내고 싱긋 웃었다.

"허스트 순경도 그렇게 말하더군요. 제기랄, 이런 마을에선."

"그 은그릇들은 어떻게 되었소, 경감?"

"완전히 갖추어져 있는 것 같았소. 그 어느 한 쪽은 가짜겠지요. 마침 머치 벤헴에 골동품 은제품에 권위가 있는 유능한 사람이 있답니다. 나는 그 사람에게 전화를 걸어 와달라고 하고는 차를 보냈죠. 곧 사실을 알게 될 거요. 벌써 바꿔치기 된 것인지, 아니면 계획에 그치고 만 것인지를. 어떤 식이든 그리 큰 차이는 없을 거요. 경찰에 관한 한 절도는 살인에 비하면 아무것도 아니니까요. 그 두 사람은 모두 살인과는 관계없어요. 우리는 크램 양을 통해 그의 행방을 알 수 있게 될 거요. 그게 바로 내가 별 소란없이 그녀를 내보낸 이유지요"

"웬일인가 했죠." 내가 말했다.

"레딩 씨의 일은 참 안됐다고 생각합니다. 일부러 경찰에 협조해 주는 사람은 거의 없으니까요."

"그렇습니다." 쓴웃음을 지으며 내가 말했다.

"아무튼 여자들은 분쟁의 씨앗이죠." 경감이 설교조로 말했다. 그는 한숨을 내쉰 뒤 계속해서 말했다.

"물론 거기에는 아처도 있지요."

"오! 당신도 그를 지목하고 있었소?" 나는 다소 놀랐다.

"왜요, 당연한 일이지요. 제일 처음 눈독을 들였습니다. 익명의 편지까지 들먹일 필요도 없죠."

"익명의 편지라고요? 그런 편지를 받았소?" 내가 날카롭게 물었다.

"놀랄 것까진 없소. 우리는 하루에 적어도 십여 통씩은 편지를 받으니까. 오, 그래요. 우리는 아처 건도 이미 알고 있지요. 마치 경찰에서 찾아낼 수 없으리라고 생각한 것처럼 말입니다! 아처는 처음부터 혐의 선상에 있었소. 그런데 난처하게도 그 녀석에겐 알리바이가 있어요. 그다지 중요한 건 아니지만, 눈감아 주기도 뭣한 일이에요."

"중요한 게 아니라니 무슨 뜻인가요?" 내가 물었다.

"그래요, 그 녀석은 그날 오후 내내 친구들과 함께 있었던 것 같습니다. 내가 말한 대로 그건 분명히 중요한 것이 아니오. 아처와 그의 친구 녀석들은 어떤 말이든지 곧잘 증언하니까요. 그들이 한 말은 믿을 게 못 되죠. 우린 그걸 잘 알아요. 하지만, 세상은 그렇지가 못합니다. 배심원들도 세상에서 선출되기 때문에 더욱더 곤란해지는 거죠. 그들은 아무것도 모릅니다. 그러므로 십중팔구는 대개 증인석에서 말하는 것들을 전부 믿어 버리죠. 누가 그것을 증언하고 있느냐는 별로 문제가 되지 않아요. 그리고 물론 아처 자신도 자기의 소행이 아니라고 안색이 파랗게 질릴 때까지 맹세할 것이오."

"레딩 씨만큼 호의적이질 못한 모양이지요?" 내가 웃으며 말했다.

"그래요." 경감이 있는 그대로를 설명한다는 듯한 투로 말했다.

"생명에 집착하는 것은 당연하겠지요."

나는 생각에 잠긴 듯한 목소리로 말했다.

"만일 배심원의 자비로움으로 형벌을 면하게 된 살인자가 있다는 것을 알게 되면 목사님은 몹시 놀랄 겁니다."

경감이 의기소침해져서 말했다.

"그래, 정말로 아처가 범행을 저질렀다고 생각하시오?" 내가 물었다.

슬랙 경감은 그 살인사건에 대해서 어떤 사적인 견해가 있지는 않은 것 같았다. 내게는 그것이 줄곧 몹시 이상스럽게도 여겨졌다. 판결을 내리는 데에 따른 어려움, 또는 간편함만이 그의 흥미를 끄는 유일한 관심사인 것 같았다.

"나는 좀더 확인해 보고 싶소." 그가 말했다.

"지문이나 발자국, 혹은 그날 범행 전후 시간에 현장 부근에서 본 사람이 있다든가 해야지, 그런 것 없이는 그 녀석을 체포할 수 없소. 아처가 레딩 씨 집 근처를 배회하는 것을 한두 번 본 사람이 있으나, 그 녀석은 분명히 자기 어머니에게 말할 게 있어서 갔다고 할 거예요. 그의 어머니는 꽤 점잖은 부인이오. 아니, 나는 그 부인의 말을 인정합니다. 협박에 대한 명확한 증거를 제시할 수만 있다면 좋겠는데─그러나 이번 사건에서는 명확한 증거를 찾을 수가 없소! 그건 이론에 불과해요. 이론, 이론이라고요. 클리멘트 씨, 목사관으로 가는 길에 독신녀들이 살지 않는 것이 참으로 유감이오. 만일 그런 여자들이 살고 있다면 틀림없이 어떤 것을 보았을 텐데요."

그의 말은 내가 방문할 곳이 있다는 사실을 일깨워주었다. 나는 그와 헤어졌다. 그렇듯 온화한 분위기에 젖어 있는 그의 모습을 본다는 것은 참으로 드문 일이었다. 내가 제일 처음 찾아간 곳은 하트넬 양 집이었다. 그녀는 이미 창가에 서서 날 보고 있었음이 분명했다. 미처 벨을 누르기도 전에 현관문을 열고 나와 굳게 내 손을 잡으며, 집 안으로 날 안내했다.

"와주셔서 너무나 기뻐요. 이리로, 좀더 안으로 들어오세요."

우리는 아주 작은, 닭장 크기만 한 방으로 들어갔다. 하트넬 양은 문을 닫고 아주 비밀스러운 태도로 내게 의자에(단지 세 개뿐인 그 의자에) 앉으라고 권했다. 나는 그녀가 속으로는 즐기고 있음을 알 수 있었다.

"나는 에둘러 말하며 상대방의 마음을 떠보는 그런 사람은 아니에요."

그녀가 쾌활한 목소리로 말했다. 나중에는 그 상황의 은밀한 분위기에 맞추려는 듯 목소리의 톤을 조금 낮추었다.

"마을에 어떤 소문이 떠돌고 있는지 알고 계시지요?"

"유감스럽게도 알고 있습니다." 내가 말했다.

"나도 동감이에요. 나만큼 소문을 싫어하는 사람도 없을 거예요. 그러나 사실이 그래요. 난 사건 당일 오후에 레스트레인지 부인을 찾아갔었는데, 그녀는 외출 중이었어요. 그 사실을 경감에게 알리는 게 의무라고 생각했어요. 그래서 난 그렇게 했죠. 어떤 사례를 받겠다는 생각에서 한 것은 아니에요. 다만 그렇게 생각했을 뿐이죠. 하지만, 좋은 일을 하고 나면 언제나 뺨 맞기 고작이지요. 그래요, 어제만 해도 뻔뻔스러운 베이커 부인이……."

"예, 예." 나는 그녀의 버릇인 장광설을 피하려고 말을 막았다.

"매우 유감스러운 일, 예, 정말 유감스러운 일이죠. 얘기 계속하십시오."

"하류층 사람들은 자기네들의 가장 좋은 친구가 누구인지도 몰라요."

하트넬 양이 말했다.

"나는 그들을 찾아가서 언제나 적당한 충고를 해주지요. 하지만 그것에 대해 고맙다는 말을 들어본 적은 한 번도 없어요."

"레스트레인지 부인을 찾아갔던 사실을 경감에게 알렸나요?"

"예, 그래요. 그런데 말이 나왔으니까 하는 얘긴데, 그는 전혀 고마워하지 않는 거예요. 필요하면 한 번 조사해 보겠다고 말하더군요. 정확히 그런 말을 한 건 아니지만, 하여튼 그런 말투였어요. 요즈음 경찰 내에서도 다른 계급의 사람들이 있더군요."

"아마, 그럴 겁니다. 그런데 부인은 무엇을 말하다가 말았죠?" 내가 말했다.

"나는 이젠 더 이상 어떤 경감도 가까이하지 않기로 했어요. 결국 성직자들만이 신사예요—몇몇 사람도 포함해서요."

나는 그녀가 몇몇에 나를 포함하고 있지 않다는 것을 알아차렸다.

"내가 부인을 도울 수 있었으면 합니다." 내가 말을 꺼냈다.

"그건 의무에 속하는 문제예요."

하트넬 양이 말했다. 그리곤 갑자기 입을 꾹 다물었다가 이었다.

"나는 이런 것을 말하고 싶진 않아요. 다른 사람들이라면 또 몰라도. 그러나 의무는 의무니까요."

나는 기다렸다.

"알아주셨으면 해요." 하트넬 양이 얼굴을 붉히며 말했다.

"레스트레인지 부인은 그날 온종일 집에 있겠다고 얘기했어요. 그런데 벨을 눌렀을 때 아무런 대답이 없었어요. 이유는 글쎄, 그녀가 원치 않았기 때문이겠죠. 그렇게 얌전한 체하면서요. 난 의무감을 느끼고 그녀를 찾았는데, 그 같은 취급을 당하다니!"

"그녀는 아팠다고 하던데요." 내가 부드럽게 말했다.

"아파요? 엉터리에요. 목사님은 너무나 세상물정에 어둡군요. 그 여자는 아픈 것과는 거리가 멀어요. 헤이독 박사님에게 진단서를 받다니! 그녀는 그 사람을 마음대로 주무르고 있어요. 모든 사람이 그걸 알아요. 그런데 내가 어디까지 말했죠?"

나도 정말 몰랐다. 하트넬 양과의 이야기가 어디서 끝났으며, 그 독설이 어떻게 해서 시작되었는지를 알 수가 없었다.

"오! 그날 오후 그녀를 찾아갔었다는 데까지 했죠. 그런데 그녀가 집에 있겠다고 한 것은 순 엉터리였어요."

"그걸 어떻게 알 수 있지요?"

하트넬 양의 얼굴은 좀더 붉어졌다. 그녀는 조금씩 흥분하기 시작했다.

"나는 문을 두드리고 벨을 눌렀어요." 그녀가 설명했다.

"두 번씩이나. 세 번은 아니었어요. 그때 문득 벨이 고장났는지도 모른다는 생각이 들더군요."

그러나 그 말을 한 순간, 그녀는 내 얼굴을 정면으로 쳐다보지 못했다. 이 마을의 집은 모두 같은 건축업자가 지었기 때문이다. 그리고 그가 설비한 벨은 현관 밖에 서 있으면 항상 똑똑하게 들릴 수 있게 되어 있었던 것이다.

하트넬 양과 나는 그것을 아주 잘 알고 있었다. 그러나 나는 예의상 가만히 있었다.

"그래서요?" 내가 중얼거리듯이 말했다.

"나는 우편함 속에 명함을 집어넣고 싶진 않았어요. 그건 너무 무례한 일일 것 같아서, 난 무례하게 굴진 않아요."

그녀는 조금도 떨지 않고 이 놀라운 진술을 했다.

"그래서 나는 그 집 주위를 살펴봐야겠다고 생각했죠. 그리고 유리문을 두들겨 보았어요." 그녀는 수치심도 느끼지 않는 양 계속했다.

"나는 그 집을 샅샅이 둘러보았어요. 창문 안도 모두 들여다보았죠. 그러나 집 안에는 아무도 없는 것 같았어요."

나는 그녀를 충분히 이해할 수 있었다. 집이 비어 있다는 사실을 이용해서, 하트넬 양은 자기의 호기심을 마음껏 채웠고, 그리고 그 집을 둘러보았으며, 정원을 살피고, 가능한 한 내부 사정을 좀더 자세히 살펴보려고 창문 안쪽을 유심히 들여다보았을 것이다. 그녀는 내게 그 이야기를 해주려고 마음먹은 것 같았다. 그것은 내가 경찰보다는 좀더 동정적이고 관대한 청취자라고 믿었기 때문이리라. 교구민들은 누구나 성직자가 자기의 의혹을 해결해줄 것이라고 기대하는 것이다. 그런 상황에서 나는 아무런 말도 하지 않았다. 단지 한 가지 질문만을 했다.

"그때가 언제였죠, 하트넬 양?"

"내가 생각하기로는 6시가 거의 다 되어갈 무렵이었던 것 같아요. 나중에 곧장 집으로 왔는데, 그때가 6시 10분쯤이었지요. 6시 30분경에 프로데로 부인이 밖에다 스톤 박사와 레딩 씨를 세워두고 집에 들어왔어요. 우리는 구근류(球根類)에 대해서 얘기를 나누었죠. 그러는 동안, 불쌍한 대령은 살해되어 있었던 거예요. 너무나 슬픈 세상이에요."

"때로는 슬프다기보다는 불쾌한 생각이 들어요." 내가 말했다.

나는 자리에서 일어났다.

"그게 부인이 내게 말하려고 한 얘기입니까?"

"난 다만 그게 중요한 사실일 수도 있다고 생각했어요."

"그럴 수도 있겠죠." 나도 동의했다.

그리고 더 이상 머무르기를 사양하면서, 물론 하트넬 양의 실망이야 크겠지만, 난 자리를 떴다.

다음에 방문한 사람은 웨더비 양이었는데, 그녀는 안절부절못하면서 날 맞이했다.

"존경하는 목사님, 진실로 당신은 친절하신 분이시군요. 차를 드시겠어요? 정말 괜찮겠어요? 이렇듯 빨리 찾아와 주셔서 정말 고맙습니다. 언제나 남을 위해 기꺼이 봉사하시는군요."

요점으로 들어가기 전에 의례적으로 하는 말들이 길었다. 그러나 그녀는 계속 넌지시 말을 돌려가면서 본론으로 접근해가고 있었다.

"목사님은 내가 이것을, 아주 믿을 만한 소식통을 통해서 들었다는 사실을 아셔야 합니다."

세인트 메리 미드에서 가장 믿을 만한 소식통은 언제나 누구네 집 하인이게 마련이다.

"누가 말해 주었는지 얘기하실 수 없습니까?"

"전 약속했어요, 목사님. 그리고 언제나 약속한 것을 비밀로 지켜야 한다고 생각해요." 그녀는 대단히 진지해 보였다.

"어떤 작은 새가 내게 얘기해줬다고 하는 게 좋겠군요. 그것이 무난하겠군요, 그렇죠?"

'무척 어리석군.'

난 이렇게 말하고 싶었다. 말했더라면 좋았을 텐데. 그러나 그러질 못했다. 나는 웨더비 양에게 끼친 그 영향력, 즉 그녀가 들었다는 소문의 내용이 어떤 것인지 알고 싶었다.

"글쎄, 그 작은 새는, 이름은 결코 밝힐 수 없어요. 어떤 부인을 보았다고 하는군요."

"또 다른 종류의 새입니까?" 내가 물었다.

너무나 놀랍게도, 웨더비 양은 미친 듯이 불쑥 발작적인 태도를 보이기 시작했다. 그리고, 팔로 나를 익살스럽게 치면서 말했다.

"오! 목사님, 농담하지 마세요."

그녀는 다시 냉정해진 뒤에 계속했다.

"어떤 부인인, 그런데 그 부인이 어디를 가고 있다고 생각하세요? 그녀는 목사관으로 향하는 길로 접어들었는데, 앞으로 가기 전에 아주 이상한 몸짓으로 두리번거리며 주위를 둘러보았답니다—아래위도 훑어보았고요. 아는 사람이 보고 있지나 않을까 확인하기 위해서가 아니었을까요?"

"그동안 그 새는 뭘 하고 있었나요?" 내가 물었다.

"생선 가게를 찾아가, 그 가게 안쪽 방에 있었대요"

나는 하녀들이 휴일에 어디서 소일하는지를 이제야 알 것 같았다. 그들은 가능한 한 개방된 곳으로는 절대 가지 않는다는 것도 알았다.

"그리고 그 시간은……."

모호하게 상체를 앞으로 굽히며 웨더비 양이 계속해서 말했다.

"6시 조금 전이었어요"

"언제 얘기입니까?"

"살인사건이 일어났던 날이에요. 내가 그렇게 말하지 않았던가요?"

"그렇게 미루어 짐작했소" 내가 대답했다.

"그 부인의 이름은 뭐요?"

"L자로 시작해요" 웨더비 양이 여러 번 고개를 끄덕이며 말했다.

나는 웨더비 양이 말하려고 한 것을 다 들었음을 느끼면서 일어나려고 했다.

"경찰이 찾아오게끔 하지는 않겠죠, 그렇죠?"

그녀는 두 손으로 내 손을 꼭 잡으면서 애처롭게 말했다.

"나는 세상에 알려지고 싶지 않아요. 그런 내가 법정에 서야 하다니!"

"특별한 경우에 한해서만……." 내가 말했다.

"그들은 목격자를 증인석에 앉힐 것이오"

그리고 나는 쫓기듯 그 집에서 나왔다.

프라이스 리들리 부인을 만나봐야 할 일이 여전히 남아 있었다. 그 부인은 즉시 앉을 자리를 마련해 주었다.

"나는 재판 소동 같은데 휘말려 드는 일은 딱 질색입니다. 그 점 미리 알아주시기 바라요. 하지만, 설명을 요하는 상황에 부딪쳤을 때는 경찰에 알려야만 된다는 생각이 들어서요"

그녀는 냉정하게 악수한 다음, 일사천리로 말했다.

"레스트레인지 부인에 관련된 일입니까?"

"그렇다면요?" 프라이스 리들리 부인이 다시 쌀쌀맞게 되물었다.

그녀는 나를 궁지에 몰아넣었다.

"그건 아주 간단한 문제예요." 그녀가 계속했다.

"우리 집 하녀 클래라가 대문 앞에 1~2분쯤 서 있었다는군요. 신선한 공기를 쐬기 위해서라고 했지만, 거의 믿기지 않는 일이에요. 생선 가게 소년(그 아이도 자기를 소년이라고 부르는지는 모르겠지만)을 찾고 있었다는 게 훨씬 더 그럴듯한 얘기가 되죠. 그 아이는 되바라진 풋내기로, 이제 열일곱 살이나 되었으니 같은 또래의 처녀들과 장난을 쳐도 괜찮다고 생각하는가 봐요. 아무튼 클래라가 대문 앞에 서 있었는데 재채기 소리가 들렸답니다."

"예—." 나는 그다음 말을 기다리면서 대꾸했다.

"그뿐이에요. 그 아이가 재채기 소리를 들었다는 걸 말하려 했어요. 내가 옛날만큼 젊지 않아서 실수할 수도 있다는 말을 하지 마세요. 그걸 들은 사람은 내가 아니라 클래라이고, 그 아이는 이제 겨우 열아홉 살밖에 되지 않았으니까요."

"그러나……, 왜 재채기 소리를 들으면 안 되는 건가요?" 내가 말했다.

프라이스 리들리 부인은 내 말에 딱하다는 듯한 표정을 지으며 날 쳐다보았다.

"그 아이는 살인사건이 나던 날, 목사님 집에 아무도 없었던 그 시간에 재채기 소리를 들은 거예요. 그건 의심할 여지도 없이 그 살인자가 기회를 노리며 덤불 속에 숨어 있었다는 게지요. 그러니까 목사님이 주의를 기울여야 할 것은 감기에 걸린 사람을 찾는 일이에요."

"아니면, 건초열(꽃가루가 점막을 자극함으로써 일어나는 알레르기. 결막염, 비염, 천식 따위의 증상이 나타난다.)을 겪고 있었을 수도 있겠죠." 내가 말했다.

"그러나 프라이스 리들리 부인, 나는 그 미스터리에 매우 쉬운 해답을 내릴 수 있다고 생각해요. 우리 집 하녀인 메리는 심한 코감기를 앓고 있었거든요. 사실, 그녀의 코훌쩍이는 소리는 요즘 우리를 몹시 괴롭혔어요. 당신의 하녀가 들었던 소리는 그녀의 재채기 소리였을 겁니다."

"그건 남자의 재채기 소리였어요."

프라이스 리들리 부인이 단호하게 말했다.

"그리고 우리 집 대문 앞에선 목사님네 주방에서 나오는 재채기 소리를 들을 수가 없어요."

"부인의 대문 앞에서도 역시 우리 집 서재에서 나는 재채기 소리를 들을 수 없을 겁니다." 내가 말했다.

"아니, 적어도 나는 그걸 의심스럽게 생각하는 것이오."

"난 어떤 사나이가 정원에 몸을 숨기고 있었는지도 모른다고 말했어요."

프라이스 리들리 부인이 말했다.

"그러니, 의심할 여지없이 클래라가 없어진 뒤 그는 살짝 목사관 안으로 들어갔을 거예요."

"글쎄, 물론 그것도 가능하겠죠." 내가 말했다.

의식적으로 나는 목소리를 가라앉히려고 하지 않았다. 그러나, 나는 그럴 수가 없었다. 왜냐하면, 프라이스 리들리 부인이 갑자기 나를 노려보았기 때문이다.

"난 내 얘기를 잘 들어주지 않는 사람에게 이미 익숙해져 있어요. 그러나 말이 나온 김에 하는 얘긴데, 테니스 라켓을 그렇게 아무렇게나 풀밭에 내팽개쳐 두면 완전히 망가지게 될 거예요. 요즘은 테니스 라켓이 아주 비싸요."

이런 측면 공격은 아무리 생각해 보아도 이해할 수 없었다. 나는 몹시 당황했다.

"그러나 아마도 목사님은 동감하지 않겠죠?"

프라이스 리들리 부인이 말했다.

"오! 나도 동감입니다."

"됐어요. 그게 바로 내가 말하려고 한 거예요. 이제 난 이 사건에서 아주 손을 떼겠어요."

그녀는 상체를 뒤로 젖히며 세상사에 지친 듯한 피곤한 눈을 감았다. 나는 그녀에게 고맙다는 말과 함께 작별 인사를 했다.

현관 앞 층계에서, 클래라에게 그녀의 여주인의 말에 대해 과감하게 물었다.

"그건 정말이에요, 목사님. 저는 분명히 재채기 소리를 들었어요. 평범한 재채기 소리가 아니었어요. 분명해요"

범죄에 관한 한 평범한 것이라곤 아무것도 없다. 그 총소리는 평범한 종류의 총소리가 아니었을 것이다. 재채기도 일반적인 재채기 소리가 아니었음이 분명하리라. 그것은 내 가정에 따르면 특별한 살인자의 재채기이다. 나는 그 하녀에게 재채기 소리를 들은 때가 언제냐고 물었는데, 그녀의 대답은 대단히 모호했다―그녀가 생각해 내기로는 6시 15분에서 30분 사이일 것이라고 한다. 어쨌든, 부인이 괴상한 전화를 받고 기분이 몹시 나빠지기 직전이었다고 했다.

나는 그녀에게 어떤 총소리를 들은 적이 없느냐고 물어보았다. 그러자 꽹장히 큰 총소리를 들었다고 대답했다. 그 뒤로 나는 클래라의 말을 거의 믿지 않게 되었다.

나는 우리 집 대문을 막 들어서면서, 헤이독 의사를 찾아가기로 했다.

손목시계를 들여다보고는 저녁 예배를 보기 전이 적합한 시간이라고 생각했다. 길을 내려와 헤이독 의사의 집으로 향했다. 그는 날 맞으러 현관 앞 층계까지 나와 있었다. 나는 그가 이번 일로 얼마나 걱정하는지를 새삼 느낄 수 있었다. 그리고 이번 일은 그를 더욱더 빨리 늙어 버리게 하는 것 같았다.

"만나게 되어서 반갑습니다." 그가 말했다.

"새로운 소식은?"

나는 그에게 최근 스톤 박사에 대해 진전되고 있는 사항을 알려 주었다.

"고단수의 도둑이군." 그가 짧게 평했다.

"그것은 여러 가지를 설명해 주고 있소. 그는 고고학 전문분야에 관한 서적들을 꽤 많이 읽어 온 것 같습니다. 나한테도 가끔 얘기해 주었지요. 프로데로 대령은 아마 그의 정체를 이미 알아채고 있었을지도 모릅니다. 두 사람이 다투었다는 것을 알고 있지요? 경찰은 크램 양에 대해서 어떻게 생각하고 있습니까? 그녀 역시 개입되었소?"

"그것은 아직 밝혀지지 않은 사항이오." 내가 말했다.

"내가 보기에는 그녀는 아무런 관계가 없는 것 같소. 그녀는 뛰어난 멍청이오." 내가 덧붙였다.

"외 나는 그렇게 보지 않아요. 그녀는 영리한 여자예요. 게다가 대단히 건강한 여성이죠. 나 같은 의사들을 귀찮게 만드는 일은 없을 것 같아요."

나는 하웨스의 일이 걱정되어서 본격적으로 요양하는 것이 좋겠다고 말했다. 그런데 이게 어찌된 일인가, 헤이독 의사가 다소 머무적거리는 것 같았다. 그의 대답은 진심에서 우러나온 것으로 여겨지지 않았다.

"예—." 그는 천천히 말했다.

"그게 가장 좋은 방법이라고 생각되는군요. 불쌍한 친구, 정말 불쌍한 친굽니다."

"당신은 그를 좋아하지 않는다고 생각했는데요?"

"그래요. 그러나 좋아하진 않지만 가엾다는 생각이 드는 사람은 많이 있죠." 그는 잠시 뒤, 덧붙여 말했다.

"난 프로데로 대령에 대해서조차도 가엾게 생각하고 있소. 불쌍한 친구, 아무도 그를 좋아하지 않았지. 대쪽 같은 성격에 너무 지나치게 자기주장만 내세웠죠. 그렇게 되면 남에게 미움을 사는 법이지. 그는 언제나 그랬어—젊었을 때부터."

"옛날부터 그와 알고 지냈다니 뜻밖인데요."

"오, 예. 그가 웨스트올랜드에 살고 있을 때, 난 그리 멀리 떨어지지 않은 곳에다 병원을 개업했죠. 아주 오래전 일이오. 거의 20년이 다 되었으니까."

나는 한숨을 쉬었다. 20년 전이라면, 그리셀다는 겨우 다섯 살이었다. 세월은 화살과도 같았다.

"그게 내게 전해 주러 온 내용의 전부입니까, 클리멘트 씨?" 그가 말했다.

난 움찔해서 쳐다보았다. 헤이독 의사는 날카로운 시선으로 날 주시했다.

"그 밖의 다른 일이 또 있는 게 아닙니까?"

나는 고개를 끄덕였다. 들어올 때까지만 해도 그 얘기를 해야 할지 말아야 할지 망설이고 있었다. 그러나 난 이제 말하기로 했다. 내가 아는 여느 사람들 중에서도 난 헤이독 의사를 무척 좋아한다. 그는 모든 면에서 박식한 친구였다. 내 얘기가 그에게 유익한 것이 될 수 있다고 느꼈다.

나는 하트넬 양과 웨더비 양을 만나고 온 사실과 그들에게서 들은 얘기들을 그대로 말해 주었다. 얘기가 끝난 뒤에도 그는 한동안 말이 없었다.

"그건 사실입니다, 클리멘트 씨." 마침내 그가 입을 열었다.

"내가 할 수 있는 범위 내에서, 난 레스트레인지 부인을 모든 불편으로부터 보호하려고 애써 왔소. 사실 그녀와는 오래전부터 알고 있었어요. 그러나 단지 그 때문만은 아니오. 내가 발급해 준 진단서는 당신들 모두가 생각하는 것처럼 조작된 것은 아니오."

그는 잠시 말을 멈추었다가 다시 침울하게 말했다.

"이것은 우리 둘 사이에만 오고 간 얘기로 해야 하오, 클리멘트 씨. 레스트레인지 부인은 얼마 안 있어 곧 죽게 될 것이오."

"뭐라고요?"

"그녀는 현재 죽어가고 있습니다. 기껏해야 한 달 정도일 테지요. 그런데도 당신은 내가 괴로움을 겪고 심문당하는 데에서 그녀를 보호해 주고 싶어 하는 것이 이상하다고 여기시오?" 그는 계속했다.

"그날 저녁 그녀가 이 길을 돌아들어 온 것은 바로 우리 집에 오기 위해서였소."

"전에는 그것을 말하지 않았잖소?"

"얘기해서 소란을 일으키고 싶지 않았기 때문이오. 6시에서 7시 사이는 환자를 돌보는 시간이 아니오. 그건 이곳의 모든 사람들이 다 아는 사실이오. 그러나 그녀가 여기 있었다는 것은 믿어도 좋습니다."

"내가 당신을 찾으러 왔을 때만 해도 그녀는 여기 없었소. 우리가 시체를 발견했을 때 말이오."

"아뇨." 그는 당황하는 것 같았다.

"그녀는 그때 막 떠났어요—약속이 있다면서."

"어느 방면으로 가는 약속이었는데요? 그녀의 집에서인가요?"

"모르오, 클리멘트 씨. 정말 난 모르겠어요."

나는 그를 믿었다. 그러나……

"무고한 사람이 교수형을 받게 된다면?" 내가 말했다.

그는 고개를 저었다.

"아니오, 아무도 프로데로 대령의 살인사건으로 말미암아 교수형에 처하게 되지는 않을 거요. 내 말을 그대로 믿어도 좋소."

그건 이해할 수 없는 말이었다. 그러나 그의 목소리는 대단히 확신에 차 있었다.

"아무도 교수형에 처하게 되지 않을 것이오." 그가 거듭 되풀이했다.

"그 사람 아처는……." 그는 조바심을 내며 말했다.

"권총에서 자기 지문을 지울 만큼 그렇게 머리가 좋진 않소."

"아마 그럴 거요." 미심쩍어 하며 나도 동의했다.

그때 나는 갑자기 어떤 것을 기억해 냈다. 숲 속에서 발견한 작은 갈색 물건을 주머니에서 꺼내어 그에게 내밀고선, 그게 무엇인지 아느냐고 물었다.

"흠." 그가 주저했다.

"피크린산(酸) 같아 보이는데, 어디서 났소?"

"그것은……, 셜록 홈스의 비밀이오." 내가 대답했다.

그는 웃었다.

"피크린산이 무엇이오."

"글쎄요, 일종의 폭발물이죠."

"또 다른 용도도 있나요?"

그는 고개를 끄덕였다.

"의학적으론, 화상에 용제(溶劑)로 쓰이고 있소. 아주 놀라운 재료지요."

나는 도로 손을 내밀었고, 그는 마지못해 하며 그것을 돌려주었다.

"아마도 아무런 상관이 없는 것일게요." 내가 말했다.

"그러나 난 이것을 아주 수상쩍은 곳에서 발견했소."

"어딘지 말해 주지 않겠소?"

어린애처럼 난 그것을 얘기하지 않았다. 그도 자기만의 비밀을 가지고 있으니까, 나도 나만의 비밀이 있을 법하지 않은가? 그가 보다 자세히 이야기를 해주지 않는 것 같아 나는 기분이 나빴다.

제26장

그날 저녁 설교단에 올라갔을 때 난 이상한 분위기에 젖어들었다.

교회 안은 평소와는 달리 만원이었다. 난 하웨스의 설교에 대한 기대가 그토록 많은 사람들을 끌었다는 사실을 믿을 수가 없었다. 하웨스의 설교는 단조로우면서도 독단적이었다. 그러나 내가 대신 설교를 맡았다는 소식이 퍼졌더라면 그들을 끌어들이지 못했으리라. 나의 설교는 가라앉은 분위기 속에서 진행되며, 또 학문적이니까.

나는 그렇듯 많은 사람들이 모인 것을 단지 그들의 신앙심 때문이라고 할 수 없는 것이 유감스러웠다.

마을 사람들이 거의 다 왔다. 결론을 내리자면, 누군가 다른 사람이 거기에 있나를 알기 위해, 그리고 아마 나중에 교회의 입구에서 작은 소문 거리들을 나누기 위해 왔을 것이다.

헤이독 의사도 교회에 왔는데, 그것은 전에는 없었던 일이다. 또한 로렌스 레딩도 와 있었다. 그리고 놀랍게도, 로렌스의 곁에서 하얗게 긴장된 얼굴로 앉아 있는 하웨스도 보았다. 물론 앤 프로데로도 거기 있었다. 그러나 그녀는 평상시에도 주일 저녁 예배에 참석한다. 하지만, 오늘 밤에도 올 줄은 거의 생각지 못했다. 나는 레티스를 보고 훨씬 더 놀랐다. 그녀가 주일 아침에 교회에 나오는 것은 거의 강제적이었다(프로데로 대령은 그 점에 있어서만은 아주 철저했다). 그러나 전에는 주일 저녁 예배에서 결코 레티스를 본 적이 없었다.

글래디스 크램 양도 거기 있었다. 그녀는 늙은 독신녀들 사이에서 보다 더 젊고 건강하게 보였다. 그리고 나중에 살짝 들어와 교회 안의 맨 끝줄에 흐릿한 모습으로 서 있는 여인이 레스트레인지 부인임을 알았다.

프라이스 리들리 부인, 하트넬 양, 웨더비 양, 그리고 마플 양 등이 총집합

해 있는 것은 따로 말할 필요도 없었다. 마을의 모든 사람들이 하나도 빠짐없이 모두 와 있는 것 같았다. 우리가 이렇듯 한자리에 모여 본 적이 있었던가?

군중의 힘이란 이상한 것이다. 거기에는 그날 밤, 마술적 분위기가 있었다. 그 영향을 맨 처음으로 받은 사람은 바로 나였다.

원칙적으로 난 항상 미리 설교문을 준비해 두기로 하고 있다. 초안은 상당히 신중하고 양심적으로 작성한다. 그러니, 아무도 그것의 결점에 대해 나보다 더 잘 알지는 못한다.

그런데 오늘 밤 난 즉흥적인 설교의 필요성을 느꼈다. 나를 올려다보고 있는 많은 얼굴들을 보았을 때, 갑자기 광기 어린 생각들이 내 머릿속에 마구 떠올랐다. 어떤 면에서 나는 하느님의 대리자가 되기를 포기한 것이다. 나는 배우가 되었다. 내 앞에는 청중이 있었고, 난 그 청중들을 감동시키고 싶었다—더욱이, 난 그것을 움직일 강력한 힘을 느꼈다.

그날 밤, 내가 한 행동을 결코 자랑스럽게 여기지는 않는다. 나는 감상적인 신앙 부흥론자의 얘기를 전혀 믿지 않았다. 그런데 그날 밤, 나는 광적으로 떠들어대는 복음전도자의 역할을 해낸 것이다.

나는 천천히 성경 구절을 암송했다.

"내가 의인을 부르러 온 것이 아니오, 죄인을 부르러 왔노라(마가복음 2:17)."

나는 그것을 두 번 되풀이했다. 나는 내 자신의 목소리, 평소의 레너드 클리멘트의 목소리 같지 않은 떨리는 목소리의 울림을 들었다.

나는 앞줄에 앉아 놀라움을 감추지 못한 채 올려다보고 있는 그리셀다를 보았고, 데니스 역시 그리셀다와 같은 놀란 표정을 짓고 있는 것을 보았다.

잠깐 동안, 나는 호흡을 멈춘 뒤 한꺼번에 몰아쉬었다. 교회 안의 사람들은 감정이 울적한 상태에 놓여 있었기 때문에 영향을 받기 쉽게 되어 있었다. 난 그런 분위기 속으로 파고들었다. 죄인은 참회하라고 권했다. 난 일종의 감정적 분노 상태에 빠져 있었다. 거듭 비난하듯 손을 앞으로 내밀며 그 성경 구절을 되풀이했다.

"난 지금 '여러분'에게 분명히 얘기하고 있습니다."

그때 교회 안 여기저기에서 일종의 탄식이 깃들인 신음 소리가 흘러나왔다.

군중의 감정은 이상하고도 무서운 것이었다.

난 아름다우면서도 아프게 와 닿는 말로 설교를 끝맺었다—아마도 모든 성경 구절에서 가장 매서운 말일 듯싶은, '오늘 밤에 네 영혼을 도로 찾으리니(누가복음 12:20)'로.

그것은 이상하면서 간단하게 사람들을 사로잡았다. 그러나 목사관으로 돌아왔을 때, 난 평소의 흐릿하고 모호한 자아와 다시 만났다. 그리셀다가 창백해져 있다는 걸 느꼈다. 그녀는 내게 팔을 끼었다.

"렌, 당신은 오늘 밤 너무나 무서웠어요. 전……, 전 그런 걸 좋아하지 않아요. 전에는 결코 그런 모습을 본 적이 없어요."

"이제 두 번 다시 듣지 않게 될 거요."

소파에 깊숙이 기대어 앉으며 내가 말했다.

"당신을 그렇게 만든 게 대체 뭐예요?"

"갑작스런 광기가 날 엄습해 왔소."

"오! 그건, 그건 특별히 계획된 설교가 아니었던가요?"

"뭐라고 말했소, 특별한 것이라고?"

"전 모든 것이 다 이상해요. 당신은 매우 예측하기 어려운 사람이에요, 렌. 전 당신을 전혀 이해할 수가 없어요."

우리는 메리가 없었기 때문에 차가운 저녁식사가 차려진 식탁에 앉았다.

"현관에 당신에게 온 편지가 있어요." 그리셀다가 말했다.

"그걸 가져다주겠니, 데니스?" 계속 말이 없었던 데니스는 순순히 응했다.

그것을 받아 보았을 때 나는 약한 신음 소리를 내고 말았다. 위쪽 왼편에는 다음과 같은 말이 적혀 있었다.

'직접 펼쳐 보시고 서둘러 주세요.'

"이것은……." 내가 말했다.

"마플 양이 보낸 걸 거야. 그 밖엔 보낼 사람이 없어."

나의 추측이 아주 정확하게 들어맞았다.

존경하는 클리멘트 씨, 내게 일어난 한두 가지 일을 알리게 되어서

기쁩니다. 우리가 모두 이 비극적인 미스터리를 밝히기 위해 협력하고 있다는 걸 알고 있어요. 9시 30분경에 댁으로 들르겠어요. 만일 그럴 수 있다면 목사님 서재의 창문을 두드릴게요. 그리셀다는 여기에 와서 내 조카의 이야기 상대가 되어 준다면 몹시 기쁘겠군요. 데니스도 좋다면 물론 마찬가지이고요. 별다른 연락이 없으면 그렇게 알고 있겠어요. 그럼, 이따가 찾아뵙겠습니다.

제인 마플로부터

그리셀다에게 편지를 건네주었다.

"오, 가야겠군요." 그녀는 생기발랄하게 말했다.

"집에서 만든 리큐르(향료·감미료 따위를 넣은 독한 술로, 식후에 작은 술잔으로 마심)를 마시는 것은 일요일 밤이 제일 적합하죠. 그런데 이렇게 마음이 심란해지는 것은 메리가 만든 블라밍즈(옥수수·설탕·녹말 따위를 섞어 만든 과자) 때문이라고 생각해요. 그것은 마치 영안실에서 가져온 것 같다니까요."

데니스는 그 초대에 별로 마음 내키지 않아 하는 것 같았다.

"숙모님에겐 썩 잘된 일이겠군요." 그가 중얼거렸다.

"숙모님은 예술과 문학에 대해 내내 그 교양이 풍부한 인사와 얘기를 나눌 수 있겠죠. 전 바보처럼 멍청하게 앉아서 두 사람의 얘기를 듣기만 할 테고."

"그것은 너한테도 좋은 일이야." 그리셀다가 조용히 말했다.

"분수에 맞는 일이라는 얘기지. 하지만 난 레이먼드 웨스트 씨가 자기가 드러내는 것만큼이나 그렇게 유식한 사람이라곤 생각하지 않는단다."

"우린 모두 다 그렇게 생각하진 않소." 내가 말했다.

난 마플 양이 나와 의논하고 싶어 하는 것이 무엇인지에 대해 매우 궁금했다.

교회의 모든 여자들 가운데서, 난 그녀를 가장 빈틈없이 예리한 사람으로 평가하고 있었다. 그녀는 실제로 진행되는 모든 것을 보고 듣지는 않지만, 그녀가 아는 사실로부터 놀랄 정도로 타당하고 적절한 추리를 끌어내곤 했다.

만일 내가 거짓말을 꾸며대야 하는 경우가 있다면, 가장 두려운 존재가 아마 마플 양 같은 사람일 게다.

그리셀다가 말한 그 조카의 환영 만찬은 9시가 조금 지나서 시작되었다. 나는 마플 양이 도착하기를 기다리는 동안, 그 사건과 관련된 사실에 대해 일종의 일람표를 작성하면서 무료함을 달랬다. 가능한 한 시간의 순서대로 그것들을 정리해 보았다. 난 그리 정확한 사람은 아니지만, 정리 정돈은 잘하는 습관이 있었다. 질서 정연하게 메모해 보는 걸 좋아했다.

정확히 9시 30분이 되어서야 창문 두드리는 소리가 났다. 일어나서 나가 마플 양을 맞아들였다.

그녀는 매우 멋진 혼방 모사 숄을 걸치고 있었으며, 늙어서인지 다소 가냘파 보였다. 그녀는 뭔가를 중얼거리며 들어왔다.

"부탁에 응해 주셔서 대단히 고맙습니다. 그리고 아주 훌륭한 부인, 그리셀다, 레이먼드는 그녀를 몹시 칭찬하더군요. 완전한 구르제(18세기 프랑스 화가)풍의 미녀라고요. 여기 앉아도 괜찮겠죠? 목사님 의자는 아니겠죠? 오! 고마워요. 발판은 없어도 돼요."

나는 의자 위에다 그녀의 털실 숄을 올려놓고 그녀 맞은편 의자에 앉았다.

나와 마주앉아 있는 마플 양의 얼굴에 약간의 애원하는 듯한 미소가 떠올랐다.

"난 목사님이 왜……, 왜 내가 이렇듯 이 모든 일에 관심을 보이는지, 그것을 궁금해하리라고 느껴요. 아마도 그건 매우 여자답지 않은 일이라고 생각하실 거예요. 아니, 만일 괜찮으시다면 그 까닭을 설명해 드리고 싶어요."

그녀는 잠시 말을 멈추었다. 갑자기 그녀의 뺨에 홍조가 피어올랐다.

"목사님은 아실 거예요." 그녀가 마침내 말을 꺼냈다.

"나처럼 혼자 사는, 특히 이런 외진 시골구석에서 파묻혀 지내는 사람은 무언가 취미를 가져야만 한다는 것을 말이에요. 물론 뜨개질이며, 길 안내, 복지 사업, 그리고 그림그리기 등이 있지만 내 취미는(언제나 그러했듯이), 인간성 연구랍니다. 그건 너무나 다양하고, 또 너무나 매력적인 일이에요. 여기처럼 작은 마을에서, 별로 마음 쏟을 데도 없는 이들에게는 그런 기회가 많아요. 내가 연구라는 적절한 이름으로 부를 수 있는 일들이 말이죠. 맨 처음에는 인간을 분류하는 일이죠. 아주 명확하게, 마치 새나 꽃을 분류하듯이 무슨 과(科)에

속하는 무엇이라는 식으로 분류하는 거지요. 때때로 물론 실수도 하지만, 시간이 지남에 따라 그런 실수는 점점 줄어들게 마련이죠. 그다음엔 스스로를 시험해본답니다. 작은 문제(예를 들어, 그리셀다가 무척 재미있어하는 껍질을 벗긴 새우)를 다뤄 보는 거예요. 별로 중요한 것은 아니지만, 그것을 바르게 해결할 수 없다면 절대로 이해하기 어려워요. 그리고 기침약이 변질된 일, 그다음엔 푸줏간 안주인의 우산─이런 것들은 그 자체로서는 아주 무의미한 일들이죠. 만일 채소 가게 주인이 약국 부인과 옳지 못한 짓을 한 게 아닌가 가정해 보지 않으면─이 가정은 나중에 사실로 밝혀졌죠. 자신의 판단을 적용시켜 그것이 들어맞았을 때의 기분은 뭐라 이루 말할 수 없는 황홀경으로 빠져들게 된답니다.

"당신이 늘 그렇다는 걸 나도 알아요." 내가 웃으며 말했다.

"하지만, 내가 두려워하는 것은 조금 자만심을 갖게 된다는 거예요."

마플 양이 고백했다.

"그러나 난 어느 날인가 정말로 아주 큰 사건이 일어난다면, 그때도 과연 잘 해결해 낼 수 있을지 언제나 걱정이 된답니다. 논리적으로 말하면, 그것은 정확히 똑같다고 볼 수 있을 거예요. 작은 장난감 총의 모형은 진짜 총과 똑같으니까요."

"당신은 모든 게 서로 관련이 있는 문제라는 말씀인가요?"

내가 천천히 말했다.

"논리적으로, 그렇게 될 수도 있다는 것은 나도 인정해요. 그러나 난 진짜 그런지는 알 수 없군요."

"그건 같은 경우임이 분명해요." 마플 양이 말했다.

"저, 학교에서 흔히 말하는 인수(因數)는 같은 것이겠죠. 돈과 이성 간의 상호 흡인, 물론 이상 심리도 있겠죠. 그러나 대부분의 사람들에게는 조금씩의 이상 심리는 다 있잖아요? 사실 많은 사람들이 그래요. 목사님이 그들을 조금만 더 잘 아시면 좋겠는데. 정상적인 사람들도 때때로 아주 놀랄 만한 일을 저지르는 수도 있고, 비정상적인 사람들도 때로는 올바른 일을 하는 수도 있죠. 사실 인간성 연구의 유일한 방법은 목사님이 이제까지 알아 온, 또는 우연히 알고 지낸 사람들과 다른 사람들을 비교해 보는 거예요. 독특한 타입의 사람들이 얼마나 적은지를 알게 된다면 목사님도 놀랄 거예요."

"상당히 복잡한 얘기로군요." 내가 말했다.

"지금 난 현미경 아래에 놓여 있는 기분이오."

"물론 나는 멜쳇 대령에게 이 같은 말을 할 생각은 조금도 없어요. 그는 아주 독단적인 사람이에요. 그렇죠? 불쌍한 슬랙 경감, 그런데 그 사람은 구둣방의 점원과 똑같아요. 손님의 발에 맞는 치수가 있다며, 손님이 갈색 양가죽 구두를 원한다는 사실도 무시한 채, 그 구두 가게에 있는 에나멜 구두를 강제로 팔려고 하니까요."

그건 슬랙 경감의 인품에 대한 묘한 표현이었다.

"그러나 목사님, 당신은 분명히 슬랙 경감만큼이나 그 사건에 대해 잘 알고 있으리라 생각하는데요. 만일 우리가 함께 일할 수 있다면……."

"지금 우리는 마음속으로 둘 다 셜록 홈스가 된 기분이 아닐까요?"

그런 뒤 나는 그녀에게 그날 오후에 받았던 세 사람의 방문 요청에 대해 얘기해 주었다. 프로데로 부인이 얼굴이 찢긴 초상화를 발견한 일과 경찰서에서의 크램 양의 태도에 대해서, 그리고 내가 주운 물건을 헤이독 의사가 확인해 준 일 등을 모두 이야기했다.

"내가 직접 발견한 것들이라 그런지, 난 그것들이 중요한 것이 되었으면 합니다. 그런데 그것은 이번 사건과는 별로 관계가 없을 듯하군요."

내가 말을 마쳤다.

"난 최근에 도서관에서 미국의 추리소설들을 꽤 많이 빌려와 읽었어요. 도움이 될 만한 것들을 찾았으면 하는 바람으로." 마플 양이 말했다.

"피크린산에 관한 게 나와 있던가요?"

"글쎄, 유감스럽게도 그건 없었어요. 하지만 어떤 사람에게 피크린산과 라놀린을 연고 대신 발라 주어 독살한 얘기는 알고 있어요."

"그러나 여기서는 아무도 독살된 사람이 없었으니, 그것은 문제될 것이 없는 것 같군요." 내가 말했다.

그리고 나서, 나는 그녀에게 내가 만든 사건 일람표를 보여 주었다.

"가능한 한 분명하게 그 사건에 관련된 사실들을 한번 재구성해 보기 위해 만든 겁니다." 내가 말했다.

사건 일람표

● 이달 21일 목요일

오후 12시 30분— 프로데로 대령이 6시에서 6시 15분 사이로 약속 시간을 변경해 오다. 아마도 마을 사람들의 절반 정도는 그 사실을 들었을 것이다.

12시 45분— 권총은 제자리에 놓여 있었다(그러나 이것은 아처 부인이 처음엔 기억할 수 없다고 말한 것으로 보아 나소 확실치 않다).

5시 30분(대략적임)— 프로데로 부부가 차를 타고 마을을 향해 올드 홀을 떠나다.

6시 15분(또는 1~2분 정도 빠를지도 모름)— 프로데로 대령이 목사관에 도착하다. 메리가 서재로 안내하다.

6시 20분— 프로데로 부인이 뒤쪽 샛길로 뜰을 가로질러 서재의 유리문까지 가다. 프로데로 대령의 모습은 보이지 않았다.

6시 30~35분— 총소리가 들려오다(전화가 걸려온 시간이 맞을 경우에 해당한다). 로렌스 레딩과 프로데로 부인, 그리고 스톤 박사의 증언은 그보다는 좀더 이른 것으로 지적되지만, 아마도 프라이스 리들리 부인의 진술이 옳은 것 같다.

6시 45분— 로렌스 레딩이 목사관에 와서 시체를 발견하다.

6시 49분— 내가 시체를 발견하다.

6시 55분— 헤이독 의사가 시체를 검사하다.

부기(附記):

6시 30~35분 동안 알리바이를 갖고 있지 않은 사람은 크램 양과 레스트레인지 부인 단 둘뿐이다. 크램 양은 분묘에 있었다고 하지만 증거가 없다. 하지만 타당한 것 같기도 하다. 따라서 이 사건에서 그녀를 제외시키기로 한다. 그녀와 이 사건과는 별로 연관성이 없어 보이기 때문이다. 레스트레인지 부인이 약속이 있어 헤이독 의사의 집을 떠난 시각은 6시가 조금 넘어서이다. 어디에서 누구와의 약속일까? 프로데로 대령과의 약속이 아님은 분명하다. 그는 나와 이미 약속이 되어 있었으니까. 레스트레인지 부인은 사건 발생 시, 사건 현장 근처에 있었던 것은 분명하지만, 그녀가 그를 살해했다고 하기에는 동기가 확실치 않은 것 같다. 그의 사망으로 그녀가 얻을 것은 아무것도 없으며, 경감의 협박 논리를 나로선 받아들일 수 없다. 레스트레인지 부인은 그런 여자가 아니다. 또 그녀가 로렌스 레딩의 권총을 수중에 넣었으리라는 것도 있을 수 없는 일로 여겨진다.

"대단히 명료하군요." 인정한다는 듯이 고개를 끄덕이며 마플 양이 말했다.
"정말 아주 상세하게 적어 두었군요. 신사들은 언제나 이런 훌륭한 메모를 만들더군요."
"그럼, 당신도 내가 작성한 것에 동의한다는 뜻인가요?" 내가 물었다.
"오, 그럼요, 아주 잘 되었어요."
이때, 나는 전부터 별러 왔던 질문을 했다. 그것이 사건 일람표를 내가 처음부터 기록해 놓은 취지였다.
"마플 양, 당신은 누구에게 혐의를 두고 있습니까? 일전에 일곱 명의 용의자가 있다고 말했는데."
"아, 그래요. 생각나요." 마플 양은 얼빠진 듯이 말했다.
"나는 우리가 모두 각자 다른 누군가를 의심하고 있다고 생각해요. 사실 그래요."
그러나 그녀는 내게 누구를 용의자로 지목하는지는 묻지 않았다.
"요점은……." 그녀가 말했다.
"모든 것에 대해 설명할 수 있는 자료를 마련해야 해요. 그 낱낱의 것들이 아주 만족스럽게 설명되는 것을요. 만일 목사님이 모든 사실에 들어맞는 추리를 하고 있다면—그러면 그것은 올바른 설이 되겠지요. 그러나 그것은 극히 어려운 일이에요. 만일 그 메모가 없었다면……."

"메모요?" 내가 깜짝 놀라서 말했다.

"예, 기억하시죠? 내가 메모에 대해서 말씀드린 것을. 그 편지는 처음부터 내게 골칫거리였어요. 그 메모는 어딘가 좀 이상해요."

"분명히……." 내가 말했다.

"그건 이미 설명되었습니다. 그것은 6시 35분에 쓰였으며, 다른 사람(살인자 겠지요), 그가 맨 위쪽에 잘못된 판단을 하도록 6시 20분이라고 써넣은 겁니다. 그것은 아주 확실하게 입증되었다고 생각하는데요."

"그러나 그렇게 생각하기에는 아무래도 미심쩍은 데가 있어요."

마플 양이 말했다.

"어째서죠?"

"정말 모르시겠어요?" 마플 양이 앞으로 바싹 다가앉으며 말했다.

"프로데로 부인이 우리 집 뜰 앞으로 지나갔어요. 이미 목사님에게 말한 대로, 그녀는 서재 유리문까지 갔어요. 그리고 안을 들여다보았는데, 프로데로 대령의 모습을 보지 못했어요."

"그건 프로데로 대령이 책상에 앉아 뭔가를 쓰고 있었기 때문이죠."

내가 말했다.

"그런데 그 점이 완전히 다르단 말이에요. 그것은 6시 20분의 일이었지요. 하지만 우리는 그가 더 이상 기다릴 수 없다는 메모를 쓰기 위해 책상에 앉은 것은 6시 30분이 지난 뒤였을 거라고 생각하고 있었잖아요. 그럼, 그때(6시 20분에) 그는 왜 책상에 앉아 있었을까요?"

"난 결코 그것을 생각지 못했군요." 내가 천천히 말했다.

"자, 클리멘트 씨. 우리 다시 한 번 살펴보기로 해요. 프로데로 부인이 유리문 앞으로 갔어요. 그녀는 안을 들여다보고 방이 비어 있다고 생각했어요—그녀는 그렇게 생각했음이 분명해요. 그렇지 않으면, 그녀는 레딩 씨를 만나기위해 결코 작업실로 가지 않았을 테니까요. 그녀가 방에 아무도 없었다고 생각했다면, 그 방은 분명히 비어 있었을 거예요. 자, 이제 우리에게는 삼자 택일의 문제만이 남게 되는 거예요, 그렇죠?"

"당신이 말하는 것은……."

"자, 첫 번째 가설은, 프로데로 대령이 이미 죽어 있었다는 거예요. 그러나 나는 그것이 그럴싸하다곤 생각지 않아요. 만일 그렇다면 프로데로 대령이 목사관 서재에 머무른 시간이 단지 5분 정도밖에 안 되었다는 말이 되며, 또한 틀림없이 내가 총소리를 들었을 거예요. 게다가, 대령이 책상 앞에 앉아 있었으므로 시간적인 난관에 부딪히게 되지요. 두 번째 가설은, 책상 앞에 앉아서 메모를 쓰기는 했지만, 그때 쓴 것은 완전히 다른 메모였다는 거예요. 더 기다릴 수 없노라고 하는 내용의 메모는 아니었을 거예요. 그리고 세 번째로……."

"뭡니까?" 내가 물었다.

"그런데 세 번째 경우는, 프로데로 부인의 말대로 실제로 그 방이 비어 있었다는 것이겠죠."

"그럼, 대령이 서재에 들어간 뒤, 밖으로 나갔다가 다시 들어 온 것이라는 말인가요?"

"예."

"아니, 그가 그렇게 해야 할 이유가 뭐죠?"

마플 양은 난처한 표정을 지으며 팔을 벌려 보였다.

"그건 전적으로 다른 시각에서 그 사건을 본다는 뜻이겠군요." 내가 말했다.

"그렇게 해야 할 때가 가끔 있죠, 모든 일에서. 그렇게 생각지 않으세요?"

난 대답하지 않았다. 마음속으로 마플 양이 제시한 세 가지 가능성을 신중히 생각하고 있었던 것이다. 한숨을 쉬면서 그 노처녀는 자리에서 일어났다.

"그만 가봐야겠어요. 내 얘기를 귀담아 들어 주셔서 대단히 고맙습니다. 하지만 별 진전은 없군요, 그렇죠?"

"실은……." 그녀의 숄을 가져오면서 내가 말했다.

"모든 것이 내게는 혼미한 미궁 속에 있는 것 같습니다."

"오! 그렇게 얘기할 수만은 없어요. 난 대체로 한 가지 추리가 거의 모든 것에 맞아떨어지고 있다고 생각해요. 만일 목사님이 우연의 일치를 한 가지만 인정한다면—사실 한 가지 우연의 일치 정도는 허용할 수 있다고 봐요. 물론 그 이상이라면 있을 수 없는 일이 되겠지만요."

"정말 그렇게 생각하십니까? 내가 말한 추리에 대해서?"

그녀를 쳐다보며 내가 말했다.

"나의 추리에도 한 가지 결함은 있다고 생각해요. 조금도 믿을 수 없는 한 가지 사실이요. 오! 그 메모는 완전히 가짜일 수도……."

그녀는 한숨을 쉬고 고개를 저었다. 그녀는 유리문 쪽으로 걸어갔다. 그러고는 넋을 잃은 듯이 손을 뻗쳐 받침대에 얹혀 있는 시들시들한 종려나무를 만졌다.

"알고 계세요, 클리멘트 씨? 여기에다 물을 좀더 자주 줘야겠는데요. 쯧쯧, 불쌍하게도 많이 시들어 버렸군요. 하녀가 매일 물을 줘야만 해요. 이것을 돌보는 사람은 하녀지요?"

"예, 그래요."

"아직 일에 익숙지 못한 모양이군요." 마플 양이 말했다.

"예一." 내가 말했다.

"그런데도 그리셀다는 그 아이를 통 가르치려 들지 않는군요. 그런 무능한 하녀가 아니면 우리 집에 남아 있지 않을 거라고 생각하는 겁니다. 그런데 메리는 일전에 그만두겠다고 했지요."

"그게 정말이에요? 난 언제나 그 애가 당신 두 분을 매우 잘 따르는 줄로만 알고 있었는데."

"우린 전혀 그런 것을 느끼지 못했어요." 내가 말했다.

"그러나 사실은 그 아이의 비위를 건드린 것은 바로 레티스 프로데로였답니다. 메리가 몹시 긴장한 채 그 검시 심문에서 돌아와 보니 여기 이 방에 레티스가 와 있더랍니다. 그리고 둘이서 다투었던 모양입니다."

"오!" 마플 양이 소리쳤다. 그녀는 유리문 밖으로 막 발을 내디디려다 말고 갑자기 멈춰 서서 꽤나 난처한 표정을 짓고 있었다.

"오, 저런." 그녀는 혼자 중얼거렸다.

"내가 너무 어리석어. 그랬었군! 처음부터 아주 가능한 일이었는데."

"왜 그러시죠?"

"아무것도 아니에요. 문득 내게 어떤 생각이 떠올랐어요. 집에 가서 그걸 곰곰이 생각해봐야겠어요. 난 정말 어리석은 바보였어요—어이가 없어서 말도 못 할 정도로"

나는 위로하듯 말했다.

"정말 믿을 수 없는 일인데요."

난 그녀를 유리문을 지나 잔디밭 건너까지 배웅해 주었다.

"그토록 갑자기 떠오른 생각이 무엇인지 말해 주시겠습니까?" 내가 청했다.

"아니, 지금은 곤란해요. 아시겠지만, 내가 잘못 생각했을 수도 있으니까요. 그러나 난 그렇게 생각하진 않아요. 자, 우리 집 뒷문까지 다 왔군요. 바래다 주셔서 고맙습니다. 더 이상은 배웅해 주시지 않아도 돼요."

"그 메모지가 여전히 장애물인가요?"

그녀가 문 안으로 들어가 뒤로 빗장을 걸고 있을 때 내가 물었다.

"메모지요? 오! 물론 그것은 진짜가 아니에요. 난 그게 진짜라고는 한 번도 생각해 보지 않았어요. 안녕히 주무세요, 클리멘트 씨."

그녀는 자기 뒷모습을 바라보는 나를 뒤로 한 채, 급히 집으로 이어지는 길로 올라갔다.

나는 어떻게 생각해야 좋을지 몰랐다.

제27장

그리셀다와 데니스는 아직 돌아오지 않았다. 나는 내가 마플 양과 함께 올라가서 그들을 데리고 오는 것이 가장 자연스런 일이라는 것을 깨달았다. 그녀와 나는 둘 다 미스터리에 너무 골몰한 나머지, 우리 둘을 제외한 다른 사람들의 존재에 대해선 까마득히 잊고 있었던 것이다.

거실에 서서 이제라도 건너가서 그들과 합류할까 말까 망설이고 있는데 벨이 울렸다.

나는 현관으로 나가 보았다. 우편함에 한 통의 편지가 놓여 있음을 보았고, 바로 그 때문에 벨이 울렸음을 알았다. 나는 그것을 꺼냈다.

그런데 또다시 벨이 울려서 나는 급히 그 편지를 주머니에 집어넣고 현관문을 열었다. 바로 멜쳇 대령이었다.

"안녕하십니까, 클리멘트 씨. 차를 타고 마을로 가는 중입니다. 지나던 길에 술 한 잔 할 수 있을까 해서 들렀습니다."

"반갑습니다. 서재로 들어오시죠." 내가 말했다.

그는 입고 있던 가죽 외투를 벗으며 나를 따라 서재로 들어왔다. 나는 위스키와 소다수, 그리고 잔 두 개를 들고 왔다. 멜쳇 대령은 깎은 콧수염을 쓰다듬으며, 두 다리를 넓게 벌린 채 벽난로 앞에 서 있었다.

"목사님에게 줄 약간의 새 정보가 있어요. 목사님이 지금까지 들은 것 가운데 가장 놀랄 만한 것일 겁니다. 그러나 그것은 잠시 뒤로 미루기로 합시다. 그런데 이쪽 일은 어떻게 되어 갑니까? 그 노부인들은 더 이상의 아무런 단서도 찾아내지 못하고 있나요?"

"그렇지 않습니다." 내가 말했다.

"그들 중 한 사람은 적어도 진상을 파악한 것 같습니다."

"우리의 친구 마플 양 말입니까?"

"예, 마플 양."

"그 같은 여자들은 언제나 자기가 모든 걸 알고 있다고 생각하는 법이죠."

그는 위스키 소다수를 아주 맛있게 한 모금 마셨다.

"좀 주제넘은 말 같지만." 내가 말했다.

"그 생선 가게 소년은 벌써 심문해 봤겠지요? 내 말은, 만일 살인자가 현관 문으로 나갔다면 그 소년은 그를 볼 수 있지 않았나 하는 겁니다."

"경감이 그 아이를 심문했지요." 멜쳇 대령이 말했다.

"그러나 그 소년은 아무도 만나지 못했다고 했다더군요. 그야 물론 만났을 리가 없죠. 살인자는 다른 사람들의 눈에 띌 짓은 하지 않았을 테니까요. 목사 관 앞문 근처에는 몸을 숨길만 한 곳이 많이 있어요. 살인자는 그 길에 인기 척이 있나 없나 확인해 보려고 여기저기를 살펴보았겠죠. 그 소년은 목사관과 헤이독 의사의 집, 그리고 프라이스 리들리 부인 집을 지나가야 했습니다. 그 아이를 피하는 것쯤이야 식은 죽 먹기가 아니겠습니까."

"알겠습니다. 그럴 수도 있겠군요." 내가 말했다.

"다른 한편으로는……." 멜쳇 대령이 계속했다.

"만일 그 불한당 아처가 그 일을 했고, 프레드 잭슨이 현장 근처에서 그 녀 석을 보았다고 하더라도, 그가 진상을 밝힐지가 의문입니다. 아처는 그의 사촌 형이니까요."

"당신은 정말 아처에게 혐의를 두고 있습니까?"

"당신도 알겠지만, 프로데로 대령이 아처에게 아주 심한 욕을 했으니까요. 그들 둘 사이에는 마치 나쁜 피가 흐르는 양, 아주 관계가 좋지 못했어요. 게 다가 프로데로 대령에게는 관대함이라곤 눈곱만큼도 없었거든요."

"예. 그는 아주 냉혹한 사람이었지요." 내가 말했다.

"내가 말하고 싶은 것은, 세상은 서로 의지하며 살아가게 마련이라는 겁니 다. 물론 법은 법이죠. 그러나 다소 의심스러운 점은 좋은 쪽으로 해석해 주어 안 될 것도 없지요. 그런데 프로데로 대령은 절대 그렇지 않았던 겁니다."

"그는 그 점에 대해 자부심을 느끼고 있었습니다." 내가 말했다.

잠시 말을 멈춘 뒤 다시 내가 물었다.

"당신이 내게 약속한 그 깜짝 놀랄 만한 소식이란 무엇입니까?"

"그래요, 정말 깜짝 놀랄 만한 정보요. 프로데로 대령이 살해당했을 때 쓰고 있던 그 끝맺어지지 않은 메모지를 아시죠."

"예."

"우리는 그것을 전문가에게 감정을 의뢰했었습니다—6시 20분이 다른 사람에 의해 가필된 것인지 알아보기 위해서. 당연히 우리는 프로데로 대령의 필적 견본도 보냈지요. 그런데 결과가 어땠는지 아십니까? 그 메모지는 전혀 프로데로 대령에 의해 쓰이지 않았다는 겁니다."

"그럼 위조란 말입니까?"

"그건 위조한 거였습니다. 말하건대, 6시 20분은 다시 또 다른 사람에 의해 가필되었다는 것입니다. 그러나 그들은 그것에 대해서는 확실치 않다고 하더군요. 그 첫머리는 다른 잉크로 적혀 있었어요. 그러나 메모지 자체는 위조였습니다. 결코 프로데로 대령이 쓴 게 아니었어요."

"그들은 확신하고 있습니까?"

"전문가로서 최대한 확신을 하고 있지요. 당신도 알다시피 전문가들은 늘 그렇잖습니까! 오, 그러나 그들은 아주 확실하다고 자신하고 있습니다."

"놀랍군요." 내가 말했다.

그때 갑자기 나에게 어떤 기억이 떠올랐다.

"왜……." 내가 말했다.

"그때 프로데로 부인이 남편의 필적이 아니라고 말했던 것이 생각나는군요. 그때는 그 말을 그다지 대수롭지 않게 여겼습니다만."

"정말입니까?"

"난 그것을 여자들이 흔히 하는 지각없는 말에 지나지 않는다고만 생각했었거든요."

"그때는 프로데로 대령이 그 메모를 썼으리라고만 여기고 있었으니까요."

우리는 서로 쳐다보았다.

"이상한 일이로군요." 내가 천천히 말했다.

"오늘 저녁 마플 양도 그 메모지가 위조된 거라고 말했거든요."

"빌어먹을, 그 여자는 자기가 살인을 저질렀다 하더라도 거기까지는 알지 못할 텐데."

그때 전화벨이 울렸다. 그 전화벨에 대해선 순간 어떤 이상한 예감이 들었다. 전화벨은 어떤 불길한 징조를 띤 채 계속 울렸다.

내가 다가가서 수화기를 들었다.

"예, 클리멘트입니다. 누구십니까?"

이상한 고음의 신경질적인 목소리가 전화선을 타고 들려왔다.

"고백하고 싶어요." 상대방의 목소리가 들려왔다.

"오, 하느님, 고백할 게 있어요."

"여보세요." 내가 말했다.

"여보세요 이봐요, 교환, 전화가 끊어졌어요. 몇 번에서 걸려온 거죠?"

피곤한 듯 활기 없는 교환의 목소리가 모르겠다고 대답했다. 그러고는 죄송하다는 말을 덧붙였다.

나는 수화기를 내려놓았다. 그리고 멜쳇 대령에게로 갔다.

"당신이 전에 말한 적이 있죠?" 내가 말했다.

"만일 다른 사람이 그 사건에 대해 자백하겠다고 나선다면, 당신은 돌아버리고 말 거라고."

"그게 어떻다는 겁니까?"

"고백할 게 있다는 어떤 사람에게서 온 전화였습니다. 그런데 끊어져 버렸소."

멜쳇 대령은 전화기 쪽으로 달려가 수화기를 들어 올렸다.

"내가 교환에게 말해 보겠소"

"그러시죠, 당신이라면 효과가 있을지도 모르니까. 그 일은 당신에게 맡기겠습니다. 난 그만 나가 봐야 하니까요. 난 그 목소리를 알 것 같은 생각이 들기도 하오."

제28장

나는 급히 마을로 내려왔다. 그때는 밤 11시였다. 여느 때의 일요일 밤 11시면 세인트 메리 미드는 온통 쥐죽은 듯이 고요했다. 그러나 나는 길을 지나가면서 하웨스 방 창문에 불이 켜져 있는 것을 보고, 그가 아직 잠들어 있지 않다는 생각에 걸음을 멈추고 초인종을 눌렀다.

한참만에야 하웨스의 집주인 새들러 부인이, 두 개의 빗장과 사슬을 성가신 듯이 풀고 열쇠를 돌리더니 놀란 듯이 날 빤히 쳐다보았다.

"아니, 목사님이!" 그녀가 외쳤다.

"안녕하세요." 내가 말했다.

"하웨스 씨를 만나고 싶은데요. 불이 켜져 있는 것을 보니 아직 자지 않는 모양입니다."

"아마 그럴지도 모르죠. 저녁식사 뒤론 보지 못했어요. 저녁 시간은 아주 조용하게 보내죠. 찾아온 사람도 없고, 외출하지도 않아요."

나는 고개를 끄덕이곤 그녀 곁을 지나 아주 빨리 층계를 올라갔다. 하웨스는 2층에 침실과 거실을 두고 있었다.

나는 거실로 들어갔다.

하웨스는 긴 의자에 등을 돌리고 누워 자고 있었다. 내가 방에 들어서는 인기척을 내도 그는 일어나지 않았다. 그의 곁에는 빈 약통과 물이 반쯤 담긴 컵이 놓여 있었다.

그의 왼쪽 다리 근처 바닥에 뭔가 적혀 있는 구겨진 종이쪽지가 한 장 있었다. 나는 그것을 주워 펼쳐 보았다. 그것은 다음과 같이 시작되고 있었다.

'클리멘트 목사님'

나는 그것을 죽 읽곤, '앗' 하는 탄성을 지르며 재빨리 주머니 속에 집어넣었다. 그리고 몸을 굽혀 하웨스를 주의깊게 살펴보았다.

그런 다음 그의 팔꿈치 곁에 놓여 있는 전화기 쪽으로 다가가서 수화기를 집어들고 목사관 전화번호를 댔다.

멜쳇 대령은 여전히 아까 전화한 사람을 찾고 있음이 분명했다. 왜냐하면, 목사관의 전화가 계속 통화 중이라고 교환이 알려왔기 때문이다. 교환에게 전화를 넣어 달라고 부탁한 뒤, 나는 수화기를 내려놓았다.

주머니에 집어넣은 쪽지를 보려고 나는 주머니에 손을 넣었다. 그러자 아까 우편함에서 꺼냈던 개봉되지 않은 채로 있는 편지가 손에 잡혔다.

그것의 겉봉에는 아주 낯익은 글씨가 쓰여 있었다. 오늘 오후에 왔던 익명의 편지와 같은 필체였다.

나는 그것을 뜯어 펼쳐 보았다.

한 번, 두 번(그것의 내용을 이해할 수 없어서), 계속 반복해서 읽었다.

세 번째 읽으려고 할 때 전화벨이 울렸다. 나는 수화기를 들고 꿈속에서인 양 말했다.

"여보세요?"

"여보시오"

"멜쳇 대령입니까?"

"그렇습니다. 당신 지금 어디 있는 겁니까? 그 전화를 찾아냈어요. 번호는……."

"그 번호를 난 알고 있어요."

"오, 좋습니다. 지금 거기서 전화하는 겁니까?"

"예."

"그 고백에 대해서는 어떻게 되었습니까?"

"고백을 들었습니다, 분명히."

"그럼, 살인자를 찾아냈다는 말인가요?"

그 순간 나는 내 생에 최대의 유혹을 받았다. 난 하웨스를 쳐다보았다. 구겨진 편지도 바라보았다. 익명의 휘갈겨 쓴 편지도 보았다. 체러빔이라는 이름이 적혀 있는 빈 약통도 보았다. 나는 별 뜻 없이 주고받았던 어떤 대화를 생각해 냈다.

나는 유혹과 맞서 맹렬히 싸웠다.

"난, 잘 모르겠습니다." 내가 말했다.

"당신이 이쪽으로 오는 게 좋겠군요." 난 그에게 장소를 일러주었다.

그런 뒤, 하웨스의 맞은편 의자에 앉아서 생각에 잠겼다. 그러는 동안, 정확히 2분이 지났다.

나는 익명의 편지를 꺼내서 세 번째로 다시 죽 읽어 보았다. 그다음 눈을 감고 생각에 잠겼다.

제29장

거기 그렇게 앉아서 얼마나 오랫동안 있었는지 모르겠다. 실제로는 불과 몇 분에 지나지 않았겠지만, 그러나 그것은 영원(永遠)이 지나는 것 같았다. 그때 문 열리는 소리가 들렸고, 고개를 돌려 보니 멜쳇 대령이 방 안으로 들어오고 있었다.

그는 의자에서 잠들어 있는 하웨스를 바라보았다. 그런 뒤 내게로 왔다.

"무슨 일입니까? 클리멘트 씨? 도대체 어떻게 된 겁니까?"

나는 들고 있던 두 통의 편지 중 하나를 그에게 건네주었다. 그는 낮은 목소리로 그것을 읽기 시작했다.

"클리멘트 목사님 보시오. 내가 지금 말하고자 하는 것은 좋지 못한 일이오. 그래서 결국, 나는 그것을 편지로 쓰는 게 더 좋겠다고 생각했소. 그 점에 대해서는 나중에 서로 얘기해 보십시다. 유감스럽게도 그것은 최근의 공금 횡령에 대한 것이오. 그 범인의 정체에 관한 한 절대적으로 확신하고 있소. 교회가 임명한 목사를 고발해야만 한다는 것은 몹시 괴로운 일이지만, 내 의무 또한 너무나 분명하오. 죄인에게 본때를 한번 보여 주기 위해서라도 혼쭐을 내줘야 하오……"

그는 이상하다는 듯이 날 쳐다보았다. 그쯤에서 글씨는 마치 죽음이 그의 손을 압도한 듯 알아보기 어려운, 휘갈겨 쓴 글씨로 중단되어 있었다.

"바로 이것이 해답이라니! 우리가 전혀 예측지 못했던 인물입니다. 양심의 가책이 그로 하여금 자백하게 한 겁니다!"

"최근에 그는 아주 이상했습니다." 내가 말했다.

갑자기 멜쳇 대령은 날카로운 탄성을 지르며 그 잠든 사나이 곁으로 다가갔다. 그리고 그의 어깨를 잡고 흔들기 시작했다. 처음에는 부드럽게, 다음엔 좀더 세게.

"이 사람은 잠을 자는 게 아닙니다! 죽었어요! 이게 도대체 어떻게 된 겁니까?"

그의 눈은 급히 빈 약통으로 향했다. 그는 그것을 집어들었다.

"이 사람은……."

"그런 것 같군요." 내가 말했다.

"그는 일전에 그것을 내게 보여 주었습니다. 그리고 약을 지나치게 복용하지 말라는 의사의 주의를 받았다는 말도 그게 그의 돌파구였어요. 불쌍한 친구 같으니, 아마도 그게 최선이었나 봅니다. 우리가 그를 심판하는 것은 아니니까요."

그러나 무엇보다도 멜쳇 대령은 경찰서장이었다. 내게는 설득력 있는 논거가 그에게는 전혀 아무런 영향을 주지 못했다. 그는 살인자를 체포해서 교수형시키고 싶은 것이다.

순식간에 그는 전화기 쪽으로 다가가 교환이 나올 때까지 몹시 초조한 듯 수화기를 들었다 놓았다 하고 있었다. 그리고 헤이독 의사의 전화번호를 댔다. 그가 귀에다 수화기를 대고 서서 의자 위에 늘어진 모습으로 누워 있는 하웨스에게 시선을 고정하는 동안 얼마의 시간이 흘렀다.

"여보시오, 여보세요, 여보시오 거기가 헤이독 씨댁입니까? 지금 즉시 하이 가(街)로 들러 주시지 않겠습니까? 하웨스 씨댁이오 위독하오 뭐라고요, 아니 몇 번에 걸었느냐고요? 오, 죄송합니다."

그는 화를 내며 전화를 끊고 교환을 불렀다.

"잘못된 번호요, 잘못된 번호 언제나 번호만 돌리면서 틀리게 대주다니! 한 사람의 생사가 달린 판국에. 여보세요, 교환, 번호가 틀렸소 꾸물거리지 말고 빨리, 39번으로 연결해 주시, 5가 아니라 9요!"

또 잠시 초조한 시간이 흘렀다. 이번에는 좀 짧았다.

"여보세요, 헤이독 씨입니까? 예, 난 멜쳇입니다. 지금 즉시 하이 가 9번지로 와주시겠습니까? 하웨스 씨가 무슨 약인지 과용한 것 같습니다. 빨리 와주십시오 한 사람의 생명이 달렸습니다."

그는 전화를 끊고 초조한 듯 방 안을 서성거렸다.

"도대체, 왜 즉시 의사를 부르지 않았습니까, 클리멘트 씨? 난 이해할 수가 없습니다. 당신의 분별력은 한심하기 그지없어요."

다행히도, 멜쳇 대령에게는 자신이 품고 있는 것과 다른 행동의 사고방식을 지닌 사람이 있을 수 있다는 생각이 전혀 떠오르지 않는 모양이었다. 내가 아무 말도 하지 않자 그는 계속해서 말을 이었다.

"어디서 이 편지를 발견했지요?"

"마루에 구겨진 채로 있더군요. 그의 손에서 떨어졌으리라고 생각되는 자리에."

"정말 기이한 일이군요. 그 노처녀는 어떻게 우리가 발견해 낸 메모지가 가짜였음에 대해 그토록 정확할 수 있었는지. 그녀는 어떻게 해서 그걸 알 수 있었을까요? 그러나 편지를 없애지 않았다니 이건 또 무슨 꿍꿍이속일까! 어리석게도 이것을 가지고 있었다니. 한번 생각해 보십시오, 이보다 더 불리한 증거가 어디 있겠습니까!"

"인간은 모순에 가득 찬 존재입니다."

"그렇지 않다면, 우리가 살인자를 잡을 수 있는지도 회의적이겠죠! 시간의 차이만 있다 뿐이지, 언젠가는 범인의 꼬리는 잡히는 법입니다. 몹시 몸이 불편해 보이는군요, 클리멘트 씨. 이번 일에 상당히 충격을 받았나 보죠?"

"그래요, 내가 말한 대로 하웨스는 때로는 아주 이상한 태도를 보였어요. 그러나 이렇게 될 줄은 정말이지 꿈에도……."

"누군가? 어, 자동차 소리 같은 게 났는데."

그는 창문 쪽으로 다가가서 문을 열고 상체를 내밀었다.

"맞아요. 바로 헤이독 씨입니다."

잠시 뒤 의사가 방으로 들어왔다. 멜쳇 대령은 몇 마디 말로 간단하게 상황을 설명했다.

헤이독 의사는 전혀 자기감정을 표출하는 사람이 아니었다. 그는 단지 눈썹을 찡그렸다간 고개를 끄덕여 보이고는, 환자에게 다가가 그를 살폈다. 맥박을 짚어 보고, 눈꺼풀을 올려서 열심히 그의 눈동자를 살펴보았다.

그런 뒤 멜쳇 대령에게로 몸을 돌렸다.

"교수형에 처하기 위해 이 사람을 살려내 달라는 겁니까?" 그가 물었다.

"당신도 알겠지만, 이 사람은 중태입니다. 간단히 말해, 내가 그를 살려낼수 있을지 의문입니다."

"가능한 한 최선을 다해 주십시오."

"알았습니다."

그는 갖고 온 가방을 급히 열고는 피하 주사기를 준비하여 하웨스의 팔에놓았다. 잠시 뒤 의사가 일어섰다.

"최선의 방법은 이 사람을 먼저 벤헴, 그곳의 병원으로 옮기는 겁니다. 이사람을 차로 옮길 수 있도록 도와주십시오."

우리는 둘 다 그를 도와주었다. 헤이독 의사는 운전석에 올라타며 어깨너머로 작별 인사를 보냈다.

"당신은 이 사람을 교수형에 처할 수는 없습니다, 멜쳇 대령."

"회복할 가능성이 없다는 말인가요?"

"확신할 순 없습니다. 나는 그걸 말하려는 게 아닙니다. 이 사람이 회복된다하더라도 그렇단 말입니다. 글쎄, 이 불쌍한 친구는 자기 행위에 대해 책임질수 없습니다. 나는 그것에 대한 증거를 제시할 겁니다."

"도대체 그 말이 무슨 뜻일까요?"

다시 층계를 올라갈 때 멜쳇 대령이 말을 꺼냈다.

나는 하웨스가 기면성 뇌염에 걸렸다는 얘기를 설명해 주었다.

"수면병(睡眠病) 말인가요? 요즘에는 모두 부정한 행동에도 다 그럴싸한 이유가 있죠. 그렇게 생각지 않습니까?"

"과학은 우리에게 많은 것을 가르쳐 주고 있지요."

"빌어먹을, 과학이라니. 아, 죄송합니다. 클리멘트 씨, 그러나 이 모든 지나치게 감상적인 것들이 날 불쾌하게 만들고 있어요. 난 아주 평범한 사람입니다. 그런데 일단 여기를 한번 살펴보는 게 좋겠습니다."

그러나 이때 우리의 행동은 중단되고 말았다―아주 깜짝 놀랄 일이었다. 문이 열리고, 마플 양이 방으로 걸어 들어왔던 것이다.

그녀는 얼굴이 상기되어 있었고, 다소 당황해 했으며, 우리의 난처해하는 표정을 감지한 것 같았다.

"죄송합니다, 대단히 죄송해요. 방해가 되었다면……, 안녕하세요, 멜쳇 대령님. 방해가 되었다면 죄송합니다. 그러나 하웨스 씨가 위독하다기에 무슨 도움이 되지 않을까 해서 이렇게 찾아왔어요."

그녀는 말을 멈추었다. 멜쳇 대령은 다소 불쾌한 기색으로 그녀를 대했다.

"대단히 친절하시군요, 마플 양." 그는 냉랭하게 말했다.

"그러나 걱정하실 필요는 없어요. 그런데 그 사실을 어떻게 알았습니까?"

그것은 바로 내가 묻고 싶었던 질문이었다.

"전화로요." 마플 양이 설명했다.

"교환이 부주의하게 전화를 잘못 대주었잖아요. 당신은 처음에 내게 말했어요. 내가 헤이독 의사인 줄 알고, 우리 집 전화번호가 35번이거든요."

"그랬었군요." 내가 소리쳤다.

마플 양이 아는 모든 영적인 박식함에는 언제나 아주 타당하고 설득력 있는 설명이 뒤따랐다.

"그래서……." 그녀가 계속했다.

"내가 어떤 도움이 되지 않을까 해서 온 거예요."

"매우 친절하시군요." 멜쳇 대령은 이번에도 몹시 냉랭한 목소리로 말했다.

"그러나 아무것도 도울 일이 없습니다. 헤이독 의사가 그를 병원으로 데리고 갔으니까."

"정말 병원으로 갔어요? 오, 그렇다면 안심이에요. 알려 주셔서 고맙습니다. 그는 거기에선 아주 안전하겠지요. 아무 할 일이 없다고 말씀하셨는데, 설마 그가 전혀 소생할 가망이 없다는 뜻은 아니겠죠? 그가 회복되지 않는다는 말은 아니죠?"

"매우 위험합니다." 내가 말했다.

마플 양의 눈은 빈 약통에 고정되어 있었다.

"그가 약을 과용했다는 말인가요?" 그녀가 말했다.

내 생각에, 멜쳇 대령은 말하지 않기로 작정한 것 같았다. 상황에 따라서는 나 역시 그랬을지도 모르는 일이었다. 그러나 마플 양과 함께 한, 아까의 그 사건에 대한 토론이 내게는 너무도 인상 깊었으므로, 나는 대령의 견해에 동의할 생각은 없었다. 이곳에 느닷없이 불쑥 나타난 일이며, 그 지나칠 정도의 호기심이 내게 다소 반감을 일으키게 한다는 것을 인정한다고 하더라도.

"이것을 보아 두는 게 좋겠군요."

내가 말했다. 그리고 그녀에게 프로데로 대령이 쓰다 만 메모지를 건네주었다. 그녀는 그것을 받아들곤, 놀라는 기색도 없이 읽어 나갔다.

"당신은 이미 이런 일을 추론해 냈죠, 그렇죠?" 내가 물었다.

"예—예, 그래요. 그런데 여쭤 봐도 괜찮을까요, 클리멘트 씨? 오늘 밤에 어떻게 해서 여기에 오시게 되었나요? 그것이 내가 이해할 수 없는 점이에요. 목사님과 멜쳇 대령님이 여기 함께 있다나—전혀 상상도 못했던 일이에요."

나는 전화가 걸려온 것에 대해 설명했다. 그리고 내가 하웨스의 목소리를 감지한 것도 말해 주었다.

마플 양은 깊은 생각에 잠긴 듯이 고개를 끄덕였다.

"매우 재미있는 일이군요. 하느님의 뜻이에요. 이런 표현을 사용해도 괜찮다면. 그래요, 목사님은 아슬아슬한 때에 여기 오셨던 거예요."

"뭐가 아슬아슬하다는 말입니까?" 내가 다그치듯 물었다.

마플 양은 놀라운 표정을 지었다.

"그건, 하웨스 씨의 생명을 구할 수 있었기 때문이죠."

"당신은 하웨스 씨가 회복되지 않는 게 더 좋을지도 모른다고 생각하는 거 아닙니까? 그에게도 좋고, 다른 사람에게도 좋고 그러나 이미 진상은 밝혀졌고, 그리고"

나는 말을 멈추었다. 마플 양이 특이한 몸짓을 해가며 격하게 고개를 끄덕였기 때문에, 난 내 말의 실마리를 잃어버렸다.

"물론이에요." 그녀가 말했다.

"물론이죠! 그것이야말로 그가 당신들에게 그렇게 생각해 주었으면 하고 원하는 것이니까요! 목사님은 진실을 알고 있어요. 그리고 그건 모든 사람들을 위해 그대로 두는 게 최선이 되겠죠. 오, 그래요. 모든 것이 맞아떨어지고 있어요. 그러나, 그건 잘못된 거예요."

우리는 그녀를 쳐다보았다.

"그게 바로 하웨스 씨가 안전하다고 내가 기뻐하는 이유예요. 병원에서, 아무도 그에게 접근할 수 없는 곳에서 만일 그가 회복된다면, 그는 목사님에게 진실을 말할 거예요."

"진실이라고요?"

"예, 자신은 결코 프로데로 대령의 머리카락 한 올도 건드리지 않았다고 말이에요?"

"그러나 전화가 걸려왔었어요." 내가 말했다.

"편지에는, 약을 먹었다고 했고, 모든 게 너무 분명합니다."

"그건 그 사나이가 당신들에게 믿도록 하려는 거예요. 오, 어쩜 이렇게 영리할 수가 있을까! 편지를 숨겨 두었다가 이런 식으로 이용하다니, 정말 철두철미하군요."

"당신은 지금 누굴 말하는 겁니까?" 내가 말했다.

"사나이라뇨?"

"난 살인자를 말하는 거예요." 마플 양이 말했다. 그리고 급히 덧붙였다.

"로렌스 레딩 말이에요."

제30장

우리는 몹시 놀라워하며 그녀를 쳐다보았다. 갑자기 그녀의 머리가 어떻게된 게 아닌가 하는 생각이 들었다. 그 말은 전혀 근거 없는 것 같았기 때문이다.

멜쳇 대령이 먼저 말했다. 그는 천천히, 일종의 동정 섞인 관대함으로 말했다.

"그건 너무나 말도 안 되는 소리입니다, 마플 양." 그가 말했다.

"레딩 씨는 결백하오."

"당연하죠." 마플 양이 말했다.

"그렇게 보이도록 모든 것을 짜놓았으니까."

"그 반대입니다." 멜쳇 대령이 냉담하게 말했다.

"그는 범인으로 몰릴 행동만 골라 가면서 하고 있었습니다."

"예." 마플 양이 말했다.

"그는 그런 식으로 우리 모두를 속였어요. 다른 모든 사람들처럼 나도 그랬어요. 클리멘트 씨, 레딩 씨가 자백했다는 말을 듣고선 내가 뒤통수를 한 대 얻어맞은 듯이 놀랐던 것을 잘 기억하실 거예요. 그건 내 생각을 모두 뒤흔들어 놓았고, 나로 하여금 그가 결백하다는 생각마저 들게 했기 때문이에요—그전에는 그가 범인이라는 확신이 서 있었는데."

"그러면, 당신이 의심하고 있었던 인물은 바로 로렌스 레딩이었군요."

"소설 속에서는 언제나 전혀 뜻밖의 인물이 범인이라는 걸 알고 있어요. 그러나 실제 생활에 그 법칙이 적용되는 예는 거의 없었답니다. 실제 생활에서는 가장 명백한 일이 진실인 경우가 대부분이죠. 난 언제나 프로데로 부인을 좋아하지만, 난 그녀가 완전히 레딩에게 좌지우지 당하고 있고, 그의 요구대로 행동하고 있다는 추론을 끌어낼 수밖에 없었어요. 그리고 그는 무일푼의 여자와 함께 도망칠 그런 위인이 아니에요. 그의 관점에서 프로데로 대령을 제거

해 버릴 필요가 있었던 거지요―그래서 그는 대령을 없애 버린 거예요. 그는 도덕심이라곤 전혀 없는, 겉만 매력적인 젊은이 가운데 한 사람이죠."

멜쳇 대령은 잠깐 동안 콧소리를 치더니 태도를 바꾸어서 말했다.

"조금도 믿을 수 없는 얘기입니다―모든 것이! 레딩의 알리바이는 6시 45분까지 완전히 증명되었어요. 그리고, 헤이독 의사도 프로데로 대령이 그 이후엔 총에 맞을 수 없다고 했습니다. 당신은 자신이 의사보다 더 잘 안다고 생각하시는 모양이군요. 아니면 헤이독 의사가 교묘하게 거짓말을 하고 있다는 겁니까? 그렇다면 왜죠?"

"난 헤이독 의사의 증언은 절대적으로 진실일 거라고 생각해요. 그는 매우 정직한 사람이에요. 프로데로 대령을 직접 쏜 사람은 레딩 씨가 아니라, 프로데로 부인이니까요."

다시 우리는 그녀를 빤히 쳐다보았다. 마플 양은 자기의 어깨 위에 두른 털실 숄을 뒤쪽으로 젖히고, 삼각형의 레이스 숄을 걸치면서 노처녀다운 부드럽고 점잖은 태도로 실로 놀랄만한 얘기를 하기 시작했다.

"난 지금까지는 말하는 게 옳다고 생각지 않았어요. 자신이 믿고 있는 일, 알고 있는 거나 다름없이 확신할 수 있는 일이라고 해도, 증거와 같은 것이 될 수는 없거든요. 사실과 들어맞는 설명이 따르지 않는 한(오늘 저녁에 클리멘트 씨에게 말씀드린 것과 같이), 절대적인 확신을 하고 얘기할 수는 없어요. 내 설명은 아까까진 완전하지 못했어요. 딱 한 가지 확실치 않은 점이 있었거든요. 그러나 목사님의 서재를 나설 때 문득 나는 창가에 놓인 종려나무 화분을 보게 되었지요. 그리고 거기에서 사건 전체가 대낮처럼 환하게 드러났어요!"

"미쳤군, 아주 미쳤어." 멜쳇 대령이 내게 중얼거렸다.

그러나 마플 양은 우리를 보고 환하게 웃고 있었다. 그리고 그녀 특유의 여자다운 부드러운 목소리로 계속했다.

"내가 생각하는 것을 믿게 돼서 정말 유감스러웠어요. 왜냐하면 나는 그들 두 사람을 다 좋아했기 때문이죠. 그러나 인간이 어떤 존재인지 알고 계시죠? 그리고 무엇보다 처음엔 그가, 그다음엔 그녀가 가장 어리석은 방식으로 고백했을 때……, 글쎄요, 난 내가 말할 수 있는 정도 이상으로 훨씬 안심했었어요. 내가 잘못 보았다고 생각했던 거예요. 그래서 나는 프로데로 대령을 죽일 만한 동기를 갖고 있을 듯한 다른 사람들을 생각하기 시작했죠."

"일곱 명의 혐의자!" 내가 중얼거렸다.

그녀는 날 보고 있었다.

"예, 그래요. 거기에는 그 사람 아처도 있었어요. 그럴 가능성은 별로 없지만, 그래도 술김에, 감정이 격해져서, 목사님은 그런 걸 결코 모를 거예요. 물론 목사님의 하녀 메리도 있죠. 그녀는 오랫동안 아처와 친밀하게 지내왔어요. 그리고 그녀는 아주 이상한 기질의 아가씨예요. 동기와 기회를 아울러 가지고 있었거든요—그녀는 집에 혼자 있었으니까요! 아처 노부인도 그 두 사람 중 하나를 위해 쉽게 레딩 씨의 집에서 권총을 꺼낼 수 있었을 거예요. 그다음엔 물론 레티스 양도 포함돼요. 그녀는 하고 싶은 일을 마음대로 하기 위해 자유와 돈을 원했으니까요. 나는 가장 아름답고 천사 같은 처녀들은 아무런 도덕적 망설임도 보이지 않는 경우를 자주 봐왔어요. 물론 신사는 결코 그런 것들을 믿고 싶지 않겠지만요."

나는 주춤했다.

"그다음엔 테니스 라켓에 대한 일이 있어요." 마플 양이 계속했다.

"테니스 라켓이라뇨?"

"예, 프라이스 리들리 부인 집의 하녀 클래라가 목사관 대문 근처의 풀밭 위에 놓여 있는 것을 보았다고 하는 것 말이에요. 그것으로 미루어 보아, 데니스는 자신이 말한 것보다 좀더 일찍 테니스 코트에서 돌아온 것 같아요. 열여섯 살 난 소년이라면 감수성이 매우 예민하고, 또 정서가 불안정한 나이죠. 동기야 어쨌든 간에(레티스의 안전을 위해서건, 목사님을 위해서건) 그건 하나의 가능성이었어요. 그리고 불쌍한 하웨스 씨와 목사님이 있죠. 물론 당신들 두 분 다라는 말은 아니에요. 변호사들이 말하는 것처럼 둘 중 하나죠."

"나라고요?" 경악을 금치 못하며 내가 말했다.

"글쎄, 그랬어요. 정말 미안해요. 솔직히 말해서 진심으로 그렇게 생각해본 적은 한 번도 없어요. 그러나 돈이 없어진 사건이 있었잖아요. 목사님이나 하웨스 씨 두 사람 중 한 사람이 그랬을 테고, 프라이스 리들리 부인은 목사님이 그랬다고 곳곳마다 돌아다니며 소문을 퍼뜨렸어요. 왜냐하면 목사님이 그 문제의 조사를 완강히 거부했기 때문이에요. 물론 나는 언제나 하웨스 씨일 거라고 확신하고 있었죠―그는 내가 언급한 적이 있는 오르가니스트를 연상케 했어요. 그러나 어떤 사람에게도 절대적인 확신을 할 수는 없었어요."

"인간이란 그런 존재지요." 나는 실망한 얼굴로 말을 맺었다.

"정말 그래요. 그다음엔 물론 그리셀다도 있었죠."

"그러나 클리멘트 부인은 그 사건과 전혀 무관했었습니다."

멜쳇 대령이 끼어들었다.

"그녀는 6시 50분에 도착하는 기차로 돌아왔거든요"

"그건 그녀의 말이죠. 남이 하는 말을 액면 그대로 받아들이면 안 돼요. 6시 50분 기차는 그날 밤 30분이나 연착했어요. 그러나 나는 그녀가 7시 15분쯤에 올드 홀로 향하는 것을 보았어요. 그렇다면, 그녀는 좀더 앞차로 왔다는 얘기가 되겠죠. 정말 난 그녀를 보았어요. 목사님도 아마 그것을 알고 있겠죠?"

그녀는 이상하다는 듯이 날 쳐다보았다.

그녀의 시선에는 어떤 자기(磁氣)가 흐르고 있어 나로 하여금 맨 나중에 온 그 익명의 편지를, 잠시 전에 내가 뜯어보았던 그 편지를 건네주고 싶은 충동을 일으켰다. 거기에는 그 비극적인 사건 당일 6시 30분경에 로렌스 레딩의 집을 나서는 그리셀다를 보았다는 내용이 상세히 설명되어 있었다.

나는 그때에도, 아니 어느 때에도 말하지는 않았으나, 한순간 끔찍스러운 의혹에 사로잡혀 있었다. 나는 그것을 악몽처럼 생각해 보았다. 로렌스와 그리셀다 사이의 밀통, 이 말이 프로데로 대령의 귀에 들어가 그는 그 사실을 내게 알리기로 한다. 그래서 그리셀다는 권총을 훔치고 프로데로 대령을 입 다물게 하는데 필사적이었을 것이다. 이미 내가 말한 대로 그건 단지 악몽에 불과하지만, 잠깐 사이에 현실적인 가능성으로 그 모습이 나타났던 것이다.

마플 양은 이 모든 것에 대해서 어렴풋하게나마 눈치 채고 있는지도 모른다. 아마도 그녀는 거의 눈치 채고 있었을 것이다. 그녀가 모르는 것이라곤 거의 없었다.

그녀는 가볍게 목례를 하면서 그 편지를 내게 되돌려 주었다.

"이 일은 이미 마을 전체에 퍼져 있답니다." 그녀가 말했다.

"그리고 어딘지 수상쩍은 데가 있죠. 그렇잖아요? 특히, 아처 부인은 검시 심문에서 자신이 정오에 그 집을 나설 때까지만 해도 권총이 여전히 그곳에 있었다는 것을 증언했으니까요."

그녀는 잠시 말을 멈춘 뒤 계속했다.

"이야기가 옆으로 빗나가 버렸군요. 내가 말하려는 것은(그게 내 의무라고 믿고 있지만), 당신들 앞에서 이번 사건에 대해 내 나름대로 추리를 설명하는 일입니다. 만일 내 얘기를 믿지 않는다 해도, 나로서는 최선을 다한 셈이에요. 입 밖에 내려면 아주 확실한 것이어야 한다고 생각했기 때문에, 불쌍한 하웨스 씨가 목숨을 잃을 뻔했을지도 몰라요."

그녀는 잠시 말을 멈춘 뒤 완전히 다른 어조로 다시 말하기 시작했다. 변명하는 듯한 느낌이 없어지고 보다 더 결정적이고 단정적이 되었다.

"이것은 그 사실에 대한 내 나름대로 해석인데요, 목요일 오후 무렵, 그 사건은 세부사항까지 아주 완벽하게 계획되어 있었어요. 로렌스 레딩은 목사관이 비어 있는 것을 알고 우선 목사님을 찾아갔지요. 그는 권총을 가져가 창가에 놓인 화분 속에 숨겨 두었어요. 목사님이 돌아오셨을 때, 그는 이 마을을 떠나기로 했음을 알려 주려고 찾아왔다고 설명했죠. 5시 30분에 로렌스 레딩은 북쪽 문지기 집에서 여자 목소리로 가장해서 목사님에게 전화했어요. 그가 뛰어난 아마추어 배우였다는 것을 기억하고 계시죠?"

그 시간은 프로데로 부부가 마을을 향해 막 떠났을 때였어요. 그리고 매우 이상한 것은(아무도 우연으로는 생각지 않았지만), 프로데로 부인은 핸드백을 들고 있지 않았어요. 여자가 핸드백을 들고 다니지 않는 것은 아주 부자연스러운 일이에요. 그녀는 바로 6시 20분이 되기 직전에 우리 집 정원 앞을 지나가다가 멈추어 서서 나와 얘기를 나누었어요. 그건 자기가 무기를 지니고 있지 않으며, 보통 때와 조금도 다름없다는 것을 내게 보여주기 위해서였죠. 그러니까 그들은 내가 아주 주의력이 뛰어난 여자임을 이미 알고 있었던 거예요. 그녀는 집 모퉁이를 돌아 서재의 유리문 쪽으로 사라졌어요. 그 불쌍한 대령은 책상에 앉아 목사님에게 편지를 쓰고 있었어요. 우리 모두 이미 알고 있다시피 그는 귀가 약간 어두웠죠. 그녀는 그 화분 속에서 레딩이 숨겨둔 권총을 꺼내어, 그의 등 뒤로 다가가 머리를 겨냥하여 방아쇠를 당겼어요. 그러고 나서 번개처럼 재빨리 밖으로 나와 뜰을 지나 작업실로 간 거예요. 그럴 만한 시간적 여유가 어디 있겠느냐고 모두들 묻겠죠?"

"그러나 그 총소리는?" 대령이 반박했다.

"당신은 그 총소리를 듣지 못했잖습니까?"

"틀림없이 총에 맥심 소음기를 달았을 거예요. 그건 내가 읽은 추리소설로부터 얻어낸 것인데, 나는 혹시 하녀 클래라가 들었다고 하는 그 재채기 소리가 실제는 총소리가 아니었을까 하는 생각이 들어요. 하지만 그것은 그리 문제될 것은 없죠. 프로데로 부인은 작업실에서 기다리던 레딩 씨를 만났어요. 그들은 함께 안으로 들어갔지요. 그리고(인간성이란 대체 무엇인지) 그들은 자기들이 다시 밖으로 나올 때까지 내가 그 뜰을 떠나지 않고 있으리라는 것을 알고 있었던 거예요!"

나는 이 순간처럼 마플 양에게 호감을 느껴 본 적이 없었다. 자기 자신의 결점을 유머러스하게 인정하는 것이었다.

"그들이 바깥으로 나왔을 때, 그들의 태도는 쾌활하고 자연스러웠어요. 그들은 바로 거기에서 실수한 거예요. 그들은 작별 인사를 나누는 체했지만, 그것이 진심이었다면 그들은 좀더 다른 모습을 보여 주었을 거예요. 그것은 바로 그들의 실수였지요. 그들은 아쉬워하는 것이 아니라 대담스러워 보였어요. 그리고 내가 알기로는, 한 10분 동안 두 사람은 소위 알리바이라고 하는 것을 만들어 나갔던 것 같아요. 나중에 레딩 씨는 목사관으로 다시 들어갔죠. 아주 담담하게 최후의 시간에 거기에 갔었던 거예요. 아마 그는 멀리서 목사님이 오솔길로 접어든 것을 보고 시간을 아주 잘 맞출 수 있었을 테지요. 그는 소음장치가 되어 있는 권총을 주머니에 집어넣고는, 마지막으로 다른 색깔의 잉크와, 필체가 다르다는 것을 금방 알아볼 수 있는 글씨로 시간을 써넣은 위조 메모를 남겼어요. 위조했다는 사실이 밝혀지게 되면 앤 프로데로 부인에게 죄를 덮어씌우려는 서툰 음모로 여겨질 테니까요.

그런데 그가 그 위조 메모를 남겨 두고 가려고 할 때, 그는 실제로 프로데로 대령이 쓴 편지를 발견했던 거예요. 아주 예기치 않았던 일이죠. 그는 매우 지능적인 젊은이예요. 그는 그 편지가 자기에게 매우 유용하게 쓰일지도 모른다고 생각하여 그것을 가지고 돌아갔어요. 그리고 시곗바늘을 편지에 적혀 있는 시각으로 맞춰 놓았죠. 그 시계가 언제나 15분씩 빨리 간다는 사실을 알고 있었기 때문이에요. 이것 역시, 프로데로 부인에게 혐의가 가게 하려고 한 것이죠. 그 뒤, 그는 문밖에서 목사님을 만나 마치 거의 실성한 사람처럼 행동했어요. 이미 말씀드린 대로, 그는 매우 지능적인 사람이에요. 범행을 저지른 살인자는 어떤 행동을 취할까요? 아주 자연스럽게 행동한답니다. 그 때문에 레딩 씨는 아주 부자연스럽게 행동한 거예요. 그는 소음기를 뗀 다음 권총을 든 채 경찰서로 가서는 어설픈 자백을 했는데, 모두 그 수법에 속아 넘어가고 말았죠."

　마플 양이 말하는 사건 개요에는 확실히 어딘가 모르게 끌리는 데가 있었다. 그녀가 확신을 하고 얘기했으므로 우리는, 범행은 분명 그와 같은 경로로 이루어졌으며, 다른 방법으로 이루어질 수 없을 거라고 느꼈다.

　"숲 속에서 들려왔다는 그 총소리는 어떻게 된 겁니까?" 내가 물었다.

　"그것도 지금 당신이 얘기한 것과 일치되는 얘긴가요?"

　"오, 목사님, 아니에요." 마플 양은 강하게 고개를 흔들었다.

　"그건 일치하지 않아요. 그것과는 매우 거리가 멀어요. 다른 사람들에게 총소리가 들릴 수 있도록 하는 것이 절대적으로 필요했던 거예요. 그렇지 않으면, 프로데로 부인에 대한 혐의가 계속 남아 있을 테니까요. 레딩 씨가 그것을 어떻게 조절했는지는 잘 모르겠어요. 그러나 피크린산에 무거운 것을 떨어뜨리면 폭발한다는 얘기를 들었어요. 기억하고 계시겠지만, 목사, 당신은 레딩 씨가 숲 속에서 커다란 돌멩이를 옮기는 것을 보았고, 그 뒤 바로 그 근처에서 그 피크린산 결정체를 주웠다고 했죠? 남자들은 그런 장치를 아주 치밀하게 잘 만들죠. 그 결정체 위에 돌을 매달아 놓은 뒤 도화선의 시간을 맞추는 일—아니, 끝까지 다 타는 데 20분쯤 걸리도록 장치해 두지요. 그렇게 되면, 그것은 레딩 씨와 프로데로 부인이 그 작업실을 나와 여러 사람들 앞에 있을 때인 6시 30분경에 폭발하게 되지요. 아주 안전한 장치랍니다. 나중에 발견된다 해도 뭐 이렇다 할 큰일이 없을 테니까요—단지 커다란 돌! 그러나 그는 그것을 치워 버리려고 했어요. 그때 목사님과 마주치게 된 거랍니다."

"당신 말이 맞아요."

그날 로렌스가 나를 보면서 매우 놀랐던 일을 떠올리면서 내가 말했다. 그때는 아주 자연스럽게 보였지만, 지금은……

마플 양은 내 심중을 낱낱이 다 읽고 있는 것 같았다. 그녀는 재빨리 고개를 끄덕였다.

"그래요." 그녀가 말했다.

"그가 마침 그때 목사님을 만났으니 꽤나 놀랐을 거예요. 하지만 그는 아주 그럴싸하게 속여 넘겼죠. 우리 집에 그 돌을 갖다 주려는 체하면서요."

마플 양은 갑자기 힘을 주어 말했다.

"그러나 그건 우리 집 뜰에는 전혀 어울리지 않는 것이었어요! 그리고 나는 그것으로 올바른 단서를 잡게 되었어요!"

이러는 동안 내내 멜쳇 대령은 황홀경에 빠진 사람처럼 앉아 있었으나, 그제야 제정신으로 돌아온 것 같았다. 그는 한두 번 코를 킁킁거리더니 당황한 듯 코를 푼 뒤 말했다.

"이거 참, 글쎄, 이거 참!"

그는 그 말밖에는 더 이상 아무 말도 하지 않았다. 나는 그도 나처럼 마플 양의 추리에 담긴 그 논리적 명료성에 놀라고 있음이 분명하다고 생각했다. 그러나 그 순간에는 그것을 인정하고 싶지 않았던 것이다.

대신 그는 손을 뻗쳐 그 구겨진 편지를 집어들고 퉁명스럽게 말했다.

"모두 좋아요. 그러나 당신은 이 사람 하웨스 씨에 대해선 어떻게 설명하실 건가요? 그는 실제로 전화를 걸어 고백했잖습니까?"

"예, 그것은 하느님의 섭리예요. 아마 목사님의 설교 때문이었겠죠. 목사님, 당신은 정말 뛰어난 설교를 하셨어요. 그건 분명히 하웨스 씨를 깊이 감동시켰을 거예요. 그는 더 이상 그걸 참을 수가 없었고, 그래서 고백해야겠다고 생각한 거예요, 교회 기금을 횡령한 것에 대해서."

"뭐라고요?"

"예, 하느님의 뜻에 따라서 그 사실을 고백함으로써 목숨을 구하게 된 거예요. 나는 그가 안전하기를 바라며, 또 그렇게 되리라고 믿고 있어요. 헤이독 의사는 매우 뛰어난 분이니까요. 내가 보기에는 레딩 씨는 이 편지를 잘 보관해 둔 것 같아요. 몹시 위험한 일이었지만, 어딘가 안전한 장소에 그것을 숨겨 두었겠죠. 그리고 편지에 적혀 있는 인물이 누구를 가리키는 것인지 확실히 알게 될 때까지 기다렸어요. 그는 곧 그것이 하웨스 씨라는 확신을 얻게 되었죠. 나는 그가 어젯밤 하웨스 씨와 함께 여기에서 오랜 시간을 보냈다는 것을 알고 있어요. 그는 그때 자기의 약봉지 하나를 하웨스 씨의 것과 바꿔 놓고, 이 편지를 하웨스 씨의 가운 주머니 속에 슬쩍 넣어 놓았다고 생각해요. 불쌍하게도 하웨스 씨는 아무것도 모른 채 비상(砒霜)을 삼켰던 거죠. 그가 죽은 뒤 소지품 속에서 이 편지가 발견되면 모든 사람들은 그가 프로데로 대령을 쏘았다고, 그래서 양심의 가책에 못 이겨 자살한 것이라고 결론 내리게 될 테니까요. 그런데 아마 하웨스 씨는 오늘 밤 그 약을 먹은 뒤 곧 이 편지를 발견한 것 같아요. 정신이 혼미한 상태에 있었으므로 틀림없이 뭔가 불가사의한 사실로 받아들였을 거예요. 그래서 목사님의 설교로 마음이 좀 움직여진데다가 그 일까지 겹쳐, 모든 것을 고백하지 않고는 못 견디게 되었다고 생각할 수밖에 없어요."

"이거 참!" 멜쳇 대령이 말했다.

"이거 참! 정말 너무나 터무니없는 일이야! 난 도대체 한마디도 믿을 수 없습니다."

멜쳇 대령이 이같이 이해할 수 없는 말을 한 것은 이번이 처음이었다. 그 자신의 귀에도 분명히 그렇게 들렸던 모양이다. 대령은 다시 말을 이었다.

"그리고 또 한 가지, 전화가 걸려온 것에 대해 설명할 수 있겠습니까? 레딩 씨의 집에서 프라이스 리들리 부인에게 걸려온 전화 말입니다."

"아!" 마플 양이 신음 소리를 냈다.

"그게 바로 우연의 일치라는 거예요. 그리셀다가 그 전화를 걸었어요—그녀와 데니스, 둘이 짜고 한 거라고 짐작돼요. 그 두 사람은 프라이스 리들리 부인이 목사님을 헐뜯고 다닌다는 얘기를 듣고, 그녀를 입 다물게 하기 위해 그런, 유치한 방법을 생각해 낸 거예요. 숲 속에서 가짜 총소리가 난 바로 그 시각에 전화가 연결된 것은 우연의 일치였어요. 그래서 그 두 가지 일에 서로 어떤 관련이 있는 것으로 보이게 되었던 거예요!"

나는 문득 그 총소리에 대해 말한 사람들이 하나같이 모두 보통의 총소리와는 달랐다고 말한 사실이 생각났다. 그들은 옳게 들었던 것이다. 하지만 그 총소리의 차이점을 어떤 식으로 설명해야 할지는 아주 어려웠을 것이다.

멜쳇 대령은 헛기침했다.

"당신의 해석은 매우 그럴듯하군요, 마플 양. 그러나 증거가 전혀 없다는 점을 인정해야 합니다."

"나도 알아요." 마플 양이 말했다.

"그러나 당신은 그것이 사실이라는 사실을 믿어요, 그렇잖아요?"

잠시 침묵이 있은 뒤, 대령은 거의 마지못해 대답했다.

"예, 그래요. 제기랄, 그런 경위였다고밖에는 달리 생각할 수 없군요. 그러나 증거가 없어요, 전혀."

마플 양이 기침하며 말했다.

"그래서 난 생각해 보았는데, 어쨌든 사정이 사정이니만큼……."

"예?"

"어떤 속임수를 좀 써도 괜찮을 거예요."

제31장

멜쳇 대령과 나는 그녀를 쳐다보았다.

"속임수? 무슨 속임수입니까?"

마플 양은 약간 움츠러드는 듯했다. 그러나 그녀는 윤곽이 뚜렷한 어떤 계획을 하고 있음이 분명했다.

"가령, 레딩 씨에게 전화를 걸어서 어떤 경고를 한다면……."

멜쳇 대령이 웃었다.

"모든 것이 탄로 나고 말 겁니다. 그는 속지 않을 거예요! 그것은 케케묵은 수법입니다, 마플 양. 때로 성공하지 않는 것도 아니지만! 그러나 레딩은 그런 수법에 호락호락 넘어갈 바보가 아닙니다."

"그렇지요. 명확한 어떤 확증 같은 게 있어야만 하지요. 나도 그걸 잘 알고 있어요." 마플 양이 말했다.

"내 의견을 말해 보겠는데요. 이것은 단순한 제안일 뿐인데, 그 경고는 이 문제에 대해 좀 남다른 견해가 있는 것으로 알려진 사람을 시키는 게 좋지 않을까요? 헤이독 의사에게 부탁해 보면 어떨까요? 그분이라면 누구나 이번 사건과 같은 문제를 다른 각도에서 보리라 생각하고 있지요. 만일 그가 어떤 사람—새들러 부인, 또는 이 집 아이들 가운데 누구든 간에 그 사람이 약을 바꿔치기 당하는 것을 우연히 보았다는 말을 비추면, 글쎄, 물론, 레딩 씨가 아주 결백하다면 그 진술은 아무런 의미도 없겠지만, 그러나 만일 그렇지 않다면……."

"그렇지 않다면?"

"글쎄요, 그는 어쩜 어리석은 짓을 하려고 할 거예요."

"그 스스로 우리 손에 걸려들게 된다는 거죠? 그럴 수도 있는 일입니다. 아주 괜찮은 생각입니다, 마플 양. 그러나 헤이독 의사가 응해 줄까요? 당신 말대로라면, 그의 의견은⋯⋯."

마플 양이 가볍게 그의 말을 가로막았다.

"오, 이건 이론일 뿐이에요. 실제와는 매우 다르죠, 안 그래요? 어쨌든, 헤이독 의사가 돌아오셨으니 부탁해볼 순 있겠죠."

헤이독 의사는 마플 양과 우리가 함께 있는 것을 보곤 매우 놀라는 것 같았다. 그는 지쳐서 초췌한 표정이었다.

"정말 아슬아슬했습니다." 그가 말했다.

"아주 가까스로, 그러나 그는 곧 완쾌될 겁니다. 환자를 살리는 것은 의사의 의무죠. 그래서 난 그를 살려 냈어요. 하지만 그 일을 해내지 못했다 해도 나는 역시 기뻐했을 겁니다."

"우리 얘기를 듣고 나면 생각이 달라질 겁니다." 멜쳇 대령이 말했다.

멜쳇 대령은 간단히 요점만 추려서 그 사건에 대한 마플 양의 추리를 헤이독 의사에게 설명해 주었다─마플 양의 마지막 제안으로 마무리하면서.

우리는 마플 양의 이론과 실제는 다르다고 말한 것의 의미를 확실히 알 수 있는 기회를 얻었다.

헤이독 의사의 생각은 전혀 엉뚱하게 바뀐 것 같았다. 그로서는 큰 접시에 레딩의 목을 올려놓은 듯한 기분이었을 것이다. 그가 그토록 무서운 증오심을 품고 있는 것은 프로데로 대령을 살해한 것 때문만은 아닐 것이다. 그 사나이가 불운한 하웨스를 괴롭혔던 데 대한 울화를 참을 수 없었던 것이다.

"저주받을 놈이오!" 헤이독 의사가 말했다.

"정말 저주받을 악당이오! 하웨스 씨는 불쌍한 사람입니다. 그에게는 어머니와 누이동생이 있지요. 하마터면 그 두 사람이 살인자의 어머니와 누이라는 오명(汚名)을 평생토록 짊어지게 될 뻔했군요. 그들의 정신적 고뇌를 생각해봐요. 가장 비열하고 비인간적인 짓이오!"

순수한 원시적인 분노의 단계에 이르면 철저한 박애주의자라도 걷잡을 수 없이 화가 치미는 모양이다.

"만일 그것이 사실이라면⋯⋯." 그가 말했다.

"나도 힘이 되어 드리겠습니다. 그런 놈은 살 자격이 없습니다. 하웨스 씨

같은 무력한 사람을 위험에 빠뜨리다니!"

불구자는 언제나 헤이독 의사의 동정심을 일으킬 수 있었다.

헤이독 의사가 멜쳇 대령과 열심히 그 방법의 세부사항을 의논하고 있을 때 마플 양이 일어섰으므로, 나는 그녀를 바래다주겠다고 말했다.

"당신은 매우 친절하시군요, 클리멘트 씨."

마플 양이 인적이 끊긴 길을 걸으며 말했다.

"어머나, 벌써 12시가 지났군요. 레이먼드가 기다리지 말고 잠자리에 들었어야 할 텐데."

"그가 당신과 함께 왔더라면 더 좋았을 걸 그랬습니다." 내가 말했다.

"그는 내가 외출한 사실을 모르고 있어요." 마플 양이 말했다.

이번 사건에 대한 레이먼드 웨스트의 난해한 심리 분석이 떠오르자, 나는 갑자기 웃음이 나왔다.

"만일 당신의 추리가 진실로 판명된다면—전혀 의심할 여지가 없습니다만." 내가 말했다.

"당신은 조카에게서 점수를 많이 따겠는데요."

마플 양 또한 웃었다—너그러운 미소를 지으며.

"나는 패니 아주머니가 한 말을 기억하고 있어요. 그때 나는, 열여섯 살로 아주 어리석었다고 생각되지만요."

"예?" 내가 물었다.

"아주머니는 늘 이렇게 말해 주었죠 '젊은이들은 노인들을 어리석다고 생각하지만, 노인들은 젊은이들이 더 어리석다는 것을 잘 알고 있단다!'"

제32장

더 이상 얘기할 게 없다. 마플 양의 계획은 성공했다. 로렌스 레딩은 결백한 사람이 아니었다. 약봉지를 바꿔치기한 목격자가 있다는 암시를 주자, 그는 정말 '어리석은 행동'을 하려고 했다. 그것은 강력한 죄의식의 소산이었다. 특히, 그는 미묘한 입장에 놓이게 된 것이다. 그는 무엇보다 황급히 달아나고 싶은 충동을 느꼈을 것이다. 그러나 그는 공범자도 생각해야만 했다. 그는 그녀에게 한마디 말도 없이 그냥 훌쩍 떠나 버릴 수가 없었을 것이다. 그렇다고 아침까지 기다릴 용기도 없었다. 그래서 그는 그날 밤 마침내 올드 홀로 갔다. 멜쳇 대령은 가장 유능한 경관 두 명으로 하여금 그를 미행케 했다. 그가 프로데로 대령의 창문에 돌멩이를 던져 그녀를 깨워서는 다급한 목소리로 속삭이자, 그녀는 자세한 이야기를 하려고 밖으로 나왔다. 두말할 나위도 없이 그들은 집 안보다 바깥이 더 안전하다고 생각한 모양이었다. 딸 레티스가 깰 염려가 있었기 때문이다. 그리하여 공교롭게도 두 명의 경관은 그들이 주고받는 이야기를 모두 다 들을 수 있었다. 의심할 여지없이 그 문제에 관해서였다. 마플 양의 추리가 정확했던 것이다.

로렌스 레딩과 앤 프로데로의 재판은 이미 세상에 널리 알려진 바와 같다. 때문에 거기에 대해서는 말하지 않겠다. 다만, 진상을 밝혀내기 위해 각고의 노력을 기울여 왔던 슬랙 경감이 당당하게 체통을 세웠다는 것을 언급하는 정도로 그치겠다. 당연한 것이지만, 마플 양이 이번 사건에서 세운 공로는 아무것도 발표되지 않았다. 그녀 자신도 그런 일은 생각만 해도 소름끼쳤을 것이다.

재판이 시작되기 직전에 레티스가 날 찾아왔다. 그녀는 우리 집 서재 유리문으로 마치 유령처럼 들어왔다. 그녀는 줄곧 계모의 공모를 확신해 왔었다고 말했다. 노란색 베레모의 분실 소동은 단지 서재를 뒤져 보기 위한 핑계일 뿐이었다고 했다. 그녀는 경찰이 보지 못하고 대충 넘어간 것을 찾아낼 수 있을지도 모른다고 기대했었다는 것이다.

"알고 계시죠?" 그녀가 꿈꾸는 듯한 목소리로 말했다.

"모두들 저처럼 앤을 미워하지는 않았어요. 그리고 증오란 일을 간단하게 해치우게 만드는가 봐요."

무엇인가를 찾으려고 했던 것이 실패로 돌아가자, 그녀는 책상 근처에 앤의 귀고리를 떨어뜨려 놓았던 것이다.

"저는 그녀가 범행을 저지른 것이라고 이미 알고 있었기 때문이었어요. 그게 무슨 문제가 되나요, 목사님? 방법이야 어떻든 마찬가지예요. 그녀가 아버지를 죽였어요."

나는 약간 한숨을 내쉬었다. 레티스에게는 언제나 보통 사람들에게서 볼 수 없는 무엇인가가 있었다. 어떤 면에선, 그녀는 도덕상의 색맹이라고 할 수 있을 것이다.

"이젠 어떻게 생각하니, 레티스?" 내가 물었다.

"모든 것이 해결되면 외국으로 갈 생각이에요."

그녀는 잠시 주저하더니 계속해서 말했다.

"어머니와 함께 외국으로 나갈 거예요."

나는 깜짝 놀라 쳐다보았다.

그녀는 고개를 끄덕였다.

"눈치 못 채셨어요? 레스트레인지 부인이 바로 제 친어머니예요. 아시다시피 우리 어머니는 곧 돌아가실 거예요. 어머니는 절 보고 싶어 하셨던 거예요. 그래서 이름을 바꿔 이곳으로 내려오셨어요. 헤이독 박사님이 어머니를 도와 주셨죠. 그분은 어머니와 매우 오랜 친구 사이예요. 그분은 한때 어머니를 몹시 사랑한 적이 있었어요. 아시겠어요! 어떻게 보면 지금도 그래요. 남자들은 늘 어머니를 사랑하나 봐요. 저는 지금도 어머니가 여전히 매력적이라고 생각해요. 아무튼 헤이독 선생님은 어머니를 살리려고 최선을 다해 주셨어요. 어머니가 본래의 이름으로 이곳에 내려오지 않은 것은 사람들의 입에 오르내리게 되는 것은 싫어하셨기 때문이에요. 어머니는 그날 밤, 아버지를 만나러 가서 자신이 지금 죽어가고 있다는 것을 알리고, 딱 한 번만이라도 좋으니 저와 만나게 해달라고 부탁했어요.

하지만 아버지는 야만인이에요. 아버지는 어머니가 모든 자격을 상실했으며, 그래서 저는 어머니가 죽은 줄로 알고 있다고 말했던 거예요. 마치 제가 그 얘기를 곧이곧대로 믿고 있었던 것처럼! 아버지 같은 사람에게는 결코 한 치 앞의 일도 보이지 않는 모양이에요!

그러나 어머니는 쉽게 포기하지 않으셨어요. 어머니는 먼저 아버지를 찾아보는 것이 예의라고 생각했지만, 아버지가 그렇게 잔인하게 거절해 버렸기 때문에, 이번에는 제게 편지를 보내 주셨어요. 그래서 저는 좀더 일찍 테니스 코트에서 돌아와 6시 15분경에 오솔길의 막다른 곳에서 어머니와 만나기로 약속했어요. 그리고 6시 30분이 되기 전에 헤어졌어요.

그 뒤 저는 어머니가 아버지를 살해했다는 혐의를 받지 않을까 걱정되었어요. 어머니도 아버지에 대해서 원한을 품고 있었으니까요. 그래서 저는 다락방에 있는 어머니의 초상화를 찾아내어 모두 찢어 버렸죠. 경찰에서 가택수색을 나와 초상화를 찾아내면, 그것이 누구라는 걸 알아볼 것 같아 걱정되었기 때문이에요.

헤이독 박사님 역시 무척 놀라워하셨어요. 때때로 전 생각했어요. 어쩜 그분은 정말로 어머니가 범인이라고 생각하고 있을지도 모른다고요! 어머니는, 그러니까—어머니는 결과 따위는 생각지도 않는 결단성이 있는 분이었거든요."

레티스는 잠깐 동안 말을 끊었다.

"이상해요, 어머니와 저는 서로 잘 통했어요. 아버지하고는 결코 그렇지 못했는데, 그러나 어머니는 그래요. 전 어머니와 함께 외국으로 가겠어요. 저는 어머니가 돌아가실 때까지 함께 살 거예요."

레티스는 일어섰다. 나는 레티스의 손을 잡으며 말했다.

"어머니와 너 모두에게 하느님의 가호가 있기를. 영원히 행복해지기를 빌겠다, 레티스"

"그렇게 돼야겠죠." 웃음을 머금은 채 레티스가 말했다.

"지금까지는 그다지 행복하지 못했으니까요. 안 그래요? 오, 하지만 그건 문제가 안 된다고 생각해요. 안녕히 계세요, 목사님. 목사님은 언제나 제게 따뜻이 대해 주셨어요—사모님도요.”

그리셀다!

그 익명의 편지가 나를 얼마나 당혹하게 만들었는지. 나는 그리셀다에게 그것을 털어놓아야만 했다. 처음에 그녀는 그냥 웃어넘기려고 했으나, 마침내 진지하게 듣기 시작했다.

“그러나⋯⋯.” 그녀는 덧붙였다.

“전 앞으로 좀더 진실하게 하느님을 믿을 생각이에요. 필그림 파더즈(1620년 메이플라워 호로 아메리카 대륙으로 건너가 플리머스가 정착한 영국 청교도단)처럼 말이에요.”

나는 필그림 파더즈의 역할을 하는 그리셀다를 상상할 수 없었다.

그녀는 이야기를 계속했다.

“알고 계세요, 렌? 저에게 생활의 안정을 찾을 힘이 생겼어요. 당신의 생활에도 그와 같은 힘이 생겼을 테지만요. 당신의 경우, 그것은 일종의, 젊음을 되찾게 해주는 것이 될 거예요. 적어도 전 그렇게 되기를 소망해요! 우리들의 아이가 태어나게 되면, 당신은 저를 귀여운 아기라고 부를 수 없을 거예요. 그리고 렌, 전 이제 책에서 말하는 진짜 ‘현모양처’가 되기로 했어요. 그리고 한 집안을 잘 이끌어 나갈 수 있는 착실한 가정주부가 되겠어요. 가정 관리와 운영에 관한 책 두 권과, 모성애에 대한 책을 한 권 샀어요. 만일 그 책을 다 읽어도 현모양처가 되지 못한다면, 그때는 어쩔 수 없겠죠! 책은 두 권 다 아주 우습게 쓰여 있더군요. 일부러 그렇게 쓴 것은 아닐 테지만, 육아에 대한 부분은 특히 더 그래요.”

“설마, ‘남편 길들이는 법’에 관한 책은 사오지 않았겠지?”

그녀를 끌어안으며 갑자기 염려스러워 물었다.

“그럴 필요가 없어요. 나는 매우 착한 아내니까요. 당신은 몹시 사랑하고 있어요. 그런데 뭘 더 바라죠?”

“아무것도 없소.”

“딱 한 번만이라도 좋으니 날 죽도록 사랑하고 있다고 말해 주지 않을래요?"

"그리셀다." 내가 말했다.

"난 당신을 열렬히 사랑하고 있소! 숭배하고 있소! 미친 듯이, 목사로서의 체통이 서지 않을 정도로 당신한테 열중해 있소!"

아내는 만족스러운 듯 깊은 한숨을 내쉬었다.

그런 뒤, 그녀는 갑자기 내게서 빠져나갔다.

"아휴, 저기 마플 양이 오고 있어요. 그녀가 눈치 채지 못하게 해요, 알았죠? 전 쿠션을 보내 주고 발판은 어떠냐고 하는 일은 딱 질색이에요. 저 노처녀에게는 제가 골프장에 갔다고 얘기하세요. 그러면 아마 피할 수 있을 거예요. 그것은 사실이기도 해요. 그곳에 제 노란색 스웨터를 두고 와서 그것을 찾으러 가야 하니까요."

마플 양이 유리문으로 들어왔다. 변명이라도 할 듯이 머뭇거리더니 그리셀다를 찾았다.

"집사람은 골프장에 갔는데요."

마플 양의 눈에는 걱정스러워하는 기색이 가득 담겨 있었다.

"오, 하지만." 그녀가 말했다.

"그건 현명치 못한 일이군요. 바로 지금과 같은 때에는……."

그리고 마플 양은 구식 숙녀다운, 품위 있고 수줍은 태도로 얼굴을 붉혔다.

그 순간에 어색함을 조금이라도 없애버리기 위해 우리는 급히 프로데로 대령 사건에 대해 이야기를 시작했다. 스톤 박사도 화제에 올랐다. 그 사람은 여러 개의 가명을 가진 유명한 사기꾼이라는 것이 판명되었다. 그리고 크램 양은 공범 혐의를 완전히 벗었다. 그녀는 여행용 가방을 들고 숲으로 간 사실을 인정했다. 그러나 아무런 속사정도 모르고 그렇게 했던 것이다. 가짜 스톤 박사는, 라이벌 고고학자들이 자기 이론의 신뢰도를 떨어뜨리기 위해 도둑질도 마다하지 않게 될까 봐 걱정이라곤 그녀에게 말했던 것이다. 그녀는 분명히 그 이야기를 거짓말이 아닌 진실로 믿어 버렸던 모양이다. 마을 사람들의 말에 따르면, 그녀는 지금 비서를 구하는 중년 독신자를 찾고 있다고 한다.

얘기를 나누는 동안 나는 매우 궁금했다. 어떻게 해서 마플 양이 우리 부부의 최근 비밀을 알게 되었는지. 그러나 곧 신중한 태도로 마플 양이 언질을 주었다.

"그리셀다가 너무 지나치게 신경 쓰지 말아야 할 텐데."

그녀는 입속말로 작게 얘기했다. 그리고 잠시 말을 멈춘 뒤, 위로하듯 덧붙여 말했다.

"어제 나는 머치 벤햄의 책방에 갔었어요."

가엾은 그리셀다, '모성애'에 관한 책이 그녀의 계획을 망쳐 버리다니!

"마플 양, 만일 살인을 저질러도 당신이라면 전혀 발각되지 않을 것 같군요?"

"무슨 그런 끔찍스런 얘기를!" 마플 양은 몹시 충격을 받은 듯 말했다.

"나는 나쁜 짓은 결코 하지 못해요."

"그러나, 인간성이란 그렇고 그런 것이잖습니까?" 내가 중얼거리듯 말했다.

마플 양은 노처녀다운 웃음으로 이 비아냥거리는 말을 받아 주었다.

"짓궂으시군요, 클리멘트 씨." 그녀는 일어섰다.

"그러나 분명히 목사님은 아름다운 영혼을 가지고 있어요."

그녀는 창가에 멈추어 섰다.

"부인께 안부 전해 주세요. 그리고 그녀에게 말해 주세요. 어떤 사소한 비밀이라도 절대로 누설하지 않겠다고."

마플 양은 정말 귀여운 데가 있는 여인이다.

■ 작품 해설 ■

《목사관 살인사건(The Murder at the Vicarage, 1930)》은 애거서 크리스티의 13번째 작품이며 10번째 장편이다. 서양인들이 불길하게 여기는 13번째—그것도 추리소설이라면 한 번 음미해볼 만하다. 이 작품에서 가장 특이할 만한 점이라면 애거서 크리스티가 창조한 두 명의 명탐정, 즉 에르퀼 포와로와 제인 마플 중 마플 양이 등장하는 첫 번째 소설이라는 것이다.

이 소설은 1930년 발행과 동시에 상당한 베스트셀러에 올랐으며 일대 센세이션을 불러일으킨 작품이다. 물론 센세이션이라 해서 커다란 논란을 뜻하는 것이 아니라, 독자들 사이에 커다란 화젯거리가 되었다는 뜻이다. 즉, 이 작품의 탐정 마플 양은 세인트 메리 미드에 살면서 평생 한 걸음도 외부로 나가보지 않은 독신 할머니이기 때문이다.

남들 소문을 듣고 그 사람 성격을 혼자 곰곰이 연구해 보기 좋아하는 이 할머니는 '비슷한 인간성을 지닌 사람으로부터의 비슷한 범죄'를 추리해 낸다. 이것이 과연 가능한지는 둘째로 치더라도, 마플 양의 추리 수법이 종래 다른 추리소설에서는 보지 못한 새로운 스타일이어서 당시에는 신선한 충격으로 받아들여졌던 모양이다. 마플 양의 가족 관계는 크리스티 여사 전 작품을 통해 거의 밝혀지지 않았지만, 조카인 레이먼드 웨스트만은 꽤 많이 등장하고 있다. 이 조카는 작가이자 시인이며, 마플 양과 성(姓)이 다른 것으로 보아 언니나 동생의 아들인 것 같다. 웨스트 조카 외에 마플 양이 간혹 대고모나 고모의 말을 인용하는 때도 있지만, 그들의 신상(身上)에 대해선 별로 언급이 없다.

참고로, 이 작품에 등장하는 레너드 클리멘트 목사는 영국 국교인 성공회 소속으로, 사실은 '목사'가 아니라 '신부'라고 해야 옳다. 하지만 이 책에서의 여러 가지 상황으로 보아 오히려 목사로 번역하는 것이 독자들이 이해하는 데 도움이 되리라 판단했고, 또한 대한성공회의 한 신부에게서 목사로 번역해도 큰 잘못이 없다는 말을 들은 터라, '용감하게' 오류를 범하게 됐으니 이해 바란다.